颐和园廊彩画故事全集

（全新第三版）

易明 编著

- 入选新闻出版总署向全国青少年推荐百种优秀图书书目
- 入选北京市教委、市新闻出版局向少年儿童推荐的优秀出版物目录
- 两次入选国家新闻出版署推荐的全国农家书屋重点出版物推荐目录

中国旅游出版社

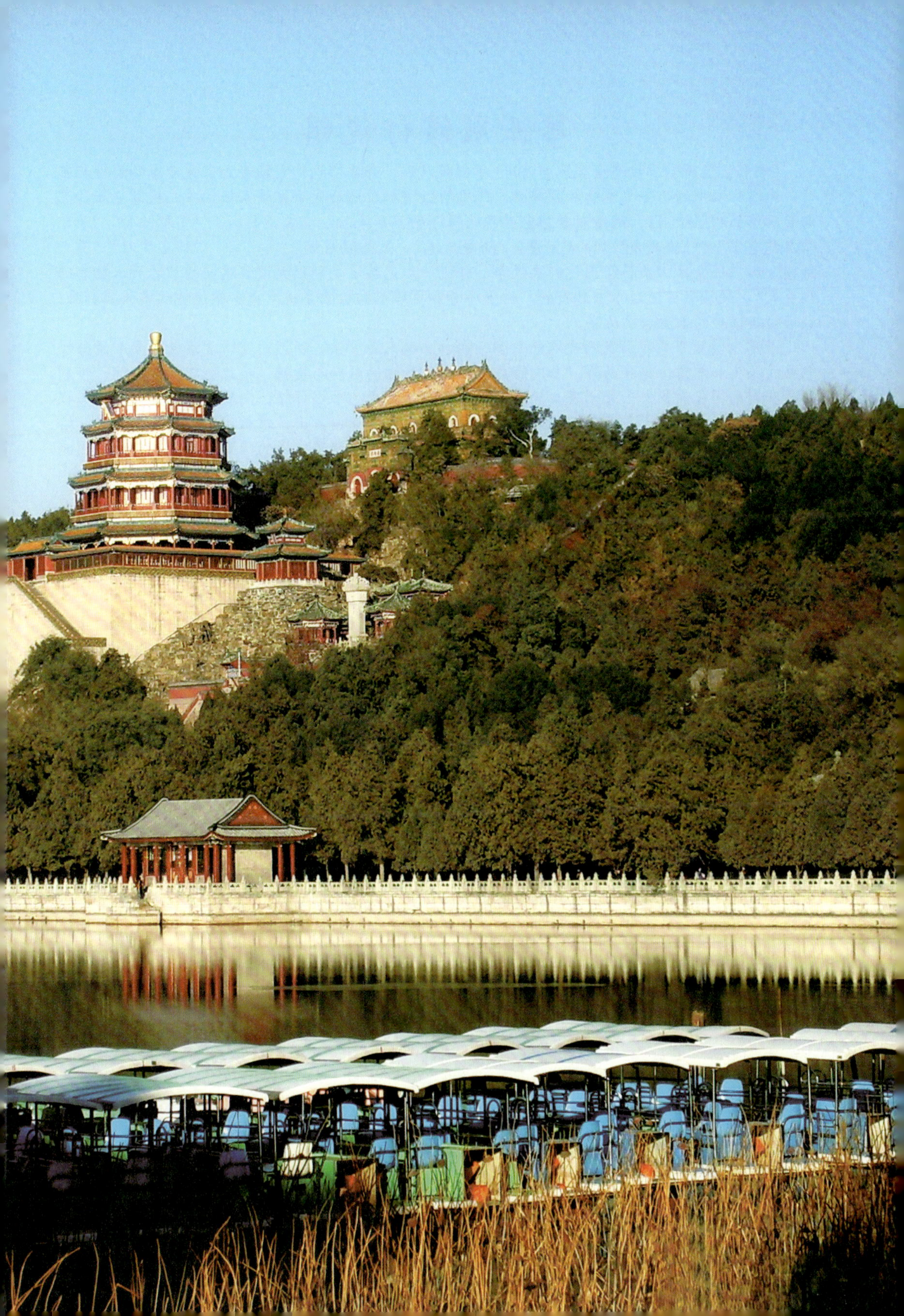

第三版修订说明

《颐和园长廊彩画故事全集》自2009年出版以来，有幸得到广大读者和有关专家的好评与首肯。为增加本书的历史厚重感和收藏性，此次新版增加了《清代海派画家任伯年、钱慧安等作品与长廊彩画对照组图》。随着对长廊彩画源头探寻的不断深入，本版还增加了"智取陈仓""子牙魂游昆仑山""叶公好龙""昭君出塞""降龙伏虎""烹茶鹤避烟""水帘洞""杨志卖刀""玉人纤指"和"仕女画四条屏组图"彩画故事，并进一步完善了受到广大读者欢迎的"长廊人物彩画位置表"，使读者可通过本书独有的"位置序号和页码双向检索系统"更加便捷地欣赏长廊彩画，品读妙趣横生的长廊彩画故事。

长廊人物故事彩画涉及历史人物众多、彩画画稿来源繁杂、所涉时空跨度漫长，要厘清每幅彩画的源头和本意，绝非易事。本次修订工作得到多方的帮助与支持。值此新版问世之际，特别向颐和园副园长荣华女士表示衷心的感谢！她在百忙之中为本书作序；向原北京市园林古建工程公司总经理杨宝生先生表示衷心的感谢！杨先生作为古建业内人士，对长廊彩画的粉本搜寻、绘制工艺和传统颜料等都有深入研究和著述，他对本书提出了诸多宝贵的修改意见；家住颐和园南隅世纪城社区的热心读者王朝晖先生，为本次修订提出了许多细致入微的修改意见。借此机会，向对本书提出宝贵意见和提供帮助的专家、学者及热心读者、颐和园管理处的领导及所有为本书的出版默默付出的人们表示最诚挚的感谢！

1983年12月，中国旅游出版社最早出版发行了《颐和园长廊画故事集》，该书收录了187个长廊人物画故事，首开颐和园长廊彩画解读之先河。作者辛文生系当时北京大学一众在校学子的集体笔名。他们热爱中华传统文化，为长廊彩画所深深折服，满怀激情地探索、开垦这一文化处女地，成果显著。2009年元月，中国旅游出版社推陈出新，率先出版了易明先生编著的《颐和园长廊彩画故事全集》。此书收录长廊各类彩画近400幅，包括长廊全部人物大画和部分精品人物聚锦画，编著了264个长廊画故事。本着精益求精、探微溯源的精神，40多年以来，作者易明先生朝乾夕惕、废寝忘食于浩若烟海的文史资料之中，力争对每一幅长廊人物彩画的源头探寻、释义考证工作都做到准确翔实、尽善尽美。中国旅游出版社为此先后数次改版和多次重印，付出了巨大的努力。绵绵用力，久久为功，《颐和园长廊彩画故事全集》日臻完善，不断以崭新的面貌呈现在广大读者面前。"观赏世界最长廊美景，品读长廊彩画故事"已成为广大中外游客游览颐和园的重要内容。长廊彩画故事也已逐步深入人心，口口相传。为此，我们感到无比欣慰和自豪。颐和园古建的精品彩画主要集中于万寿山前山长廊和后山东麓的谐趣园中。中国旅游出版社于2020年又出版了《颐和园谐趣园彩画故事全集》。《颐和园长廊彩画故事全集》和其姊妹篇《颐和园谐趣园彩画故事全集》向人们呈现了美轮美奂的彩画佳作和栩栩如生的历史故事。颐和园的精美彩画及其蕴含丰厚的历史人文故事，是颐和园世界文化遗产的重要组成部分。我们恳切地希望本书继续得到广大读者和相关部门的支持与厚爱，为传承弘扬中华优秀传统文化做出应有的贡献！

2024年6月12日

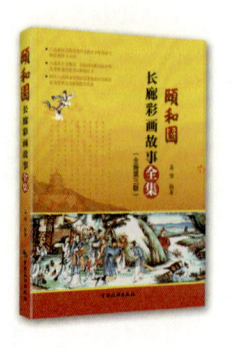

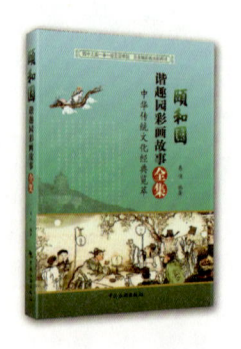

扫码购书
《颐和园谐趣园彩画故事全集》

序一

冯其庸

颐和园，是世界上保存得最好的皇家园林之一，它已被列入《世界遗产名录》。颐和园的总面积达290公顷①，其中水面占3/4。从全局来看，它的北面是高耸的万寿山，而以佛香阁为顶峰。它的南面是浩瀚无际、空旷开阔的昆明湖，而以十七孔桥为与佛香阁相映照的视点，形成了山与水的映衬，高耸与平宽的互补。尤其是昆明湖北岸沿湖的汉白玉石栏杆和金碧辉煌的长廊建筑，使山与水有了一个最富诗意、最具园林美的线条。然后从白玉栏杆到彩绘长廊、到气势宏伟的排云殿，再到高耸入云的佛香阁，层层升高，形成了山与水的自然连接，自然谐和。你如果以佛香阁、排云殿为中心，向南展望，则可以俯瞰万象，再沿昆明湖东西两岸环视，则如展开双臂，拥有一切。这些设施自然是体现了封建帝王的审美观念，但难得的是处理得自然天成，不显做作。特别是造园者善于用线，湖南端的十七孔桥一线和湖西边的月形拱桥一线，使你感到湖外有湖，水外有水，使原本一片平波、一览无余的水面，顿分内外，有里外湖之别，使人顿生有余不尽之意。尤其是巧妙地利用远处西山起伏的群峰，近处玉泉山高峰和玉峰塔的瘦影，使游人恍然如在烟峦重叠之中。眼前所见，似乎只是大好园林的近景一隅。

颐和园最美之时，是在夕阳衔山，游人散尽，或者朝暾初上，湖上雾气迷蒙，游人未到之时，这时满园朝晖夕烟，静妙无极。此时你如能坐对湖山，独领清景，你会觉得你与大自然融和一体，得无上妙谛。我有幸于1963年到1964年，在颐和园佛香阁西侧的"云松巢"住了一年，天天居高俯视，每到夕阳西下，就与同伴们一起在湖畔散步，有时就在长廊里徜徉。

颐和园的长廊是一个独特的景观，从园林的全局来看，它是山与水的一条纽带，一条界线，一种巧妙自然的装饰。从它自身的建筑来说，它是一组地地道道的独特景观，是一道特殊的风景线，是园林设计家的一次惊人之笔。长廊东起邀月门，西至石丈亭，全长752米，共273间。1990年，它作为世界最长的画廊，被载入吉尼斯世界纪录，外国人又称它为"千柱廊"。长廊共绘有大小彩画1.4万幅，其中包括540幅乾隆时期的西湖风景古建筑和数千幅山水、花鸟、博古画，特别是数百幅历史人物故事的彩画，最受人关注。我住在颐和园的时候，几乎天天要走长廊，天天要看到这些彩画，有时在长廊里小憩，对那些举目即见的人物故事画，也有意无意地琢磨过，只觉得画笔极好，不愧为皇家园林，但它究竟画的是什么历史人物故事，又是谁画的，是什么时候画的，一概没有深究，只是随意观赏、赏心悦目而已。后来知道，关于这些故事画，也出过几种书，但既不完备，考证人物故事也不确切，甚至张冠李戴，以讹传讹。作为一座世界古典名园，对于它的文化内涵，不仅应该详尽地解释，而且更应该准确地解释。

---

① 近年来通过回收清外务部公所等场所，颐和园最新总面积为300.9公顷。

那么，由谁来做这件既枯燥无味而又难度很高的事呢？"世上无难事，只怕有心人"，偏偏就有这样一个有心人，他就是易明。他就住在颐和园附近，与名园结邻。他从小就在颐和园玩，长廊就是他的游玩之地，是他的儿童乐园，而且他从小就爱琢磨，尤其爱琢磨长廊里的历史人物故事。这样一种历史文化情结，促使他认真读书，提高文化修养和研究水平，他除从书本里寻找这些历史人物故事的情节外，还访问了颐和园的老园工，长期搜集清末以来的人物故事画画集，用来与画廊的故事画相印证，他从1990年起，花了16年的工夫，终于把画廊的历史人物故事画认真考证确切了，他纠正了以往不少幅误解的画面，使人们得到准确的认识，他还把历史故事按历史的时代作了系列化的编排，使读者在阅读中更加深历史的概念，他把同一题材的不同画面也编集在一起，使读者易于检读。

不仅如此，他还考察出了一批临摹清末著名画家的作品，例如其中有临任伯年、任薰、任预、钱慧安、潘振镛、吴有如等名家作品，由此可见，画廊上的这一大批作品，都不是等闲之作。这一发现，也解决了我当年的一个疑团。当时我在画廊观看这些作品的时候，就曾产生过一个想法，觉得这批画出笔都很不俗，现在才明白，其中有著名画家的作品。那么与这些著名画家的临本配合在一起的其他画作，自然也必是出自高水平的画工了，甚至或许还有其他著名画家的作品，因为年代久远，画面剥落，他们的名字也因之不易查考了。总之整个画廊画作的水平，都比较高雅而统一，这也显得皇家园林的文化内涵毕竟是处处高人一头的。

易明对谐趣园也做了认真的研究，这也引起了我的兴趣，因为谐趣园是仿照我家乡无锡的名园"寄畅园"修建的。"寄畅园"原名"秦园"，因其主人姓秦。我青年时期，常到"寄畅园"去玩，当时还保留着始建时的风貌，也就是康熙乾隆时的风貌。"寄畅园"面积极小，临街开门，门极平常，一进门就是屏风，挡住了视线，屏风左右是游廊，一进游廊，就可以看到屏风后的大池塘，右侧游廊可通平铺池面的曲折平板石桥，可达对面的假山和八音洞，更奇的是从池塘对岸横卧过来一棵千年老树，斜卧半池（古树于数十年前已枯死，现在新植已非旧貌），池的对岸便是假山，即古树根部所在，更前便是八音洞等景点。而多种古木，树影婆娑，掩映于假山和池塘之间，假山后面稍远处是横蔽半空的遥峰叠翠，惠山头茅峰远影，给人以此园无尽的感觉。这种即小见大、借景补景的手法，是园林艺术中的大手笔。颐和园的谐趣园，虽是仿照"秦园"，但建筑匠师也是高手，因为那棵横卧池上的千年古树是无法模仿的，而后面的遥峰叠翠也是无从搬移，所以匠师即从小、巧、趣上着笔，又饰以江南民间彩画，使此园自具别趣，成为园中之园。

颐和园是世界仅存的皇家园林之一，其建筑艺术所包含的文化内涵是极为丰富的，而长廊彩画是此园的重要文化内涵，现在得到易明先生的精心研究和阐述，更得到中国旅游出版社的大力支持、精心印制，则这部长廊画册与颐和园这座皇家园林的辉煌建筑，自将相互辉映，使这座古典园林大放异彩！

2008年3月1日晚10时于瓜饭楼

序二

荣 华

　　作为活的历史文化的见证者，传统建筑彩画具有保存和展现中华民族文化创造力的价值。《论语·公冶长》中记载"山节藻棁"，藻棁即绘有彩画的梁上短柱。由此可知，春秋时期中华民族已在抬梁式木构建筑上施以彩画。其后，人们用"雕梁画栋"来形容中国传统建筑这一独特的装饰艺术。彩画是木构建筑对抗风雨的第一道防线，这层薄薄的木衣，分布在梁枋、天花、斗拱与藻井之上，饰建筑之华丽，护木构之周全。

　　颐和园长廊彩画为典型的清晚期官式苏式彩画，长廊内、外檐步为金线包袱式苏画。包袱心题材主要包括人物故事、线法、山水和花鸟翎毛几个大类，兼以洋抹风景山水、鱼虫、走兽及现代绘画题材，运用了落墨搭色、硬抹实开等多种工艺、技法。长廊精彩之处是包袱绘画，而包袱中的经典是人物绘画。长廊彩画中包袱心人物故事共计320幅，取材于《三国演义》《西游记》《水浒传》《红楼梦》《聊斋志异》等。很多题材内容家喻户晓、脍炙人口、老少咸宜，慕名而来的中外游客络绎不绝，到颐和园看长廊彩画故事已经成为公众重要的参观体验。

　　易明先生编著的《颐和园长廊彩画故事全集》一书用一幅幅珍贵的图片生动地再现了长廊上的各种彩画，并用绘声绘色的语言描绘了各种彩画所隐含的故事。通过这些图片和文字，全面真实地阐述了长廊的历史以及长廊彩画所承载的深厚的文化内涵。书中的故事时间跨度极大，取材范围广泛，有历史故事、民间传说、古典小说、戏曲神话、唐诗宋词、俗语典故等，贯穿中国五千年历史。通过阅读这本书，读者可以了解长廊彩画的魅力和文化价值，如同亲临其境。

　　值此《颐和园长廊彩画故事全集》第3版修订之际，短言为序，聊表祝贺。

2024年6月1日于颐和园官厅小院

前　言

　　面对着博大精深的中华传统文化，面对着无数人文先哲与文化巨匠，面对着长廊上众多绚丽多彩、内涵丰富的彩画，任何赞美的语言都会显得苍白无力，本不该再多说什么话了，但在耗费多年心血编撰而成的《颐和园长廊彩画故事全集》即将出版之际，还是想就编撰此书的过程和书的特点讲上几句。

　　富于想象力与创造力的中国能工巧匠，在著名的颐和园长廊上以苏式彩画的形式，向人们展示了一个规模宏大、内涵丰富的五彩画卷。廊中的彩画用笔细腻、色彩绚丽、题材多样、雅俗共赏，一直受到广大中外游客的喜爱与关注，特别是那些寓意深刻、画面生动的人物彩画尤其受人们的青睐。这些人物彩画描绘了从三皇五帝到清代各个历史时期的数百个古代故事和民间传说。长廊彩画故事是颐和园世界文化遗产的重要组成部分。

　　我本人有幸从小就与颐和园毗邻而居，园中浓厚的传统文化气息，使我耳濡目染、获益匪浅；园内古建上众多色彩斑斓的彩画，更是引起了我浓厚的兴趣与长久的关注。第一本介绍长廊彩画故事的书籍是中国旅游出版社于1983年出版的《颐和园长廊画故事集》，后来又有多家出版社陆续出版了几种类似的书籍。由于年代久远、资料匮乏、考证困难等诸多原因，到目前为止，尚没有一本全面介绍长廊彩画故事的书籍问世，并且在不少有关书籍中，普遍存在许多考据不严、张冠李戴的史实性错误。从20世纪90年代初起，我开始萌生了编撰一本全面、真实地阐述长廊彩画故事书籍的愿望，并一直为实现这个目标而默默地努力着。

　　有关资料表明，自清末以来，颐和园长廊经历了几次大的修缮，但当初长廊上彩画的绘画稿本却均未得到妥善记录和保存，要想重新找到所有彩画的源头出处是一件十分繁杂、艰难的工作。为编写此书，我在十多年收集资料、考证史实、摄影修片、撰写文字的过程中，努力克服种种困难，做到"甘于寂寞，潜心研读"，并遵循"追本寻源，宁缺毋滥"的宗旨，坚持以"真实性、知识性、故事性"为编撰此书的原则。为全面系统地探究长廊彩画故事的真相，我为每幅彩画拍照、编号，将每一幅彩画都看成前人留下的宝贵历史信息来认真对待，将数百幅长廊人物彩画的细节特征默记在脑中。面对浩如烟海的文史资料，我带着对原有彩画故事的许多疑问，反复往返于北京各大图书馆、书店、旧书市场，并走访园内的一些老职工和长廊彩画爱好者，力求通过查阅文史资料、走访相关知情人、对照古代画谱和其他各种线索寻找彩画最初的源头画和相关信息。收集和整理资料的过程，是一个漫长、艰苦却常常伴有意外收获的过程。有时为了求得一幅画的正解，花费了好几年的时间仍毫无进展；有时在不经意之间，却会得到"山重水复疑无路，柳暗花明又一村"的惊喜。经过长期的探究与考证，我陆续发现了一些新线索和新资料，解答了许多长期萦绕在我心中的疑问，使长廊彩画留给人们的谜团渐渐得以澄清，这同时也更加激发了我研究长廊彩画的热情和学习中华传统文化的兴趣。我深深地体会到，面对前人留下的这一优秀的文化遗产，作为后人的我们，只有以小心谨慎、实事求是的态度对待每幅彩画，力求准确、客观地诠释每幅彩画背后的故事，才能避免"望画生义"的主观性错误，才能做到"对得起前人，无愧于来者"！

《颐和园长廊彩画故事全集》是首部全面阐述长廊彩画故事的图书，采用全彩版印刷，以图文并茂的形式，使读者在轻松、愉悦的阅读过程中，领略中华传统文化的精粹和五千年文明历史的脉络。本书的特点，可以用"七个首次"来概括：

第一，本书首次囊括了长廊中的全部大幅人物彩画和部分精品聚锦人物画共362幅（包括南北向支廊、对鸥舫、鱼藻轩和石丈亭上的人物彩画），详细介绍了每幅彩画的背景资料及人文故事。为全面反映长廊的历史与彩画的特点，书中还收录了有关长廊的历史照片，点缀了多组长廊山水画、花鸟画、古建画、博古画组图，并附有从"邀月门"到"石丈亭"沿途十座古代建筑和古建上25面牌匾的照片及文字说明。参照相关文献和历史资料，笔者编写了《颐和园长廊历史回顾》短文。通过这些图片和短文，本书全面真实地阐述了长廊的历史以及长廊彩画所承载的深厚的文化内涵。

第二，经过认真考证，本书首次披露了长廊彩画中一批由当代彩画大师李福昌、李作宾、孔令旺等当代彩画大师临仿清代著名画家作品的绘画，其中包括任伯年、任薰、任预、费丹旭、钱慧安、潘振镛、吴有如、沈心海、陆鹏、曹华、马骀等人作品的临摹画，这不仅极大地提高了本书的艺术欣赏价值，也有助于纠正长廊彩画属于"工匠画"的片面认知。

第三，针对长廊彩画分散无序的特点，本书首次按历史阶段和故事情节编排了所有长廊彩画故事，通过长廊360余幅人物彩画将中国5000年历史串联了起来。为便于读者查找，书中"长廊彩画故事目录"按时间排序，分为八个章节，涵盖了从三皇五帝到清代的各个历史时期。读者在阅读本书、观赏长廊彩画的同时，仿若徜徉在中华悠久的历史长河之中。为生动地向读者介绍长廊彩画所描绘的古代传统文化内容，本书还首次归纳总结了"长廊八桥"和"长廊八爱"的概念。"长廊八桥"概括了发生在八座古桥上的历史故事，"长廊八爱"描绘了八位古代文人的风雅之爱。

第四，为增强本书对广大读者与游客游览长廊的指导性，书中附有首次精心设计的"长廊人物彩画位置表"，表中有每幅人物彩画的位置号和对应故事的页号。依据该表，读者与游客在游览长廊时，可在廊中任何一幅人物彩画前，方便地找到该画在书中的详细文字介绍；反之，也可根据书中每幅彩画上所标的位置号，找到该画在长廊中的实际位置。本书首创的这种"彩画位置号和页号双向检索系统"，为广大读者与游客欣赏长廊彩画、品味彩画故事提供了极大的便利。

第五，经过长期考证，本书首次收录了130多个新的彩画故事。书中还以"考证花絮""提示"等小贴士的形式，对以往长廊彩画故事书籍中几十个张冠李戴的错误进行了更正。本书的这些最新考证与更正将对正确传承长廊彩画这一宝贵的世界文化遗产起到积极的作用。

第六，长廊人物画中有许多是依据古代经典名著插图以及多种版本经典连环画绘制的，具有很高的观赏性和收藏性。由于长廊彩画是由不同类型彩画间隔排列的，使长廊人物画分布杂乱、排列无序，给游客、读者的观赏带来了不少困难。为此，本书首次按照古典原著的历史年代和回目顺序，将描绘同一故事而位置散乱的人物彩画汇编在一起，并依据原著的情节编辑了有趣的长廊画故事。通过这种全新有序的编排，使长期困扰游客与读者的"长廊画迷阵"一一获得破解，使长廊彩画故事情节得以完整地展现在读者面前。读者通过这一本书，可浏览到十多部中国古代经典名著的精彩故事，大大提高了本书的阅读性和收藏价值。经统计，长廊人物画部分源自下列古典名著，分别是《封神演义》5幅、《三国演义》61幅、《西游记》30幅、《西厢记》2幅、《杨门女将》6幅、《水浒传》14幅、《岳飞传》10幅、《白蛇传》4幅、《聊斋志异》20幅、《红楼梦》20幅。

第七，为更好地表达长廊彩画的意境，反映出中国传统绘画"诗画同源"的特点，在编撰过程中，本书首次收录几十首彩画原配题款诗，并结合彩画故事的内容，收录了近百首古体诗词，进一步增强了本书所体现的"诗中有画、画中有诗"的艺术效果，提高了本书的艺术欣赏层次。

通过多年的不懈努力，《颐和园长廊彩画故事全集》一书终于即将同广大读者见面了。借此机会，我要衷心地向所有关心、支持这本书的人们表示自己最诚挚的感谢！我还要特别向中国人民大学国学院名誉院长、中国红楼梦学会名誉会长、中国汉画学会名誉会长冯其庸老先生表示由衷的谢意！冯老在百忙之中亲自审阅书稿并提出许多中肯的建言，85岁高龄的他还亲自为本书挑灯撰文，写下了2000多字的序言，充分体现了一位文化界老前辈对祖国优秀传统文化的热爱和对从事文化传播晚辈们的殷切希望。在审校书稿的过程中，本着慎重、求精的原则，本书曾先后数次易稿，中国旅游出版社领导及编审人员为此付出了大量心血，提出了不少宝贵的修改建议，使得本书的特点更加鲜明突出。另外，人民日报文艺部副主任、高级编辑易凯等人也参加了部分章节的改稿与校对工作，这里一并对他们表示深深的感谢！由于长廊彩画故事历史跨度漫长、人物典故众多，加之本人水平有限等原因，本书的错误在所难免，衷心希望广大读者和有关专家对书中不妥之处给予斧正，以便将长廊彩画故事这一宝贵的人类非物质文化遗产，忠实完好地传承下去，为弘扬辉煌灿烂的中华优秀传统文化贡献我们的绵薄之力！

易 明

2008年3月10日 于北京西苑

颐和园长廊历史回顾

颐和园长廊始建于清乾隆十五年（1750年），它东起邀月门，西至石丈亭，全长752米（不含四个亭子的长度为728米），共273间。这条极具中国古典建筑特色的长廊，是当时清漪园众多古建中浓墨重彩的大手笔，它依昆明湖北岸的地势和走势而建，在通体五彩缤纷彩画的点缀下，既像一条美丽多姿的彩练，翩翩起舞于山水之间，又似一根张力十足的纽带，将福山（万寿山）和寿海（昆明湖）有机地串联起来。

1860年被英法联军焚毁的清漪园

就在新落成的长廊使万寿山前原本坑洼不平的道路变得舒缓平坦的同时，清朝"天朝上国"的道路却变得日益坎坷不平了。清咸丰十年（1860年），英法联军对中国发动了第二次鸦片战争，坚船利炮强行撞开了中国封闭的国门，坐落在皇家园林的长廊也未能幸免，与包括清漪园在内的三山五园一同被英法联军付之一炬。

清光绪十三年（1887年），慈禧太后和光绪皇帝启动清漪园环湖殿宇（含长廊）的修复工程，并于次年将清漪园改名为颐和园。光绪二十六年（1900年），八国联军攻占北京，慈禧太后携光绪帝逃往西安，联军在颐和园中盘踞一年有余，园内文物再次遭到破坏和劫掠。1901年，清政府遵照慈禧"量中华之物力，结与国之欢心"的旨意，与西方列强签订了丧权辱国的《辛丑条约》。1902年，慈禧回銮京师后，又拨款修复颐和园，但孱弱的晚清政府国力衰微，财力捉襟见肘，颐和园和长廊难以完全重现往日辉煌。清朝末年至民国时期，颐和园与长廊也同日落西山、满目疮痍的旧中国一样，经历了一个荒芜、衰败的历史阶段。1937年，日军占领了北平，颐和园第三次遭到帝国主义的入侵，全园破败。1940年和1946年，北平建设

图中显现出长廊中八国联军士兵的身影

7

总署曾两次对长廊进行了油饰和维护。

  1949年，随着新中国的成立，皇家园林终于回到了人民的怀抱并重获新生。1958年，为庆祝中华人民共和国成立十周年，政府有关部门投入大量的人力、物力，集中了一批身怀绝技的古建工匠和彩绘艺人，对长廊进行了大规模的精心修缮。重修后的长廊重放异彩，特别是廊中的彩画，构图新颖、题材丰富、绘画手法细腻、制作工艺精湛，充分体现了晚清时期的绘画特点，不愧为中国古建彩绘的杰出典范和艺术瑰宝。长廊共绘有大小彩画1.4万余幅，特别是其中的苏式彩画，不仅以其色彩艳丽、装饰效果强、雅俗共赏的特点为皇家园林增光添色，更以其丰富的绘画题材［人物、花鸟（花卉、翎毛、瓜果、鱼虫、走兽）、山水、古建、博古等］，向人们展示了一轴气势磅礴、蔚为大观的五彩画卷，承载传递着博大精深的中华传统文化。

长廊人物画    长廊花鸟画

长廊山水画    长廊古建画

  1966年，"文革"爆发，在极"左"思潮的影响下，有人提出"挖掉万寿山，填平昆明湖，改绘长廊画"的建议。"文革"初的一天，日理万机的周总理来到颐和园，人们纷纷向总理提出了各种问题。一位女青年向周总理提出："总理，长廊上的彩画都是旧的，应该把它改一改。"机敏的总理立刻把目光移向这位发问的女青年："你说怎么改？"女青年立刻答道："把红军二万五千里的事迹画在上面。"周总理一边微笑着看了看周围的群众，一边反问道："让谁来画二万五千里长征呢？"周总理接着又意味深长地说道："二万五千里长征，我是一步步走过来的，我都画不了，请谁来画？"周总理言简意赅的话语表明他不同意改变长廊彩画内容的态度，言外之意，长廊一定要按照原貌完好地保护下来。不久，面对"文革"汹涌而来的"破四旧"狂潮，善于应变的颐和园职工们，采取了被动保护性措施，在部分彩画上涂敷了一层白粉。大家明白，一旦"文革"

过后，将白粉擦掉，长廊彩画还会重见天日。自1971年10月起，长廊彩画上的白粉被逐步擦除，并于1973年由北京市园林局修建处负责补绘了因白粉涂盖而无法恢复的部分彩画。

1978年，为迎接新中国成立三十年大庆，有关部门第二次对长廊进行了大规模的修缮，由北京市园林古建工程有限公司承担施工。为加强施工的技术力量，公司请回了1958年参加过长廊彩画修缮的李作宾、孔令旺、郑守仁等老师傅，并针对工期紧和老师傅年岁已高不能上架绘画的问题，创造了"包袱预制""过色见新"等新工艺。通过此次精心的修缮，长廊彩画再次恢复了昔日的风采。

1990年，长廊作为世界上最长的画廊，被记录在《吉尼斯世界纪录大全》中。1998年和1999年，长廊先后进行了两次油饰整修，这两次修葺工程均未重绘长廊彩画。2002年颐和园长廊被评为"世界上最长的有顶走廊"，再次被列入《吉尼斯世界纪录大全》。2007年，为迎接举世瞩目的北京奥运会，相关管理部门对长廊鱼藻轩、山色湖光共一楼和对鸥舫等古建筑进行了保护性维修。

2022年，颐和园管理处对长廊彩画再次启动了研究性和试验性修缮工程。这次修缮本着"不改变文物现状"和"最低限度干预"的原则，或复制重绘，或随旧补绘，以科学有效的方法，再现长廊彩画的艺术水准和历史价值。

享有世界最长画廊美誉的长廊，是价值连城的历史古迹和艺术瑰宝。特别是廊中的人物故事彩画，内涵丰富、题材广泛。它们有的取材于中国著名古典小说，有的选自传统戏剧，有的描绘了古代神话传说和历史典故，还有的反映了古代诗歌、自然科学、建筑艺术、文化教育、绘画艺术等方面的成就，蕴涵着中华传统文化"儒释道"三学的基本理念。特别是其中不乏一批晚清海派名家的精品临摹画，具有极高的艺术欣赏价值。

今天，当人们在长廊漫步游览的时候，不仅能欣赏到颐和园美丽的湖光山色，还能从长廊彩画中领略到泱泱中华五千年文明史的夺目光彩。作为炎黄子孙，我们在为中华民族绚丽多彩的历史文化而感到无比自豪的同时，更不该忘记那些曾经给长廊乃至全民族带来伤痛的屈辱历史……可以预见：随着中国综合国力的不断增强，人们越来越重视在旅游中体验历史文化，感悟悠久的中华文明；随着中国文化、旅游事业的繁荣昌盛，我国从旅游大国迈向旅游强国的脚步会越发坚定。有着两百多年历史的颐和园长廊，必将以其更加璀璨夺目的风采，笑迎海内外八方来客；长廊独具魅力的东方神韵，以及长廊彩画所承载的中华优秀传统文化深厚内涵，也必将流芳百世、永放光芒！

长廊彩绘·天花组图

清代海派画家任伯年、钱慧安等作品与长廊彩画对照组图

∧ 东坡赏砚 任伯年 光绪丙戌　　　　∧ 梅妻鹤子 任伯年 光绪丙戌　　　　∧ 柳溪双舟 任伯年 光绪辛卯

7区75内东　∧长廊画　东坡赏砚

8区95外北　∧长廊画　梅妻鹤子

7区75外东　∧长廊画　柳溪双舟

11

⌃张敞画眉 钱慧安 光绪丙子

⌃长廊画 张敞画眉 5区46内南

⌃三到瑶池 钱慧安 光绪丙戌

⌃长廊画 三到瑶池 5区45内北

⌃广陵花瑞 钱慧安 光绪壬午

⌃长廊画 广陵花瑞 1区6外北

⌃长廊画 眼暗心明

⌃眼暗心明 钱慧安 光绪乙酉

⌃长廊画 满江红树

⌃满江红树卖鲈鱼 钱慧安 光绪庚辰

⌃长廊画 同看藕花

⌃同看藕花 钱慧安 晚清

⌃ 长廊画 云萝公主

⌃ 清代《聊斋志异图咏》云萝公主

⌃ 长廊画 阿英

⌃ 清代《聊斋志异图咏》阿英

⌃ 长廊画 宦娘

⌃ 清代《聊斋志异图咏》宦娘

⌃ 长廊画 水莽草

⌃ 清代《聊斋志异图咏》水莽草

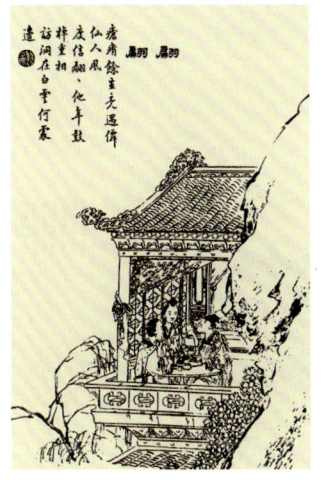

⌃ 清代《聊斋志异图咏》翩翩

⌃ 长廊画 翩翩

⌃ 长廊画 细柳

⌃ 清代《聊斋志异图咏》细柳

15

︿长廊画 灞桥思诗

︿清代杨柳青年画 踏雪寻梅

︿长廊画 范蠡扁舟

︿马骀 少伯扁舟 民国壬戌

︿长廊画 烹茶鹤避烟

︿清代灯画 烹茶鹤避烟

16

目 录

【注】目录中带"*"号的条目为首次考证编辑的故事（含首次以多幅图描述同一个故事的条目）。

序一 ························· 冯其庸　1
序二 ························· 荣　华　3
前言 ································· 4
颐和园长廊历史回顾 ················· 7
清代海派画家任伯年、钱慧安等作品
与长廊彩画对照组图 ················· 10

第一章　三皇五帝、夏、商、周

（约前3000~前770年）

洛水女神 ·························· 2
嫦娥奔月* ························· 4
嫘祖养蚕 ·························· 4
孝感动天 ·························· 6
五老观图* ························· 7
娥皇女英 ·························· 9
三请伊尹* ························· 10
渔樵问答* ························· 11
烽火戏诸侯* ······················· 12
麻姑献寿* ························· 13
瑶台献寿* ························· 15
鹊桥相会 ·························· 15
《封神演义》
狐精附体* ························· 17
姜尚收徒* ························· 19
文王访贤 ·························· 20
子牙魂游昆仑山* ··················· 22
群力除殷郊* ······················· 23

第二章　春秋、战国

（前770~前221年）

伯乐相马* ························· 26
介推逃赏 ·························· 27
老子出关 ·························· 28
麒麟献书 ·························· 30
五福庆寿* ························· 31
鱼腹藏剑 ·························· 31
伯牙遇知音* ······················· 32
伯牙绝弦 ·························· 34
范蠡扁舟* ························· 36
叶公好龙 ·························· 38
东郭先生* ························· 38
渔翁得利* ························· 40
负荆请罪 ·························· 41
讳疾忌医 ·························· 42
伦序图* ··························· 44
华封三祝* ························· 45

第三章　秦、汉、三国

（前221~265年）

祝鸡翁 ···························· 48
商山四皓 ·························· 49
张良进履 ·························· 50
一饭千金 ·························· 51
暗度陈仓 ·························· 52
浑天仪* ··························· 53

负薪读书*	54	兄弟释疑	84
三到瑶池*	55	马跃檀溪	85
苏武牧羊*	56	路访水镜	86
张敞画眉	57	徐庶荐诸葛	87
昭君出塞*	58	水镜荐伏龙*	88
刘阮遇仙	59	三顾茅庐	89
举案齐眉	60	隆中决策	90
对牛弹琴*	61	孔明初用兵*	91
韩康卖药	62	携民渡江	92
孔融让梨	63	单骑救主*	93
天女散花	64	舌战群儒*	95
陆绩怀橘	65	江东二乔	96
文姬谒墓	66	江东赴会	97
骑驴过小桥*	67	蒋干盗书	98
三英图*	68	草船借箭	99

《三国演义》

		黄盖受刑	100
桃园三结义	69	曹操横槊赋诗	101
吕布弑丁原	70	孔明借东风	102
孟德献刀	71	义放曹操	103
三英战吕布	72	甘露寺*	104
王允巧设连环计	72	卧龙吊孝	105
吕布戏貂蝉	73	许褚战马超	106
吕布刺董卓*	74	子龙截阿斗*	107
三让徐州	75	张飞夜战马超*	108
张飞请罪	76	赵颜求寿*	109
辕门射戟	77	智取瓦口关*	110
典韦救主*	77	黄忠请战	111
煮酒论英雄*	79	刘备称王*	112
祢衡击鼓骂曹	80	水淹七军	113
关羽约三事	81	刮骨疗毒	114
千里走单骑*	82	张飞遇害	115
关公斩卞喜*	83	姜维归降	116

智取陈仓* ……………… 117
孔明计破司马懿* ……… 117
武乡侯大败魏兵* ……… 118

第四章　两晋、南北朝
(265～589年)

竹林七贤* ……………… 120
东山丝竹 ………………… 122
羲之爱鹅 ………………… 123
右军题扇* ……………… 124
书经换鹅* ……………… 125
子猷爱竹 ………………… 126
渊明爱菊 ………………… 127
桃花源记 ………………… 128
渔郎问津* ……………… 129
三径就荒* ……………… 130
降龙伏虎 ………………… 132
白衣送酒* ……………… 133
王质烂柯* ……………… 134
皆大欢喜* ……………… 135
画龙点睛 ………………… 136

第五章　隋、唐、五代
(581～960年)

劈山救母 ………………… 138
风尘三侠* ……………… 139
玄武门之变* …………… 142
和合二仙 ………………… 144
唐明皇游月宫 …………… 146
登鹳雀楼 ………………… 147

灞桥思诗* ……………… 148
夜宴桃李园* …………… 149
举杯邀明月 ……………… 150
力士脱靴* ……………… 152
贵妃出浴 ………………… 153
富贵寿考 ………………… 154
蓬门今始为君开 ………… 155
烹茶鹤避烟* …………… 157
烟波钓徒* ……………… 158
邑有流亡愧俸钱* ……… 159
行到水穷处* …………… 160
松下问童子 ……………… 162
西厢记* ………………… 163
山色远含空* …………… 164
牧童遥指杏花村 ………… 166
广寒秋色* ……………… 167
蓝桥捣药 ………………… 168
莲炬归院* ……………… 169
红叶题诗* ……………… 170
五子夺魁 ………………… 172

《西游记》
水帘洞* ………………… 175
齐天大圣* ……………… 177
大闹蟠桃会 ……………… 179
盗仙丹* ………………… 180
八卦炉 …………………… 181
三打白骨精* …………… 183
大战红孩儿 ……………… 186
路阻通天河 ……………… 188
三借芭蕉扇* …………… 189
比丘国* ………………… 194

3

无底洞* ······ 196
取经归来* ······ 199

第六章　北宋、南宋
（960～1279年）

梅妻鹤子* ······ 202
茂叔爱莲 ······ 203
爆竹声中一岁除 ······ 204
王华买父 ······ 205
秦香莲 ······ 207
广陵花瑞* ······ 208
元章拜石 ······ 210
文人三才 ······ 211
三难新郎 ······ 212
东坡赏砚* ······ 214
赤壁夜游 ······ 215
夜游承天寺* ······ 217
打渔杀家 ······ 218
天气困人梳洗懒* ······ 220
《杨家将》《杨门女将》
穆桂英招亲 ······ 224
穆桂英挂帅 ······ 225
杨七娘初战西夏王* ······ 226
杨文广纵马寻栈道* ······ 227
寻访采药人 ······ 228
勇退西夏兵* ······ 229
《水浒传》
倒拔垂杨柳 ······ 231
高衙内戏林娘子* ······ 233
大闹野猪林 ······ 234
风雪山神庙 ······ 235

杨志卖刀* ······ 237
武松打虎* ······ 238
时迁盗甲 ······ 240
大闹忠义堂 ······ 242
《岳飞传》
枪挑小梁王 ······ 245
岳母刺字 ······ 247
高宠挑滑车* ······ 248
双枪陆文龙 ······ 249
八大锤* ······ 250
王佐断臂* ······ 251
王佐进金营 ······ 252

第七章　元、明
（1206～1644年）

倪瓒爱洁 ······ 256
窦娥冤* ······ 257
殷勤送客出鄱湖 ······ 258
玉堂春 ······ 259
八仙过海 ······ 260
八仙庆寿* ······ 261
玉人纤指* ······ 262
《白蛇传》
许仙借伞 ······ 263
酒变现身* ······ 264
盗仙草 ······ 266
断桥解怨 ······ 267

第八章　清朝
（1616～1911年）

满江红树卖鲈鱼* ······ 270

半容人坐半容花*	271
哪有闲看湖上花*	272
驯马图*	273
柳溪双舟*	274
老犹栽竹与人看*	274
眼暗心明*	275
同看藕花*	276
弄璋叶吉*	277
攀桂图*	278
文武双全图*	278
鱼龙变化*	279
仕女画组图*	281

《童戏图》

瞎子摸人*	283
童子戏灯*	284
老鹰捉小鸡*	285
斗蟋蟀*	286
骑马打仗*	287
七子夺莲*	288

《聊斋志异》

画皮*	290
婴宁	292
水莽草	294
红玉	295
珊瑚	297
黄英	299
瑞云*	301
犬灯*	302
小二*	303
八大王*	305
翩翩*	307
阿英	309

封三娘	311
莲花公主*	313
云萝公主	315
宦娘*	316
细柳	318
云翠仙*	320
彭二挣	322
细侯*	323

《红楼梦》

梦游太虚境*	326
元春省亲	327
宝黛阅《西厢》	329
宝钗戏蝶	330
晴雯撕扇	331
宝玉痴情	332
蕉下客	334
刘姥姥进大观园*	335
芦雪庵联句*	336
宝琴踏雪寻梅	337
晴雯补裘	338
湘云醉卧	339
香菱斗草	340
尤三姐自刎	341
寒塘渡鹤影	344
四美钓鱼	345
双玉听琴	346
焚稿断痴情	347
石丈亭及丈人石	349
长廊分区示意图	350
长廊人物彩画位置表	350
长廊匾额解读	357

颐和园长廊

第一章　三皇五帝、夏、商、周

（约前3000～前770年）

长廊邀月门是一座高级别的古典垂花门建筑，位于颐和园宫廷居住区与风景游览区的交会处。门檐下悬挂一方五龙"满汉合璧"斗额，额上刻有光绪帝御笔所书"邀月门"三字，其中"邀月"两字出自李白"举杯邀明月"的名句。当年慈禧太后居住在乐寿堂，途经此门与长廊，可以方便顺畅地前往西边的排云殿、听鹂馆等处游玩。邀月门在建筑功能上还起到了装饰与"障景"的作用，门两旁的院墙和游廊将昆明湖与万寿山开阔的景观"屏障"了起来。当人们走出邀月门，顿觉视野开阔，会产生一种焕然一新、气象万千的感觉。

洛水女神

1区4外南

　　同世界其他几大古老文明一样，中华文明的起源也是同大江大河紧密相关的，本图描绘的就是一个有关"洛水女神"的古老传说。洛水即指今河南洛河，是黄河流域中重要的河流，"洛水女神"是传说中远古氏族部落首领伏羲的女儿宓（fú，也作 mì）妃，她因迷恋洛水两岸的美丽景色，来到洛水岸边。那时，居住在洛水流域的是一个勤劳勇敢的民族——有洛氏。宓妃加入有洛氏当中，教会了那里的百姓结网捕鱼，还把从父亲那儿学来的狩猎、养畜、放牧的好方法教给了有洛氏的人们。

　　一天，劳动之余，宓妃泛舟于洛水之上，她拿起七弦古琴，奏起了优美动听的乐曲。悠扬的琴声被黄河水神河伯听到，这个浪荡公子潜入洛水，以探究竟。当他看到宓妃，一下子就被宓妃的美貌所吸引，于是化成一条白龙，在洛水中掀起轩然大波，吞没了宓妃。宓妃被河伯卷入水府深宫，她终日郁郁寡欢，只好用七弦琴排遣心中的忧愁。这时，她遇到了同样失意的射日英雄后羿。后羿原是一位善射的天神，

长廊彩绘纹饰·双龙戏珠

【注】为方便读者找到彩画在长廊中的实际位置，本书在每幅彩画的右下方标有一组符号，例如上面"洛水女神"彩画右下方"1区4外南"的符号，其含义是表示该画位于长廊1区、彩画序号4、南面外侧的位置上。"长廊分区示意图"与"长廊人物彩画位置表"见本书第350页。"长廊人物彩画位置表"的使用说明请见该表后面的注释。

因射下了祸害人间的九个太阳,得罪了天帝,故与妻子嫦娥一同被贬到凡间。后来,嫦娥因偷吃了仙药,一人飞上月宫,剩下后羿独自留在人间。不幸的遭遇使宓妃与后羿很快相怜相爱。宓妃向后羿叙述了自己的不幸遭遇,后羿非常气愤,将她解救出水府深宫,回到了有洛氏中间。河伯听说后羿与宓妃之间的恋情,恼羞成怒,再次化作一条白龙潜入洛河,吞噬了许多田地、村庄和牲畜。愤怒的后羿用神箭射中了河伯的左眼,河伯仓皇而逃。河伯自知不是后羿的对手,只好灰溜溜地回到水府。从此,后羿与宓妃这对情侣便在洛水之畔居住下来,过上了美满幸福的生活。为表彰他们为百姓做的好事,天帝封后羿为宗布神,宓妃为洛神。洛河两岸的人们在老城东关兴建了一座宏伟的"洛神庙",洛水女神的故事也就一代代地传了下来。

在中国古代文人的笔下,洛神还是美丽女神的化身。魏晋诗人曹植曾在洛水边上写下著名的《洛神赋》。诗人在洛神身上几乎堆砌了所有的赞美之词,形容她的身影翩然若惊飞的鸿雁,婉约如游动的蛟龙;远而望之,明洁如朝霞中升起的旭日;近而视之,鲜丽如绿波间绽开的新荷;她高矮适度,削肩细腰,颈长肤白,髻高眉秀,既不施脂,也不敷粉,举止温文娴静,词语得体可人。《洛神赋》作为中国古代诗赋体的著名佳作,通篇言辞美丽,描写动情,将神人之恋叙述得缠绵凄婉,动人心魄。东晋画家顾恺之读后大为感动,以长卷的形式绘出了《洛神赋图》(一说为宋人所画),开创了中国长卷绘画的先河,被誉为"中国绘画始祖"。在这幅长卷图中,画家用色凝重古朴,通图用"高古游丝描"勾勒,无皴擦,具有工笔重彩的特色,是我国画史上最著名的传世之作之一,也是我国最早的诗画结合的典范。清代乾隆皇帝曾亲笔在该画的引首处御书四字"妙入毫巅"。长廊的这幅彩画是《洛神赋图》长卷的局部临摹画,将曹植眼中的洛神在洛水上凌波微步、罗袜生尘、婀娜多姿、飘然若仙的情形描绘得惟妙惟肖,栩栩如生。

三皇五帝

"三皇五帝"是史书中对八位远古帝王的概括称呼,被认为是中华民族的人文始祖。有关他们的最早记载见于《吕氏春秋·贵公》《荀子·非相篇》和《史记》等书,关于他们的种种传说带有浓厚的神话色彩,一直不被史学界作为"信史"看待。至于"三皇五帝"是谁的说法也很多,其中燧人氏、伏羲氏、神农氏为三皇,黄帝、颛顼、帝喾、尧、舜为五帝的序列,比较符合人类由原始母系社会向父系社会、奴隶社会演化的进程。为探明中华民族文明的源头,国家于近年分别启动了科技攻关重点项目"夏商周断代工程"和"中华文明探源工程"。两大工程通过大量考古发掘和多学科综合手段的科学分析,取得了丰富的阶段性成果,不仅推出了新的《夏商周年表》,将中国历史纪年由西周晚期的共和元年,即公元前841年向前延伸了1200多年,还证明了史书中有关"三皇五帝"的记载,以及一些相关的传说故事与考古结果有众多吻合,以科学的方式进一步揭开了中华文明起源的神秘面纱,为继续探究中华文明的起源史奠定了坚实的基础。

嫦娥奔月

这是一个在中国民间广为流传的神话传说。嫦娥原是天神后羿的妻子，也称素娥、姮娥，有着非凡的容貌。在远古时期，天上曾经有十个太阳，地上到处是猛禽怪兽，黎民百姓备受煎熬。天神后羿带着妻子嫦娥下凡，射下了九个太阳，消灭了猛禽怪兽，天下的百姓从此安定了下来。后羿为百姓立了大功，却因杀死了天帝的儿子——太阳，而被贬为凡人。嫦娥为此天天与他吵架。无奈的后羿历尽千辛万苦向西王母求来长生不老药，高兴地把药交给嫦娥，并告诉她："这药两人吃了可以长生不老，一个人吃了可以升天成仙。"一日，好奇的嫦娥趁后羿外出打猎，偷偷吞吃了全部仙药。嫦娥果然当即化为神仙，身不由己地向清冷的月宫冉冉飘去，永远不能再回到人间了。

嫦娥飞升月宫后，住在凄清冷漠的广寒宫内，做了月宫仙女。然而，那里没有亲人，没有欢乐，只有一只惹人怜爱的玉兔与她相依相伴。寂寞的嫦娥日夜思念着后羿和人间的生活，她孤寂的心境和清冷的生活令不少文人墨客慨叹并产生遐想。其中唐代诗人李商隐的《嫦娥》一诗，充分表现了嫦娥心中的寂寞与悔恨。此诗的大意是：云母制成的屏风染上一层幽深黯淡的烛影，银河逐渐低斜下落，启明星也已下沉。广寒宫的嫦娥想必悔恨当初偷吃长生不老的丹药，如今却落得独处碧海蓝天而夜夜心寒的处境，原诗如下：

云母屏风烛影深，长河渐落晓星沉。嫦娥应悔偷灵药，碧海青天夜夜心。

嫘祖养蚕

据《史记·五帝本纪》记载，大约距今5000年前，中国的历史进入了五帝时期，即黄帝、颛顼（zhuān xū）、帝喾（kù）、尧、舜时期。当时在黄河流域广袤的土地上，繁衍生息着许多大大小小不同的部落，西陵氏部落就是其中之一。部落中，有一位美丽聪明、勤劳善良的姑娘叫"嫘（léi）祖"。一天，嫘祖和姐妹们上山采野果，发现桑树上有许多白色的蚕茧，她们以为是野果，就将蚕茧放在嘴里咀嚼，可这些白色的"野果"却怎么也咀嚼不烂。姑娘们就用水煮，并用棍子搅拌，意外地发现棍子上竟缠上了长长的丝线。嫘祖望着这一团团洁白的丝线，忽然产生了用这种丝线来代替植物纤维纺织的念头。她又采了些蚕茧抽成丝线，动手一试，果然织成了一块雪白柔软的丝绢。部落里的姑娘看后都感到十分惊喜，嫘祖于是开始教她们采集树上的蚕茧，来抽丝织绢。

几年之后，野生的桑蚕越来越少了。嫘祖又和姑娘们开始种桑养蚕，扩大了抽丝织绢的生产规模。这时，嫘祖受西陵王之命，日夜赶制绢衣，要献给在外征战的轩辕黄帝。可是，由于是手工操作，织绢的速度非常缓慢，远不能满足需要。一次，嫘祖和姐妹们来到小河边，听西陵王讲述黄帝乘战车驰骋沙场的故事。她静静地坐在篝火旁，看见水中的鱼儿自由穿行，陷入了沉思。忽然间，嫘祖仿佛看到那滚动的车轮缠满了银丝，她头脑中闪现出一种新的灵感。于是，她动手制造了纺车和织梭，大大加快了织丝绢的进程，大量的丝衣得以源源不断地送到在外艰苦征战的黄帝手中。黄帝和将士们穿上嫘祖编织的丝衣，战蚩尤，胜炎帝，横跨黄河长江，逐鹿中原大地，最终成为中原部落联盟的领袖。得胜后的黄帝更加思念那位聪敏伶俐、勤劳善良的西陵姑娘嫘祖。后来，黄帝迎娶嫘祖为正妃，嫘祖凭着聪明才智，很快成了黄帝的贤内助。为纪念嫘祖的贡献，北周以后，嫘祖被尊为"蚕神"，在民间广为祭祀。

数千年前的嫘祖不会想到，她当年发现的细细的长丝，不仅被后人织出了各种绚丽多彩的丝织品，还成为增进中国和世界各国人民之间友谊的特殊纽带。公元前138年，张骞从长安向西出发，开辟了一条汉朝与西域之间的贸易通道。从此，通过这条通道，中国的丝织品源源不断地运往西方世界，这条贸易通道也就被人们称为"丝绸之路"。"丝绸之路"的历史意义不仅在于它增进了中国与西域乃至欧洲的物质交流，更重要的是它加强了东西方文化的交流，促进了欧亚非各国人民与中国人民的友好往来。

孝感动天

8区91外南

　　本图是根据"舜耕历山""孝感动天"的故事绘制的。舜是上古部落"有虞氏"的首领，传说他眼内有双瞳，故又名"重华"，史称"虞舜"。

　　舜从小就以孝道闻名于世。史书记载，舜幼年丧母，父亲瞽叟娶了继室，给他生了一个名叫"象"的弟弟。父母偏爱小儿子，百般虐待舜，曾多次和象一起，设计陷害舜。传说在舜还是少年的时候，他的继母就把舜叫到面前，恶狠狠地对他说："你该下田种地了！"舜孝顺地答应了。第二天，天刚亮，他就赶着老牛、拖着犁头上历山耕地去了。太阳升到山头时，舜已经耕出了一大片地。到了吃饭的时间，舜赶回家中，家里只给他留了一点剩饭。舜几口吃完冷饭，又返回山上继续耕地。饿了，他就摘山果充饥；累了，就在树荫下歇口气，一直干到太阳落山，才回到家里。从此，舜每天都早出晚归，辛勤耕作，而吃的都是父母、弟弟剩下的残汤剩饭，可舜依然一点怨言也没有，每日任劳任怨地在地里劳作。

　　舜在耕地时，常常为自己得不到父母的爱而发愁，总责问自己有哪里没做好，有时候竟仰天大哭。村里人都说，舜是受不了父母的虐待才痛哭的。舜却说："我不是为自己的劳苦而哭，我哭的是怎么不能让父母高兴起来。"听了舜的回答，人人都夸奖他，说他是个天下少见的孝子。舜从不怨天尤人，对父母恭顺如常，对弟弟倍加照顾。舜的孝行，感动了上天，当舜在山上耕田时常有神象前来相助，还有神鸟帮他锄去荒草。部落联盟的首领帝尧听说舜的孝行，也派出九个儿子去帮助舜，并让自己的女儿娥皇和女英嫁给舜，以表彰他的孝心。舜始终以德报怨，曲尽孝道，成为历史上有名的孝子，他以自己感天动地的孝行，为中华民族道德观"孝道"的形成，树立了典范。

　　帝尧在挑选自己接班人的时候，出于公心，决定破除传统的继承制，采用"禅让制"，选用德才兼备的能人接替自己的职位。他在民间四处走访、广泛调查，又通过四岳（四方部落的首领）的推举，决定把"孝感动天"的舜定为自己的接班人的人选。尧开始让舜摄政，辅助自己管理部落联盟的事务。为进一步考验舜的能力，尧除了让舜在历山耕田外，还让他去雷泽捕鱼，去河滨制陶，舜样样都干得很出色，并受到当地百姓的交口赞颂。尧最终决定将首领位置禅让给年轻有为的舜。果然，在舜的领导下，部落联盟进一步发展壮大，百姓安居乐业，四海归服，天下大治。此图生动地描绘了当年尧亲赴历山恭敬地拜见舜的情形。后人有诗赞道：

队队耕春象，纷纷耘草禽；嗣尧登帝位，孝感动天心。

五老观图

本篇三幅彩绘画源自一个非常古老的传说。

据史书《竹书纪年》记载，在上古时代，尧帝在黄河边设坛拜神。一日，尧帝率领舜等人登首山，观河渚，视察神坛。他们忽然看到有五位皓首童颜的老者，正在山上的树林中观看一张河图，众人十分好奇，便驻足观看。老者们边观图边说道："这张河图会告诉未来的帝王如何顺应天时、如何思考、如何谋略，将是未来帝王受命于天的祥瑞征兆。"顷刻间，一匹龙马口衔一张白玉赤字的河图，从河中跃然而出。龙马高声鸣叫道："重瞳子舜能看懂此图。"与此同时，河边的五位老者都化为流星，飞上天空，进入了昴宿（mǎo xiù）星座；而龙马留下河图后，重新隐身于河中。

尧、舜等五人上前详细地观看龙马留下的河图，舜立刻看出图上所画的竟是神秘的星象图以及有关天地人的事理。尧帝大喜，向群臣道："今朝天降祥瑞，龙马显灵，天地献秘，这是舜得天命的征兆，是上天在召唤舜接我的班呢！"于是他就将王位禅让给了舜。

从此，舜和大臣们经常在首山的树林中，观看河图，商讨管理部落联盟的良策，那幅河图逐渐演变成了先天八卦图（另一传说先天八卦图是由伏羲氏所制）。

　　八卦图中含有八种基本图形，由阳符"—"和阴符"--"组成，分别代表了天、地、雷、风、水、火、山、泽八种自然现象。古人认为其中"乾""坤"两卦代表了"天"与"地"，具有特别重要的地位，是自然界和人类社会一切现象的最初起源。八卦两两相重又组成了周代《易经》中的六十四卦，内容透露了上古社会的一些思想理念，提出了阴阳概念和"无平不陂，无往不复"的观点。八卦图含有朴素辩证法思想，在中国思想文化史上有着深远的影响。

　　本故事中首山、河渚的具体地理位置后人尚无确定（一说是在山西的永济市）。人们将此故事看成是贤明的君王受命于天的祥瑞象征，此题材的绘画常出现在一些古代器物和民间年画中。

4区30外北

娥皇女英

据汉代刘向《列女传》记载,上古部落联盟首领尧帝晚年的时候,想挑选一个贤惠能干的继承人。通过实际考察和四岳的推举,他发现舜是个德才兼备的大贤人,决定把舜培养成自己的接班人,并让自己的女儿娥皇和女英嫁给了舜,还替舜筑了粮仓,分给他很多牛羊。舜的继母"嚚(yín)"和弟弟"象"见了,又是羡慕,又是妒忌,和舜父瞽(gǔ)叟"顽"一起用计,几次想加害于舜。娥皇、女英嫁给舜之后,"不以天子之女而骄盈怠慢,犹谦谦恭俭,思尽妇道",她们遇事机敏,思虑周密,多次帮助舜智胜愚父继母的陷害,逃脱险恶。

有一回,瞽叟叫舜修补粮仓的顶。舜蹬梯爬上仓顶开始干活,瞽叟却撤走了梯子并在下面放起火来,想把舜烧死。舜在仓顶上一见起火,就用双手举着娥皇、女英事先给他的大斗笠,像鸟张开翅膀一样跳了下来,一点也没受伤。瞽叟和象并不甘心,又叫舜去淘井。舜孝顺地下到井底奋力挖井,狠心的瞽叟和象却在上面用土填井,想把舜活活埋在里面。他们没想到,舜下井后,已按照娥皇、女英的吩咐,在井边掘了一个孔道,再次安全无恙地返回家中。象不知道舜早已脱险,得意扬扬地对瞽叟说:"这一回舜准死了,他的谷仓和牛羊归父母,他的古琴和房舍归我,我还要两个嫂嫂来为我整理床铺。"说完,扬扬得意地向舜住的屋子走去。哪知道,他一进屋,舜正坐在床边弹琴呢。象心里暗暗吃惊,很不好意思地说:"哎,哥哥,我是多么想念您呀!"舜也装作若无其事地说:"你来得正好,我有很多事正需要你帮助料理呢。"以后,舜还是像过去一样,和气地对待他的父母和弟弟,顽、嚚和象也不敢再加害于舜了。最终,尧帝将王位禅让给了舜,娥皇被封为后,女英被封为妃。娥皇、女英鼎力协助舜为百姓做好事,使得百姓安居乐业,天下安定祥和。

舜帝晚年时,也和尧帝一样,将帝位禅让给治水有功的大禹,自己常常在各地巡游,视察民情。一次九嶷山一带发生战乱,舜想到那里视察情况。娥皇、女英想到舜年老体衰,要和他一同前往。舜考虑到山高林密,道路崎岖,只带了几个随从,悄悄地离去。娥皇、女英闻讯后,立即起程追寻。两人追到扬子江边,突遇大风,一位渔夫把她们错送上了洞庭山。不久,她俩便得知舜帝在巡视的路上不幸死于苍梧之野,葬在九嶷山上。万分悲痛的娥皇、女英每日扶竹向九嶷山方向泣望,把那里的竹子染得泪迹斑斑。最终,痛不欲生的娥皇和女英,双双投入波涛滚滚的湘江,化为湘江女神,人称湘君、湘妃或湘夫人。

三请伊尹

伊尹（前17世纪~前16世纪），商初大臣。姓伊，尹是官名（一说名挚），生于伊水，幼年随母避水逃至有莘。不久，其母病亡，他被有莘氏采桑女于桑林中拾得，由莘仲君庖人收养长大。伊尹虽身为奴隶，且身材矮小，貌不出众，可他志向远大，聪明好学，乐尧舜仁慈之道，有显才用世之志。

夏桀十五年，商汤娶有莘氏女为妃，伊尹作为有莘氏陪嫁男仆，背着锅案入商。一次，商汤因菜肴味美召问伊尹，伊尹既讲烹饪之法，又言治国良策，向商汤阐述了尧舜治理天下的方法和当时天下的大势。汤既惊又喜，让伊尹为官辅政。伊尹认为汤虽仁慈，但国小民少，即使采纳他的意见，其功效也少而慢；而夏桀虽不仁慈，但为天下之主，若采纳他的意见，立即改良政治，很快便可取得功效。不久，伊尹西行入夏，反复劝说夏桀修德政，省人力，行尧舜好善之道，为万世立法。昏庸残暴的夏桀却对伊尹的谏言置若罔闻。

失望的伊尹返回商都亳，向商汤的贤臣汝鸠和汝方述说了夏的情况，然后隐退归耕于莘野。汝鸠和汝方将伊尹的话记下来报告给商汤，请求商汤召请伊尹来亳辅政。商汤曾两次派人以厚礼迎聘伊尹出山，伊尹都以德行不足为由而推辞了。第三次商汤不惜降身求贤，驾车亲赴莘野寻访伊尹，终于说服伊尹同意出山辅佐自己。入商后，商汤任伊尹为右尹，位居阿衡。商汤三请伊尹的故事，史称"成汤三聘伊尹"，后代在莘仲国旧地建阿衡祠，迎门照壁上刻"三聘之居"四字。长廊这幅彩绘图所画的就是商汤亲自赴莘野迎聘伊尹时的情景。伊尹向商汤讲述远古帝王的业绩和九类君主不同的作为及结局，劝汤替天行道，伐灭夏桀而有天下。商汤拔簪折之为二，盟誓说："愿戮力伐夏，同奋斗，共安乐。"他又说："人照一照水就能看到自己的形貌，看一看民众就知道国家治理得好不好。"伊尹赞扬说："英明啊！听得进善言，德行才会进步。要治理国家，抚育万民，就应任用有德行做好事的人为朝廷的官吏。大王，您好好努力吧！"汤在伊尹的辅佐下，伐葛、载，征有洛、荆，行德政，宽民力，几年时间，商就成了东方大国。

夏桀二十七年，为探虚实，伊尹教商汤暂停上贡给夏王。恼怒的夏桀亲率九夷伐商。商汤、伊尹看到夏还能召集许多诸侯，就表示有罪，很快将贡品送去。之后，桀继续横征暴敛，滥用民力，鱼肉百姓，许多诸侯纷纷向商表示以后不会听夏桀的命令了。第二年，商又未向夏桀纳贡，夏桀再次约集九夷伐商，九夷都推辞不应。伊尹闻知后对商汤说："夏可以伐了，听从他的诸侯不多了。"于是商汤执斧，伊尹举钺，亲自率军兵伐昏庸无道的夏桀。商汤很快就打败了夏桀的军队，把夏桀流放到南巢，夏王朝从此灭亡，诸侯一致拥戴贤德的商汤为"天子"，建立了商朝。商汤和伊尹紧密合作，励精图治，广施仁政，受到百姓的拥戴，很快使商朝国泰民安，五谷丰登。伊尹一生辅佐了商朝几代帝王，为商王朝延续600多年奠定了坚实的基础，成为中国历史上第一位"名相"，被后人尊称为"元圣"。

提示

一些长廊画故事书将此图与"文王访贤"（参照本书21页）图相混淆。通过画面分析和考证，我们认为商汤亲赴莘野拜请伊尹出山才是本画的正解。画面的背景是伊尹隐退归耕的莘野之丘，与商汤王对话的正是那位身材矮小却功高盖世的一代名相伊尹。

渔樵问答

画面中一位渔者和樵夫在河边对话，称为"渔樵问答"。历史上最早的"渔樵问答"应是西周的隐士姜子牙在渭水边与樵夫武吉的对话。这番对话使武吉从此投身于扶周灭商的大业，成了周朝的开国武将。

北宋邵雍撰写的《渔樵问对》较全面地阐述了这一主题。邵雍为北宋儒家五子之一，他学贯易理，儒道兼通，毕生致力于将天与人统一于一心，从而试图把儒家的人本与道家的天道贯通起来。《渔樵问对》着力论述天地万物、阴阳化育和生命道德的奥妙与哲理。这本书通过樵夫问、渔父答的方式，将天地、万物、人事、社会归于"易理"，并加以诠释。目的是让樵者明白"天地之道备于人，万物之道备于身，众妙之道备于神，天下之能事毕矣"的道理。《渔樵问对》中的主角是渔父，所有的玄理都出自渔父之口。在书中，渔父已经成了"道"的化身。

"渔樵问答"的题材还被谱写成了古琴曲，最早见于明代萧鸾撰写的《杏庄太音续谱》。萧鸾将该曲解题为："古今兴废有若反掌，青山绿水则固无恙。千载得失与是非，尽付渔樵一话而已"。近代的《琴学初津》说"渔樵问答""曲意深长，神情洒脱，而山之巍巍，水之洋洋，斧伐之丁丁，橹声之欸乃，隐隐现于指下，迨至问答之段，令人有山林之想。"

古典名著《三国演义》的开篇词"白发渔樵江渚上，惯看秋月春风，一壶浊酒喜相逢，古今多少事，都付笑谈中"可作"渔樵问答"的妙解。"青山依旧在，几度夕阳红"，历史长河的万般滞重，朝代更替的兴衰荣辱，凡间世俗的恩爱情仇都在"渔樵问答"轻松潇洒的话语中烟消云散，这种超凡脱俗的境界，这种豁达乐天的生活态度实在令人叹服！"渔樵问答"是中国古代画家所喜爱的绘画题材，本画所描绘的就是渔父与樵夫对话的情形。

提示

此图在一些书中被描述为"姜太公钓鱼"。参照晚清许多古画谱中的绘画，本书首次将此图解释为"渔樵问答"。

烽火戏诸侯

这幅彩画描绘的是一则著名的典故。西周末年，太子姬宫涅继承王位，成为西周的最后一位国君，即周幽王。周幽王是个昏庸残暴的皇帝，他任用善于逢迎谄媚的虢石父主持朝政，将周宣王在世时的国家重臣统统排挤出朝廷。大臣褒珦谏劝周幽王，被周幽王一怒之下关进监狱。褒珦在狱中被关了三年，其子将褒国美女褒姒献给周幽王，周幽王这才释放了褒珦。周幽王百般宠爱褒姒，废黜了原配申后，立褒姒为新后，可褒姒却总皱着眉头，难露笑容。周幽王千方百计引她发笑，她却怎么也笑不出来。虢石父对周幽王说："从前为了防备犬戎侵犯京城，在城外建造了许多座烽火台，如今天下太平，这些烽火台没用了，不如把烽火点着，骗诸侯们前来救驾，褒娘娘见了这么多的人受骗前

8区石丈亭西南

来勤王，一定会笑的。"周幽王听后拍手称好，立刻下令点燃烽火，顿时镐京城外狼烟四起，各地的诸侯看见了烽火，以为京城有紧急情况，赶忙带兵前来相救。一时间镐京城下人喧马鸣，热闹非凡，站在城楼的褒姒看到这么多兵马被烽火骗来，忍不住笑出了声来。各路诸侯率兵赶到城下，没见到一个敌兵，却只听见周幽王和褒姒在城楼上观景欢笑呢。诸侯们我看看你，你看看我，都不知道是怎么回事。周幽王笑着对他们说："各位辛苦了，我这里没有敌人，请你们回去吧！"诸侯们这才明白大王为博得褒姒一笑，不惜欺骗他们，十分愤怒，各自愤愤地带兵返回，从此他们再也不相信周幽王救急的烽火了。

事隔不久，犬戎大军乘机将镐京城团团围住，周幽王赶紧令手下点燃烽火求助，可那些曾经上过当的诸侯们又当是周幽王故技重演，拿他们开玩笑，谁都不理睬他。结果犬戎攻破京城，将周幽王和虢石父处死，洗劫了镐京城，褒姒也被掳走了。后来"烽火戏诸侯"或"褒姒一笑"成为君主淫乱、宠女祸国的典故。唐代诗人李商隐曾引用此典写诗道：

华清恩幸古无伦，犹恐蛾眉不胜人。未免被他褒女笑，只教天子暂蒙尘。

麻姑献寿

麻姑是中国古代神话中的长寿女神。唐朝代宗年间，大书法家颜真卿时任抚州刺史，曾多次登临江西南城县的麻姑山，并为麻姑撰文立碑，写下了著名的《麻姑仙坛记》，被誉为天下第一楷书。

颜真卿引用了东晋葛洪《神仙传》中记述的故事。东汉桓帝时，麻姑应仙人王方平之召，降于南城县蔡经的家中赴宴。善良美丽的麻姑能掷米成珠，救助广大穷苦百姓，并总保持在十八九岁时的模样。她对王方平说："自从上次和王君见面后，我亲眼见到东

4区22内南

海三次变为桑田。不久前，我又去了一趟蓬莱，那地方的水，比昔日召开群仙大会时少了一半，我想，不多久，那里也会变成陆地吧！"王方平感叹道："古代的圣人也曾说过海中会飞扬尘埃这样的话。"以此故事来推算，麻姑不愧为长寿女仙，并且也该算是掌握青春永驻美容秘方的千古第一人了。

民间传说，王母娘娘每年农历三月初三过生日时，都要开蟠桃会宴请众仙。届时，四海龙王、八方神仙、天上仙女都要赶来祝寿。百花、牡丹、芍药、海棠四位花仙也要采集鲜花并邀请仙女麻姑同往，麻姑总要来到绛珠河畔，用灵芝草酿成仙酒，带到蟠桃会献给西王母。这便是在我国流传很广的"麻姑献寿"神话。今天麻姑寿仙的形象，多出现在绘画和工艺品中，其中的麻姑或腾云，伴以飞鹤，或骑鹿，伴以青松；也有直身托盘呈献物的姿态，手中捧有仙桃、美酒或佛手；还有的祝寿图画有麻姑肩挑着灵芝篮，童子头顶寿桃等多种图案。过去给女寿星祝寿，常送《麻姑献寿图》，以寓意长寿。

5区60内北

瑶台献寿

中国民间传说农历三月初三是王母娘娘的生日，每年的这一天，各路神仙都要亲赴昆仑山的瑶台为王母娘娘庆寿。图中画的两位仙人，那位骑着梅花鹿、白须白眉的老者，就是寿比南山的寿星老儿——南极仙翁。《史记·封禅书》司马贞索隐记载："寿星，盖南极老人星也，见则天下理安，故祠之以祈福寿也。"民间以此星为司长寿之星，并把他画成白须、隆额的模样，常伴以鹿鹤、仙桃。图中另一位肩扛寿桃的女子就是青春常在的仙女麻姑。两位仙人在三月三这天，带着祝寿的贺礼，一同赶往瑶台祝寿，构成一幅《双仙祝寿图》。人们在为老年夫妇庆寿时，常常在寿堂挂出此图，以表祝愿老两口健康福寿之意。在单为男寿星祝寿的场合，人们则挂出《仙翁贺寿图》，画面中呈现南极仙翁骑着梅花鹿，随行童子抬着寿桃一同前往瑶台为王母贺寿的情景。

鹊桥相会

这是一个讲述忠贞爱情的神话故事，从古至今，一直在中国民间广泛流传。相传在很久以前，天河的东方有一位织女，本是天帝的孙女。她善良美丽，心灵手巧，长年在天空中编织云锦天衣，深得天帝的喜爱。织女时常同六位仙女姐姐一起来到人间玩耍，有时还要在一条清澈的河流中洗澡戏水。那河边住着一位放牛郎，他每日辛勤放牛耕作，早出晚归，虽然已过"而立"之年，但尚无婚娶。有一天老黄牛开口对牛郎说："天上的织女常随姐姐们到门前的河中洗澡，如能乘机拿到织女的衣裳，便可娶织女为妻。"牛郎照着

老黄牛的话去做，得到了织女的仙衣。织女也被这位勤劳朴实的牛郎所打动，私自嫁给了牛郎，留在人间过起了男耕女织、夫妻恩爱的生活。几年后，夫妇俩还生下一男一女。

天帝闻知此事后，甚为恼怒，派天兵天将把牛郎织女押回到天上，责令织女留在天河之东，牛郎住在天河之西，每年只准他们在七月七日的晚上，过河相会一次。从此在晴朗的夜空上，人们便可以看到银河两边有两颗明亮闪烁的星星，它们就是牛郎和织女在隔河苦苦地相望。牛郎和织女凄美的爱情故事，感动了世间的鸟虫草木，每逢七夕相会的那一天，喜鹊也会成群结队地飞来，在天河上面一只紧挨着一只地排在一起，搭成一座长长的鹊桥，好让牛郎和织女能早点渡河相会。年复一年，春去夏来，这个古老的爱情故事一直流传到今天。

有关牛郎、织女星座的最早记载，可以追溯于《诗经·小雅·大东》和《史记·天官书》。牛郎织女悲欢离合的传说，成为历代文人墨客吟咏的题材，他们写下了许多美好的诗词歌赋。北宋诗人秦观的《鹊桥仙》，不失为其中出类拔萃之作：

纤云弄巧，飞星传恨，银汉迢迢暗度。金风玉露一相逢，便胜却人间无数。

柔情似水，佳期如梦，忍顾鹊桥归路？两情若是久长时，又岂在朝朝暮暮！

长廊八桥

有八个长廊彩画故事发生在八座古桥之上，简称"长廊八桥"。这八个故事由东向西排布分别是：风尘三侠（汾阳桥相别）141页，蓝桥捣药168页，灞桥思诗148页，银桥游月宫（唐明皇游月宫）146页，张良圯桥进履50页，牛郎织女鹊桥相会16页，断桥解怨267页，骑驴过小桥67页。

封神演义

FENGSHEN YANYI

这是一部流传广泛的长篇小说，成书年代约在明朝隆庆、万历年间（1567～1620年），作者许仲琳（一说由道士陆西星作）。《封神演义》依据商灭周兴的历史背景，结合民间方士之见与神怪传说，生动地演述了商末社会纷乱、诸侯争斗、佛仙斗法的故事。全书从女娲降香开篇，据武王伐纣为情节线索，以姜子牙封诸神、周武王分封诸侯作结，宣传了善良战胜残暴、正义战胜邪恶的主题。鲁迅先生曾对此书做过概括："封国以报功臣，封神以妥功鬼，而人神之死，则委之于劫数。"长廊中有五幅"包袱画"，描绘了该书的部分故事情节。

狐精附体

大约在公元前11世纪的时候，建国六百多年的商朝传到了帝辛的手中，此时的商朝定都朝歌（今河南淇县）。帝辛是商朝最后一位帝王，他昏庸无能、骄奢淫逸，史称商纣王。纣王七年三月十五是女娲娘娘的圣诞日，他领着文武官员前往女娲宫进香，祈求国泰民安，风调雨顺。正当纣王点香行礼时，忽然一阵风吹来，将幔帐掀起，显出了女娲娘娘的圣像。纣王见女娲圣像容貌美丽，顿起淫心，在粉墙上题诗道："但得妖娆能举动，取回长乐侍君王。"女娲娘娘这天从火云宫朝贺伏羲、炎帝、轩辕三圣归来，坐在宝殿上，看到墙上的诗句，盛怒道："这无道昏君，不想修身立德保天下，却写诗亵渎于我，真是恶不可赦！看来商朝六百年的基业，气数已尽！"于是，她指使轩辕坟的千年狐狸精乘纣王选美之机，附到美人的体中进入王宫，以祸乱纣王之心，促使商朝灭亡。

纣王那天见到女娲娘娘的美貌后，朝思暮想，寝食不安，整日在宫中郁郁寡欢。大臣费仲看出纣王的心事，上前道："陛下，臣最近访到冀州侯苏护有个女儿，名叫妲己，貌若天仙，不如选入宫中，陪伴大王左右。"纣王听后，心中大喜，立刻传旨令苏护将女儿送进宫来。

苏护接旨后，恐于纣王的淫威，只得违心地亲自将女儿护送进宫。一日，苏护送女儿来到恩州，天色已晚，便在当地的驿馆休息。他安顿女儿在后堂就寝后，一人在前厅阅读兵书。半夜十分，忽然一阵阴风吹来，厅中的灯灭而复明，苏护被吹得毛骨悚然。这时，后堂的侍女大喊："妖精来了！"苏护赶忙来到后堂查看，堂内的灯又被妖风吹灭。苏护急忙取来灯火，跑到妲己床前问道："我儿，你可安好？"妲己说："孩儿在梦中被喊叫声惊醒，睁眼看时，只见父亲站在旁边，并没有什么异常。"听了女儿的话，苏护这才松了口气。他让女儿继续安息，自己去各处巡视，不敢入寝。他哪里知道，就在刚才灯灭时刻，妲己的魂魄已被一只千年狐精吸走，狐精借其女儿的人形附体，答话的正是那只狐精。第二天一早，苏护继续上路，将狐精附体的"女儿"送进朝歌的宫中。

妲己入宫后，纣王一见倾心，百般宠爱。他和妲己住在寿仙宫中，朝朝宴乐，夜夜欢娱，一连两月不理朝政。忠良老臣纷纷上朝进谏，纣王不但不听劝谏，反而偏信妲己的妖言，将敢于谏言的老太师杜元铣斩首示众。老臣梅伯听说后，气愤地来到寿仙宫，指责纣王听信妲己的谗言，黑白不分，滥杀忠臣。纣王勃然大怒，将梅伯拿下。妲己特意让工匠赶制出"炮烙"的刑具，要用酷刑处死梅伯。行刑那天，九间殿上竖起了大铜柱子，柱子上有三个火门，火门里放满了木炭。纣王叫人点燃木炭，用大扇子猛扇，把铜柱烧得通红。妲己恶狠狠地传令，将梅伯带到刑场并对他说道："你敢当面辱骂国君，今天叫你尝尝这炮烙的滋味！看今后还有哪个狂徒敢口吐狂言！"说完，就下令将梅伯用铁链绑在通红的铜柱上，梅伯发出了惨烈的叫声，很快就化成了灰烬。朝中文武看到梅伯惨死，每日诚惶诚恐，唯唯诺诺，再也不敢向纣王讲真话了。

从此，妲己变本加厉地施展妖术，迷惑纣王，迫害朝中的忠良，先后逼迫丞相商容自尽，设计害死了姜皇后。荒淫无度的商纣王，任凭妲己在朝歌为所欲为，祸国殃民，商王朝从此一天天走向了灭亡。

姜尚收徒

姜尚，字子牙，曾在昆仑山玉虚宫从元始天尊学道。一日，天尊对姜尚说："现在天下大乱，纣王残暴无道，不久将亡，你代我下山封神，扶助周室明君，也不枉费你在山上苦修四十多年的功夫。"当日，子牙就下山来到商朝的首都朝歌，寻找灭商兴周的机会。子牙先开了家算命馆，很快名声大振，后被纣王请进宫中听用。由于他反对大兴土木，修建鹿台，妲己要用炮烙酷刑加害于他。子牙闻讯逃出了朝歌，隐居在磻溪，天天在渭水边钓鱼。

一天，子牙在钓鱼时想到自己虽已年过古稀，但心中的大志还未能实现，便随口唱起歌来，以消解心中的惆怅之情。此时，樵夫武吉担柴进城，路过河边。他走近钓鱼的老人，好奇地问道："老丈，我天天见你在此钓鱼，敢问尊姓大名？"子牙道："我姓姜，名尚，字子牙，还有个号叫飞熊。"武吉听后大笑不止。子牙问他为何笑，武吉道："只有高人、圣贤方称'熊'，你只知钓鱼，名不副实，岂不惹人大笑！"当武吉看到子牙的钓鱼钩是直的，不禁又大笑道："你这钩针为何不曲？如此钓鱼，是永远也钓不到鱼的。可见你生来愚笨，怎能称'飞熊'。"子牙笑道："你只知其一，不知其二。老夫在此，名为钓鱼，实为钓当朝的君与相，并不在意水中的鱼。宁在直中取，不向曲中求。"武吉听罢，笑道："看你这样子，还想做官？"子牙道："我看你脸上的气色也不怎么好。你左眼青，右眼红，今日进城打死人。"武吉听罢，生气地说道："我和你闲谈戏语，为何毒口伤人！"说罢不悦而去。

武吉挑柴来到西岐城南门，正遇文王驾至。他急忙挑柴闪躲，不料担尖正好打在守城门军王相的耳根，王相当即死去。文王当场定罪，将命抵命。武吉因思老母无依，不禁大哭起来。此时，正好上大夫散宜生路过，见此情景，就启奏文王，宽恕武吉。文王立准武吉回家料理其母生活，待秋后再来伏法。武吉赶到家中，老母正倚门而望。武吉哭拜在地，倾诉被禁之情，并说那日姜子牙曾料到他必遇灾难。老母让儿子去找姜神人求得解救之法。

这时候，子牙正独坐垂杨之下，将鱼竿漂浮于绿波之上，唱歌取乐。武吉奉母命来到磻溪，见到子牙赶忙跪下，说明来意，求子牙救命。子牙见武吉如此虔诚，就要武吉拜自己为师，然后口授一方：叫武吉速回家，在床前，依照身长挖一个坑，深四尺，于黄昏的时候，睡在坑内，叫其母亲在其头前点一盏灯，脚后点一盏灯，再抓两把米撒在武吉身上，睡过一夜起来，只管去砍柴卖柴，再也无事了。武吉听了，领师父之命，回到家中，挖坑行事。果然，第二天文王念武吉是误伤人命，又有老母在家，就免了其罪。

几日后，武吉像往常一样，上山砍完柴，来到子牙的茅舍，拜谢师父救命之恩。子牙对武吉道："当今纣王无道，天下诸侯纷纷反叛"，又说："我前日仰观天象，见西岐不久将刀兵四起，战乱将生！此是用武之秋。古语云：'将相本无种，男儿当自强。'你应当抓紧学艺，若能建功出仕，便是天子之臣，岂能天天打柴了事？"听了子牙这番话后，武吉就正式拜姜尚为师，每日苦学武艺，练就了一身好功夫，并同师父一起辅佐周文王，成了西岐军中的一员大将。画中正是武吉拜师的情景。

> **提示**
>
> 本幅画曾被一些书描述为"问路陈仓"的故事。经过考证，并结合《封神演义》的故事情节，本图应为"姜尚收徒"的画面。

文王访贤

周文王，姓姬，名昌，商末周族的领袖，商纣王时曾被封为西伯侯。姬昌待人仁厚，尊老爱幼，受到百姓的拥护。他十分重视农业，使周族的实力渐渐发展壮大起来。姬昌特别敬重贤德之人，广招天下英才，许多有本领的人士纷纷投奔到他的门下。

与此同时，商朝的统治却出现了朝野动荡的局面。昏庸的纣王贪恋女色，被千年狐精妲己迷惑，残害了朝中许多忠良贤臣，又将贤淑仁厚的姜皇后剜眼处死，这种种伤天害理的行径，引起朝中文武的怨言和四方诸侯的不满。为防止诸侯起兵造反，纣王设计将四方诸侯关押了起来。西伯侯姬昌被囚禁在羑里，他忍辱负重，韬光养晦，发誓要回到西岐，积累力量，和四方诸侯一起，推翻纣王这个无道昏君，让天下百姓重新过上安宁祥和的生活。在被囚第七年的秋天，姬昌终于在自己儿子雷震子的帮助下，逃出了羑里，回到了西岐。

文王回到西岐，重新执掌国事。为让百姓生活得安康，三军不受征战之苦，他在西岐的正南修建了一座灵台，用来观风水、验民灾。一天，文王在台上设宴庆贺，散席时天色已晚，就夜宿在台上。三更时分，他梦见东南方有一只白额双翼猛虎向他的帐中扑来。第二天早上，文王将梦中所见，告诉了上大夫散宜生。散宜生躬身向文王道贺："当年商高祖梦到飞熊后，就得到了傅说这个贤才。大王昨晚梦见的飞虎，就是飞熊，这预示着大王也将得到一位能安邦定国的能臣。"众文武听后，也都齐声向文王道贺。

冬去春来，一个风和日丽的好日子，文王率百官去南郊踏青，听见一位樵夫在山中唱道："春水悠悠春草奇，金鱼未遇隐磻溪。世人不识高贤志，只作溪边老钓矶。"文王觉得这歌声清奇，认定这里必有贤人，便向樵夫问话。原来这樵夫就是姜子牙的徒弟武吉，他告诉文王："这首歌是师父姜尚所教，师父还有一个道号叫飞熊。"文王一听大喜，猜想：这姜尚莫非就是他梦见的白额飞虎？文王忙让武吉带路来到姜尚的草屋，要一睹这位贤人的尊容。不巧，这天姜尚正好外出不在。散宜生对文王道："臣启主公：自古求贤聘杰，礼当虔诚，今日来意未诚，故贤人避而远之。昔日上古神农拜常桑，轩辕拜老彭，成汤拜伊尹，须三日沐浴斋戒，择吉日迎聘，方是敬贤之礼。主公暂且请驾回府，改日再来，以示诚意。"

文王回到都城后，求贤心切，一心想早日见到梦中的贤人。他沐浴斋戒三天，换上了洁净的礼服，备好了礼物车马，选择了吉日，再次专程来到渭水边，聘请姜子牙出山辅佐兴周大业。文王和散宜生步行来到溪边，这时子牙正静坐在一块大石头上钓鱼。文王轻轻上前，深深鞠躬示礼，说道："贤士可好？"子牙见是文王向自己俯首行礼，忙收起鱼竿，还礼答道："不知贤王前来，没有远迎，请您恕罪！"文王忙将子牙扶起，说明了来意，献上了礼物。姜子牙见文王礼贤下士，诚心聘请自己，便答应入朝辅佐文王。君臣高高兴兴地一同回朝，一路上欢声载道，士马轩昂，万民争看，无不喜悦。 姜子牙随周文王行至朝门下马，文王升殿，子牙朝贺毕。文王封子牙为右灵台丞相，还特为子牙建造了相府。从此，明君有辅，龙虎互依。子牙治国有方，安民有法，兴周大业走向昌盛。

子牙魂游昆仑山

此图由彩绘大师李福昌所画，出自《封神演义》第四十四回的故事。故事讲述了姜子牙被十绝阵中的"落魂阵"所害，魂游昆仑山的离奇经历。十绝阵是《封神演义》中截教十大阵法，分别由金鳌岛十天君子各守一阵。其中落魂阵是第八阵，由姚宾天君所设。落魂阵威力强大，内设有白纸幡，上存符印。不论人或仙入阵内，白幡展动，魄销魂散，顷刻而灭。姚宾天君为置姜子牙于死地，在落魂阵内设立土台和香案，扎下一个写有"姜尚"名字的草人，并在草人头脚上点了十盏灯，在阵内披发仗剑，施法念咒，每天三次。20多天后，姜子牙的魂魄已被落魂阵的法术摄走二魂六魄，身体日趋衰弱，每日醉梦般酣睡，犹如死人一般躺在卧榻上。这一天，姜子牙仅存的一魂一魄随风飘荡，如絮飞腾，径直来到他的出道之地昆仑山，正好遇见南极仙翁闲游山下、采集芝药。仙翁猛见子牙魂魄渺渺而来，大惊说道："子牙绝矣。"慌忙赶上前，一把抓住子牙的魂魄，装在随身的葫芦里。为救姜子牙，赤精子特地赶来拿走葫芦，前往西岐吩咐看好卧榻上的姜子牙，又急奔昆仑山，按元始天尊的吩咐找到太上老君，取得太极图，破了姚宾天君的落魂阵，把草人抢出阵来，姜子牙的魂魄终被救回。

有古诗道：

　　　　左道妖魔事更偏，咒诅魔魅古今传。
　　　　伤人不用飞神剑，索魂何须取命笺。
　　　　多少英雄皆弃世，任他豪杰尽归泉。
　　　　谁知天意俱前定，一脉游魂去复连。

7区 山色湖光共一楼

群力除殷郊

狐精附体的妲己进宫后，纣王整日朝欢暮乐，不理朝政，国势渐渐衰退。纣王原配姜皇后劝谏纣王，妲己怀恨在心，向纣王进谗言，谋杀了姜皇后，又要加害于太子殷郊、殷洪。太华山云霄洞的赤精子和九仙山桃源洞的广成子不忍见两位太子惨遭杀身之祸，便施法术，救出了两位殿下。

殷郊、殷洪立誓要报杀母之仇，分别拜广成子和赤精子为师学习武艺。两人练就了一身好功夫后，决定下山帮助周武王讨伐纣王。殷洪下山前向师父立誓说："弟子下山，若是变心，就让师父将弟子化成飞灰。"可就在他下山不久，却听信了妖道申公豹的蛊惑，背叛了自己的誓言，加入了讨周的队伍。赤精子得知后，含悲忍泪用太极图将殷洪化成了飞灰。此时，九仙山的广成子见殷郊武艺日益精进，羽翼已经丰满，可以下山参加伐纣的大军。一日，广成子让殷郊到狮子崖的山洞中找几件顺手的兵器，殷郊在山洞中无意中吃了几粒丹丸，竟变成了一个面似蓝靛、发如朱砂、三头六臂的怪物。广成子见了大笑着，递给他一柄方天画戟，又将番天印、落魂钟、雌雄剑三件法宝交给了他，并要求他下山后要专心辅佐周武王，绝不能半途改变信念。殷郊信誓旦旦地表示，如若三心二意，愿死在犁锄之下。可他同殷洪一样，下山不久，在奔赴西岐的路上，也听信了申公豹的挑唆，改变了原来的信念，反了西周。他违背对师父的诺言，助纣为虐，还用手中的法宝打败西岐的军队，又指派妖道罗宣放出万只火鸦和九条火龙火烧西岐城。

正在这时，西王母之女龙吉公主驾青鸾飞经西岐上空，见烈焰腾空，火鸦火龙肆虐，就用雾露乾坤网灭了大火，收起火鸦，并将罗宣赶走。广成子、燃灯法师等仙人闻讯赶

7区鱼藻轩西

来，决定协助姜子牙除掉殷郊。广成子是殷郊的师父，先苦口婆心地劝他弃暗投明，可殷郊却执迷不悟。广成子又气又愧，亲自出面到八景宫玄都洞，向老子借来玄都离地焰光旗，从西方借来青莲宝色旗，又从瑶池金母那里借来了聚仙旗，再加上姜子牙的杏黄旗，来破殷郊的番天印。四旗刚刚备齐，赤精子和文殊广法天尊也及时赶到，与广成子和燃灯法师四位仙人各持一面旗子，分守四方。

深夜时，黄飞虎带兵突袭商营，把殷郊打得措手不及，一直逃到岐山。周武王、姜子牙和四位仙人早就在那里等候，殷郊四面受敌，番天印的法力也被四旗所破。图中白髯皓首老者是姜子牙，他正骑着坐骑"四不像"追赶面如蓝靛的殷郊。四处碰壁的殷郊只好逃到一座山谷，想用土遁术逃走。燃灯法师见殷郊要逃，两手一合，将两边的山合拢在一起，紧紧夹住了殷郊的身体。广成子令武吉将这个叛逆的徒弟处死在山谷中。

颐和园昆明湖与万寿山

第二章 春秋、战国

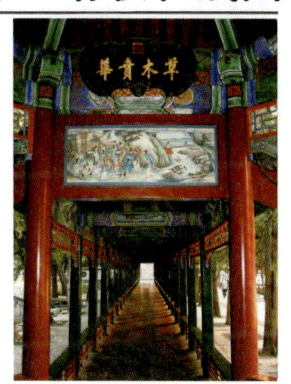

（前770～前221年）

长廊从东到西共有四座观景亭，一种说法认为这四亭分别象征一年的春、夏、秋、冬四季，根据乾隆皇帝为四亭题写的诗句来看，四亭的名称还分别含有其特定的含义。留佳亭是其中第一座观景亭，为重檐八角式建筑，乾隆皇帝亲自为此亭命名题匾，并写下诗句："溪亭八柱映波虚，两字檐题足起予。目见耳闻食无尽，每当佳处合留余。"诗中"起予"语出《论语》，意为启发人的意志；"合留余"表示应当留下观赏的意思。乾隆的这首诗和他亲笔所书的"留佳亭"匾额，足以给人们启发：身边的美景是无穷尽的，每当遇见佳丽的景色，便应当让自己驻足观赏一番。

伯乐相马

这幅画是根据中国人耳熟能详的典故绘制的。"伯乐"原为天星名，主典天马，后来人们将善相马的人尊称为伯乐。秦国选马大臣孙阳，专门为秦穆公在全国挑选千里马，被称为伯乐，凡是经过他挑出的马一定是能日行千里的宝马良驹。

《战国策·楚策四·汗明见春申君》中记述了一个"伯乐相马"的故事。一天，在道路崎岖的太行山上，一匹千里马驾着沉重的盐车吃力地向上攀行。马的后蹄蹬地，前膝弯曲，尾巴夹在两股之间，气喘吁吁，浑身流汗。车到半坡前，无论马怎么用力，也不能前进一步。这时伯乐正好路过此地，他忙走向前，抚摸着马背，难过得流下了眼泪，并解下身上的麻衣，给千里马披上。千里马向前低下头，喷着气，又抬起头，大叫一声，声音直冲云霄，好像金石发出的声音，千里马似乎感知到眼前这个人十分赏识它。伯乐也从声音判断出这是一匹难得的骏马。他对驾车的人说："这匹马可在疆场上驰骋，任何马都比不过它，但如果用来拉车，它却不如普通的马，你还是把它卖给我吧。"驾车人认为伯乐太傻，他觉得这匹马骨瘦如柴，不仅拉车没力气，吃得也太多，便毫不犹豫地同意了。

伯乐高兴地牵着千里马，直奔秦国。他来到宫殿前，拍拍马的脖颈说："我给你找到了好主人。"千里马好像明白了伯乐的意思，抬起前蹄把地面踏得咯咯作响，引颈长嘶，声音洪亮，如洪钟石磬。秦穆公听到马的嘶鸣，走出宫外。伯乐指着马对他说道："大王，我把千里马给您带来了，请仔细观看。"秦穆公一见伯乐牵的马瘦得不成样子，认为伯乐愚弄他，有点不高兴地说："这马瘦得连走路都很困难，能上战场吗？"伯乐说："这确实是匹千里马，不过拉了一段车，又没有精心喂养，所以看起来很瘦。只要精心调养，不出半个月，一定会恢复体力。"果然没多久，在伯乐的精心饲养下，那匹瘦马真的成了一匹能日行千里的宝马，秦穆公骑着它一连攻下十二座城池，使他成为春秋五霸之一。

韩愈在他的《杂说》中写道："世有伯乐，然后有千里马。千里马常有，而伯乐不常有。"后人用"伯乐相马"来比喻那些善于慧眼识别、举荐人才的人。

介推逃赏

本幅彩画是根据典故"介推逃赏"的情形绘制的。

介子推，又称介之推，尊称介推，春秋晋国的臣子。公元前651年，晋献公去世，众公子们纷纷出来争夺王位，宫廷大乱。晋献公的宠妃骊姬为了让自己的儿子奚齐继位，设计谋害太子申生，申生被逼自杀。申生的弟弟重耳，为了躲避祸害，流亡出走。

在流亡期间，重耳身边的臣子大都相继离他而去，只剩介子推等少数几个忠心耿耿的人，一直追随着他。一行人常常风餐露宿、食不果腹。一次由于几天没有得到食物，重耳几乎饿晕了过去。危急时刻，介子推毅然割下自己大腿上的肉，煮了一碗肉汤让重耳喝下，救了重耳一命。大难不死的重耳发誓，将来返回晋国后，一定要重重报答介子推。介子推答道："我不图公子将来的报答，只希望公子能早日回国成就一番大业！"

重耳一行人最后被迫逃亡到秦国，受到秦穆公的善待。公元前636年，秦穆公派兵护送重耳返回晋国，流亡十九年的重耳终于重返故土，登上了晋国的大位，成为历史上有名的晋文公。当初同他一起流亡的臣子们，纷纷向他邀功请赏。介子推却说道："晋献公有多个儿子，只有公子重耳活到今天，这是老天有眼。重耳当上晋国国君，是天意的安排，一些人却把这当作自己的功劳，贪天功为己功，向君王请功求赏，实在可耻。我绝不和这些人同流合污，一起做官！"之后，介子推背起母亲，上绵山（在今山西介休东南）隐居了起来。而那些邀功请赏的臣子们，有的得到了封地，有的赐给了爵位，唯独介子推没有得到任何封赏。

后来有人写了《龙蛇歌》为他鸣不平，歌中道："龙欲上天，五蛇为辅。龙已升云，四蛇各入其宇。一蛇独怨，终不见处所。"晋文公听到了一些议论，想起了当年那个"割肉奉君"的介子推，便率文武随从亲自上绵山寻找介子推。为迫使他出山，晋文公下令三面放火。不料大火却连烧三天三夜，待火熄灭后，还是不见介子推出来。寻找的人上山一

看，介子推母子俩抱着一棵烧焦的大柳树已被烧死。晋文公望着介子推的尸体痛心疾首，哭拜了好一阵。他们发现介子推的脊梁堵着个柳树洞，洞里藏着一片衣襟，上面题了一首血诗：

　　割肉奉君尽丹心，但愿主公常清明。柳下做鬼终不见，强似伴君作谏臣。
　　倘若主公心有我，忆我之时常自省。臣在九泉心无愧，勤政清明复清明。

　　晋文公将血书藏入袖中，把介子推和他的母亲都厚葬在那棵烧焦的大柳树下。为表示对贤臣的怀念并铭记自己的过失，晋文公将那棵大柳树赐名为"清明柳"，把绵山改为"介山"，并在山上建了纪念祠堂。

　　此后，晋文公将介子推的血书作为自己的"座右铭"，勤政廉洁，励精图治，将国家治理得很好。得以安居乐业的晋国百姓，对不居功名、不图富贵的介子推非常怀念。为纪念他，晋文公把放火烧山的那一天定为寒食节（在清明前一天，一说前两天），晓谕全国，每年这天禁忌烟火，只吃冷食，在民间直到今天仍然可见一些寒食节传统的习俗。"介推逃赏"或"介子焚山"也成了历史典故，用来赞美那些贤士功臣珍惜名节、不求仕禄的美德。

老子出关

　　此图原画是清代海派画家任伯年所画。老子是春秋后期著名的思想家、哲学家、道家创始人。据《史记》记载，他姓李，名耳，字伯阳，又字聃，楚国苦县（今河南鹿邑东）厉乡曲仁里人，一说为今安徽涡阳人。约生活于公元前571年至公元前471年之间。老子刚一出生，相貌就与众不同，前额宽阔，耳垂特别大，他父亲就用表示大耳垂的"聃（dān）"

7区75外西

作为老子的字，希望他福旺寿长。

老子从小聪明好学，博览群书。他在二十多岁的时候，为开阔眼界，扩充知识，一人来到全国的政治文化中心，东周的都城洛阳。在那里，老子凭着自己的才干，很快就担任了"守藏室之史"（管理藏书的史官）。老子利用良好的读书环境，更加如饥似渴地读书，逐渐成为全国知名的大学问家。许多人慕名从远方来到洛阳向他请教学问。在后来的几年里，东周的国力一天天衰弱，还爆发了长达五年之久的内战，连国家图书馆的大量珍贵图书也遭到了破坏。老子决定离开洛阳，前往民风淳朴、社会安定的秦国安度晚年。老子骑着青牛，向西面的函谷关走去。

当时守关的长官名叫尹喜，称为关令尹喜。这一天他正站在城关上观望天象，只见关谷中有一团紫气从东方冉冉飘移而来。尹喜也是一个修养与学识极其高深的人，一看到这种天象，就预知今天将会有圣人要经过他的城关。尹喜走出城关，恭恭敬敬地守候在路旁。不久，他果然见到一位仪表非凡、仙风道骨的老者，骑着一头青牛慢慢地向关口行来。他惊喜地叹道，圣人原来就是他仰慕已久的老子！尹喜知道老子要远走高飞了，就设法让这位当代最著名的思想家留下他的智慧。他走向前去向老子施礼说道："老先生今途经本关，未曾远迎，望先生原谅！素闻先生学问精深广博，请务必将您的真知灼见写下来，以便能让天下的百姓都能感受到先生的教诲，请您不要推辞！"

老子被尹喜的真挚所感动，便在函谷关住了几天。他将自己关于道德、无为而治、以柔克刚以及对宇宙、人生、社会等方面的见解，洋洋洒洒地写下五千余言的《道德经》。上篇为《道经》，下篇为《德经》，共有八十一章。这篇伟大的著作就这样诞生了！关令尹喜一口气读完了全文，深深地被书中精妙的道理所吸引。他对老子说："读了您的著作，我再也不想当这个关令了，我要跟您一起出走，伴随在您的左右。"老子莞尔一笑，同意了。尹喜真的跟着老子向西走出了函谷关，后来还有人看到他们两人自由自在地游历在西域的流沙之中……

《道德经》开创了我国古代哲学思想的先河，被中国本土宗教道教奉为主要经典，也是我国传统文化的重要典籍之一。《道德经》蕴涵着丰富的哲学理念，主张清静和顺、无为而治、谦下不争、反战尚和等思想，体现了深厚的生命关怀、社会关怀、环境关怀的人文精神。老子的哲学思想和由他创立的道家学派，对我国两千多年来思想文化的发展，产生了深远的影响。

麒麟献书

本幅彩画取意于典故"麒麟献书"。

麒麟是中国古代先人想象中的一种瑞兽,与龙、凤、龟同称为四灵兽,为吉祥的象征。中国儒学的鼻祖孔子与麒麟有着许多美好的传说。孔子(前551～前479年),名丘,字仲尼,鲁国陬(zōu)邑(今山东曲阜东南)人。孔子小时候"贫且贱",他一生刻苦读书、讲学,成为春秋末期的著名思想家、教育家以及儒家学说的创始者。本图描绘的就是一个有关孔子与麒麟的故事。

据北宋李昉等编撰的《太平御览·孝经右契》记载,一天夜里,孔子在梦中恍恍惚惚地看到丰沛邦有赤色烟起,聚在一起经久不散,孔子一下惊醒起来。他想,莫非有圣贤出世,要来指点我的学问?他忙叫起学生颜回和子夏赶着车子,一起前往观看。正走着,忽然看见河岸上有个小孩手拿木棍打一只麒麟,孔子急忙下车制止。小孩见有人来,慌忙把麒麟藏于一堆干草中,骗孔子说:"刚才有一只麒麟往那边去了。"孔子不相信,扒开干草一看,发现一只前足受伤的麒麟,正可怜地望着孔子求救呢。孔子十分痛心,连忙脱下衣服盖在麒麟身上,又小心地给它包扎了伤口。麒麟舔着孔子的手,突然吐出三部书来,然后跳下河岸,消失不见了。孔子这才知道那是一只神麒麟,也许是因为他的"仁爱"感动了上天,派麒麟送给他三部天书。孔子得到这三部天书之后,整日潜心苦读。渐渐地,他的学问有了很大长进,最终成了名传千古的至圣先师。直到今天,在文庙、学宫中还可以看到不少画有"麒麟献书""麒麟送子"等图案的装饰物,用来表示圣贤诞生、祥瑞降临的吉祥含义。

6区71外北

五福庆寿

　　本图是李作宾大师依据古画所绘。画面中一老者向天上张开双臂，五只蝙蝠从空中飞来，两位童子翘首仰望，寓意"五福庆寿"或"五福迎祥""福从天降""福自天来""天赐洪福"，是吉祥图中一种常用图案。

　　"蝠"与"福"是同音字，这里借五只蝙蝠比喻"五福"。"五福庆寿"的图案常出现

5区49内西

在民间年画以及庆寿、祝福的喜庆场合。古人根据所处时代的风尚，将"福"的重要内容概括为五个方面，称为"五福"。不同时代，五福所指略有不同。《尚书·洪范》中所说的五福为："一曰寿，二曰富，三曰康宁，四曰攸好德，五曰考终命。"即长寿、富有、康宁、修德和善终。东汉桓谭的《新论》则说："寿、富、贵、安乐、子孙众多"为五福。另一种流传于民间通俗解释"五福"的含义是"福、禄、寿、禧、财"。

鱼腹藏剑

　　这是春秋战国时的故事，典出《史记·刺客列传》。楚国宰相伍奢喜欢直言进谏，楚平王听信谗言，一怒之下将他囚禁。奸臣费无极献计，逼伍奢修书，把镇守樊城的两子伍尚、伍员（伍子胥）召来，欲将伍奢父子三人一同斩首，以消后患。伍员心疑不去，伍尚一人前往，结果被楚平王连同其父一起处死。楚平王又派大将武城黑捕拿伍员。伍员逃出樊城，来到昭关。因关前已挂图缉拿他，他只好躲在隐士东皋公家里，又急又愁，一夜间须发全白，最终在东皋公的帮助下混出昭关，逃到了吴国。

伍员在吴国行乞于市，与孝义双全的勇士专诸相识结拜。吴王馀昧死后，吴国开国之君寿梦的长孙姬光（即阖闾）本应继承王位，而寿梦三儿子馀昧之子姬僚却仗势自立为王。姬光为重新夺回王位，积攒力量，广结义士。他素闻伍员有勇多谋，便将正在沿街吹箫乞食的伍员收为宾客，伍员又将专诸推荐给姬光。姬光奉给专诸优厚的待遇，像对家人一样对待专诸。深受感动的专诸发誓要帮姬光刺杀姬僚，夺回王位，以报大恩。

　　专诸得知吴王姬僚喜欢吃鱼，便设法通过向吴王献鱼的机会接近他。专诸特意拜师学习烹鱼的手艺，很快在皇城中小有名气。一日，姬光假意请吴王僚赴宴，专诸扮成厨夫，并在鱼腹内暗藏匕首，准备借献鱼之机，寻机刺杀吴王僚。吴王怕人行刺，身穿铠甲，带了百名卫士随行赴宴。当专诸端上一盘香喷喷的红烧鲤鱼时，吴王僚对专诸的手艺赞不绝口，专诸趁机拔出藏在鱼腹中的尖刀，将吴王僚当场刺死，自己也被卫士乱刀砍死在大殿上。在勇士专诸的帮助下，姬光夺回了王位，成为吴国新的国君。伍员积极谏言姬光兵伐楚国，为报杀父之仇，他找到楚平王的坟墓，鞭尸泄恨。此故事被编成了戏剧，常演不衰，后人还常以成语"鱼腹藏剑"来比喻暗藏杀机。

伯牙遇知音

　　相传春秋时代，有一位名公，姓俞，名瑞，字伯牙，楚国郢（yǐng）都（今湖北江陵北）人。俞伯牙虽是楚人，却在晋国为官，官至上大夫之位。一次奉晋主之命，去楚国访问。伯牙是个风流才子，一路上的山水之胜，正投其怀。张一片风帆，凌千层碧浪，看不尽遥山叠翠，远水澄清，不到一日，船就行至汉阳江口。时当八月十五日中秋之夜，忽然风狂浪涌，大雨如注。舟楫不能前进，泊于山崖之下。不多时，风停浪静，雨止云开。那雨后之夜，皓月当空，江面皎洁。伯牙在船舱中，独坐无聊，命童子在船内焚香，自言道："待我抚琴一操，以遣情怀。"伯牙开囊取琴，弹奏了一曲。曲犹未终，指下"砰"的一声响，琴弦断了一根。伯牙大惊，叫童子去问船夫："这船所在是何处？"船夫答道："偶因风雨，停泊于山脚之下，虽然有些草树，并无人家。"原来伯牙所弹的琴是古传宝琴，可知人测事。琴弦一断，不是有人在偷听，就是有歹人在附近窥视。伯牙惊道："若是城郭村庄，或有聪明好学之人，盗听吾琴。可这荒山下，哪会有听琴之人？"他忙吩咐左右："与我上崖搜检一番。那听琴之人不在柳荫深处，就在芦苇丛中！"左右领命，正欲搭跳上崖，忽听岸上有人答道："舟中大人，不必见疑。小人并非奸盗之流，乃樵夫也。因打柴归晚，值骤雨狂风，雨具不能遮蔽，潜身岩畔。闻君雅操，才停住听琴。"

　　伯牙见樵夫出言不俗，便请他上船，谈论起有关琴曲的学问。伯牙听樵夫对答如流，疑心是记问之学，又接着问道："假如下官抚琴，心中有所思念，你可能闻而知之？"樵夫道："大人试抚弄一曲，小人尽心猜度。若猜不着时，大人休得见罪。"伯牙将断弦重整，沉思半晌，其意在于高山，抚琴一弄。樵夫赞道："美哉洋洋乎，大人之意，高山也！"伯牙不语。又凝神一会，将琴再鼓，其意在于流水。樵夫又赞道："美哉汤汤乎，志在流水！"只两句，便道出了伯牙的心事。伯牙大惊，推琴而起，连呼："失敬！失敬！石中有美玉之藏，若以衣貌取人，岂不误了天下贤士！先生高名雅姓？"樵夫欠身而答："小人姓钟，名徽，贱字子期，虚度二十有七，家住马安山集贤村。"伯牙拱手道："是钟子期先生。"子期转问："大人高姓？荣任何所？"伯牙道："下官俞瑞，仕于晋朝，奉晋主之命前来访问楚国。下官年长一旬，子期若不见弃，结为兄弟相称，不负知音契友。"子期笑道："大人差矣！大人是晋国名公，钟徽是穷乡贱子，怎敢仰攀？"伯牙道："相识满天下，知心能几人？下官碌碌风尘，得与高贤结友，实乃生平之万幸！"遂命童子重添炉火，再点

名香，在船舱中与子期顶礼八拜：伯牙年长为兄，子期为弟。今后兄弟相称，生死不负。拜罢，复命取暖酒再酌。子期让伯牙上座，伯牙从其言。换了杯箸，子期下席，兄弟相称，彼此谈心叙话。正是："合意客来心不厌，知音人听话偏长。"

谈论正浓，不觉月淡星稀，东方发白。船上水手都起身收拾篷索，准备开船。子期起身告辞，伯牙捧一杯酒递与子期，握子期之手，叹道："贤弟，我与你相见何太迟，相别何太早！不如和我一起顺江游览论琴。"子期闻言，不觉泪珠滴于杯中。子期道："小弟非不欲相从。怎奈家有二亲年老，'父母在，不远游'。"伯牙道："贤弟真所谓至诚君子。也罢，明年我还是在仲秋日来看贤弟。"子期道："既如此，小弟来年仲秋准在江边侍立恭候，不敢有误。"天亮时分，两人洒泪而别。

伯牙绝弦

光阴荏苒，过了秋冬，不觉春去夏来又是一年。伯牙心念子期，无日忘之，想着中秋节已近，奏过晋主，给假还乡，伯牙收拾行装，仍从水路而行。仲秋之夜，船行至去年泊船相会子期之处，他吩咐水手，将船停泊，水底抛锚，崖边钉橛。其夜晴明，船舱内一线月光，回想去年在此与知己相逢，今夜重来，又值良夜。他们约定江边相候，如何不见子期踪影，莫非食言？又等了一会儿，想道："可能是江边来往船只颇多，我今日所驾的不是去年的船了，吾弟如何认得。去年我原为抚琴惊动知音，今夜仍将瑶琴抚弄一曲，吾弟闻之，必来相见。"伯牙开囊取琴，才泛音律，商弦中有哀怨之声。伯牙停琴说道："呀！商弦哀声凄切，吾弟必遭忧在家。去岁他曾言父母年高，若非父丧，必是母亡。他为人至孝，事有轻重，宁失信于我，不肯失礼于亲，所以不来也。来日天明，我亲上崖探望。"说罢，伯牙叫童子收拾琴桌，下舱就寝。

伯牙一夜未眠，看到月移帘影，日出山头，他起来梳洗整衣，命童子携琴相随，又取黄金十镒（二十两）带去，心想："如吾弟居丧，可为赠礼。"伯牙顺着樵径，行约十数里，出一谷口，伯牙向一位行路的老者打听到集贤村钟家庄的去路。老者道："先生到钟家庄，要访何人？"伯牙道："要访子期。"老者闻言，放声大哭道："子期钟徽，乃吾儿也。去年八月十五采樵归晚，遇晋国上大夫俞伯牙先生。谈论之间，意气相投。临行赠黄金二笏，吾儿买书攻读，白天则采樵负重，夜晚则苦读辛勤，心力交瘁，病入膏肓，数月之间，就亡故了。"

伯牙闻言，泪如泉涌，大叫一声，昏厥于地。钟公用手搀扶，回顾小童道："此位先生是谁？"小童低低附耳道："就是俞伯牙老爷。"钟公道："原来是吾儿好友。"伯牙苏醒后坐于地上，双手捶胸，恸哭不已。他叹息道："贤弟呵，我昨夜泊舟，还说你食言，岂知已为泉下之鬼！你有才无寿呀！"钟公拭泪相劝。伯牙哭罢起来，重与钟公施礼，伯牙道："老伯，令郎是停柩在家，还是出瘗（yì，掩埋之意）郊外了？"钟公道："亡儿曾遗言嘱咐道：'修短由天，儿生前不能尽人子事亲之道，死后乞求葬于马安山江边，好与晋大夫俞伯牙赴约，以遵守生前许言。'"在钟公的指引下伯牙来到子期的坟前，放声痛哭，哭声惊动了附近的黎民百姓。闻得朝中大臣来祭钟子期，大家争先前来观看。伯牙命童子把瑶琴取出囊来，放于祭石台上，盘膝坐于坟前，挥泪两行，抚琴一操。那些看者，闻琴韵铿锵，鼓掌大笑而散。伯牙问："老伯，下官抚琴，吊令郎贤弟，悲不能已，众人为何而笑？"钟公道："乡野之人，不知音律。闻琴声以为取乐之具，故此长笑。"伯牙道："原来如此。老伯可知所奏何曲？"钟公道："老夫幼年也颇习。如今年迈，五官半废，模糊不懂久矣。"伯牙道："下官随心弹一曲短歌，以吊令郎，口诵于老伯听之。"于是，伯牙咏唱道："忆昔去年春，江边曾会君。今日重来访，不见知音人……"咏毕，伯牙取出手刀，割断琴弦，双手举琴，向祭石台上用力一摔，摔得玉珍抛残，金徽凌乱。钟公大惊，问道："先生为何摔碎此琴？"伯牙叹道："摔碎瑶琴凤尾寒，子期不在对谁弹！春风满面皆朋友，欲觅知音难上难。"从此，"伯牙绝弦"的故事成为一则成语，被用来形容知音难遇、痛失知己的哀伤。

> **提示**
> "伯牙遇知音"和"伯牙绝弦"的故事选自《警世通言》第一卷。《警世通言》与《喻世明言》《醒世恒言》合称"三言"，是中国古代文学作品中的优秀代表作之一，由明代文学家冯梦龙编。

范蠡扁舟

本图画的是春秋末政治家范蠡功成身退、扁舟五湖的故事。

范蠡，字少伯，越国大夫，楚国宛（今河南南阳）人，为越国战胜吴国立下了汗马功劳。据《史记·货殖列传》记载，范蠡在功成名就后，主动辞官散金，泛舟于五湖之上，游至齐国，改名鸱（chī）夷子皮。后到陶（山东定陶西北），改名陶朱公，以经商致富闻名天下，被后人尊为"商圣"。

范蠡无论是为官还是经商，都具有超出常人的洞察力。他认为：天时、节气随着阴阳二气的矛盾而变化，国力的盛衰也总是不断地在转化着。强盛时，要戒骄；衰弱时，要争取有利的时机，创造有利的条件，转弱为强。春秋末期，吴越两国强盛转化的历史，雄辩地证明了他的观点。当年，吴王阖闾迁都姑苏后，国力强盛，在与越王勾践争夺霸权时，阖闾中勾践箭身亡，临终前留下遗言，要儿子夫差为他报仇雪恨。此后，吴越在"夫椒之战"中，勾践又被吴王夫差所败，成为吴国的俘虏。勾践和范蠡等越国大臣被迫至吴宫为奴仆。他们在吴国忍辱负重，不露锋芒，使夫差渐渐丧失了警惕，两年后将勾践放归越国。

勾践回到越国后，卧薪尝胆，励精图治，经常提醒自己说："你忘了夫椒战败被俘的耻辱吗？"短短几年，越国很快恢复了国力。为麻痹吴王的斗志，范蠡将收养的越国美女西施献给夫差。夫差宠爱西施，将她立为吴王妃，终日沉湎于酒色之中。西施，小名夷光，父为樵夫，母为织女，春秋末年越国苎罗（今浙江诸暨南）人，在故乡时曾于若耶溪浣纱。西施十五岁时，由范蠡收入府中，教以歌舞，习以礼节，成为中国古代四大美女之首，在越国灭吴国的过程中，她起到了特殊的作用。

公元前473年，苦行自励以报兵败之辱的越王勾践，在大夫范蠡、文种等辅佐下，终

6区74内南

于打败了因北伐争霸而致兵力空虚的吴国，夫差拔剑自刎。勾践灭吴后，挥军北渡淮河，与齐、晋诸侯会于徐州，成为春秋时期最后一位霸主。就在越国昌盛达于巅峰之时，懂得相面之术的范蠡，深知勾践的为人，"可与其共患难，而不可共处乐"，他毅然乘一叶扁舟出三江，入五湖，功成身退。临行前，他曾写信将"飞鸟尽，良弓藏；狡兔死，走狗烹"的道理告诉了与他共患难的朋友文种，文种接信后虽"称病不朝"，但因留恋高位，不愿隐退，最终被勾践赐剑，自杀而亡。

范蠡引退后，两度改名易姓，游走江湖。传说他携带着西施（一说同自己的妻子），悄悄离开了越国，沿着古吴水（今大运河苏南段）乘船来到无锡，在五里湖畔隐居。据说，范蠡曾在五里湖畔帮助百姓研究养鱼致富的门路，撰写了中国第一部《养鱼经》。后来，范蠡又去宜兴指导制陶技术，今天宜兴还有"慕蠡洞"。范蠡泛舟五湖的故事，被后人引为"功成身退""避祸远隐"的典故。唐代诗人温庭筠引用此典，写下了脍炙人口的诗篇《利州南渡》。长廊的这幅彩绘画和温庭筠美妙的诗句，仍能使人们领悟到两千多年前，范蠡面对浩淼的五湖烟波，淡泊功名利禄，泛舟于江湖之上的超然心境。诗中写道：

澹然空水带斜晖，曲岛苍茫接翠微。波上马嘶看棹去，柳边人歇待船归。

数丛沙草群鸥散，万顷江田一鹭飞。谁解乘舟寻范蠡，五湖烟水独忘机。

【诗注】利州：在今四川广元，南临嘉陵江。澹然：水波闪动的样子。翠微：青翠的山色。棹：船桨，代指船。忘机：忘却俗念。

考证花絮

本幅画在以往长廊画故事书中被认定为李白"随人直渡西江水"的配诗画。经考证，此图实为清代画家马骀作品《范蠡扁舟》的临摹画，画面中的古装女子应是西施（一说为范蠡妻）。

长廊山水画

叶公好龙

这幅聚锦彩画描绘了"叶公好龙"这一成语故事。汉代刘向《新序·杂事》记载,春秋时,楚国有位叫叶公的人非常喜欢龙。他家房屋的梁柱和门窗上都雕着龙的图案,墙上也画着龙,就连日用器物上都绘有龙纹。天上的真龙知道后很受感动,到叶公家来拜访。龙把头从窗口伸进屋子里,把尾巴横在客堂上。叶公看到后,吓得面如土色,魂不附体,抱头就跑。原来他并不是真正喜欢龙。他爱的是假龙,怕的是真龙。后来,人们用"叶公好龙"比喻表面上爱好某一事物,实际上并不是真正爱好它,甚至是畏惧它。

东郭先生

这幅彩画是根据寓言"东郭先生"绘制的,该寓言出自明代马中锡《东田文集·中山狼

4区36外西

传》。一日，春秋末晋国大夫赵简子率领随从到中山去打猎，途中遇见一只像人一样直立的狼狂叫着挡住了去路。赵简子立即拉弓搭箭，只听得弦响狼嚎，飞箭射穿了狼的前腿。那狼中箭不死，落荒而逃，赵简子驾车穷追不舍，车马扬起的尘土遮天蔽日。

此时，东郭先生正站在一头毛驴旁四下张望，驴背上驮着一大袋书简。原来，他要前往中山国求官，走到这里迷了路。正当他面对岔路犹豫不决的时候，突然窜出一只受伤的狼。那狼哀怜地对他说："有人在追赶我，请赶快把我藏进你那个口袋里吧，如果我能够活命，以后一定会报答你的！"东郭先生看着赵简子的人马越来越近，为难地说："我如果隐藏世卿追杀的狼，岂不是要触怒权贵；然而墨家的宗旨，博爱为本，又不容我见死不救，即使有祸，也是回避不了的。你就躲在口袋里吧！"说着他便拿出书简，腾空口袋，让狼钻了进去。他既怕狼的脚爪踩着狼颔下的垂肉，又怕狼的身子压住了狼的尾巴，装来装去三次都没有成功。情急之下，狼蜷曲起身躯，恳求东郭先生先绑好它的四只脚再装。这一次果然很顺利，狼被装进了书袋，东郭先生又把书简盖在了装狼的袋子上，后退到路旁。

不一会儿，赵简子来到东郭先生跟前。他见那只狼突然去向不明，愤怒地挥剑斩断了车辕，并威胁说："谁敢知情不报，下场就跟这车辕一样！"东郭先生匍匐在地上说："虽说我是个蠢人，但还认得狼。人常说岔道多了连驯服的羊也会走失，而这中山的岔道把我都搞迷了路，更何况一只不驯的狼呢？"赵简子听了这话，调转车头就走了。

当人唤马嘶的声音远去之后，狼在口袋里说："多谢先生救了我，请放我出来，受我一拜吧！"好心的东郭忙将狼放了出来，并为它解开了绳子。可是这只恶狼一出口袋，就改口说道："刚才多亏你救了我，使我大难不死。现在我饿得要死，你为什么不把身躯送给我吃，将我救到底呢？"东郭忙拿出一块饼给狼吃，可狼不屑一顾，张牙舞爪地向东郭先生扑来。东郭先生慌忙躲闪，围着毛驴兜圈子与狼周旋起来。太阳快下山的时候，东郭先生怕天黑遇到狼群，就对狼说："我们还是按民间的规矩办吧！如果有三位老人都说你应该吃我，我就让你吃。"狼高兴地答应了。由于没有行人，狼逼他去问路旁的老杏树。老杏树说："种树人只费一颗杏核种我，二十年来他一家人吃我的果实、卖我的果实，享够了财利。尽管我贡献很大,到老了,却还要被他卖到木匠铺换钱。你对狼恩德不重,它为什么不能吃你呢?"狼正要扑向东郭先生,却又看见了一头母牛,于是它又逼东郭先生去问母牛。那牛说:"当初我被老农用一把刀换回。他用我拉车帮套、犁田耕地,养活了全家人。现在我老了,他却想杀我,要从我的皮肉筋骨中获利。你对狼恩德不重,它为什么不能吃你呢?"狼听了又嚣张起来。

就在这时,走来了一位扛着锄头的老人,东郭先生急忙请老人主持公道。老人听了事情的经过,叹息地指着狼问道:"你们狼不是也讲父子之情吗?为什么要加害你的救命恩人呢?"狼狡辩地说:"他用绳子捆绑我的手脚,用诗书压住我的身躯,分明是想把我闷死在不透气的口袋里,我为什么不该吃掉这种人呢?"老人说:"你们各说各有理,我难以裁决。俗话说'眼见为实',如果你能让东郭先生再把你往口袋里装一次,我就可以依据他谋害你的事实为你作证,这样你岂不有了吃他的充分理由?"狼高兴地听从了老人的劝说,又重新让东郭先生将它捆住,放进了袋中。急于要吃掉东郭的饿狼却没想到,当它再次被放入口袋后,等待它的是老人与东郭先生的锄头和利剑。

东郭先生把"兼爱"施于恶狼身上,因而险遭厄运,这一寓言告诉我们,一个人应该真心实意地爱人民,但丝毫不应该怜惜狼一样的恶人。现在,"东郭先生"和"中山狼"已经成为汉语中的固定词语,"东郭先生"专指那些不辨是非而滥施同情心的人,"中山狼"则指那种忘恩负义、恩将仇报的小人。

渔翁得利

本图描绘的是一个常用的谚语:"鹬蚌相争,渔翁得利。"此典出自《战国策·燕策二》:"蚌方出曝,而鹬(yù)啄其肉,蚌合而拑其喙。鹬曰:'今日不雨,明日不雨,即有死蚌。'蚌亦曰:'今日不出,明日不出,即有死鹬。'两者不肯相舍,渔者得而并擒之。"

鹬是一只长腿细嘴的水鸟,当河蚌刚刚爬上河滩张开壳儿晒太阳时,鹬鸟扑过去啄它的肉。蚌灵敏地合拢起自己坚硬的外壳,把鹬鸟尖尖的长嘴紧紧夹住。鹬舞动着翅膀想飞走,却被重重的河蚌拖住。一心想吃到蚌肉的鹬对蚌说:"今天不下雨,明天不下雨,你就会晒死,还是松开你的蚌壳吧!"固执的河蚌也对鹬说:"你的嘴今天拔不出,明天拔不出,你就要渴死饿死!"

鹬和蚌谁也不肯退让,相持在河滩上,结果都被一个渔夫毫不费力地将它们双双捕获了。这个古老的谚语被后人广为运用,形容争执的双方相持

6区72外南

不让，两败俱伤，结果让第三者乘虚而入，坐享其成。

"渔翁得利"的典故渐渐演变成了吉祥画的题材。这幅画面中，一位渔夫正高兴地将一只活蹦乱跳的鲤鱼放进鱼篓中。此画利用"鲤"与"利"的谐音，取意"渔翁得利"的吉祥含义。与此画类似的题材还有"家家得利""渔翁钓鱼""日进斗金"等，都表示招财进宝、恭喜发财的意思，特别受商家的欢迎，常贴在商家的店铺中或用于商标上。

> **提示**
>
> 上面故事中的第二幅图被一些书认定为《渔樵耕读图》。经考证，本书将该画解释为《渔翁得利》。

负荆请罪

上图是以我国古代一则著名典故为题材绘制的。

战国时期（前475～前221年），各诸侯国中有七个实力较强的国家，即秦、楚、齐、赵、燕、魏、韩，称为"战国七雄"。秦国是七国中实力最强的，地处函谷关以西，其余六国都在函谷关以东。赵国的东面是富强的齐国，西面是强大的秦国，作为赵国国君的赵惠文王，只能处处小心谨慎地同强大的邻居们打着交道。

赵国的大夫蔺相如，曾两次出使秦国。他智勇双全、临危不惧，不仅使得国宝"和氏璧"得以"完璧归赵"，还在渑池之会上保全了国家的尊严，为赵国立了大功。赵惠文王十分信任蔺相如，拜他为上卿，地位在大将廉颇之上。廉颇很不服气，私下对自己的门客说："我是赵国大将，立了多少汗马功劳。蔺相如有什么了不起？倒爬到我头上来

了，等我见到蔺相如，定要给他点颜色看看！"这句话传到蔺相如的耳中，为避免与廉将军冲撞，蔺相如就装病不去上朝。

  有一天，蔺相如带着门客坐车出门，真是冤家路窄，老远就瞧见廉颇的车马迎面而来。他忙命赶车的将车退到小巷里去躲一躲，让廉颇的车马先过去。这件事可把蔺相如的门客气坏了，他们责怪蔺相如不该这样胆小怕事。蔺相如对他们说："你们说廉将军跟秦王比，哪一个势力大？"门客说："当然是秦王势力大。"蔺相如又说："对呀！天下的诸侯都怕秦王。为了保卫赵国，我就敢当面责备他，怎么我见了廉将军反倒怕了呢？因为我想过，强大的秦国不敢来侵犯赵国，就因为有我和廉将军两人在。要是我们两人不和，秦国知道了，就会趁机来侵犯赵国。就为了这个，我宁愿在廉将军面前忍让点儿。"

  有人把这件事讲给廉颇听，廉颇感到十分惭愧。他立刻赤裸着上身，背着荆条，跑到蔺相如的府前去请罪。他对蔺相如说："我是个粗鲁人，见识少，气量窄，不知道您竟这么忍让我，实在没脸来见您。请您用荆条责打我吧！"说完，就要把荆条递给蔺相如。蔺相如连忙扶起廉颇，说："咱们两个人都是赵国的大臣。将军能体谅我，我已经万分感激了，怎么可以再让将军来给我赔礼呢！"两个人都激动得流下了眼泪。从此以后，廉颇和蔺相如就成了知心朋友，两人一文一武，将相和睦，同心协力为国家办事，秦国因此更不敢欺侮赵国了。后来"负荆请罪"成了一句成语，表示勇于向别人道歉、承认错误的意思。

讳疾忌医

  本画取材于《史记·扁鹊仓公列传》，说的是名医扁鹊为齐桓公（桓公田午，不同于春秋五霸的齐桓公）看病的故事。扁鹊是战国时期有正式传记的医学家，他本姓秦，名越人，渤海郡莫（今河北任丘，一说山东长清）人，又号卢医。他拜师于长桑君，遍游各地行医

治病，有着丰富的医疗实践经验，特别善于运用四诊，尤其善用脉诊和望诊来诊断疾病。

有一天，扁鹊去看齐桓公。他瞧了瞧齐桓公的脸色，说："大王有病，病在皮肤里，若不及早治疗，恐怕会加重起来的。"齐桓公听了，很不高兴地说："寡人无病！"扁鹊走了以后，齐桓公笑着对左右的官员说："医生总是喜欢故弄玄虚，明明你没有病，他偏说你有病，以便从中获利！"

过了五天，扁鹊又去看齐桓公。他看了看齐桓公的脸色，说道："您的病已经发展到肌肉里去了，再不治，会更加厉害的！"齐桓公没有理他，他只好无奈地走了。

又过了五天，扁鹊再次去看齐桓公。他皱着眉头对齐桓公说："您的病已经蔓延到肠胃里去了，再不治，就危险啦！"齐桓公还是不理他，扁鹊只好又走了。

再过了五天，扁鹊最后一次去看齐桓公。这回他一见齐桓公，扭头就走。齐桓公觉得挺奇怪，马上派人把他追回来，问他："为什么这一回你一句话不说就走呢？"扁鹊回答说："病在皮肤里，用热敷就可以治好；病在肌肉里，扎扎针，也可以治愈；病在肠胃里，吃几服汤药，仍可以祛病；可如果病在骨髓里，那就难办了。现在，大王的病已经深入到骨髓里去了，我也没有办法了！"说罢，扁鹊就整理行装，连夜离开了齐国。果不其然，五天过后，齐桓公浑身疼痛难忍。这时候，他才相信扁鹊的话是对的，可是一切都已经晚了。不久，齐桓公就病重而亡了。后来，这个故事渐渐成了一句成语，叫作"讳疾忌医"，意思是说：明明有病还不肯承认，不愿意医治，最终导致重病。这个故事还告诉我们，一切祸患在开始发生时都是极其细微难于觉察的，如果不注意防范，必将发生由量到质的变化，酿成大害；同时也提醒人们，要避免祸患，必须要见微而知著，防患于未然。齐桓公的病情正经历了这样一个由隐匿向显著发展的过程。病由表皮纹理至肌肉，由肌肉至肠胃，又由肠胃至骨髓，发生了根本的转化，终于使齐桓公陷入了无可救药的绝境。此外，齐桓公的悲惨结局还告诉我们，认真听取意见，尤其是听取有远见卓识者的意见，是十分重要的。一味固执己见、刚愎自用往往是导致灾祸的原因。试想齐桓公若是当初听取了扁鹊的建议，及时就诊吃药，哪怕在病入肠胃的时候，也还有救治的余地，绝不至于丧命。由于他数次拒绝了扁鹊的正确建议，才导致病入膏肓，使得扁鹊这样的名医也回天乏术了。

> **提示**
>
> 韩非子在《韩非子·喻老》中也叙述了"扁鹊见蔡桓公"的故事，但考证年代表明，扁鹊是战国时期人，与春秋时的蔡桓公（约前714～前695年在位）不是同一年代的人物。另外，由于不少史书中有关扁鹊治病案例的记载年代相差甚远，也有学者认为"扁鹊"是古人对名医的泛称，有待进一步考证。

伦序图

本图为《伦序图》也称《五伦图》，"五伦"最早是由孟子提出的。孟子（约前372～前289年），名轲，字子舆，邹（今山东邹城东南）人，战国思想家、政治家、教育家。他在《孟子·滕文公上》中提出"父子有亲，君臣有义，夫妇有别，长幼有序，朋友有信"的五伦理念。《伦序图》借用凤凰、仙鹤、鹡鸰、黄莺和鸳鸯五种禽鸟的特性，表示中国古代封建社会中上述五种人伦关系，倡导君仁臣忠、父慈子孝、兄友弟恭、朋谊友信、夫和妇顺的伦理观念。本图中的凤凰引用晋·张华《禽经》之语"鸟之属三百六十，凤为之长。凤飞则群鸟从，出则王政平，国有道"，所以用凤来象征君臣关系；仙鹤则引用

1区5内北

《易经》中的"鸣鹤在阴,其子和之",故以鹤来表示父子尊长的关系;鹡鸰(jí líng)鸟源自《诗经》"鹡鸰在原,兄弟急难"之语,以比喻兄弟间友爱的关系;莺则是引用《诗经》中"莺其鸣矣,求其友声"来表示朋友互信之道;鸳鸯雌雄终生厮守,被用来比喻夫妻之间忠贞的关系。五伦理念是中国先秦传统和谐文化的具体体现,对古代社会的和谐稳定有着一定的积极作用,应该同汉代后提出的"三纲"观念有所区别。《伦序图》也反映了中国古人喜爱"寄情于物""借物叙事"的特点。

华封三祝

本图为中国传统吉祥画"华封三祝",画面由天竹、廋石和吉祥花或鸟构成。意思是表达古代华封(今属陕西省渭南市)人对上古圣贤唐尧"多寿,多富、多男子"美好的祝愿,简称"三祝"。后人引为祝颂之词,典出《庄子·天地篇》。

2区9内北

颐和园长廊彩画故事全集

长廊古代建筑风景画组图

第三章　秦、汉、三国

（前221～265年）

对鸥舫是一间面阔三间的歇山顶建筑，前有码头。乾隆曾题诗"依波与舫同，对鸥以名之"，解释了该建筑名字的含义。其中"对鸥"语出唐代诗人韦应物"林中观易罢，溪上对鸥闲"的诗句。对鸥舫与西边的鱼藻轩东西相称，互为对景，在长廊整体结构布局中，起着重要的支撑作用。

祝鸡翁

5区49外东

在我国许多地方，老百姓拿着鸡食呼唤鸡群时，总是亲昵地喊着"祝、祝、祝"。只要听见这种呼声，在外放养的鸡群，都会飞快地跑过来争食。相传这呼声源自中国古代的养鸡专家"祝鸡翁"。

据汉代刘向《列仙传》记载，祝鸡翁是洛阳人，住在尸乡（今河南偃师市西南）北山脚下，终生以养鸡为业。他养的鸡，不仅体姿健美、啼鸣洪亮，而且肉美蛋多。他将鸡群"暮栖树，昼放散"。更让人叫绝的是，他养的千余只鸡都有名字，一呼鸡名，鸡就应声拍翅而来。祝鸡翁给每只鸡都起了漂亮的名字，如："拖锦碎沙""戴红拍翠"……很快"养鸡专家"祝鸡翁的名声越来越大，远近乡邻都来向他学习饲养方法，他也总是热心地向他人传授自己的技术和经验。

祝鸡翁去世后，人们为了纪念他，便用他的姓"祝"来呼唤鸡儿。中原的百姓和迁移南方的客家人至今仍保留着这一习俗。后人用"祝鸡翁"来比喻善于养鸡的人。

长廊八爱

长廊中有八幅彩画描绘了八位古代文人的风雅之爱，简称"长廊八爱"。"八爱"由东向西排布分别是：茂叔（周敦颐）爱莲203页，逸少（王羲之）爱鹅123页，子猷（王徽之）爱竹126页，元亮（陶渊明）爱菊127页，祝翁（祝鸡翁）爱鸡49页，元章（米芾）爱石210页，云林（倪瓒）爱洁256页，东坡（苏轼）爱砚214页。

商山四皓

"商山四皓"指的是秦末汉初的四位高士,即东园公、甪(lù)里、绮里季、夏黄公四人。据《史记·留侯世家》记载,这四位高士因不满秦始皇的苛政繁刑,而长期隐居在商山(位于今陕西省商州区东南)。他们不慕高官,清白自守,过着采食商芝、栖身洞穴的清贫生活,为历代士庶所敬仰。深山隐居的生活虽然十分清苦,但四位老人常常在一起作歌而乐,以抒发高远的志向。他们曾唱道:"莫莫高山,深谷逶迤,晔晔紫芝,可以疗饥。唐虞世远,吾将何归?"因四人出山时都八十有余,发皓眉白,故被称为"商山四皓"。

汉高祖刘邦久闻"四皓"的大名,曾请他们出山为官,但被拒绝。刘邦登基后,立吕后所生的长子刘盈为太子,封戚夫人所生的次子刘如意为赵王。后来,他见刘盈天生懦弱,才华平庸,而次子如意却聪明过人,才学出众,有意废刘盈而立如意为太子。刘盈的母亲吕后闻听后,非常着急,遵照开国大臣张良的主意,令太子刘盈备好马车,恭敬地招请四皓下山同游。有一天,刘邦与太子一起饮宴,他见太子背后有四位白发苍苍的老人,派人相问才知是商山四皓。四皓上前谢罪道:"陛下过去轻视谋臣,我等不愿挨骂而隐居不仕;我们听说太子是个仁人志士,又有孝心,礼贤下士,就一齐来做太子的宾客。"刘邦知道大家很同情太子,又认为太子有了四位大贤辅佐,羽翼已经丰满,当场唱了《鸿鹄歌》,并从此消除了改立赵王如意为太子的念头。后来刘盈继位,为汉惠帝。当吕后要封四皓为高官时,他们却婉言谢绝,重新又回到商山,继续过起了清贫的隐居生活。

历代过往的文人墨客在商山留有诗文百余篇(首),盛赞四皓淡泊名利、坚持道德操守的高尚风范。唐代诗人李白、白居易、李频等人赞颂四皓的名篇,更是脍炙人口,千古流传,将商山四皓的高风亮节昭示启迪后人。李频的《过四皓庙》诗文如下:

东西南北人,高迹自相亲。天下已归汉,山中犹避秦。

龙楼曾作客,鹤氅不为臣。独有千年后,青青庙木春。

张良进履

《史记·留侯世家》记述了一位少年屈身尊老、以求教益的故事。张良（？～前189年），字子房，相传为城父（今河南宝丰东）人，汉初大臣。其祖父、父亲都当过韩国的相国。秦灭韩后，张良立志要向秦国报灭国之仇。

张良结交了一位大力士刺客，在博浪沙（河南原阳东南）行刺秦始皇未果，逃亡至下邳（今江苏睢宁北）。一天，他在河边散步，遇见一个须眉皆白的老人端坐在圯（yí）桥上，悠然自得地晃着腿哼着歌。老者见张良走来，抬脚把鞋甩到桥下，并对张良说："小伙子，你去桥下把鞋给我拾回来。"张良看在老人的面子上，强忍心中的不乐，下桥把鞋拾了上来。刚上桥，老人又把脚伸了过来，说："给我把鞋穿上。"望着眼前这位鹤发童颜的老者，张良心想"此人绝非等闲之辈，一定是用此办法在考验我的忍耐力"，于是就恭恭敬敬地跪在桥上，把鞋子给老者穿上。穿上鞋后，老者竟连个"谢"字也不说，起身便走。张良见老人行为十分独特，好奇地跟在其后，没走几步，老者就笑着转过身来对张良说："你这小伙儿心诚，是个可造就的良才，我十分愿意做你的老师。"张良赶忙跪拜在地，拜老者为师。老者约他五天后早晨在圯桥上相见。五天后黎明时分，张良来到桥上，老人已经先到，有些生气，约他过五天后再来。又过了五天，鸡打头鸣时，张良就赶到桥上，可没想到还是晚了一步。老人生气地说："去吧，如果你愿意，过五天再来。"张良唯恐再次迟到，第四天半夜就赶到桥上等候。老者来时，见张良已在桥上恭候多时，念他学习心切，待人诚恳，就把一本《太公兵法》交给了张良，说道："学会这本书的内容，你就能当帝王的老师，十年后必能成就大业。"这位老者就是黄石公。

张良得此兵书后，日夜攻读，潜心钻研，深得其中的要领。在楚汉战争期间，他凭借学到的满腹兵法韬略帮助刘邦打下天下，曾先后提出不立六国后代、联结英布、彭越，重用韩信等策略，均被刘邦采纳。在楚汉"鸿沟议和"后的关键时刻，张良又提出追击项羽的建议，一举歼灭了楚军，为建立汉朝立下了赫赫战功，被封为留侯。

3区21内南

一饭千金

此图描绘的是一则有关韩信的著名典故。韩信（？～前196年），汉初军事家。淮阴（今江苏淮阴区西南）人。初属项羽后归刘邦，被任命为大将，战功卓著，是汉朝的开国功臣。

韩信幼小时家里很贫穷，常常衣食无着。由于父母早亡，他跟着哥哥嫂嫂住在一起，靠吃剩饭剩菜过日子。小韩信白天帮哥哥干活，晚上刻苦读书，刻薄的嫂嫂总是反对他读书，认为读书耗费了灯油，又没有用处。处处遭到刁难的韩信，只好常常流落街头，过着衣不蔽体、食不果腹的生活。为了能自食其力，韩信每天来到淮水边垂钓，用鱼换饭吃。由于不能保证天天都能钓着鱼，他时常是吃了上顿没下顿。淮水边上有个老婆婆为人家漂洗纱絮，人称"漂母"。她见韩信经常挨饿，就把自己带的饭分给他吃。老婆婆一连十几天分饭给小韩信吃，帮助他度过了最艰难的日子。面对老婆婆的一片诚心，韩信很感激，发誓将来要报答漂母之恩。他对老人说："我长大了一定要报答您！"老婆婆笑着说："等你长大后我就入土了。"

后来韩信成为著名的将领，帮助刘邦夺得了天下，被刘邦封为楚王。韩信功成名就后始终对漂母的分食之恩念念不忘。他遵守当年的诺言，派人四处寻找漂母，以千金相赠。后人用"漂母恩"或"一饭千金"的成语，来比喻"受人滴水之恩，当以涌泉相报"的行为。宋代诗人田锡写下了《千金答漂母行》的诗句，赞扬漂母分食和韩信报恩的美德：

止水明沈沈，鉴貌未鉴心。丹凤舞跄跄，知声未知音。
楚王欲图霸，不识韩淮阴。淮阴漂母家，独得千黄金。

暗度陈仓

公元前206年年初，起义军领袖刘邦在秦国都城咸阳接受了秦王子婴的投降。尽管楚王当初曾有谁先入主关中，谁就是"关中王"的旨意，但来迟一步的项羽自恃实力强大，战功显赫，硬是将刘邦从咸阳逼回霸上。不仅如此，项羽还自封为"西楚霸王"，将刘邦封为汉王，命他驻军西蜀的汉中。西蜀汉中当时还是荒蛮贫瘠之地，面对项羽的百万大军和昭然若揭的用心，刘邦只好暂时忍耐，率领自己的三万将士向西蜀开拔。临行前，准备荣归故里的张良前来送行，并留给刘邦一句话："此去西蜀，途经栈道之后，万望将栈道烧毁。"刘

邦深知张良的良苦用心，在将士们都不理解的情况下，毅然下令，放火烧了栈道。

刘邦走后不久，张良偶遇韩信。韩信和张良同为韩国亡国之奴。因为不满项羽刚愎自用、任人唯亲的做法，韩信在张良的引荐下，准备西去汉中投奔刘邦。临行前，张良将一张标有陈仓故道的地图交给韩信，作为面见刘邦的信物。韩信靠着这张地图和一位在山中砍柴樵夫的指引，顺着陈仓故道，来到了西蜀汉中刘邦的大营。

韩信投奔刘邦后，凭借自己的军事谋略，以及萧何的大力推荐，取得了刘邦的信任，并被识人善任的刘邦设坛拜将，封为大将，统领汉军。汉王元年（前206年）八月，经过一段时间的休养生息，由韩信训练后的汉军军容整肃，纪律严明，英勇善战。刘邦决意挥师东进，进攻关中。张良又献计刘邦，叫他明修栈道，暗中绕行陈仓古道（今陕西省宝鸡市东），袭击楚军。刘邦又征求韩信的意见，韩信的主张竟与张良不谋而合，喜得刘邦赞叹道："真是英雄所见略同！"汉军静悄悄地离开南郑，准备先取关中，打开东进的大门，建立兴汉灭楚的根据地。此时，项羽正被东方的战局所牵制，无暇西顾，他委派三位秦国的降将分别把守关中地区，故关中又被称为"三秦"。这三位降将是雍王章邯、翟王董翳和塞王司马欣，由于他们兵力单薄，又不受秦民拥护，立足不稳。于是，韩信命樊哙、周勃、夏侯婴等将军率领少数人马，先去修复栈道，装作要从栈道出击的姿态，以麻痹楚军。

雍王章邯遵照项羽的密嘱，准备凭借陈仓天险守住汉中，想把刘邦困在偏僻的山里。

当章邯闻知刘邦已命韩信为大将军,正在督修栈道,准备出兵,他大笑道:"既想出兵,当初何以烧栈道?三百里栈道尽是悬崖峭壁,何年何月方能修成?真笨贼也!"说完,章邯又问左右韩信何人,左右忙将韩信的历史对他说明。他又大笑道:"胯下庸夫,有何将才。"于是放心落意,毫无戒备。时值天高气爽的秋季,汉军将士在韩信的指挥下,一面佯装修复栈道,一面命主力离开南郑,沿着西北的陈仓故道,神不知鬼不觉地渡过渭水河,以迅雷不及掩耳之势,直扑陈仓。

一天,忽有陈仓败兵,逃至废邱,报称汉军已夺了陈仓,杀死守将,现已兵临城下。章邯方知中了韩信的"明修栈道,暗度陈仓"之计,慌忙引军迎战,迎面正撞上樊哙,两军布阵厮杀。汉军积愤已深,勇不可当,直杀得章邯顾头失尾,节节败退,带着残兵狼狈地退回废邱,企图固守城池。韩信取出萧何提供的地图仔细察看,见废邱城面临渭水,防守严密,易守难攻,于是决定用计智取。他命大将樊哙等部到渭水下游截流,使渭水猛涨,如万马奔腾,涌进废邱城内,城内顿时乱作一团。章邯见势不妙,急忙率兵从北门突围,韩信马上又命樊哙率军追击。章邯丢了城池,前无去路,后有追兵,只好拼死一战,结果惨败,自知无法脱险,便在绝望中拔剑自刎了。

号称三秦的关中地区,不到一个月就这样尽归汉王刘邦了。韩信与张良携手,用"明修栈道,暗度陈仓"之计,出奇制胜地夺取了三秦,打开了东进的大门,为刘邦建立了一个兴汉灭楚的根据地。本图描绘的是韩信在向砍柴樵夫询问陈仓故道的情景。后人用"明修栈道,暗度陈仓"来形容用虚假的行为来迷惑对手,暗地里进行真正的活动,以求出奇制胜的做法。

浑天仪

长廊众多的彩画中,有几幅是反映中国古代自然科学成果的。本图画的是由西汉天文

7区78外西

学家落下闳（hóng）制造的天文观测仪器——浑天仪。落下闳，姓落下，名闳，字长公。西汉巴郡阆中（今四川阆中）人，公元前2世纪～前1世纪的天文学家。他精通天文，长于历算，受汉武帝征聘，官居太史待诏。曾与邓平等人创制《太初历》，并制造浑天仪，以观测星象。落下闳亲自动手制造的浑天仪，由几个圆环同心安置而成，圆环直径八尺。其中固定在支架上的两个互相垂直的环，分别代表地平和子午圈；几个可以转动的环，分别代表赤道、黄道、时圈、黄经圈等。在可转动的环上，还附有窥管以供观测之用。落下闳在天文学特别是浑天学上的贡献，起着承前启后的作用，对中国天文学的发展做出了重要贡献。现陈列在南京紫金山天文台的一具浑天仪，是明代正统年间（1436～1449年）制造的。

东汉科学家张衡（78～139年），对落下闳制造的浑天仪加以改进，制造出世界上第一台利用水力旋转的浑天仪。

负薪读书

这是一幅"聚锦画"，描绘了朱买臣"负薪读书"的故事。朱买臣（前190～前115年），字翁子，西汉吴（今苏州）人，家住穹窿山下，是一个具有传奇色彩的人物。朱买臣年幼时，父母双亡，从小孤苦伶仃，靠砍柴卖柴度日。然而他人穷志不穷，相信读书可以改变命运，坚持边砍柴边读书，常在担柴途中背诵诗文。他的妻子嫌丈夫太穷而且"负薪诵读恶习"不改，逼买臣写下休书，离他而去。艰难困苦并没有使朱买臣气馁，反而使他更加集中精力抓紧时间读书，留下了"负薪读书"的佳话。由于长期读书积累，买臣知识广博，学富五车，50岁时，终于得到同乡好友推荐，经汉武帝面试，当上了中大夫，后又任会稽太守，主爵都尉，直至做到丞相长史。

7区81内北

三到瑶池

图中手划仙槎、载桃而归的老者是历史上著名的滑稽人物东方朔（前154～前93年），字曼倩，西汉大臣、文学家。平原厌次（今山东陵县东北，一说山东惠民）人。汉武帝时，为太中大夫。他身材矮小，性格诙谐幽默，能言善辩，擅长辞赋，其中《答客难》较为有名，常以讽刺的方式劝谏武帝的过失，传为忠臣，后世关于他的另类滑稽传说很多。

晋·张华《博物志》记有一个故事。一年，武帝过生日，一只青鸟落到殿前，帝问东方朔是什么鸟。朔说："这是西王母养的青鸾，又说王母就要来为帝祝寿了。"果然不久，王母真的捧着七个仙桃来为武帝道贺来了。王母自食了其中的两枚，将其余五枚仙桃献给了武帝。武帝命侍臣种其种子，王母阻拦说："这是仙境瑶池蟠桃园中的仙桃，其叶能遮三千里，三千年一开花，三千年一结果，不可种到下界。"又指着在一旁偷窥的东方朔说："我的桃子熟了三次，此偷窥小儿每次都要偷，是个坏小子。"

据王母所言仔细地算一下，东方朔至少活了一万八千岁，是个长生不老的寿星。旧时年画中常有一滑稽老人捧桃的题材，画名为"三到瑶池"或"东方朔捧桃"，其寓意是颂贺有才能或有口才的人的寿辰。明代唐寅为其所画的《东方朔图》配诗道：

王母东门乡小儿，偷桃三度到瑶池；

群仙无处寻绠迹，却自持来荐寿卮。

【诗注】 绠（gěng）：汲水用的短绳，这里比喻短矮者。卮（zhī）：古代一种盛酒器，"寿卮"即指寿酒。

考证花絮

此画曾被认定为"白猿偷桃"的故事。经过考证，此图系清代画家钱慧安作品《三到瑶池》的临摹画，画工笔法老道娴熟，人物及衣纹极富动感，充分反映了晚清海派人物画的特点。

苏武牧羊

5区61外南

上图为清代著名画家任伯年创作的《苏武牧羊图》。苏武（？～前60年），字子卿，西汉杜陵（今陕西西安东南）人。据《汉书·苏武传》记载，天汉元年（前100年），且（jū）鞮（dī）侯单于新立，为与汉修好，他遣使送回以往扣留的汉使路充国等人。汉武帝为回报匈奴的善意，派中郎将苏武、副中郎将张胜及随员常惠等一百多人出使匈奴，送还原被扣的匈奴使者，并厚馈单于众多的财物。苏武等到达匈奴后，原降匈奴的汉人虞常等人与张胜密谋，欲将死心塌地为单于出谋划策的汉人卫律刺死。由于虞常办事不慎，计谋泄露，被单于逮捕，并累及苏武。苏武不愿受辱，自杀未成。单于敬重他，派汉降臣卫律劝降，苏武不为所动。于是，单于把苏武幽禁在地窖中，断绝其饮食，以此逼他就范。苏武以积雪、毡毛为食，数日不死，匈奴以为他是神，就将他流放到边远的北海（今贝加尔湖）无人烟的地方，放牧羝羊。始元二年（前85年），匈奴新单于继位，遣使者欲与汉朝亲善，汉朝要求匈奴释放苏武。始元六年（前81年），苏武等九人由汉使迎接回国。苏武

7区84内北

羁留匈奴十九年，习知边地民族，归国后被任为典属国，专掌少数民族事务。

　　苏武出使的时候，不到四十岁，在匈奴受了十九年非人的折磨，胡须、头发全白了。回到长安的那天，长安城的百姓都出来迎接他。人们瞧见须发皆白的苏武手里还拿着已磨成光杆子的象征朝廷的节杖时，无不感动得潸然泪下，都说他是个忠义有气节的大丈夫。苏武在汉朝京城受到热烈欢迎，从朝廷官员到平民百姓，都向这位富有民族气节的英雄表达敬意。两千多年过去了，苏武只身一人在茫茫塞外草原上，啮积雪、餐毡毛、食野鼠、杖汉节的悲壮之举仍是后人忠义爱国、坚持民族气节的典范。后人常以"苏武节"或"牧羊臣"来称赞忠贞不屈、九死为国的英雄行为。

张敞画眉

　　张敞，字子高，西汉河东平阳（今山西临汾西南）人。汉宣帝在位时（前73～前49年），任命毛遂自荐的张敞为京兆尹（京城行政长官）。据《汉书·张敞传》记载：张敞为官秉直公正，他首先处治了强盗小偷，然后开始惩办那些胡作非为的公子王孙。然而，他的做法得罪了当时的皇亲国戚和达官贵族，他们纷纷上书皇帝，诬告张敞"风流、轻浮"。原来张敞深爱自己的妻子，夫人早晨端坐梳妆时，张敞常常亲自为她描眉化妆。京城长安也流传说张敞画的眉形妩媚动人。汉宣帝闻讯后，向张敞查问此事，张敞理直气壮地答道："我为自己的妻子画眉，这和我听说的夫妻之间、闺房之中的隐私相比，实在算不了什么。"汉宣帝见他说得在理，又知他治理长安很有成绩，便一笑了事。后人用"张敞画眉"来表示夫妻恩爱；用"京兆眉妩"来形容妇女眉毛秀美。

昭君出塞

王昭君，西汉南郡秭归（今属湖南）人，名嫱（qiáng），字昭君，晋为避司马昭名讳，改称明妃。昭君于汉元帝时，被选入宫。竟宁元年（前33年），南匈奴呼韩邪单于向汉朝称臣归附，曾三次进长安朝觐天子，并向汉元帝自请为婿。元帝遂命人在宫女中选出王昭君，远嫁匈奴。昭君入匈奴后，被封为"宁胡阏氏"（阏氏，音焉支，意为王后），象征她将给匈奴带来和平、安宁和兴旺。后来呼韩邪单于在西汉的支持下控制了匈奴全境。昭君出塞，远嫁匈奴，为维护中国多民族融合团结起了重要作用。昭君和匈奴人相处得很好，并把中原文化带给匈奴。昭君死后葬在大青山，匈奴人民为她修了坟墓，并奉为神仙。后世根据昭君出塞的故事创作了诗歌、绘画、琵琶曲、戏剧、电视剧等多种艺术作品。

长廊这幅彩画依据《昭君出塞》连环画改绘而成。据《西京杂记》卷二记载，汉元帝选妃先要让宫廷画师为宫女画像，然后依据画像的美丑决定是否入选。画师毛延寿给宫女画像，宫女们要送给他礼物，这样他就会把人画得很美。这幅彩画画的正是毛延寿初次见到王昭君的情景。王昭君对这种贿赂画师的行为不满，不愿送礼物，所以毛延寿故意在王昭君的脸上画了疤痕，使得昭君没有被选为妃子。当呼韩邪单于兴高采烈地带着美丽的昭君向汉元帝告别时，汉元帝看到端庄美貌昭君，很想将她留下，但"君子一言，驷马难追"。汉元帝回宫后，越想越懊悔，自己后宫竟有这样的美女，自己怎么会没发现呢？他命人从宫女的画像中找出昭君的像来看，才知道画像上的昭君远不如本人可爱。为此，汉元帝极为恼怒，惩办了毛延寿。

刘阮遇仙

据南朝·宋·刘义庆《幽明录》记载，汉明帝永平五年（62年），剡（shàn）县刘晨、阮肇共入天台山采药，在山中迷路不得归返。当二人在山中辗转十多天、粮尽绝望之时，忽然遥望山上有一桃树，树上结满了大桃。尽管桃树长在绝岩邃涧之处，二人还是攀葛登岩，摘到数枚鲜桃吃下，立刻感到饥止体充。

下山后他们持杯来到溪边取水，准备盥漱，见有芜菁叶从山泉眼流出，甚新鲜，又有一个杯子流出，里面装有胡麻饭。两人猜想，此地离人居住的地方不远了，就顺小溪来到一大溪处。溪边有二女子，姿质绝妙，一见到二人持杯而来，便笑道："刘阮二郎顺流杯的方向而来。"二女与晨、肇并不认识，却能直呼其姓，好像曾有旧交一样，二郎欣喜。天色渐晚，刘、阮跟随二女子来到她们的家中。家有一间瓦屋，南壁及东壁下各有一大床，都挂大红罗帐，床头各有十侍婢，慢声念道："刘、阮二郎经涉山阻，向西得琼实，犹尚虚弊（身体虚弱），可速作食。"不一会儿，侍女便端上美味的胡麻饭、山羊脯，食毕行酒，有群女来，各持三五只桃子，笑而言："贺女婿来。"众人酒酣作乐，刘、阮二人又惊又喜。至暮，二仙女伺候二郎各自就寝，言声清婉温柔，令人忘忧。至十日后，二郎欲求还去，女云："君已来此，乃是前世修来的福气，何必急于回返呢？"刘、阮又在山中居住了半年，天气和草木常如春天。但刘、阮仍然惦念家中，二仙女遂唤数十人作歌送别，二人还家，子孙已传七代。后二人再入天台山寻访，旧踪渺然。

这个神话故事洋溢着浓厚的人情味，叙述细致动人、委婉入情。特别是仙女们的音容笑貌显得逼真动人，长期以来广为流传，成了后来文学作品中常用的典故。人们用"刘阮天台约"形容男女爱情；用"刘郎"比喻女子的意中人；用"天台女"指男子的心上人。就此题材的诗词佳作，也流传颇多，仅选宋·司马光的《阮郎归》词如下：

渔舟容易入春山，仙家日月闲。倚窗纱幌映朱颜，相逢醉梦间。

松露冷，海霞殷，匆匆整棹还。落花寂寂水潺潺，重寻此路难。

7区鱼藻轩内东南

举案齐眉

2区13外南

　　这是一则著名的典故。梁鸿，字伯鸾，扶风平陵（今陕西咸阳西北）人，东汉文学家。梁鸿年轻时家里很穷，但他刻苦好学，遍览古今典籍，经史子集无所不通，在当时颇有名气，可是他不愿意做官，一直隐居乡里，自食其力。同县的孟氏家里有个女儿，生得皮肤黝黑，体态粗壮，喜爱劳动，没有小姐的娇气。孟女快三十岁了，她对梁鸿的人品和才学十分仰慕，自己提出要嫁个梁鸿那样的男子，父母只好托人向梁鸿提亲。梁鸿听说过孟女的品行，对这位贤淑能干的女子也很满意，这门婚事就这样成了。

　　梁鸿和孟光结婚后，隐居在霸陵（今陕西西安市长安区东）的深山里，男耕女织，互敬互爱。梁鸿为自己贤惠的妻子起名叫孟光，字德曜。汉章帝年间，梁鸿一次路过洛阳，目睹了京城宫阙的豪华，感叹而作《五噫歌》，讽刺皇家的奢丽，为朝廷所忌，下令逮捕梁鸿。梁鸿遂携妻迁居吴地。据《后汉书·梁鸿传》载，梁鸿寄居在富人门下，为人用工舂米，每日劳动回家，其妻孟光总是把盛饭的托盘高高举在眉前，请丈夫用饭，以表示敬爱。从此，"举案齐眉"就成了一则典故，用来形容夫妻不计贫富、相敬相爱。

长廊花鸟画

对牛弹琴

　　本画是长廊聚锦人物画的精品之作,由李作宾大师绘制。东汉末年,有个叫牟融的学者,对佛经有很深的研究,但当他给儒家学者宣讲佛义时,却总是用儒家的经典来阐述道理。儒家学者对他的这种做法颇有微词,牟融心平气和地回答道:"我知道你们都熟悉儒家经典,而对佛经却是陌生的,如果我引用佛经来给你们作解释,不就等于白讲了吗?"接着,牟融向他们讲了一个"对牛弹琴"的故事。

　　古代有一位音乐家公明仪,对音乐有很高的造诣,弹得一手好琴,优美的琴声常使得听琴人如醉如痴。有一天,风和日丽,公明仪携琴出门访友,经过一个山清水秀、花草遍野的地方,不禁心旷神怡,琴兴大发。刚巧此时不远处有头牛正在吃草,公明仪心想音乐乃天地之神音,能通宇宙之灵,何不为牛弹奏一曲呢?于是,他端坐于牛前,抚弦弄琴,倾心演奏了一首清旷高雅的"清角之操"。尽管他弹得非常认真,琴声也优美极了,可是那牛竟然没有一点反应,只顾埋头大嚼青草。公明仪很是扫兴,转念一想,牛不解其音,大概是听不懂这种高雅的曲子吧。公明仪又弹了一首通俗的乐曲,这时的琴声一会儿像牛蝇嗡嗡,一会儿像牛犊哞哞,那牛却好像听懂了琴声,停止了吃草,竖起耳朵,抬起头来望着公明仪,很专心地听着琴声。

　　牟融讲完了故事,接着说:"我用儒家经典来解释佛义,也正是要用你们熟悉的儒家学说来说明佛家的道理。"儒家学者们听了,完全信服了。后人引用"对牛弹琴"比喻对愚蠢的人讲深刻的道理,对外行人讲内行话。现在也用来讥笑那些讲话时、不择对象、无的放矢的人。

4区40内南

第三章　秦、汉、三国

韩康卖药

本图为清代著名画家费丹旭创作的精品人物画。据东汉赵岐《三辅决录》卷一记载，东汉时期有位民间医生，姓韩名康，字伯休，京兆霸陵（今西安市东郊灞水西岸）人。他出身望族，却不慕名利，致力于中草药的研究，经常到陕西、四川的一些名山去采药，经加工之后，在长安城里以卖药为生。韩康出售的药品货真价实，言不二价，童叟无欺，人们对他非常信任，卖药三十余年，都是如此。

有一天，一个年轻的姑娘前来买药，她向韩康讨价还价，要求韩康将药降价出售，韩康坚持言不二价。那姑娘十分生气地说："你难道就是韩伯休么？要不怎么会口不二价呢？"韩康听了之后，叹了口气说："我本来为了隐姓埋名才在此卖药，没想到连这个年轻女子都知道我的姓名了，我还在此地卖什么药啊！"于是，他就躲到霸陵的山中隐居起来。

后来，官府知晓韩康知识渊博，连续几次聘请他到朝廷中受职，韩康执意不出。汉桓帝时，又置备了许多礼物及车辆派使者前去征聘韩康。使者捧着皇帝的诏书到韩康住处，韩康无法推辞，只好假装答应。他对使者说："我不坐公车了，准备坐自家的牛车前往。"使者应允。第二天，他便自己驾着牛车，一大早赶在使者之前踏着晨光先上了路。到达乡亭（汉代十里路设置一亭）时，亭长（管理治安兼民事的人）知道韩康被皇上邀请要从这里经过，正在安排人修路架桥准备迎接韩康。亭长看到有一人赶着牛车，头上用一幅绢束着头发，经过这里，误认为是一个种地的庄户老头，便叫人强征了他的牛来帮助干活，韩康立即解开套车的牛给了他们。过了一会儿，使者也赶到乡亭，知道了这件事情，很是恼怒，要上奏皇帝斩了亭长。韩康急忙上前解释说："牛是我自己给他们的，不是抢的，他们没有什么罪。"使者这才作罢。韩康在赴京城的路上，由于实在不愿再抛头露面，又趁机逃走，隐居山中，以高寿而终。

韩康卖药，终生隐居，不涉仕途，不图富贵，坚守诚信，称得上是高洁之士，在民间传为佳话。于是，一些药铺挂起了"韩康遗风""市隐韩康"的匾额，表明自己"卖药不二价，童叟皆不欺"的职业道德与诚信的经商作风。

孔融让梨

孔融（153～208年），字文举，汉末文学家，鲁国鲁县（今山东曲阜）人。曾任北海相，时称孔北海。他为人恃才傲物，率真直言，所作散文，锋利简洁，多为讥讽之辞，是著名的"建安七子"之一。孔融从小聪明好学，才思敏捷，大家都夸他是神童。四岁时，他已能背诵许多诗赋，并且很懂得礼节，父母亲非常喜爱他。孔融排行老六，还有一个小弟弟。有一天，家里吃梨。一盘梨子放在大家面前，哥哥让弟弟先拿。他不挑好的，不拣大的，只拿了一个最小的。爸爸看见了，心想："别看这孩子才四岁，还真懂事呢！"就故意问孔融："这么多的梨，又让你先拿，你为什么不拿大的，只拿一个最小的呢？"孔融回答说："我年纪小，应该拿个最小的；大的留给哥哥吃。"父亲又问他："你还有个弟弟呢，弟弟不是比你还要小吗？"孔融说："我比弟弟大，我是哥哥，我应该把大的留给弟弟吃。"他父亲听了，哈哈大笑道："好孩子，真是一个懂事的好孩子。"

孔融四岁，知道让梨。上让哥哥，下让弟弟，大家都称赞他。"孔融让梨"的故事被后人编入旧时流行的启蒙读本《三字经》中。

天女散花

本画描绘的是一则佛经中的故事，出自《维摩诘所说经·观众生品》，后被改编成昆曲、京剧等剧目。维摩诘是与释迦牟尼同代的一位大乘佛教的长者，善于应机化导，常以病态现身说法，在毗耶离城教化众生。消息传开后，各方人士纷纷前往维摩诘的住地看望慰问，维摩诘借机在其长者室宣经释典，弘扬大乘佛教的深奥义理。西天如来佛放开慧眼，遥知此事后，遂命文殊率领诸菩萨、众弟子前往问疾，借聆妙法。又命伽蓝前往众香国传法旨，派总领群花的天女到维摩诘处散花，以测验诸菩萨、众弟子的结习。

天女率领花奴，携带满贮天花的宝篮，乘风驭气，历遍大千世界，赏尽天地美景。天女飞至维摩诘长者室的上方，见长者正对众弟子参禅说法，言己生病皆因大悲而起，众生病则己也病，以示菩萨与众生如骨肉之情。天女在天上翩翩起舞，倾篮散花，天花纷纷飘落，顿成五彩缤纷万紫千红之境。花至诸菩萨的身上纷纷落下，唯有大弟子满身沾花。众人诧异万分。天女曰："结习未尽，故花着身；结习尽者，花不着身。"大弟子自知功力不行，便更加发奋努力修行。后人借用"天女散花"的成语，形容抛撒东西或形容花瓣飞扬、雪花纷飞的景象。宋代词人程垓借用此典写了一首《浣溪沙》词：

　　天女殷勤着意多，散花犹记病维摩，肯来丈室问云何。
　　腰佩摘来烦玉笋，鬓香分处想秋波，不知真个有情么？

6区72内北

陆绩怀橘

陆绩（187～219年），字公纪，三国吴郡吴县（今江苏苏州）人。在吴国为官，官至郁林太守。据《三国志·吴书·陆绩传》记载，陆绩六岁时，随父亲陆康到九江拜见袁术。袁术见陆绩聪明伶俐，十分喜欢，拿出橘子放在盘中招待陆绩。陆绩先尝了一个小的，觉得很甜，便又从盘中挑了三个又大又圆的橘子放入怀中。临行时，当陆绩向袁术鞠躬告辞时，橘子从怀中滚落在地，袁术看后笑道："陆郎来我家做客，走的时候还要怀藏主人的橘子吗？"陆绩忙跪地答道："我母亲喜欢吃橘子，想带回几个给母亲尝尝，但又不好意思开口；又想，盘中的橘子既然是大人送给我的，就拿了几个，准备带回送给母亲，请大人原谅。"袁术和在座的客人见他小小年纪就懂得孝顺母亲，十分惊奇，都连声赞道："孝子！孝子！"后人引用此典故来形容对父母长辈恭敬孝顺的人。

陆绩成年后，博学多识，通晓天文历算，曾作《浑天图》，注释《易经》，撰写《太玄经注》。此画描绘的是陆绩与袁术对话的场面。古人有诗赞道：

孝悌皆天性，人间六岁儿，袖中怀绿橘，遗（wèi）母报乳哺。

文姬谒墓

蔡琰，字文姬，东汉末年女诗人，陈留圉（今河南杞县南）人。东汉文学家、书法家蔡邕（字伯喈）的女儿。文姬自幼聪明好学，擅长诗歌音律。传说有一次，蔡邕弹琴时不小心弄断了一根弦，文姬马上就说出是第二根弦断了。蔡邕很吃惊，但又怕是文姬偶然猜中的，马上又弄断了另一根弦想测试一下文姬，文姬又立刻说出是第四根弦断了。蔡邕万分惊喜，非常欣赏女儿的才气，后将自己全部的才学，悉心传授给了女儿。

文姬长大后，嫁给了河东人卫仲道。但不幸的是，新婚不久，卫仲道就患病身亡了，文姬只好返回娘家守寡。东汉末年，朝廷内部发生"十常侍之乱"，西凉刺史董卓，借护驾名义，率领号称二十万的西州军，进兵洛阳平乱。董卓在温明园百官会上提议废汉少帝，立陈留王，想倚仗兵权，挟天子以令诸侯，独揽朝政。各地诸侯起兵讨伐董卓，天下大乱。北匈奴乘机入侵中原，烧杀抢掠，无恶不作。在战乱逃难中，蔡文姬被匈奴人掠到南匈奴，在俘虏营受尽了屈辱。后来因她是名门之后，又姿色超群，被南匈奴左贤王纳为妾，并生下一男一女。

蔡邕和曹操当年都是董卓的部下，交情很深。曹操当上汉丞相后，念及旧友之情，派人打听到蔡文姬的下落，此时蔡文姬在匈奴已整整生活了十二年。曹操派大臣董祀出使匈奴，用重金将博学多才的文姬赎回，想让文姬整理其父蔡邕的文稿，并完成《续汉书》。文姬被曹操思慕贤才的精神所感动，毅然离别了丈夫和子女，回到中原。这幅画描绘的是蔡文姬归国途中，拜谒父墓，并操琴吟唱《胡笳十八拍》抒发哀思的情景。《胡笳十八拍》是汉乐府《琴曲》的一种歌辞名，一章为一拍，共十八章。文姬在其中的歌辞中，用悲切的词语，抒发了自己的哀伤和怀念亲人之情。

文姬归汉后，改嫁董祀为妻。文姬凭着自己的才华和惊人的记忆力，将父亲留给她的四百多篇名文，一字不差地默写了下来，为承传中国文化做出了重要的贡献。千百年来，"文姬归汉""文姬谒墓"的故事广泛流传。人们不仅为文姬不幸的经历而感慨，更为她超凡的才华而赞叹！

1区6内北

骑驴过小桥

此图是《三国演义》刘备三顾茅庐的一个片段。刘备二顾茅庐不遇诸葛亮,准备返回时,突然看见诸葛亮的岳父黄承彦,头戴暖帽,身披狐裘,在风雪之中骑驴来访。他口中吟唱着在女婿那里学会的《梁父吟》诗词:

一夜北风寒,万里彤云厚。长空雪乱飘,改尽江山旧。仰面观太虚,疑是玉龙斗。纷纷鳞甲飞,顷刻遍宇宙。骑驴过小桥,独叹梅花瘦。

从这首词的格调来看,此词不一定出自诸葛亮之手,但从诸葛亮一生的经历来看,诗词又反映了他在出山之前,隐居卧龙的史实。画家别具匠心地创作了一幅"骑驴过小桥,独叹梅花瘦"的画面,借以表达诸葛亮面对"玉龙相斗,鳞甲纷飞"的尘世,独自一人逍遥在外,踏雪寻梅,忘情于山水之中的诗情画意。同时,作者也通过此诗,对孔明不遇明主、空怀经天纬地之才却只能孤芳自赏的境遇发出了悲凉的叹息。

《三国志·蜀书·诸葛亮传》记载:"亮躬耕陇亩,好为《梁父吟》。""梁父"是指位于泰山脚下的"梁父山",上古至秦汉时期历代帝王君主登泰山"祭天神"时,必降梁父山"禅地神"。《梁父吟》原是祭祀的礼乐,后成为古乐府的曲名,多带一种悲壮抒情的色彩,为不少古代文人所爱。孔子登梁父,作《邱陵歌》,比喻推行仁道的艰难;东汉张衡以《梁父吟》述说仕途险恶;诸葛亮隐居卧龙、躬耕南亩时,常常抱膝长啸《梁父吟》以表达他的对人生、对社会的深度关切以及对自己不能投身社会、济世救民的一种悲悯情怀。

三英图

6区73内南

　　这幅彩图描绘了著名长篇古典小说《三国演义》中的三位主角——诸葛亮、关羽和张飞。三位英雄人物忠肝义胆，呕心沥血，全力辅佐刘备开创蜀汉大业，引来无数后人的评说和赞扬。画面中人物形象丰满，端庄敦实，是清代著名画家马骀的绘画特征。马骀（1885～1935年），字企周，号环中子，四川建昌人。下面的诗句是马骀为此题材的画所写的题画诗：

　　人才共说蜀三英，诸葛关张计姓名。灭魏吞吴心未遂，百年遗恨有同情。

考证花絮

　　本图在以往的长廊画故事书中被描述为"博望坡"或"初出茅庐"。经过考证，此图应是仿清代画家马骀《三英图》所绘。画面上的人物敦实憨厚，反映了马骀人物画的特点。

长廊山水画

三国演义

SANGUO YANYI

《三国演义》全称《三国志通俗演义》，作者是元末明初的罗贯中。他综合戏曲、话本与民间传说，并结合陈寿的《三国志》和裴松之注等史料创作了这部巨著。该书以恢宏的结构、众多的人物、生动的描写和曲折的情节，吸引了一代又一代的读者，堪称我国传统历史小说中的经典之作。本书针对长廊中六十一幅《三国演义》古代绣像彩绘插图，参照原著回目次序编写了相应的文字故事，再次重现了那一幕幕惊天地、泣鬼神的三国英雄人物的传奇故事。

桃园三结义

东汉（25～220年）末年朝政腐败，连年灾荒，百姓民不聊生，怨声载道，引发了黄巾军起义。为镇压起义，汉灵帝慌忙招募人马，四处发布榜文。一日，榜文发至涿县（今河北涿州市），引出刘备、张飞和关羽三位英雄。刘备，字玄德，涿县人，东汉远支皇族。关羽，字云长，河东解良（今山西临猗县西南）人，因杀了横行乡里的恶霸，避难至此地。张飞，字翼德，世代在当地做屠宰、卖酒的生意。三人在涿县街头相遇，一起饮酒谈心，十分投机。次日，三人相约来到张飞庄后的桃园，结拜为兄弟，发誓要同心协力，

救困扶危，上报国家，下安黎民；不求同年同月同日生，只愿同年同月同日死；背义忘恩者，天人共诛。誓毕，三人按年龄长幼，拜刘备为兄，关羽次之，张飞为弟。此后，在诸侯纷争、天下大乱的年代中，三兄弟果然干出了一番惊天伟业，创立了蜀汉国，与曹操、孙权三分天下，形成了三国鼎立的局面。三英雄在桃园饮酒结拜的故事，被称作"桃园三结义"。

吕布弑丁原

灵帝中平六年（189年），汉灵帝驾崩，少帝即位。以宦官张让为首的十常侍与以大将军何进为首的外戚势力展开了争权斗争。何进借护驾名义，召西凉刺史董卓进京。董卓率兵进入京城洛阳，平定了"十常侍之乱"。董卓在温明园百官会上提议废除汉少帝刘辩，立陈留王刘协为献帝的主张，想倚仗兵权，挟天子以令诸侯，独霸朝政。众官员敢怒不敢

言，只有荆州（《三国志》为并州）刺史丁原出来反对。董卓大怒，欲杀丁原，但恐于丁原的义子吕布，未敢动手。吕布，字奉先，五原郡九原（今内蒙古包头西北）人。吕布手持方天画戟，极善骑射，号称"飞将军"，有擎天驾海之才，万夫不当之勇，是丁原的义子。董卓派吕布的同乡李肃用金珠玉带和赤兔宝马，收买了见利忘义的吕布，让吕布择机杀掉丁原。夜里二更时分，吕布提刀直入丁原的帐中，一刀砍下了丁的首级。第二天，吕布领兵投奔了董卓，拜董卓为自己新的义父。董卓得到了吕布的支持，更加有恃无恐地乱朝干政。他废少帝，立刘协，带剑上朝，夜宿龙床，残杀异己，引起了袁绍、曹操等人的强烈不满。

孟德献刀

西凉刺史董卓借汉灵帝驾崩、朝中外戚和宦官争权夺利之际，率领二十万西凉军入京平乱。野心勃勃的董卓，兵多势众，废少帝，立献帝，自封为相国，独掌国家大权，引起朝中许多大臣的不满。曹操，字孟德，多谋善变，时任骁骑校尉，早有除董之心。为赢得董卓的信任，寻找机会下手，他常到董府去奉承董卓。一天，曹操怀藏司徒王允给他的七星宝刀，来到相府，预谋行刺董卓。董卓问曹操为何比平日来得迟了，曹操答道："所骑瘦马走不快，所以来迟了。"董卓命义子吕布挑一匹西凉好马送给曹操，吕布应声出去挑马。曹操趁此机会，刚要动手，董卓却从衣镜中看到他在背后抽刀，忙问他要干什么。曹操急中生智，忙改口说得到宝刀一口，特来献给恩相。董卓接过宝刀，十分高兴，没有注意到曹操惊慌的神情。行刺未果的曹操，假借试马的机会，翻身上马，加鞭奔驰而去，一口气跑出了洛阳城。待董卓、吕布等人醒悟过来时，曹操早已逃得无影无踪了。

1区1内南

三英战吕布

8区清遥亭西

曹操行刺董卓未成，逃到陈留。他散了家财，招兵买马，联络各地诸侯，准备征讨董卓。各地十七路诸侯纷纷响应，推举渤海太守袁绍为盟主，统领各路人马四十多万大军杀向洛阳，讨伐董卓。董卓忙派遣吕布赶到虎牢关前，迎战起兵的诸侯联军。吕布在关前东冲西杀，连胜联军三员武将。此时刘备、关羽、张飞三人正在北平太守公孙瓒手下效力。张飞见吕布如此嚣张，便举起手中的丈八蛇矛，策马冲到阵前，与吕布厮杀了起来。两人连战了五十回合，不见胜负。关羽见此情景，舞起青龙偃月刀，前去夹击吕布，战了三十回合，仍击不倒吕布。一旁的刘备看了，也提了双股剑，加入助战。三兄弟围住吕布，走马灯般地轮番厮杀，各路诸侯的人马看得目瞪口呆。吕布终于抵挡不住了，虚刺一戟，向虎牢关逃去。这场震天动地的龙争虎斗，就是历史上著名的"三英战吕布"的故事。

王允巧设连环计

汉献帝初平元年（190年），董卓强迫献帝迁都长安，自己在离长安二百多里的地方，另筑郿坞城，内盖宫室，选美女八百多人充作宫娥彩女。董卓往来于长安、郿坞之间，衣食住行如同皇帝一样，众官见了，心中很是不平。董卓不仅在生活上骄奢淫逸，而且比以往更加专横残暴，司徒王允为此终不能眠。一日，他深夜扶杖步入后园，想到许多大臣被董贼无辜杀害，自己却无能为力，顿时热泪横流。忽然，他见养女貂蝉独自对月烧香长叹。此女年方十六，色伎俱佳，从小由王允抚养长大，近日见王大人愁眉紧锁，必有国家大事，又不敢问，故在此烧香长叹。王允顿时心生一计，两人走到画阁中，王允向貂蝉叩头便拜道："贼臣董卓，将欲篡位，朝中文武无计可施，非你不可救也！董卓和其义子吕

布均是好色之徒，我想用'连环计'先将你许给吕布，再将你献给董卓。你要令他们父子反目，最后设法让吕布杀了董卓，以除大恶，重扶社稷，再立江山，全都倚仗你的力量了！"貂蝉听后，慨然答应，发誓说道："妾若不报大义，死于万刃之下。"

吕布戏貂蝉

王允定下连环计后，便口头答应将貂蝉许配给吕布，表示要择个吉日，把小女送到他的府中。又过几天，王允又邀请董卓到家中赴宴，让貂蝉在席间献舞、陪酒，最后把貂蝉送到董府为妾。吕布前来质问王允，王允解释道："董太师接走貂蝉是在为你的婚事做准备。"吕布半信半疑地回到营房，一夜辗转未眠。一日，董卓上朝议事，吕布趁献帝与董卓长谈之机，悄悄溜出宫门，径直奔相府而来。吕布与貂蝉两人来到凤仪亭边，貂蝉像见

到亲人一样，抽泣地说道："自从那天妾被养父许给了将军，正为自己庆幸，不想太师起了不良之心，将妾玷污，恨不能立即死去，只因要和将军做一诀别，才忍辱偷生。今天得以幸见将军，妾别无所求，情愿死在将军面前。"吕布连忙将她抱住说道："我今生不能娶你为妻，绝非英雄！"董卓和献帝谈了一会儿，不见吕布，心生疑虑，忙登车回府，见吕布正和貂蝉相依在凤仪亭下密谈，便抄起吕布的画戟，挺戟追去，无奈太胖，吕布早已跑远了。从此，董卓与吕布反目为仇，后有诗人叹道：

　　司徒妙算托红裙，不用干戈不用兵。三战虎牢徒费力，凯歌却奏凤仪亭。

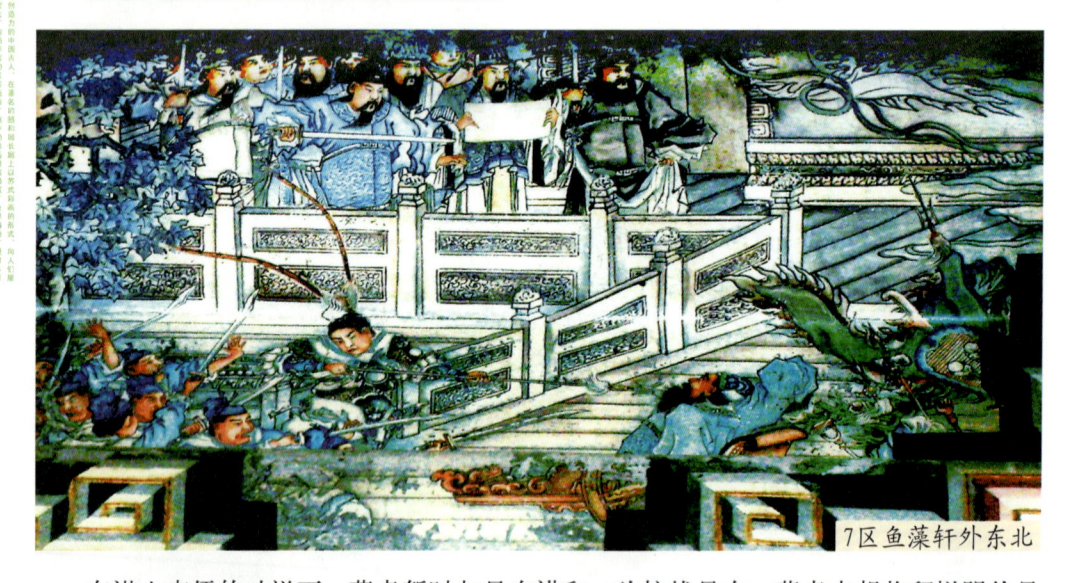

吕布刺董卓

7区鱼藻轩外东北

　　在谋士李儒的劝说下，董卓暂时与吕布讲和。为拉拢吕布，董卓本想将貂蝉赐给吕布，可貂蝉装出宁死不从的表情，董卓决定将貂蝉送往郿坞。路上貂蝉拨开车帷，装出一副掩面哭泣的样子给前来送行的吕布看，吕布独自骑马立于山冈之上，遥望远去的车尘，痛惜悲叹不已。此时王允走来，添油加醋地说道："辱我的女儿，夺将军的妻子，是我和将军的奇耻大辱！将军乃盖世英雄，难道也要受此大辱！"吕布拔剑刺血为誓，表示必杀董贼报仇。王允又与朝臣孙瑞、黄琬共同商定了派李肃去郿坞传诏书、诱杀董贼的计划。李肃领命来到郿坞向董卓说道："天子病体新愈，要汇集众文武于未央殿，共议禅位于太师之事，特邀太师进京。"董卓听后大喜，当即向老母、貂蝉辞别，上车向长安进发。第二天一大早，一心想当皇帝的董卓高高兴兴地驾车入朝。到了宫门，忽听王允高声喊叫："反贼已到，武士在哪里？"霎时，从两旁冲出百余甲兵，挺戟举槊将董卓刺下车来。

吕布向前一戟直透董卓咽喉，又从怀中取出诏书，大声念道："奉诏讨贼臣董卓，其余不问。"看到董卓已被刺死，将吏们齐声欢呼"万岁"。后人有诗叹曰：

霸业成时为帝王，不成且作富家郎。谁知天意无私曲，郿坞方成已灭亡。

三让徐州

曹操领旨镇压了黄巾军后，被封为镇东大将军，他派人去琅琊接父亲曹嵩来兖州同聚。其父一行路经徐州时，徐州牧陶谦（字恭祖）设宴款待，并派部将张闿护送。谁知张闿竟然在半路图财害命，杀了曹嵩一家几十口，取了财物，落草为寇去了。曹操听此噩讯后，立刻哭倒在地，发誓要起兵向陶谦报仇雪恨，还要杀尽徐州的百姓。陶谦见曹兵势大，很难抵御，便派糜竺送出求援信。刘备向公孙瓒借来赵云和步兵二千，连同本部军马共五千人，奔向徐州为陶谦解围。

陶谦见刘备仪表不凡，举止谈吐都很坦荡，自己又年迈体弱，便手捧徐州太守大印，有意要把徐州让给刘备。刘备离席拜谢道："刘备虽是汉室宗亲，可功微德薄，做平原相还怕不称职，来此救援只是出于大义相助，毫无吞并之心。"又过几日，曹操退兵，陶谦心中大喜，请刘备等人进城赴宴。宴毕，陶谦再次拱手要将徐州让给刘备，刘备还是执意不肯。时隔不久，六十三岁的陶谦身染重病去世，他临终前留下遗言，将徐州托付给刘备。众人举哀完毕，将徐州的大印交给刘备，徐州的百姓也成群结队拥到府前，哭求道："刘使君若不领此郡，我等皆不能安生矣！"刘备这才接过了徐州的大印。

张飞请罪

颐和园长廊彩画故事全集

6区68内南

曹操在定陶大败吕布，尽得了山东地方。走投无路的吕布只得到徐州投奔刘备，刘备大摆宴席款待吕布。脾气暴躁的张飞多次和吕布发生口角，刘备只得将吕布安置在小沛暂住。曹操担心刘备与吕布联手对他构成威胁，便与众谋士商讨对策。荀彧献上一计，让曹操挑拨刘备和袁术的关系，一旦双方火并，料吕布就会另打主意。曹操先派人去见袁术，说刘备要攻打南郡，又假造了皇帝的诏书，让刘备征讨袁术。刘备点齐人马，定期出发讨袁。张飞挺身自荐要留守徐州，刘备提醒他不要贪酒误事。张飞送走刘备后，马上设宴请众官议事。席间，张飞强劝部将曹豹饮酒，遭到拒绝，他一气之下亲自打了曹豹五十皮鞭。席散后，怀恨在心的曹豹，连夜给吕布写了一封信，吕布在曹豹的策应下，袭取了徐州。

张飞领残部跑到盱眙（xū yí），来见刘备，把曹豹和吕布夜袭徐州的经过细说了一遍，众人均大吃一惊。关羽急切地问道："嫂嫂在什么地方？"张飞低头说："都陷在城中了。"关羽顿足埋怨说："当初兄长吩咐你什么来着？今天城池也失了，嫂嫂也丢了，该如何是好！"张飞听此话后，羞愧得无地自容，跪地请罪，要拔剑自刎，被众人劝止。

辕门射戟

张飞醉酒失徐州后,袁术连夜派人去见吕布,要他趁势夹攻刘备。吕布却另有打算,他听从谋士陈宫的建议,将小沛和刘备的家眷送还给刘备,准备与刘备携手一同对付袁术。

一心想称帝的袁术执意要联合吕布,企图先击败刘备夺取徐州,再图取江东。袁术为拉拢吕布,给他送去十万石粮食和一封密信。吕布高兴地收下粮草和密信,表面上答应袁术的请求,同意按兵不动,暗地里却想出了一个既能保全自身,又不得罪袁术和刘备的妙计。袁术获知吕布同意他的请求后,随即派大将纪灵率十万人马长驱直入,在沛县东南安营扎寨。吕布派人邀请纪灵和刘备前来赴宴。酒行数巡后,吕布道:"你们两家看在我的面子上,就各自罢兵吧!"刘备不语,纪灵一怔。吕布令左右接过画戟,去辕门外插定,说道:"辕门离此一百五十步,我若一箭射中画戟的小枝,你两家就得罢兵;如果不中,你们就各自回营,准备厮杀。谁不听此言,我就联合另一方来打他。"吕布取来弓箭,挽起袍袖,搭上箭,扯满弓,叫了一声:"着!"只见那弓开如秋月行天,箭去似流星落地,一箭正中画戟小枝。吕布就这样,利用自己射箭的绝技,化解了一场袁术与刘备间的厮杀。

典韦救主

曹操将汉献帝迁至许都,独掌了朝中大权。一天,曹操接到报告:张济死后,他的侄子张绣联合江东的刘表,要来进攻许都。曹操起兵十五万,前去征讨张绣。大军刚到淯水,张绣就派谋士贾诩前来请降,并请曹操的大军入宛城屯扎。曹操十分高兴,摆下筵席,招待

张绣等人。曹操入城后，渐渐懈怠起来。一天，曹操喝得酩酊大醉，听说张济的寡妻邹氏十分美貌，便叫人带她前来，一同饮酒作乐，并留宿帐中。张绣听说曹操霸占了自己的婶婶，大怒道："曹贼辱我太甚！"决定设计除掉曹操。

第二天，张绣借口说自己的部下新兵逃跑的很多，请求将自己的军队移屯到中军，以借曹操的威信，管制新兵。张绣将其人马移驻在曹军周围，又设法将曹操的猛将典韦灌醉。半夜时分，曹操正与邹氏在帐中饮酒作乐，忽听外面人声嘈杂，出帐一看，才知张绣起兵已经冲进了营寨。曹操忙派人去找典韦，典韦在醉梦中被人唤醒，急忙跳起身来寻找武器，却找不到双戟。他来不及披挂，抄起腰刀，飞步奔向辕门。典韦奋勇向前，砍死二十余人，他身无片甲，上下已被刺数十枪，还是死战不退；刀刃砍缺了，便提起两个军士，挥舞迎战，又打倒八九个人。

正当典韦拼死守卫营寨前门的时候，张绣突然率兵从寨后杀入。只见一将飞马挺枪直刺典韦的后心，他大叫一声，血流满地而死。典韦横尸寨门多时，张绣的兵士竟无一人敢从前门而入。曹操趁着典韦死守寨门的时候，带着长子曹昂、侄子曹安民等人从后门逃出重围。曹操骑着大宛良马刚冲过淯水河，突然飞来一箭，正中马眼，那马一头扑倒在地，曹昂忙跳下马来，把父亲扶上自己的坐骑。曹操急忙策马逃走，曹昂却被乱箭射死，侄儿曹安民也被追兵所杀。

此战之后，曹操常常思念猛将典韦，立祠祭之，并哭着对众将说："我折长子、爱侄，尚能忍受，典韦一死，我真痛心极了！"有诗叹道：

　　铁戟双提八十斤，汉阳城外建功勋。典韦救主传天下，勇猛当先第一人。

煮酒论英雄

7区鱼藻轩外西北

汉献帝建安三年，曹操联合刘备，连破小沛和徐州，俘获了吕布，在白门楼将他处死。曹操得胜后传令班师返回许昌，把刘备安排在相府附近住下。一次，曹操请献帝去许田围猎，借皇帝的金箭射中了一只梅花鹿。大臣们都跪在地上，高呼万岁。曹操纵马而出，接受了众臣的拜贺。蒙受屈辱的献帝悄悄在衣带上写下了血书，委托国舅董承联络忠义之士，声讨飞扬跋扈的曹操。刘备也在血书上签名，他行动上更加小心谨慎，每日只在后园种菜浇水，不问政事。

一天，曹操派人请刘备前往丞相府饮酒。两人来到小亭，就着青梅煮酒，开怀畅饮。突然空中阴云密布，云层中好像有龙在翻滚。曹操借题说道："龙能大能小，能升能隐。大则兴云吐雾，小则隐介藏形。"又道："夫英雄者，胸怀大志，腹有良谋，有包藏宇宙之机，吞吐天地之志者也。"刘备问："谁能当英雄呢？"曹操单刀直入地说："当今天下英雄，只有你和我两个！"刘备一听，大吃一惊，手中的筷子也不觉掉落在地。正巧此时雷声大作，刘备灵机一动，从容地低下身去拾起筷子，借说自己受到了雷声的惊吓。曹操笑着问道："大丈夫也怕雷吗？"刘备答："圣人孔子说过迅雷烈风必有变，我岂能不怕？"刘备经过这样的掩饰，使曹操认为他是个胸无大志、胆小如鼠的庸人，从此放松了对刘备的戒备。后人有诗写道：

勉从虎穴暂趋身，说破英雄惊煞人。巧借闻雷来掩饰，随机应变信如神。

祢衡击鼓骂曹

祢衡，字正平，汉末文学家，平原般（今山东临邑）人，作有《鹦鹉赋》。此人素以雄辩之才、刚正傲物而闻名。曹操独揽大权之后，请名士孔融作降表，去荆州招安刘表。孔融上书推荐时年二十四岁的祢衡担当此任。祢衡应邀和曹操相见，因原本就不满曹操所为，又加上曹操没有赐座，有些怠慢他，祢衡就当面把曹操手下的谋士、武将全都讥笑了一遍。曹操知道祢衡在天下士人中颇有名气，不好轻易杀之，便说："我正缺一名鼓吏，你可充当此职。"故意将祢衡羞辱一番。

来日，曹操大宴宾客，令鼓吏上堂击鼓取乐，祢衡却穿旧衣而入。他上堂击了一段《渔阳三挝》的鼓乐。按照礼节，击鼓吏必着帽子和黄色上衣，故左右质问祢衡道："为何不更衣？"祢衡当场脱下旧衣，浑身尽露，不紧不慢地戴上岑牟（cén mù，一种击鼓吏专用帽），穿上单绞衣。曹操怒斥道："庙堂之上，何太无理？"祢衡却道："欺君罔上才是无理。我露父母之形，是在显露清白之体！"曹操又问："你为清白，谁为污浊？"祢衡答道："你不识贤愚，是眼浊；不读诗书，是口浊；不纳忠言，是耳浊；不通古今，是身浊；不容诸侯，是腹浊；常怀篡逆，是心浊也！我堂堂天下名士，却用为鼓吏，犹如当年阳货轻视仲尼，臧仓诋毁孟子一样。如此轻视人才，还能成就霸王之业？"

老谋深算的曹操最终借助敌人黄祖之手，将祢衡杀害，葬于鹦鹉洲边。后人有诗叹曰：
黄祖才非长者俦，祢衡丧首此江头。今来鹦鹉洲边过，惟有无情碧水流。

7区89外南

关羽约三事

一心图谋称霸天下的曹操,在铲除朝廷内部异己之后,率大军二十万,分兵五路直逼徐州,征讨刘备。刘备采纳张飞的建议,趁曹军立足未稳,在夜里袭击曹营,不料曹操早有准备,设下了伏兵,刘备和张飞被杀得大败,在战乱中走散。

曹操趁势克小沛取徐州,又设计将关羽包围在城外的屯土山上。遥望下邳城中火光冲天,关羽挂念城中刘备的家眷,焦急万分。关羽的故交张辽前来劝说道:"兄今日被围,不如暂时投降曹操,这样一者可保护二夫人,二者不背桃园之约,三者能留可用之身,有此三便,请兄仔细考虑。"关羽听后说道:"兄有三便,我有三约。第一,只降汉朝,不降曹操;第二,用刘备的俸禄赡养二位夫人;第三,一旦知道刘备的去向,不管千里万里,立即辞职归去。"张辽立刻转告曹操,曹操点头应允。

曹操一心要收服关公,待其甚厚,不仅封关羽为汉寿亭侯,而且三日一小宴,五日一大宴,赠厚礼,送美女,关羽都不为之所动,将所收尽送内宅,供两位嫂嫂收贮使用。一日,曹操将缴获吕布的赤兔马送给了关羽。关羽喜出望外,连忙跪拜谢道:"好马!好马!"曹操不解地问道:"吾送美女金帛,公未尝下拜,今吾赠马,却喜而再拜,为何轻人而贵畜呢?"关羽答道:"吾素知此马能日行千里,今幸得之,若知兄长下落,一天之内就可以和他见面了。"曹操听后,愕然而悔。有诗叹道:

威倾三国著英豪,一宅分居义气高。奸相枉将虚礼待,岂知关圣不降曹。

千里走单骑

7区鱼藻轩内西南

曹操率军攻破了徐州，刘、关、张三兄弟在乱战中彼此失散。关羽为了保护甘、糜两位嫂嫂的安全，与曹操约好三个条件，暂时栖身于曹操的军营。曹操爱慕人才，见关羽忠义勇武，一心想收为己用，待他甚厚。关羽为报曹操的恩惠，先后斩颜良、诛文丑，解白马之围，还替曹操击溃了汝南的刘辟和龚都。

这一天，关羽接到一封刘备的亲笔信，又惊又喜，立即向曹操告辞，准备投奔兄长去。曹操不舍关羽离去，故意回避不见。关羽只得留下辞别信，备好车马，将曹操赏的金银封存在库中，又把那枚"汉寿亭侯"的金印也挂于堂上，带着两位皇嫂，离开许昌，踏上了千里寻兄之路。曹操眼见挽留不住关羽，索性骑马赶上关羽一行人，亲自前来送行，并赠锦袍与路费，在临别时送给关羽一个人情。

一路上，关羽经过五处关隘，先后斩了六名阻拦他的曹将。他们分别是东岭关守将孔秀、洛阳太守韩福和其部下孟坦、汜水关守将卞喜、荥阳太守王植、滑州黄河渡口守将秦琪。最后，关羽为证实自己对刘备的忠心，在古城力斩追将蔡阳，化解了张飞的猜疑。就这样，一身正气、忠义勇武的关云长，一路克服了千难万险，护卫着两位嫂嫂，终于寻到了结义兄长刘备，留下了"千里走单骑"的佳话。后人有诗赞道：

挂印封金辞汉相，寻兄遥望远途还。马骑赤兔行千里，刀偃青龙出五关。
忠义慨然冲宇宙，英雄从此震江山。独行斩将应无敌，今古留题翰墨间。

关公斩卞喜

关羽打听到了刘备的下落，立刻封金挂印，护卫着刘备的家眷，辞别了曹操，踏上了千里寻兄之路。一路上遭到曹将的重重阻拦，忠勇的云长经东岭杀孔秀，过洛阳斩韩福、孟坦。一日傍晚，一行人来到了汜水关。守将卞喜，原是黄巾军余党，后投奔曹操，拨来守关。他听闻关羽将到汜水关，便设下一个谋害关羽的计谋。卞喜特意出关相迎，表面上对关羽非常恭敬，暗地里却在关前的镇国寺埋下了二百多个刀斧手，假借宴请之名，欲杀关羽。

镇国寺内有一和尚，法名普净，是关羽的同乡，素来仰慕关羽行侠仗义的为人。此刻，他听说卞喜要在宴会之上暗害关羽，就拿起所佩戒刀，看着关羽用手指了一指，向关羽以目示意，关羽马上心领神会。酒席上，关羽对卞喜厉声喝道："请我喝酒，是好心还是歹意？"卞喜见势不妙，大叫道："赶快下手！"隐藏在大帐后的刀斧手，顿时蜂拥而出。早有准备的关羽抢起手中大刀，朝伏兵砍去，被吓破胆的刀斧手四面散去。卞喜见势不妙，转身而逃，关羽紧追不舍，卞喜暗取流星锤掷来，被关公用刀隔开。卞喜想绕廊逃跑，只见关羽抢步上前，挥起大刀，一刀将卞喜斩成两段。关羽拜谢了普净，护送着两位皇嫂继续赶路。

兄弟释疑

7区90内南

关羽一路过关斩将，护送着两位嫂嫂渡过了黄河，正碰上孙乾前来送信，告之刘备现已离开冀州去了汝南。于是，关羽和孙乾又护着车仗，重新渡过黄河，往汝南进发。

一日，他们来到古城之下。一打听，得知守城的正是三弟张飞，关羽大喜，忙叫孙乾进城通报。张飞见了孙乾，喜出望外。孙乾将刘备的情况叙述了一遍，并且告诉张飞，关羽护送两位嫂嫂现正在城外等候。谁知张飞听罢，随即起身披挂持矛上马，直出北门。关羽见到张飞，喜不自胜，拍马来迎。却见张飞吼声如雷，挥矛直向关羽刺来。关公由喜转惊，连忙闪过，大叫："贤弟何故如此？岂忘了桃园结义的情义？"张飞喝道："你背了兄长，降了曹操，封侯赐爵，今又领兵来捉我。"张飞向远处指道："你后面不就是曹军的兵马吗？"关羽回头望去，果真有一路曹兵飞马前来。关羽忙叫道："贤弟且住，你看我斩了来将，以表真心。"张飞回道："你果真有真心，我这里三通鼓罢，便要你斩了这个来将。"

前来追赶的是曹将蔡阳。他听说关羽在黄河渡口，杀了他的外甥秦琪，特来报仇。关羽提刀策马迎上前去，只见关公刀起处，蔡阳的头已落地。张飞这才相信了关羽，马上将他和两位嫂子迎入城中。到了衙中，甘、糜两嫂又将在许昌和一路上的经过细细叙述了一遍。张飞听罢，一面放声大哭，一面向关羽下拜请罪。次日，关羽让张飞保护两嫂暂住古城，自己起程和孙乾前往汝南继续寻找刘备去了。

马跃檀溪

刘备乘曹操与袁绍激战之机,率军进攻许昌,却遭惨败,只得投奔了荆州的刘表。刘表待刘备甚厚,安顿刘备住下。刘备帮助刘表击败了叛将张武、陈孙,并夺了宝马"的卢"献给了刘表。谋士蒯越挑唆说"此马有害主之相",刘表心生疑虑,将马送还给刘备。一日,刘表请刘备前往荆州赴宴,将自己的苦恼告诉了刘备。原来,他想废长立幼,却担心不合礼法;如若立了长子,又怕幼子的母亲蔡夫人和其弟蔡瑁的势力。刘备劝告道:"废长立幼,不符合礼法,宁慢慢削去蔡氏的权重。"没想到,此番话被躲在屏风后面的蔡夫人听到。她与蔡瑁等人密谋,要趁刘备代刘表去襄阳赴宴的机会除掉刘备。

宴会那天,蔡瑁派兵把守东、南、北三门,只留西门没有设防。宴席中,十分敬佩刘备的伊籍起身斟酒,对刘备低声说道:"请更衣。"刘备立刻会意,与伊籍来到后园。伊籍说道:"蔡瑁要害使君,各门皆有重兵把守,惟西门可行,请公速逃!"刘备大惊,急忙飞身骑上"的卢"马,直奔西门而去。他一口气来到了檀溪边,被横断了去路。刘备想要另寻道路,却看见蔡瑁的追兵已到。情急之下,他纵马跳下檀溪,刚行几步,马的前蹄又陷入泥中。绝望的刘备大叫:"的卢!的卢!今日害我!"话音刚落,"的卢"马如有神助般地从水中跃身而起,腾云驾雾般地飞上了西岸。见此情景,赶到溪边的蔡瑁只能望溪兴叹道:"是何神助也!"无奈地收兵回城去了。

路访水镜

刘备马跃檀溪脱险后，惊魂未定，一路向南漳走去。正当他缓缓而行时，忽见一牧童横坐牛背，口吹短笛而来。刘备不禁停马观叹道："吾不如也！"牧童也停牛罢笛，注视着刘备问道："将军莫非是破黄巾军的刘玄德？"刘备惊问："你是如何知道的？"牧童道："我师父水镜先生常提到有一刘玄德，身长七尺五寸，垂手过膝，目能自顾其耳，乃当世之英雄。今观将军长相，想来就是。"刘备便问他师父的姓名，牧童道："我师父复姓司马，名徽，道号水镜。"刘备让牧童带路，前去拜见其师水镜先生。

刘备在水镜堂内坐定，水镜问他从何而来，刘备就将他投奔刘表，遭蔡瑁陷害的经过说了一遍。水镜道："使君如今如此落魄，定是不得能人的相助。"刘备说道："自己虽然不才，却文有孙乾、糜竺、简雍，武有关、张、赵云，怎能说没有能人相助呢？"水镜道："关、张、赵虽力敌万人，可惜无善用他们的人；孙、糜、简都是白面书生，非经纶济世之才。而伏龙、凤雏才是当今天下的奇才，若能请到其中之一，便可安邦定国。"刘备听后大喜，忙追问伏龙、凤雏的下落。水镜却只连声笑道："好！好！"刘备索性邀请水镜先生直接出山，同扶汉室。水镜告诉他说："我在山野闲散惯了，不堪重用，自有强我十倍的贤才会前来相助的。"正当刘备还要恳求时，赵云带了人马来庄迎接他，刘备告辞了水镜，向新野走去。半路上刘备又遇到云长、翼德领兵前来相迎，众人听说刘备马跃檀溪的险情后，都惊叹不已。

徐庶荐诸葛

求贤若渴的刘备在新野的街市上遇到了徐庶，两人长谈后，刘备拜他为军师。不久，曹仁率军杀奔新野而来，徐庶运筹帷幄，帮助刘备大败曹军。曹操询问刘备请到了何方能人，这般厉害。谋士程昱说道："此人是颍川（今河南禹州）人士徐庶，字元直，为人至孝，曾遍访名师，谋略十分高明。"程昱又献计给曹操，让他派人将徐庶母亲骗到许昌，再设法模仿徐母的笔迹，叫孝子徐庶速来许昌救母。

徐庶接到家信后来见刘备，含泪说道："承蒙主公器重，本想为主公尽心效力，现因老母被曹操用奸计关入许昌的牢中，只得告辞主公，前往许昌救老母的性命去了。"刘备听了这番话后，不禁惋惜地哭了起来。第二天一早，刘、关、张三人和赵云一同骑马出城，为徐庶送行。刘备送了一程又一程，实在不忍和徐庶分别，徐庶不得不洒泪而别。望着徐庶渐渐远去的身影，刘备不禁哭道："元直去了，吾将奈何？"又举起马鞭，指着前面的树林说："我真恨不得砍尽那些树！"张飞忙问为何，刘备含泪道："树林阻断了我目送军师的视线。"正说着，忽见徐庶拍马而回，刘备不禁大喜，以为他改变了主意，上前问道："先生此回，必有主意。"徐庶勒住马说："我刚才忘了一句话。此间有一奇士，住在襄阳城外二十里的隆中，使君何不求之？"徐庶还告诉刘备此人就是伏龙，名叫诸葛亮。若能将他请出山，就不愁天下不定。徐庶推荐了诸葛亮后，重新上马和刘备作别。后人有诗赞道：

痛恨高贤不再逢，临歧泣别两情浓。片言却似春雷震，能使南阳起卧龙。

水镜荐伏龙

3区19外北

刘备听说自己仰慕已久的伏龙就是住在隆中的诸葛亮，十分欣喜。诸葛亮，字孔明，山东琅琊阳都（今山东沂南南）人。东汉末，他隐居在邓县隆中（今湖北襄阳西），留心世事，被称为"伏龙"。一日，水镜先生司马徽忽然来访，刘备忙请先生入后堂高座。当刘备告诉他徐庶接到母亲的来信，赶赴许昌时，水镜失惊道："他中了曹操的奸计了！徐母是有名的女中丈夫，决不肯受逼写信。"宾主谈了一会儿，刘备提到徐庶临别时向他推荐诸葛亮的事，并再次向水镜追问诸葛亮的才能。司马徽道："孔明的才能不可限量，常自比春秋战国时的名士管仲和乐毅。"此时一旁的关羽插话道："管仲、乐毅功盖寰宇，孔明把自己比作他二人，未免太夸口了吧！"司马徽笑道："我看管仲和乐毅都比不过孔明，只有兴周八百年的姜子牙和旺汉五百年的张子房才能与他相比。"众人听到此言，都吃惊地愕然不语。司马徽说完便起身告辞，刘备挽留不住，只得送他出门。司马徽刚出门，就仰天大笑道："伏龙终得其主，可以发挥才能了；只可惜不得其时，如今天下大乱，得好好呕心沥血地辅助玄德才行呀！"刘备望着水镜的背影叹道："真隐居贤士也！"

提示

此图在一些书中被描述为"隆中对"。参照清代版《三国演义》绣像插图，本画描绘的应是"水镜荐伏龙"的情形。

三顾茅庐

　　求贤心切的刘备听了水镜的介绍，决心马上恭请诸葛亮出山，共图大业。第二天，刘备就同关羽、张飞来到隆中卧龙岗。他们轻轻地敲开了诸葛亮茅庐的柴门，恭敬地向开门的小童自报道："汉左将军宜城亭侯领豫州牧皇叔刘备特来拜见先生。"

　　小童却说："我家先生今早外出了！"刘备急切地问道："何处去了？何时归还？"童子回答："踪迹不定，不知何处；归期也不定，或三五日，或十数日！"刘备只好嘱咐小童转告先生，刘备曾来拜访过。三人失望地骑马而归。路上刘备遇见诸葛亮的好友崔州平，与他畅谈了天下大事，并诚心邀请他出山辅佐"匡扶汉室"的大业，却被"无意功名"的崔州平谢绝了。刘备在归途中不时回头观望卧龙岗的景物，果然是山不高而秀雅，水不深而澄清，地不广而平坦，林不大而茂盛。刘备不禁自叹道："好一个藏龙卧虎的风水宝地！"

　　过了数日，刘备再次冒雪来到诸葛亮的茅庐前。刘备见到诸葛亮之弟诸葛均，才知先生前日与崔州平出外游玩去了。刘备追问去处，诸葛均答道："二家兄去向不定，或驾小舟游于江湖之中，或访僧道于山岭之上，或寻朋友于村落之间，或乐琴棋于洞府之内，往来莫测。"刘备只好留下一封信给诸葛亮，与诸葛均拜辞。他刚要上马离去，忽听一小童高声叫道："老先生来也！"刘备闻声抬头看去，只见小桥的西边，一人暖帽遮头，狐裘蔽体，口中吟诵着

诗句，骑驴踏雪而来。原来此人是诸葛亮的岳父黄承彦，是来找女婿的。

光阴荏苒，又及早春，刘备选了个好日子，斋戒三日，熏沐更衣，要再往卧龙岗拜谒诸葛亮。关羽、张飞都劝他不必再去，被刘备训斥了一番。刘备讲了春秋齐桓公五次求见贤人的故事给二人听，决定第三次前往隆中拜访诸葛孔明。在去隆中的半路上，刘备听说先生前天晚上刚刚回来，便兴冲冲地来到庄前，敲开了院门，小童报道："今日先生虽在家，但现在草堂上午睡。"刘备便吩咐关、张在门外等候，自己徐步而入，拱立阶下静候。等了半响，见先生翻身将起，忽又朝里壁睡着了。刘备又立了一个时辰，直到先生彻底醒来。听到小童通报后，诸葛亮转入后堂，又过半响，方整衣冠出迎。

刘备不辞辛劳，三次登门访贤，终于打动了诸葛亮，同意出山相辅。从此，"三顾茅庐"也成为一个表示真诚邀请贤士辅佐的成语。

隆中决策

刘备与关羽、张飞两次去隆中拜访诸葛亮，均未遇到。刘备欲展宏图大志，求贤若渴，又第三次拜访，终于见到了仰慕已久的诸葛亮，两人相见，谈得十分投机。刘备谈了自己的抱负，然后问起平定天下的办法。诸葛亮从董卓专权谈起，说到眼前各方的态势，仔细地为刘备分析了天下形势。他认为曹操拥兵百万，挟天子以令诸侯占有天时，不可与其直接相争。孙权占有江东的地利，可以联盟不可强取。而荆州为交通重镇，益州乃天府之国，刘备是帝王的后代，信义著于四海，若能跨荆、益两地，外结孙权，内修政理，则大业可成，汉室可兴。诸葛亮又让小童取出一幅挂图，挂于堂中。他手指着图说道："这是西川五十四州之图，将军欲成霸业，可北让曹操占天时，南让孙权占地利，将军则必须爱抚百姓，取得人和。且要先取荆州为家，后取西川建基业，以成鼎足之势，然后可图中原。"

这就是有名的"隆中对"。茅塞顿开的刘备避席拱手拜谢诸葛亮,并恳请他为天下苍生的福祉出山相助。在刘备诚心的感召下,诸葛亮终于走出了隆中,全力辅助刘备,形成了天下三足鼎立的局面。诸葛孔明未出茅庐,已知三分天下,不愧为万古之奇人。后人有诗赞道:

豫州当日叹孤穷,何幸南阳有卧龙。欲识他年分鼎处,先生笑指画图中。

孔明初用兵

孔明出山后不久,十万曹军来犯刘备的驻地新野。初次用兵的孔明命令关羽率一千人马埋伏在博望坡左面的豫山,看到南面起火后,出击曹军的辎重粮草;命令张飞率一千人在博望坡右面的山谷中埋伏,待起火后,直接攻击博望城之敌,烧毁城中的囤积粮草;吩咐关平、刘封率兵五百准备引火物品,只等曹兵一到,就点火攻击曹军;孔明又从樊城调来赵云为先锋,令其且战且退,引兵诱敌进入埋伏阵地;最后他让刘备率一部为后援。排兵布阵结束后,关羽问道:"我等皆出兵迎敌,未见军师有什么事要做?"孔明答道:"我只坐守县城。"张飞大笑道:"我们都去厮杀,你却在家里坐着,好是自在!"刘备连忙说道:"没听过'运筹帷幄之中,决胜千里之外'这句话吗?二弟不可违令!"张飞只好冷笑而退。曹将夏侯惇一心想活捉刘备和诸葛亮,率军直奔博望坡而来。刘备军按孔明的事先安排,处处截杀曹军,使曹军一败涂地、狼狈而逃。博望坡一仗大获全胜,关羽、张飞心中暗自佩服孔明的用兵才能,从此对他心悦诚服。后人有诗赞道:

博望相持用火攻,指挥如意笑谈中。直须惊破曹公胆,初出茅庐第一功。

提示

在一些长廊画故事书中,此图被说成是"张飞赔罪"。依据清代版《三国演义》绣像插图,此幅彩画描绘的应是"孔明初用兵"的故事。

携民渡江

1区6内南

曹军发兵攻打驻扎在樊城的刘备，诸葛亮在新野设下伏兵，又用火攻将其击退。曹操为报新野之仇，分兵八路，杀奔樊城而来。诸葛亮劝刘备放弃樊城，渡过襄江，退往襄阳。于是刘备忙令关羽安排船只，疏导十几万百姓渡江。百姓们扶老携幼，拖儿带女，纷纷渡江，两岸哭声不绝。刘备在渡船上看到如此情景，大哭道："为我一人，使如此多的百姓遭此大难，我不如死了！"说着就要投江。左右急忙将其止住，面对流离失所的百姓，众人无不感到万分痛心。刘备到了南岸，见江北还有很多百姓，急令关羽催船速去接百姓过江。直到全体百姓安全过江，刘备才上马离去。

刘备带着军民来到襄阳城东门，蔡瑁、张允已投降曹操，指挥城上兵士一阵乱箭齐射。城下的百姓顿时大乱，望楼而哭。刘表手下名将魏延抡刀冲上城楼，大骂蔡瑁等人无情无义，并强行打开城门，请刘备进城。蔡瑁急调文聘前来与魏延厮杀，阻止刘备进城。孔明建议道："江陵乃荆州要地，不如先取江陵为家。"大队人马又向江陵进发。走到半路，忽有探马报说曹操大军已到樊城，马上要渡江追赶刘备。众将建议暂时丢开百姓先行，以尽快占领江陵险要地形。刘备却说："干大事者必以仁为本，如今百姓跟着我，怎能抛弃他们不管呢？"在旁的人听后，都深为感动。孔明忙将队伍重新部署，由张飞断后，保护百姓。刘备继续带着百姓缓缓地向江陵走去，刘备爱民的名声从此广为流传。后人有诗赞曰：

临难仁心存百姓，登舟挥泪动三军。至今凭吊襄江口，父老犹然忆使君。

单骑救主

曹操占领襄阳后，便命文聘为先锋星夜出发，要在一天一夜内赶上刘备。刘备正带着十几万百姓，三千多军马，缓缓地走在去江陵的途中。得知曹军追兵将至，刘备派关羽前往江夏求救，却没有音信。刘备再急令孔明，亲自去江夏请刘琦前来援救，又吩咐赵云保护家眷老小，张飞断后，加紧向江陵赶路。

这天傍晚时分，队伍来到当阳县景山脚下驻扎。夜里四更时分，西北角喊声震天，曹军的追兵已经把景山围住。刘备只好亲率所剩两千人马拼死迎敌。无奈曹兵人马众多，刘备且战且退，直杀到天明，才突出重围。刘备一看，随行的百姓、家眷和部将赵云、简雍、糜竺等人均已走散，不由得大哭起来。此时糜芳追上了刘备，说亲眼看到赵云投降了曹军。张飞一怒之下朝曹军方向去寻找赵云，想问个究竟。张飞赶到长坂桥，横矛立马，独立在长坂桥上向西瞭望。却说赵云从四更时分起，就一直与曹军厮杀直到天明。他在乱军中往来冲杀，与刘备的家眷也都失散。赵云心想："主公将甘、糜两夫人和公子阿斗托付于己，可现在人都走散，有何脸面再见主公？"他带着三四残兵，杀回曹军之中，决心寻回两位夫人和阿斗。

赵云在敌军中四处冲杀，逢百姓就打听两位夫人的踪迹。他从乱草丛中救下受伤的简雍，从简雍那里得知了两位嫂夫人的去向。赵云让简雍回去报告刘备，自己继续寻找嫂夫人和阿斗。赵云先在逃难的百姓中找到甘夫人，又一枪刺死曹将淳于导，救下被俘的糜竺，将他们护送到长坂桥交托给张飞，自己又转身继续寻找糜夫人和阿斗去了。张飞刚听到简雍的报告，又见赵云将甘夫人安全送回，这才消除了心中的猜疑。上图就是赵云一枪刺死曹将淳于导的情形。

赵云正在四处寻觅，见一敌将手提铁枪，身背一剑迎面冲来。赵云直冲过去，一枪把来将

8区清遥亭东

刺落马下,顺手夺过他背上的剑。原来此人是曹操的背剑之将夏侯恩,所背的剑是曹操的两口宝剑之一,名曰"青釭",另一口剑是"倚天",由曹操亲自佩之。这"青釭"剑削铁如泥,锋利无比,是一口难得的宝剑。赵云插剑提枪,重新杀入敌阵,回顾手下从骑,已无一人。单枪匹马的赵云毫无退意,继续寻找,终于打听到糜夫人的下落。赵云急忙赶上前去,只见糜夫人左腿受重伤,抱着阿斗,正在一枯井边哭泣。此时喊声四起,追兵已近,赵云催促糜夫人赶快上马,夫人却说自己伤重难行,不能拖累赵云,只愿阿斗能脱离险境,说罢就将阿斗放在地上,自己翻身投入枯井而亡。赵云将阿斗护在怀中,又将井边的土墙推倒,掩盖了枯井,以防曹军盗尸。赵云重新上马,决心要杀开一条血路,护送小主人突出重围。

赵云刚刚上马,便见曹洪的部将晏明引一队步军已至,战不到三个回合,晏明即被赵云一枪刺死。正当赵云继续向前走时,又被一支军马拦住去路,当先一员大将,旗上大书"河间张郃"。赵云挺枪迎战十余回合,不敢恋战,夺路而走。张郃紧追不放,赵云加鞭疾驰,不料轰然一声连人带马陷入一个深坑。张郃赶上挺枪便刺,忽见一道红光,从坑内冲天而起,赵云骑马神奇地跳出了坑外。张郃见了,大惊而退。在曹军重重包围之下,赵云神勇无比,他左冲右突,抢枪挥剑,威不可挡,斩旗杀将,血染战袍。在景山上观战的曹操惊叹道:"真虎将也!"曹操急令手下要活捉赵云,以为己用。这反倒帮了赵云,他越战越勇,且战且退,直奔长坂桥而去。张飞立马桥上,让赵云过桥,自己将曹将张郃等人挡住。当赵云杀出重围,双手将阿斗捧给刘备时,小主人竟然还在甜甜地安睡着。常山赵子龙单枪匹马血战长坂坡,在敌军中七进七出救出甘夫人和阿斗,先后斩杀曹军名将淳于导、夏侯恩、晏明、钟缙、钟绅等五十余人,从此威名大振。后人有诗曰:

血染征袍透甲红,当阳谁敢与争锋。古来冲阵扶危主,只有常山赵子龙。

提示

本故事第一幅图在一些书中被解释为"据汉水赵云寡胜众"。经查证相关书籍,此图描绘的应是赵云单骑救主时枪刺曹将淳于导的情景。

舌战群儒

7区鱼藻轩外西南

　　孙权闻听曹操连取襄阳、江陵，渐渐逼向江东，忙让鲁肃到江夏联络刘备，联合抗曹。鲁肃，字子敬，临淮东城（今安徽定远东南）人，三国时吴军名将，积极主张联刘抗曹。鲁肃来到江夏，刘备、诸葛亮也正打算东联江东，北拒曹操，鲁肃又与诸葛亮一同返回柴桑，要劝说孙权下决心共同抗曹。此时孙权收到曹操的檄文，声称他奉皇帝之命，率大军百万，要求和孙权共伐刘备。以张昭为首的众多文官，以保江东百姓安危为由，极力主张降曹。孙权犹豫不定，便问鲁肃的意见，鲁肃力劝孙权接见诸葛亮，商议联合抗曹之事。

　　第二天，鲁肃引诸葛亮来到堂前。张昭先用话语挑逗道："听说先生常把自己比作管仲、乐毅，可刘使君现在却连连败退，襄阳和荆州也都落入曹操之手，是何道理？"诸葛亮笑答道："胜败乃兵家常事，从前汉高祖被项羽战败多次，可垓下一仗，就靠韩信扭转了局势，你能小看韩信吗？"忽然虞翻在座席上大声问道："曹操大军百万，将列千员，正要吞并江夏，先生准备如何应对？"诸葛亮说："曹操收袁绍的残兵，集刘表的乌合之众，虽号称数百万但不足畏惧。刘备仅以数千仁义之师，还能力敌百万之众，退守江夏。如今，江东兵精粮足，又有长江天险，可手下大臣却劝主投降，不顾天下人耻笑。相比之下，刘皇叔可谓不怕曹操的英雄了。"接下来众人轮番发问，想难倒葛亮孔明。面对江东群儒的舌枪唇剑，诸葛亮镇静对答，头头是道，群儒们渐渐地面面相觑，全都沉默不语了。鲁肃起身，拉着诸葛亮和黄盖一同去见孙权。诸葛亮巧妙地运用激将法，帮助孙权认清了天下大势，指出战与和的利害，终于说服孙权联刘抗曹，扭转了不利的局势。

江东二乔

4区23外南

　　画中坐在凉亭中的两位女子是著名的江南美女"江东二乔"。二乔是江南乔公的两位闺秀，大乔嫁了孙策，小乔则是周瑜的妻子。赤壁之战前夕，诸葛亮只身赴东吴，舌战群儒，帮助孙权分析天下大势，列举了孙刘联合抗曹的优势，可孙权还是举棋不定。

　　鲁肃引诸葛亮来见周瑜，诸葛亮笑着说："我有一计，只需用扁舟送两个人到江上。曹操得此二人，定能令其百万之众卸甲卷旗而退。"周瑜忙问道："是何二人？"诸葛亮慢条斯理答道："我在隆中就听说过，曹操在漳河新建了铜雀台，并发誓说他平生有两个心愿：一是扫平四海，以成帝业；二是得到江东二乔，置于铜雀台中，以乐晚年。"诸葛亮接着说："如今曹操引百万之众，虎视江南，其实就是为此二女而来。将军何不去寻找二乔，送与曹操。曹操得此二乔，必然班师而退，何不速速为之？"周瑜又问诸葛亮可有曹操想得二乔的证据。诸葛亮说："曹操曾授命其子曹植，写过一赋，名曰《铜雀台赋》，赋中道出了曹操誓取二乔的愿望。"诸葛亮还当场朗读了其中的诗句："立双台于左右，有玉龙与金凤，揽'二乔'于东南兮，乐朝夕之与共。"周瑜听完，勃然大怒，离席指北而骂："老贼欺我太甚！"周瑜于第二天向孙权详细分析了迎战曹操的有利因素，大大增强了孙权抗曹的勇气和决心。孙权当即授给周瑜一柄尚方宝剑，封他为大都督，并告诉众文武官员，以后谁再提投降曹操，一律处斩。就这样，诸葛亮机智地利用"二乔"的话题，激起了周瑜誓死抗曹的决心，增强了孙权抗击曹军的勇气，为孙刘联合抗曹奠定了坚实的基础。唐代诗人杜牧有诗曰：

　　　　折戟沉沙铁未销，自将磨洗认前朝。东风不与周郎便，铜雀春深锁二乔。

江东赴会

东吴的前部大都督周瑜，字公瑾，庐江舒县（今安徽庐江西南）人。他足智多谋，但心胸狭窄，不能容人。此次诸葛亮来东吴游说孙权联合抗曹，周瑜同诸葛亮几番较手后，深感此人强自己十倍，必是将来的大患，就把诸葛亮暂留江东，以便设计加害于他。

刘备见诸葛亮去东吴已有时日，却不见音信，便派糜竺备好礼物，以犒劳军士为名，再赴东吴以探虚实。周瑜让糜竺带信，邀请刘备来江东共议破曹之事。鲁肃问周瑜有何计议，周瑜道："玄德世之枭雄，不可不除。我今趁机诱至杀之，实为国家除一后患。"鲁肃再三劝阻，周瑜不听。糜竺回见刘备，转达了周瑜的邀请。刘备为显示联吴抗曹的诚意，决定亲赴江东会见周瑜。他吩咐张飞、赵云留下守城，自己同关羽等二十余人坐船奔赴江东。刘备上岸来到周瑜的中军帐，周瑜已暗中埋伏下刀斧手，备好了酒筵，请刘备入席细谈。酒行数巡，周瑜起身祝酒，却忽见刘备身后有一位红脸大汉按剑而立，忙问是何人。刘备答道："是我弟关云长。"周瑜又吃惊地追问："莫非是那位诛颜良、斩文丑的关云长吗？"刘备道："正是此人。"周瑜听罢，惊出一身冷汗，忙斟酒与关羽把盏，说了一番恭维之词。关羽不见诸葛亮赴会，心中生疑。不一会儿，关羽以目传神，向刘备示意，刘备会意，起身与周瑜告辞。刘、关二人来到江边小船，看见诸葛亮已在那里等候，心中大喜。诸葛亮劈头盖脸地问道："主公可知今日有多危险吗？"刘备愕然一愣。诸葛亮又说道："周瑜设计害你，只是看到云长一刻不停地跟在你的左右，不便下手，主公才得以逃过一劫。"刘备这才恍然大悟。

蒋干盗书

赤壁之战前夕,曹操率领百万大军,浩浩荡荡沿长江东下。他派信使去劝说周瑜投降,周瑜却撕碎了书信,斩了来使的人头。曹操立即派遣荆州降将蔡瑁、张允率船队出战,不料却被周瑜的船队战败于三江口。

初次和东吴交锋,便被杀败,曹操心中十分郁闷。蒋干(字子翼)毛遂自荐说道:"丞相不必兴师动众,我和周瑜自幼同窗,愿凭不烂之舌,前往江东,必能说服此人来降。"曹操甚喜,设酒席为蒋干送行。一天,周瑜正在帐中议事,忽听说蒋干来见,心中暗笑道:"曹操的说客到了,我何不将计就计。"周瑜上前行礼,与蒋干互相寒暄了一会儿,便设宴款待老同窗。他对蒋干说:"今日宴饮,只叙友情,不提军事。"说罢,便一杯杯地畅饮起来,直到深夜酒宴才告结束。周瑜装作醉酒,拉着蒋干回到自己的帐中,和衣而卧,一会儿,便鼾声如雷。三更时分,蒋干悄悄起床,看见书案上有一信封,上写"张允、蔡瑁谨封",蒋干忙打开信一看,竟是曹营的水军都督蔡瑁、张允给周瑜的密信。蒋干大惊,将此信藏于衣内,吹灯回到床上。五更时分,蒋干悄悄起身,轻声走出帐外,径直来到江边,上船向江北飞驶而去。蒋干见了曹操,说明此行虽然未能说服周瑜,却意外获得一件密信。曹操见信后大怒,骂道:"这两贼子胆敢加害于我!"曹操一怒之下喝令武士将蔡、张二人推出斩首。当他看到二人首级时,却忽感不对,惊悟道:"我中计了!"后人有诗叹曰:

曹操奸雄不可当,一时诡计中周郎。蔡张卖主求生计,谁料今朝剑下亡。

草船借箭

周瑜通过蒋干巧用离间计，使曹操误杀了熟知水战的蔡瑁、张允二将，除掉了东吴的大患。周瑜自以为此计无人知晓，可诸葛亮对此早已心知肚明。周瑜得知后，大惊道："此人不可留，我决意杀之！"周瑜让诸葛亮十日内造出十万支箭，想借此机会加害于他。诸葛亮却自信地立下文书，让周瑜三天后派人到江边搬箭。他向鲁肃借了二十只船，船上都以青布为帐，稻草千余束，分立船的两侧。第三天四更时分，诸葛亮密请鲁肃到船中，要他一同去取箭。他还令军士把二十只船用长绳连在一起，直向北岸进发。当天江面大雾弥漫，面对面都看不清人，诸葛亮请鲁肃坐于船中饮酒。五更时分，船已近曹操水寨。诸葛亮将船只头西尾东一字排开，又命船上士兵一齐击鼓呐喊。曹操以为吴兵趁大雾，渡江进攻，恐有埋伏，便传令弓箭手向船上射箭。顷刻间，曹军水陆两寨一万多弓箭手万箭齐射，雨点般的箭都射插在船上的稻草人上。不久，诸葛亮又命调转船头，让另一侧的稻草人也都被射满了箭支。等到日高雾散，诸葛亮令收船急回，只见船两侧的草人身上都插满了箭。他令士兵齐声大喊："谢丞相送箭！"船到南岸时，周瑜已派五百兵士等候，诸葛亮便让他们上船搬箭，足有十余万支。鲁肃将草船借箭的经过告诉了周瑜。周瑜无奈地慨然叹曰："孔明神机妙算，我不如也！"后人有诗赞道：

　　一天浓雾满长江，远近难分水渺茫。骤雨飞蝗来战舰，孔明今日伏周郎。

黄盖受刑

诸葛亮草船借箭大获成功，周瑜为他设下酒席庆功。席间，周瑜道："昨日我想了一个计谋，不知可行否，请先生帮我决断。"诸葛亮道："都督先不要说出何计，我们各自将其写在手上，看看是否相同。"于是，他们把各自的攻曹计谋写在了手心上，彼此一看，不禁大笑起来，原来两人手心里都写了个"火"字。当天夜里，周瑜正坐在帐中，东吴三代老将黄盖悄悄走了进来，也向周瑜献上火攻之计。周瑜道："我正想用此计，我方如有人甘愿受些皮肉之苦，去曹营诈降，此计可成。"黄盖当即表示，为报答孙氏的厚恩，就是肝脑涂地，也无怨悔。次日，周瑜鸣鼓召集诸将宣布："曹操率百万大军压境，非一日可破，诸将各领三个月的粮草，准备长期御敌。"话音刚落，黄盖就上前大声言道："不要说三个月，就是领了三十个月的粮草也无济于事，不如就依张昭的主张，向曹操投降算了！"周瑜大怒，要将黄盖处斩，看在众人苦苦相求的面上，周瑜才免了黄盖的死罪，重打了他五十脊杖。被打得皮开肉绽的黄盖几次昏晕过去，所见之人，无不泪下。黄盖联络好友阚泽去曹营传递诈降的密信，加上蔡和、蔡中暗中报信，曹操高兴地等待黄盖驾船前来投奔曹营。一日黄昏时分，江面突然刮起了东南风，黄盖亲驾满载薪草、油膏、火药的船只，冲入曹营船阵，趁风纵火，烧毁曹操水军千条战船，为赤壁之战大捷立下了汗马功劳。此图画的就是黄盖受刑时的场景。

曹操横槊赋诗

曹操采用庞统的建议，将船用铁环连锁，船板上再铺上宽木板，人走在上面，如履平地，北方的士兵再也不受晕船的困扰了。大战之前，一切准备就绪，曹操乘船视察水陆两寨，传令在船上备酒设乐，要在傍晚宴请诸将。天色渐晚，东山月上，皎皎如同白日，月光下的江面有如横铺上一束白色的丝绢；左右侍从数百人，锦衣绣袄，荷戈执戟；文武官员，依次而坐。曹操站在船头，东视柴桑之境，西观夏口之江，南望樊山，北觑乌林，四顾空阔，满心欢喜。他得意忘形地对众官说道："我今年五十四岁了，如得到江东，定要娶江东二乔，将二人置于铜雀台上，以娱暮年，我愿足矣。"曹操大笑着，手提长槊，连饮三大杯酒，说道："我持此槊，破黄巾，擒吕布，灭袁术，收袁绍，入塞北，抵辽东，纵横天下，颇不负大丈夫之志也。今对此景，甚有感慨。我当作歌，你等和之。"曹操面对长江，横槊胸前，吟咏了一首著名诗歌《短歌行》："对酒当歌，人生几何？譬如朝露，去日无多。慨当以慷，忧思难忘。何以解忧？唯有杜康……"曹操歌罢，众人和之，一片欢笑之声。然而此时的曹操，却没有想到，等待他的将是一场灭顶之灾。周瑜、黄盖在三江口一把火，烧毁了他的千条战船，曹军被孙刘联军打得一败涂地。曹操只得弃军逃命，八十三万大军只剩几百人马逃回南郡。孙刘联军以少胜多，取得了赤壁大战的空前胜利。

第三章 秦、汉、三国

孔明借东风

赤壁大战前夕，孙、刘联手抗曹，一切准备就绪。一天，周瑜猛然想起一件事，大叫一声，口吐鲜血，不省人事。文武官员听到此消息后，都赶到大帐中探望。诸葛亮在纸上写了十六个字，递到周瑜手中，笑道："这便是都督的病源。"周瑜接来一看，只见纸上写道："欲破曹公，宜用火攻；万事俱备，只欠东风。"周瑜看后心里一惊，心想："孔明真是神人，早已猜透我的心思。"他笑着说："先生既然知道我的病源，将用何药治呢？"诸葛亮精通天文，测定这几天会起东南风，却故弄玄虚地说他学过法术，只要在南屏山建一座七星坛，便可借得三天三夜的东南风。周瑜听完此言大喜，一下从床上跳起，立刻传令在南屏山修筑七星坛，恳请诸葛亮按时作法。

过了几日，时辰已到，诸葛亮沐浴斋戒，身披道袍，赤足散发，来到坛前作法借风。将近三更时分，霎时间东南风大作。周瑜惊骇道："此人有夺天地造化之法，鬼神不测之术，若留此人，必定是东吴的祸根。必须及早除掉，免生他日之忧。"他立刻派丁奉、徐盛去截杀诸葛亮。诸葛亮早就安排赵云在江边备船等候，东南风一起，便下坛登船，扯满风帆，飞一般地离去了。后人有诗赞曰：

　　七星坛上卧龙登，一夜东风江水腾。不是孔明施妙计，周郎安得逞才能？

义放曹操

赤壁之战，曹军大败，曹操在慌乱中弃军逃命。天色微明，一路屡遭截杀的曹兵，个个垂头丧气，苦不堪言。多疑的曹操带领残兵三百多人，在泥泞的华容道上，艰难地跋涉而行。行不到数里，曹操忽然又在马上扬鞭大笑道："人都说周瑜、诸葛亮足智多谋，依我看来，到底还是无能之辈。若能在此处设伏一旅之师，我等只能束手就擒了！"谁料话音刚落，一声炮响，只见五百校刀手在路两边摆开。为首的关云长，提青龙刀，跨赤兔马，拦住去路。曹军见了，魂飞丧胆，面面相觑。程昱建议道："我早有耳闻，云长傲上而不忍下，欺强而不凌弱，恩怨分明，信义素著。丞相旧日对他有恩，今日只需当面求情，就可脱身。"曹操纵马向前，欠身对关羽道："将军别来无恙？"云长也欠身答道："关某奉军师之将令，在此等候丞相多时了。"曹操又道："今曹操兵败势危，到此无路，望将军以昔日之情为重，放我过去。"关羽听后，想起当初曹操的许多恩义和五关斩将的事，不禁心动，再看眼前的曹军，个个衣甲不全，人人惶惶欲哭的样子，越发心中不忍。关羽把马头勒回，对兵士喝了一声："四散摆开。"分明有意放过曹操。曹操立刻招手示意，自己抢先从关羽马前冲过。关羽猛然想起军令，忙又勒马转身，大喝一声："哪里走！"曹军听后，一齐滚下马来，跪地哭求。正在犹豫之时，故交张辽纵马而至，关羽更加不忍动手，长叹一声，转过身去，将曹军放了过去。有古诗道：

曹瞒兵败走华容，正与关公狭路逢。只为当初恩义重，放开金锁走蛟龙。

甘露寺

8区石丈亭西中

诸葛亮用计轻易地占领了荆州和襄阳。由于荆州战略位置十分重要，孙权设下招亲之计，以将自己的妹妹嫁给刘备为名，引刘备前来东吴，要挟他交还荆州。诸葛亮劝刘备择日去东吴成亲，说他已有了两全其美的计策。到了江东，赵云按照诸葛亮定好的计谋，广在民间散布吴侯妹妹要和刘备结亲的消息。吴国太爱女心切，亲自在甘露寺召见了刘备。刘备成婚后，起初对舞刀弄枪的孙尚香还有所顾忌，后来竟然被声色所迷，把荆州忘得一干二净。时近年终，赵云按诸葛亮的计策行事，大声说道："军师派人来报，曹操为报赤壁之恨，起精兵五十万杀向荆州，请主公速回。"刘备听后，却舍不得与孙夫人分离，孙夫人便主动提出一计，要和刘备一同回荆州。元旦一早，孙夫人禀报国太，要和夫君到江边祭祖，国太一口答应。刘备一行人告别国太后，径直向江边赶去。周瑜派徐盛、丁奉在半路扎营，截住去路。刘备急忙来到夫人的车前，将孙权和周瑜以结亲为名，要夺得荆州的阴谋告诉了她。孙夫人听后大怒，喝退了东吴的追兵。刘备和孙夫人终于上船离岸而去，

3区18外北

周瑜率水军赶了上来，他见刘备已弃船上岸，忙率兵追了过去。忽听一声鼓响，关羽从山谷中冲出，周瑜只好转身回船。岸上的荆州军士，齐声高喊："周郎妙计安天下，赔了夫人又折兵！"周瑜听后，气急败坏，大叫一声，便晕倒在船上。刘备在诸葛亮的神机妙算下，终于带着孙夫人，安全地返回到荆州。此段故事也被称为"智回荆州"或"刘备入赘"。

卧龙吊孝

周瑜在南郡损兵折将，身负箭伤，却劳而无功，反倒让刘备、诸葛亮轻易夺了荆州，憋了一肚子怨气。他苦思冥想，想利用刘备来东吴结亲的机会，逼迫刘备送还荆州。不曾想，诸葛亮巧做安排，使周瑜蒙上了"丢了夫人又折兵"的羞辱，箭伤复发。不甘心的周瑜再次用计，想出了一个名取西川、实夺荆州的计谋。他让鲁肃再去见刘备，说："吴侯十分赞赏皇叔的品德，想出兵替皇叔收取西川，再用西川当嫁资，来换荆州；还望路过荆州时，皇叔供应些钱粮。"刘备拱手相谢道："一定出城远迎，犒劳军士。"周瑜亲率大军，直奔荆州而来，想趁刘备出城劳军的机会，一举拿下荆州。诸葛亮早已识破周瑜的诡计，在城外设下了伏兵。吴军一到，伏兵从四面杀来，叫嚷着要活捉周都督。气血攻心的周瑜，大叫一声，从马上摔了下来。周瑜一连三次用计，三次都被诸葛亮识破，忧郁、气愤成疾，长叹道："既生瑜，何生亮！"连叫数声而亡，时年三十六岁。诸葛亮得知周瑜的死讯，赶赴柴桑吊丧。他来到周瑜的灵堂，亲自奠酒、跪念祭文。情真意切的祭文被诸葛亮念得字字催人泪下，句句打动人心，听得众将伤感不已。念罢祭文，诸葛亮泪如泉涌、伏地大哭。旁人纷纷议论道："人尽道公瑾与孔明是冤家对头，今看其祭奠之情，人皆虚言也！"鲁肃见诸葛亮如此悲切，很是感伤，心中暗想："孔明自是多情，公瑾气量太小，英年早逝也是自取的结果。"后人有诗叹曰：

卧龙南阳睡未醒，又添列曜下舒城。苍天既已生公瑾，尘世何须出孔明！

许褚战马超

周瑜病故后,曹操大喜,准备率大军南下,先取孙权,再攻刘备。为防范征西将军马腾乘虚来袭许昌,曹操将马腾骗入京城杀害。马腾之子马超,三国扶风茂陵(今陕西兴平东北)人,发誓要替父报仇。他与西凉太守韩遂合兵一处,共二十万大军,向许昌进发。马超武艺高强,勇猛过人,带领西凉军,占长安,破潼关,一路势如破竹,直逼许昌。曹操亲率人马,在渭水两岸和西凉军展开激战。一天夜里,曹军乘着寒冷的天气,神奇般地一夜间在渭水边建成了一座坚固的冻土城。次日,曹操带许褚出营,显耀自己的军威,让马超及早投降。马超见曹操身后一猛将,猜想一定是许褚。许褚,三国谯郡(今安徽亳州市)人,生得膀阔腰圆,勇力过人,号称"虎痴"。许褚和马超相约第二天阵前决战。次日,两军出营对阵,马超手提银枪,飞马出阵,高叫:"虎痴快出!"许褚拍马舞刀而出,马超挺枪迎战,两虎将一连大战二百余合,也不分胜负。许褚杀得性起,回阵脱去盔甲,赤体提刀,再飞马来和马超决战。又战三十余合,许褚挥刀砍向马超,马超侧身一闪,挺枪直刺许褚心窝。许褚来不及招架,忙丢下大刀,用手臂挟住马超的枪杆,双方在马上用力夺枪,一声响,长枪竟折成了两截儿。两人各执一截继续争斗。双方人马陷入一片混战,许褚的臂膀连中两箭,曹军急退寨中。此战后,马超对韩遂说道:"吾见恶战者莫如许褚,真虎痴也!"

4区37内西

子龙截阿斗

刘备借援助刘璋共御张鲁之名，出兵进川。消息很快传到东吴，张昭建议孙权派周善趁机到荆州，给孙夫人送去密信，谎说国太病危，要她带阿斗连夜赶回东吴。到时候再让刘备用荆州来换阿斗。周善来到刘备的府邸，向孙夫人拜诉道："国太病重，请夫人赶快带着阿斗，回东吴见国太一面。事情紧急，还请夫人即刻上车出城！"孙夫人也担心母亲病重，忙带着阿斗随周善起行。赵云巡视归来，听说孙夫人带阿斗要回江东，立刻飞马向江边追去。赵云看到孙夫人已经上了一只大船向江东驶去，便急驾一小船，追上了大船。他拔出青钢剑，飞身上了大船。夫人抱着阿斗，坐在舱中，见赵云上船，喝问道："何故无礼！"赵云连忙施礼道："主母要去何方？为何没事先通告军师一声？"夫人说道："母亲病重，无暇报知。"赵云又问："主母探病，为何要带小主人同去？"夫人道："阿斗是我的孩儿，留在荆州无人照顾。"赵云回话："主母错了，主公一生只有这点骨肉，小将在长坂坡将他从百万军中冒死救出，今日夫人要带走，是何道理？"夫人怒道："你不过是帐下一武夫，怎敢来管我的家事！"赵云毫不退让地说："若不留下小主人，纵然万死，也不敢放夫人离去！"赵云趁乱，从夫人怀中，夺下了阿斗。正在赵云着急无法上岸时，张飞带十多只船赶来。张飞上船责怪夫人不该私自回家，夫人辩解道："我母病重，若等你哥哥的回报，岂不误了我的大事！"张飞和赵云商议后，决定只护送阿斗回荆州，放夫人回江东探母，以尽为臣之道。

张飞夜战马超

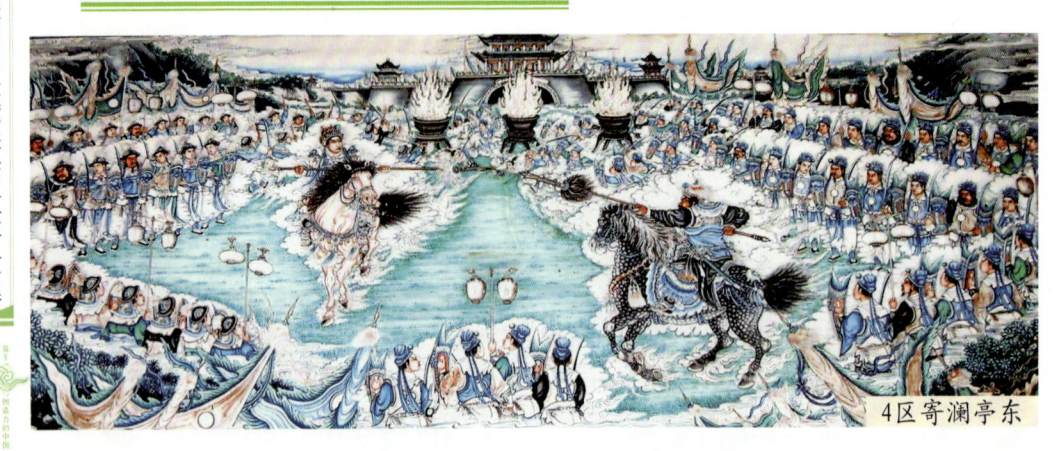

4区 寄澜亭东

汉献帝建安十八年，刘备率军进攻西川，结果凤雏庞统在落凤坡被乱箭射死，刘备军受挫。诸葛亮闻讯后，亲率大军分兵两路进川增援。刘备大军乘势夺取雒城，拿下绵竹，正要进兵成都，忽然探马来报，刘璋与东川张鲁联盟，派马超领兵前来救援西川，正在猛攻葭萌关。马超在关前叫阵，张飞自告奋勇与马超决战，两人在葭萌关前，大战了一百多回合，不分胜负。刘备叹曰："真是一对虎将！"他担心张飞有失，吩咐鸣金收兵。张飞回到阵中，休息片刻，解下头盔，只裹头巾，重新上马厮杀。两人越战越勇，又战一百回合，还是难分胜负。眼看天色已晚，刘备再次鸣金收兵，准备第二天再战。张飞杀得一时性起，不肯罢休，大叫道："多点火把，安排夜战，不胜马超，誓死不回！"马超也叫道："我胜你不得，誓不归寨！"两人各换了战马，双方兵士齐声呐喊，点起千百火把、灯笼，葭萌关前如同白昼。两员猛将，又战二十余回合，忽见马超拨马回走。张飞大叫："哪里去！"飞马赶前。马超猛地回身，将一只铜锤朝张飞打去，张飞急闪，只听"嗖"的一声，铜锤擦耳边

3区 对鸥舫西北

而过。张飞带住马，弯弓搭箭，回射马超一箭，马超弯身，也避开了来箭。刘备见状，拍马到阵前喊道："我向来仁义待人，不使奸诈，请马将军回去休息一晚，明天再来决战。"马超听了，就亲自断后，率军缓缓退去。张飞也只好跟着刘备回到葭萌关上休息。之后，诸葛亮巧设离间之计，收降了马超，不费一兵一卒就夺取了成都。

赵颜求寿

此图描绘的是《三国演义》第六十九回的一段故事。管辂，字公明，平原（今山东平原西南）人。其容貌丑陋，好酒疏狂，深明《周易》与占卜，精通数学，兼善相术，是魏国的一个无人不晓的神卜。一日，管辂在郊外散步，见一个名叫赵颜的少年，在田间耕作。他开口道："我见你眉间有晦气，三日内必死。"赵颜急忙回家，把管辂的话告知父亲。其父听罢大惊，立刻出门追上管辂，哭拜在地，求管辂救救赵颜。管辂见父子情切，就对赵颜说："你备好净酒一瓶、鹿脯一块，于明天去南山寻仙求救。"次日，赵颜带着酒脯杯盘上南山求寿。大约走了五六里，果然看见有两位仙人，在大松树下的盘石上正全神贯注地下棋。赵颜跪进酒肉，两仙人凝神行棋，不知不觉地就将酒喝尽。赵颜便跪地哭拜向两位仙人求寿，二仙大吃一惊。红袍仙人说："这一定是管辂告诉这孩子这样做的，我们既然吃了人家的酒肉，就一定要帮帮他了！"白袍仙人问清赵颜的生辰八字，从身边拿起簿籍查看说道："你今年十九岁当死，我们现在于'十'字前添一个九字，你就可延寿至九十九岁了。"说罢，红袍仙人取出笔来，在赵颜的岁数前添写了一个"九"字。随后，一阵清风吹过，两位仙人化作两只白鹤，冲天而去。赵颜高兴地返回家中，向管辂问起两位仙人是何方神圣。管辂说："红袍者，南斗仙人，注生期；白袍者，北斗仙人，注死期。今北斗已为你添注了寿期，你可不必再忧虑了。"

智取瓦口关

7区鱼藻轩南中

刘备做了益州牧之后，曹操乘机平定了张鲁，夺得了汉中，震动了西川。刘备派伊籍赶赴东吴，说服孙权进攻合肥，以牵制曹军。曹操闻讯，亲自带兵四十万前去救援，留下曹洪、张郃镇守汉中。张郃建议曹洪先袭取巴西，再进攻蜀地。他将部下兵马分出一半坚守宕渠、荡石、蒙头三寨，自己带领另一半去攻打巴西的阆中。张飞与雷铜利用阆中的险恶地形，设下伏兵。张飞先引兵一万，出境迎敌，战到三十余合，雷铜率蜀兵从山背后杀出，两下夹击，张郃败退寨中，坚守不战。双方僵持五十余日，张飞无计可施，在山前扎营，每日饮酒至大醉。消息传到成都，刘备大惊，怕张飞再次贪酒误事。孔明却深知张飞的用意，反叫魏延给张飞送去成都美酒五十瓮。张飞得到好酒后，一面叫人在帐下排列酒筵，汇集军士，于阵前开怀畅饮；一面吩咐魏延和雷铜各领一支人马，在左右两翼埋伏。张郃在山顶观望，见张飞坐在帐中，连连干杯，还令两个小卒，在帐前相互扑打，作为娱乐。张郃不禁心中暗喜，认为张飞一定放松了戒备。当夜，张郃乘着夜色下山偷营。他来到帐前，见张飞还在饮酒，大喝一声，冲杀进去，张飞却还是端坐不动。张郃上前一枪将其刺倒，原来是个稻草人，这才发觉中计，连忙退兵。忽听帐后连珠炮起，张飞立马横矛，拦住了去路，他挺矛跃马，直取张郃。张郃拼死冲杀，又见山上火光四起，知道大寨已被魏延、雷铜夺下，只好丢了三寨，带着残兵，退守到瓦口关去了。

瓦口关，地势险要，易守难攻，张郃在关前设下埋伏，将雷铜刺死于马下。张飞、魏

长廊鱼藻轩迎风板喜鹊登枝图

延强攻关隘不下，心中十分焦急。一日，张飞和魏延察探地形，忽见男女数人，各背小包，在山上小路中，攀藤附葛而行。张飞一看，用马鞭指着说道："夺取瓦关口，就靠这几个老百姓了！"军士连忙把他们唤到马前。张飞好言安慰，问其何来。百姓告知说："我等都是汉中居民，今欲还乡。听说大军厮杀，关闭阆中官道，故特从山中小路入汉中回家去。"探知山上有条小路，可通瓦口关背后，张飞大喜，令军士带这几人入寨，酒食招待。又吩咐魏延引兵，从正面扣关攻打，自己率轻骑五百，由百姓带路，从关后小路包抄而进。再说张郃听报魏延在关前挑战，便披挂上马，下山迎敌。忽又闻报，关后起火，张飞领了一路军马，已从山后杀进来。张郃大吃一惊。瓦口关前后受敌，张郃料守不住，只得弃关寻小路逃走。张飞在后面猛追，张郃跳下坐骑，沿小路狼狈逃回南郑。

曹洪见了张郃，因他兵折三万，又连失两处险关，下令将其推出斩首。众官说情道："三军易得，一将难求，张郃虽然有罪，却是曹操的爱将，不好轻易杀之。不如再给他五千兵马，命其夺回葭萌关，以保汉中的安全。如不成功，二罪并罚不迟。"曹洪点头应允，张郃戴罪领命而去。

黄忠请战

曹将张郃连失两处险要关口，曹洪命他将功补过，带五千人马攻打葭萌关。葭萌关守将孟达、霍峻不敌张郃，急向成都告急。孔明认为葭萌关位置重要，张郃非等闲可及，必须将张飞从巴西调回，方可退敌。孔明的话音未落，忽然有人厉声而出："军师为何轻视众人呢？我虽不才，却愿斩张郃首级，献于军师。"说话人原来是老将黄忠。黄忠，字汉升，三国南阳（今属河南）人，初属刘表，后归刘备，在战场上老当益壮，身先士卒，被任为讨虏将军。孔明看老黄忠要领命出征，好心劝道："汉升虽勇，怎奈年老，恐不是张郃的对手。"黄忠听罢此言，气得白发倒竖说道："我虽已老，可两臂能开三石弓，浑身还有千斤力，难道

还不足以抵挡张郃匹夫吗？"孔明又故意用话激道："将军年近七十，如何不老？"黄忠愈加气愤，趋步下堂，取下架上的大刀，挥舞如飞；又手持壁上的硬弓，一连拉断了两张，看得刘备与众将都惊呆了。黄忠还要以老将严颜为副将一同前去守关迎敌。孔明看到老将如此坚决，便同意了。黄忠、严颜到了葭萌关上，下决心要立下功劳，使大家今后不再小视老将。果然，两位老将连用两面夹攻之计，先战败张郃，再夺得汉中粮仓天荡山，最后黄忠又和法正用智用勇，斩杀了曹操大将夏侯渊，夺取汉中的屏障定军山，为刘备进驻汉中创造了条件。老将回到葭萌关献功，刘备大喜，封黄忠为征西将军，设宴庆贺。

刘备称王

老将黄忠力斩曹军大将夏侯渊，夺取了战略要地定军山，刘备设宴以示庆贺。忽然有探马来报，曹操亲领二十万人马，前来为夏侯渊报仇。诸葛亮令黄忠、赵云率兵前去迎敌，两将以少胜多，击退了曹操大军的进攻。蜀军大将魏延、张飞也从巴西分兵杀来，取了南郑，断了曹军的后路。曹操兵败逃向斜谷界口，又遭到魏延的截杀，曹操中箭负伤。绝望中的他，眼见三军锐气已尽，只得决定放弃汉中，引军退至许都。

刘备平定了汉中，安民已毕，犒赏三军，人心大悦。众将都有推崇刘备为帝的心愿，刘备再三推辞。在诸葛亮的劝说下，刘备终于答应暂为汉中王。建安二十四年秋七月，蜀军筑坛于沔(miǎn)阳，方圆九里，分布五方，各设旌旗仪仗，群臣依次序排列。许靖、法正请刘备登坛，进冠冕，授玺绶，面南而坐，受文武官员拜贺为汉中王。刘备立子刘禅为汉中王世子；封许靖为太傅，法正为尚书令，诸葛亮为军师，总理军国大事；又封关羽、张飞、赵云、马超、黄忠为五虎大将，魏延为汉中太守，其余众官员，也各依功勋定爵。称王仪式完毕，刘备修表一道，派人送往许都，又令魏延总督军马，守御汉中，自己同诸葛亮、法正及文武百官返回成都。从此，蜀军广积粮草，赶造武器，努力积蓄实力，准备进取中原。

7区鱼藻轩内西北

水淹七军

建安二十四年，刘备先后夺得了两川、汉中两地，在汉中称王。曹操与东吴孙权联盟要夺取荆州，守将关羽闻讯，起兵突袭襄阳，曹仁领兵退守樊城。关羽率荆州兵渡江，准备攻打樊城。曹仁一面传令紧闭城门，一面写了救急文书，派人星夜送到许都。曹操急令于禁、庞德率七支精锐人马，前去樊城救援。首日交战，关羽与庞德大战了百余回合，不见胜负，各退回营。次日，两人上马引兵出营，战了五十余合，庞德拖刀而走，关公随后追赶。只见庞德偷偷地取下雕弓，搭上一支箭，朝关羽射去。关羽躲闪不及，正中左臂，被关平救回营寨养伤。关羽十多日按兵不动，箭伤已见好转。他带人上山观看地形，只见樊城北面山谷之中，屯满了曹军，又望见襄江水势很急，便问属下："樊城北十里山谷是何地名？"答道："罾（zhēn，一种方形渔网）口川。"关公大喜，令人准备船只，又派人将襄江各处出水口堵死，只待江水上涨后，掘堤放水。一天夜里，风雨大作，庞德正坐于帐中，忽听得外面战鼓震天。他急忙出帐观看，不禁大吃一惊，只见大水从四面八方涌来，整个营地已成江河。天亮时分，关公率众将乘大船而至，与曹军展开激战。时至中午，只剩庞德一人还在拼死抵抗。他夺了一只小船，一手提刀，一手摇橹，向樊城方向而去。半路突然冲来一只大木筏，将庞德的小船撞翻，庞德落水，被蜀将周仓生擒。关羽怜爱硬汉庞德，再三劝他投降，庞德只是扬声痛骂，最终被推出斩首。此一战，关羽放水全歼了曹操的七军，大获全胜。后人有诗曰：

夜半征鼙响震天，襄樊平地作深渊。
关公神算谁能及，华夏威名万古传。

【诗注】征鼙（pí）：一种古代军中战鼓。

刮骨疗毒

6区69内南

关羽水淹七军,擒于禁,斩庞德,又乘大水未退,带领荆州兵前来攻打樊城。关羽引军直抵城下,他立马扬鞭,在北门外大声喊道:"你等鼠辈,不早投降,更待何时?"正说着,樊城守将曹仁在城楼见关公身上只穿了护心甲,斜披着绿袍,便急令五百弓弩手,一齐放箭。霎时间,箭如急雨般射来,关公虽急勒马转身躲闪,右臂还是中了一箭,翻身落马。关平把关羽救回寨中,拔出臂上的射箭,右臂已经青肿,原来此箭是支毒箭。关平急忙四处寻找治病良医。一天,忽然有人从江东驾小船而来。此人自我报道:"我是江东名医华佗,沛国谯郡(今安徽亳州)人,精通各科。"关羽问华佗将如何治疗箭伤,华佗说:"先要立一根木柱,柱上钉上一个铁环,把将军的伤臂穿于环中,用绳系牢,再蒙住将军的眼睛。我要用尖刀割开伤口的皮肉,刮去骨头上的箭毒。"关羽听后笑道:"如此容易,我不用柱子、铁环!"随即设酒席招待华佗,自己也饮了几杯酒,然后一面伸出手臂,让华佗割之,一面与马良下棋。华佗割开皮肉,用刀刮骨,刮得沙沙作响。现场的所有人都掩面失色,关公却饮酒吃肉,谈笑弈棋,全无痛苦之色。华佗刮尽了毒,敷上药,缝好伤口。关公大笑而起,对众将说:"此臂伸展如故,并无痛感,先生真乃神医!"华佗则说道:"我行医一生,没见过像将军这样坚强的硬汉,不愧为真正的大英雄!"后人有诗盛赞英雄关羽和神医华佗道:

治病须分内外科,世间妙艺苦无多。

神威罕及惟关将,圣手能医说华佗。

张飞遇害

正当关羽率兵围困樊城之际，东吴派人暗中与曹操勾结，准备趁机夺回战略要地荆州。东吴大将吕蒙乘荆州空虚，率军假扮白衣商人，偷渡长江，一举夺取了荆州。关羽闻讯带兵回援，却遭孙、曹两军夹击，败走麦城。在麦城突围的时候，关羽和关平终被孙权所擒，父子二人拒不投降，同遭斩首。消息传到成都，刘备悲恸欲绝。他不顾大臣们的反对，在登基称帝的第二天，就要兵伐东吴，为关羽报仇。刘备让张飞率本部兵马，在江州与讨伐大军会合。张飞急于为兄报仇，下令限三日内，置办白旗白甲，全军将士三天后挂孝伐吴。第二天，部将范疆、张达恳请张飞宽限置办旗甲的期限。张飞听后大怒，喝令武士将范、张二人绑在树上，各鞭背五十，并限令他们于次日，将所有白旗白甲备齐，过期斩首示众。范、张二人被打得满口吐血，回到营中商量办法。走投无路的他们，决定与其到期完不成军令，被张飞杀死，不如先杀了张飞，逃往东吴。当天夜里，张飞为缓解心中痛失兄弟的悲愤，在帐中与部下喝起酒来。酒过三巡，张飞不知不觉大醉，卧于帐中。范、张二人探知消息后，于初更时分，各藏短刀，悄悄潜入了张飞的帐中。他们看见张飞须竖目张，以为张飞没有睡着，不敢动手，口称有机要事禀报。二人走到床前，却听见张飞鼾声如雷，想起张飞每睡都不合眼，便大胆上前，以短刀刺入张飞的腹中。张飞大叫一声而亡，时年五十五岁。范、张两人当即割下张飞的首级，连夜投奔东吴去了。后人将张飞一生的功绩写成诗文：

安喜曾闻鞭督邮，黄巾扫尽佐炎刘。虎牢关上声先震，长坂桥边水逆流。
义释严颜安蜀境，智欺张郃定中州。伐吴未克身先死，秋草长遗阆地愁。

姜维归降

5区54内北

刘备为报兄仇，亲率蜀国大军伐吴，不料在夷陵之战中被陆逊指挥的东吴军火烧了连营，惨遭败绩，退至白帝城。彰武二年，刘备去世，刘禅继位，封诸葛亮为武乡侯，领益州牧。临危受命的诸葛亮，首先率领蜀军消除了南方的后顾之忧。回到成都后，他开始练兵积粮，准备进兵中原，并写下《出师表》，叙述了北伐中原的决心。蜀汉建兴五年，第一次北伐的蜀军很快破了南安郡城，活捉了夏侯楙。诸葛亮为攻下天水关，设下半路伏击的计谋，却被天水中郎将姜维识破，使攻城的蜀军大败而归。诸葛亮看中姜维的指挥才能，决定用计收服姜维。姜维，字伯约，天水冀县（今甘肃甘谷东）人，自幼博览群书，无所不通，奉母至孝，郡人敬之。其母住在冀城，此时姜维正在冀城探望母亲。

诸葛亮先在南安到处散布姜维投降蜀军的消息，又将俘将夏侯楙放出。夏侯楙骑马赶到天水城，把姜维投降的事情告诉了守城的马遵。当天夜里，蜀军又来攻打天水城，火光之中，故意暴露出一个假冒的姜维。与此同时，诸葛亮亲自引兵将冀城团团围住，城中粮草不足，姜维带兵出城截粮，却遭到蜀军前后夹击。当他想夺路回城时，发现蜀军已乘虚占领了冀城。他只好骑马奔向天水城，却被守城兵士乱箭射回。姜维又拍马向上邽奔去，不料守城魏兵也大骂他是反国之贼。姜维眼看无处申辩，只得仰天长叹，拨马向长安方向走去。行不到数里，忽然一辆小车从山坡后转出，车中坐的人，正是诸葛亮。诸葛亮唤道："伯约，此时还不投降？"姜维寻思良久，看看前有孔明，后有关兴的追兵，已无去路，只得下马，跪地投降。姜维归蜀后，得到诸葛亮的重用，被封为征西将军。诸葛亮病逝后，姜维又继领蜀军，任大将军。

智取陈仓

陈仓（今陕西宝鸡市陈仓区）位于陕西关中八百里秦川西端，东接咸阳，南毗汉中，西接天水，北连平凉，战略地位非常重要。蜀汉建兴六年（228年）秋，诸葛亮第二次上表伐魏，率领蜀军向陈仓进发。陈仓的守将郝昭是位有勇有谋的将领，他得到了魏军大将王双的协助，使诸葛亮尝试了各种攻城方法，仍然无法攻下陈仓。诸葛亮决定改变战术，他先命魏延、姜维率兵马于三天后围攻陈仓，又暗中令关兴、张苞派细作潜入陈仓城内四处放火，形成内外协同攻城的局面。病重的郝昭听说蜀军已攻入城中当即被吓死，城中守兵闻讯后，纷纷弃城逃命，蜀兵趁机攻占了陈仓。诸葛亮又令魏姜二人立即领兵袭取散关，以防魏军反攻。魏延、姜维兵不血刃，得了散关，正想解甲休整，忽见关外尘土飞扬，只见张郃领魏兵赶来增援。两人不禁同声叫道："丞相真是料事如神啊！"急令手下紧闭关门。张郃来到散关，见关上有蜀兵把守，便知陈仓已失，急令退军。魏延乘势出关追杀，魏兵死伤惨重，蜀军智取陈仓、散关的战斗大获全胜。

孔明计破司马懿

蜀汉建兴七年，诸葛亮复出祁山，分作三寨，等待魏军进犯。魏主曹睿得知陈仓、散关失守，又得报告，孙权也要联蜀伐魏，很是惊慌，急忙找司马懿商议对策并命司马懿为大都督，总领魏军十万奔赴祁山，在渭水以南扎营。司马懿一面在正面与蜀军交战，一面命郭淮、孙礼二将率兵从小路增援武都、阴平二郡，以袭击蜀军的后路。郭、孙二将率兵向二郡进发，却在半路遭遇蜀军的阻

击。郭、孙刚要传令退兵，只听一声炮响，山后杀出一支军马来，旗上书写着"汉丞相武乡侯"几个大字。诸葛亮端坐在轮椅上大笑道："郭、孙二将休走，司马懿之计，怎能瞒得过我呢？武都、阴平二郡现都已被我拿下，你二人还不快快投降！"话音刚落，又听杀声连起，蜀军从前后杀了过来。郭、孙二将只得弃马爬山路而逃。张苞看见，急忙拍马上前追赶，不料山路窄滑，连人带马摔到山涧之中。后军急忙将他救起，头部已负重伤，急送成都救治。郭淮、孙礼两人乘机逃回营中。司马懿对二人说道："此次败仗，不是你们的过错，是孔明的计谋比我高明。"

武乡侯大败魏兵

4区43内南

　　司马懿包抄蜀军后路的计谋未得逞，又派张郃、戴陵二将领军沿小路袭击蜀军大寨，却遭到蜀军的伏击，张郃只得率兵退回。司马懿惊叹道："孔明真神人也！"当即传令大军坚守本寨，不得轻易出击。诸葛亮见魏军总按兵不动，便打着"汉丞相武乡侯"的大旗，拔寨撤退，要在半路设伏歼敌。消息传到魏营，张郃建议道："孔明必因粮尽而退，何不追击？"司马懿却分析道："蜀国去年丰收，粮草充足，这样快就退军，定是有诈！"这时探马回报，蜀军撤退三十里后下寨，司马懿叫人再探军情。20天后，直到蜀军又后撤了六十里，才令张郃率精兵三万赶上蜀军，同蜀将大战起来。蜀将佯装不支，引诱魏兵进入埋伏阵地，将魏兵四面围住。紧要关头，司马懿领兵从后面赶到，反使蜀军处于两面受敌的境地。在山上待命的姜维、廖化按照诸葛亮事先的部署，率兵直袭魏军的本寨。司马懿忽闻有两路蜀军直攻魏军大寨去了，大惊失色地对众将道："我料孔明有计，你们不信，勉强追来，却误了大事！"说罢，急忙提兵狼狈地逃回本寨。

第四章　两晋、南北朝

（265～589年）

寄澜亭是长廊中第二座观景亭，为八角重檐式建筑。亭檐"寄澜"匾额上落有"慈禧皇太后御笔之宝"的印章，应为慈禧重建颐和园时仿制的匾额。"寄澜"字面意思是"以亭寄托于波澜"，正如乾隆的诗句所述："弓样游廊耸八柱，微风练影面前批。如诚亭寄波澜者，欲问波澜更寄谁。"

竹林七贤

据《世说新语·任诞》记载，魏末晋初，嵇康、阮籍、山涛、向秀、刘伶、阮咸、王戎七位名士常在一起交游，他们聚会竹林之中或谈玄论道、放歌长啸，或品茗赏画、肆意酣畅，被世人称为"竹林七贤"（一说借用佛教中"竹林精舍"的典故）。

魏晋时期，社会政治极端黑暗，各士族集团间互相残酷杀戮，士大夫们惶惶不可终日，随时有杀身灭门之祸。他们只得采取"饮酒昏酣，遗落世事"的态度，消极对抗统治阶层。竹林七贤是当时文人的典型代表。在思想上，"七贤"大都崇尚老庄之学，不拘礼法，生性放达，主张"越名教而任自然"，推崇玄学，反对封建礼教，使得当时文坛"玄言清谈"之风大行其道。

6区秋水亭西

在文学创作上，嵇康、阮籍是竹林七贤的典型代表。嵇康（223～262年），字叔夜，谯郡铚（今安徽宿州西南）人。嵇康的诗，以四言为最好，他善于用简短的诗句，创造出清新的意境。他在描写明媚的春光时写道："春木载荣，布叶垂阴，习习谷风，吹我素琴。"嵇康在音乐方面也颇有造诣，他能吹笛，善抚琴，在音乐理论上也有独到的贡献，尤其是他写的《琴赋》等音乐专著，为后人留下了宝贵的音乐财富。嵇康还酷爱打铁，常常在自家院中的大柳树下锻铁。作为一个思想家，嵇康憎恶封建礼教，他在《与山巨源绝交书》中，公开宣称自己"非汤武而薄周孔"，反对传统礼教。他还以老庄崇尚自然为论点，说明自己不堪出仕，公开表明了不与司马氏合作的政治态度，结果招致杀身之祸，时年才四十岁。在临刑东市时，嵇康神情不变，索要古琴，"顾日影而弹琴"，最后一次弹奏了古琴曲《广陵散》，之后从容服刑，使得"海内之士，莫不痛之"。阮籍（210～263年），字嗣宗，陈留尉氏（今属河南）人，是魏国后期著名的文学家。阮籍擅长五言诗，历代传诵的八十余首《咏怀》诗就是他的代表作。在《咏怀》诗中，他通过比兴、寄托等手法，隐晦地揭露司马氏统治集团的恶行，讽刺奉行虚伪礼法之士，充分地表达了他无处施展抱负的苦闷情怀。在魏晋复杂的政治环境下，阮籍与当权的统治集团若即若离，常以醉酒的方式保存自己。他时常驾车随意出游，不择路途，一旦走到路的尽头，就放声痛哭，以宣泄内心绝望的心情。

和阮籍的"穷途之哭"相比，刘伶似乎更加痛苦。刘伶，字伯伦，西晋沛国（今安徽濉溪县西北）人。刘伶纵酒放达，曾作《酒德颂》，对"礼法"表示蔑视，宣扬老庄思想和纵酒放诞的生活。他常常乘坐白鹿驾的车出行，一路上携酒痛饮，并吩咐带着铁锹的童仆说："我死在哪里，就把我埋在哪里吧！"酒后的刘伶常常会做出一些怪诞癫狂的举动，他总爱赤条条地在屋中自斟狂饮。一天，有人拜访刘伶，见他如此模样，实在看不下去就讥讽他说："你也是礼教中人，似这等行径实在有失体统。"刘伶听了，醉眼一翻说："我以天地为房屋，以房屋为衣裤。你怎么钻进我的衣裤中来了？"

在对待出仕的态度上，"七贤"的分歧比较明显。嵇康初始仕魏，却对后来执掌大权的司马氏集团持不合作态度；阮籍在"高平陵事件"后走出竹林，被司马氏征召出任从侍中郎、步兵校尉等职；向秀在嵇康被害后被迫出仕；阮咸入晋曾任散骑侍郎，但不为司马炎所重用；刘伶后来也不情愿地步入仕途，他以"无为而治"为名，整日饮酒，懈怠政务，不久就被罢官；山涛则先"隐身自晦"，在四十多岁后出仕，投靠司马氏，历任尚书吏部郎、司徒等职，成为司马氏政权的高官；王戎为人鄙吝，功名心最盛，入晋后长期任侍中、吏部尚书、司徒等职，历仕晋武帝、晋惠帝两朝。传说他将自家后园中的好李于市卖之，唯恐别人得其种子，常将李子钻核后出售，因此被世人所讥讽。

长廊中共有三幅彩画，为我们再现了七位贤者宴集于竹林之中的生动场景。"七贤"以各自独特的方式，抒发胸臆、排遣苦闷、涤荡心志、寄托生命。竹林七贤都具有文学家、思想家、音乐家和诗人的气质，他们的思想和文章在当时享有盛名，对后世也产生了深远的影响。以竹林七贤为代表的魏晋名士的为人风范以及有关他们的种种奇闻趣事，千百年来一直受到人们广泛的关注与评说。

东山丝竹

本图画的是东晋著名政治家谢安高卧东山（今浙江省上虞区南），以丝竹助兴、隐居不仕的故事。谢安（320～385年），字安石，陈郡阳夏（今河南太康）人。丝竹，是我国民族管弦器乐的别称，以古筝、琵琶、笙、二胡、三弦、箫、笛等为主要乐器。丝竹音乐具有明快、圆润、舒缓、抒情等特点，自古以来就深受人民群众及文人雅士的喜爱，素有"听丝竹之声，而天下治"的赞语。谢安平生酷爱丝竹音乐，不论走到哪里，都要带上丝竹乐器，弹奏助兴、陶冶性情。他经常邀王羲之等文人高士在东山弹琴、下棋、赋诗。虽然东晋朝廷曾多次召用谢安，但每次都被他拒绝。人们把谢安携带丝竹乐器、高卧东山的雅事，称作"东山丝竹"，或"东山高卧"。

谢安在东山高卧期间，并非对政治风云及百姓疾苦全无关注，特别是在隐居的后期，他渐渐地由高卧而转为待机出仕。当他的妻子刘氏见谢氏家族许多成员都出任要职，唯独谢安却安于隐居，就对丈夫戏言道："大丈夫不当如此乎？"谢安回答说："但恐不免尔。"可见他不仅对出仕有所考虑，并认为这恐怕是难免的。升平三年（359年），四十岁的谢安在弟弟谢万被废后，毅然决定出仕，这既是为了谢氏家族的兴盛，也是出于挽救东晋的危局，以实现自己建功立业的宏愿。东晋简文帝为相时曾说过："安石既与人同乐，亦不得不与人同忧，召之必至。"这是简文帝对谢安后期隐居生活细致观察后得出的结论，也是被历史证实的正确预言。东晋孝武帝时，谢安位至宰相。

在谢安的一生中，隐逸与仕宦各有二十年。他隐时是风流一时的名士，仕时则成为流芳千古的良相。在他身上，体现出了一种追求个人精神自由与履行社会责任的完美结合。他为官谦让宽厚，处事公允果断，从不专权树私、居功自傲。他极具戏剧性的人生，为后人留下了许多脍炙人口的故事。著名的"东山丝竹""东山再起""谢安泛海""围棋赌墅"等典故既被历代无意功名的隐士奉为佳话，也被那些出将入相、济世苍生的为官者津津乐道，一直流传到今天。南宋词人辛弃疾曾引用"东山丝竹"典故写了一首《贺新郎》词，后阕如下：

谢安雅志还成趣。记风流、中年怀抱，长携歌舞。政尔良难君臣事，晚听秦筝声苦。快满眼、松篁千亩。把似渠垂功名泪，算何如、且作溪山主。双白鸟，又飞去！

羲之爱鹅

王羲之（321～379年，一说303～361年），字逸少，琅琊临沂（今山东临沂北）人。作为东晋时期的大书法家，魏晋名士的那种特立独行、潇洒脱俗的风范，在王羲之身上可见一斑。羲之一生除了酷爱书法外，还特别喜爱养鹅。《晋书列传第五十卷》记载了一个故事。王羲之在担任会稽（今浙江绍兴）内史期间，当地有一老妇，养有一白鹅，鸣声洪亮。羲之托人带重金去买，老妇不卖。羲之又亲自乘车前往观赏，老妇以为他爱吃鹅肉，连忙烹鹅款待羲之，王羲之为此惋惜长叹了数日。

为了能更好地观赏鹅，羲之特意建造了一个养鹅的池塘，并取名"鹅池"，闲暇之时，他常常坐卧在鹅池旁，长时间注视着鹅的一举一动。他还在池边建了碑亭，石碑上刻有"鹅池"两字，字体雄浑，笔力遒劲，人们看了都赞叹不绝。提起这块石碑，也有一个美妙的传说：一天，王羲之拿着毛笔正在写"鹅池"两字，刚写完"鹅"字时，忽然朝廷大臣拿着圣旨来到王羲之的家里。王羲之只好停下笔来，整衣出去接旨。在一旁观看王羲之写字的王献之，也是一位有名的书法家，他看见父亲只写好了一个"鹅"字，就顺手提笔一挥，在后接着写了一个"池"字。两字是如此相似，如此和谐，一碑二字，父子合璧，传为了千古佳话。

王羲之认为养鹅不仅可以陶冶情操，还能从鹅优美的曲颈和某些体态姿势中领悟到书法执笔、运笔的道理。他曾说好比白鹅游水时，把全身的力气都用在两掌那样，人在运笔

写字时也要把手指、手腕以至全身的精力，都贯注于笔尖之上，这样写出来的字才见功力。他还认为，执笔时手腕和食指要像鹅头那样昂扬微曲，运笔时则要像鹅掌拨水，方能挥毫转腕自如，所写的字雄厚飘逸，刚中带柔，既像飞龙又像卧虎。清代书法家包世臣，为此运笔方法写诗道：

全身精力到毫端，定气先将两足安；悟入鹅群行水势，方知五指齐力难。

右军题扇

王羲之曾官至右将军、会稽内史，号称王右军。羲之从小勤学苦练书法，在书法艺术上达到极高的造诣。他写的篆、隶、草、行、楷等类书体，都极受人们的推崇，成为历代书法家的楷模。王羲之的字笔势"飘若浮云，矫若惊龙"，堪为古今之冠，被后人誉为"书圣"。

人们特别喜爱羲之的字，都把能得到他的墨宝视为极大的荣耀。《晋书·王羲之传》记载了一个"右军题扇"的故事。王羲之一次外出办事，在蕺（jí）山的一座石桥边，遇到一位卖六角竹扇的老婆婆。由于生意清淡，老婆婆看上去愁眉不展。羲之走上前去，拿起了扇子，挥毫在每把扇子上面各写了五个字，交给了老婆婆。老人不认识眼前的这个人，更不认识字，显得很不高兴。王羲之笑着对老婆婆说道："卖扇时就说扇上的字是王羲之写的，一把扇就可卖得一百钱。"老婆婆半信半疑地试着按照他的话去做，果然引得人们争相购买，乐得老人都合不拢嘴了。第二天，老婆婆又做了些扇子，还特意带上了王羲之喜欢的白鹅，想再次恳求王羲之为自己的扇子题字，王羲之这次只是笑而不语了。

长廊中的这幅彩画描绘的正是那位老婆婆，抱着白鹅去见王羲之，想以鹅换字时的情景。王右军当年题扇的石桥被后人称为"题扇桥"，成了今天绍兴市的一个著名的旅游景点。

5区58外北

书经换鹅

　　王羲之养鹅、爱鹅达到了痴迷的程度，常不惜以他珍贵的墨宝与别人换鹅。南朝何法盛《晋中兴书》中记载了一个羲之"黄庭换鹅"的故事。有一天清早，王羲之和儿子王献之乘一叶扁舟游历绍兴山水风光。船至县城北边时，只见岸边有一群白鹅，鹅儿摇摇摆摆、憨态可掬的模样，让王羲之看得出神。他想把鹅买回家去以便能细细观赏，就上前询问养鹅的道士，希望道士能把白鹅卖给他。道士说："倘若右军大人想要我的鹅，就请代我书写一部道家养生修炼的《黄庭经》（一说是《道德经》）吧！"王羲之求鹅心切，欣然答应了道士提出的条件，洋洋洒洒地挥笔写就了一篇《黄庭经》。道士如获至宝地将羲之的墨宝收藏了起来，并将白鹅送给了羲之，王羲之高兴地"笼鹅而去"。从这幅彩画，人们可以看到，羲之"书经换鹅"后，满心欢喜地回头欣赏着白鹅优美的身姿，竟然忘记了和主人告别。李白曾就此事写了一首名为《王右军》的五言诗：

　　　　右军本清真，潇洒出风尘。山阴遇羽客，爱此好鹅宾。
　　　　扫素写道经，笔精妙入神。书罢笼鹅去，何曾别主人！

考证花絮

　　此画在多种版本的长廊画故事书中被描述为陶渊明"归田乐"，经过对画面特征分析和考证，本书将此画解释为《书经换鹅图》。

子猷爱竹

竹子，在我国已有三千多年使用和栽培的历史。竹子自从进入中华民族的生活之后，便被赋予了特殊的人文精神，承载了中华竹文化的深厚内涵，成为我国历代文人吟诗作画的常用题材。

竹，秀逸有韵、纤细柔美、四季常青，是人们心中美好的自然意象；竹，高洁挺拔、清丽俊逸，蕴涵翩翩君子的风度；竹，空心有节，中通外直，象征着谦虚自持、光明磊落的品格；竹，弯而不折，折而不断，有着生而有节、宁折不屈的风骨；竹，作为松竹梅"岁寒三友"之一，不畏风霜雨雪，始终保持高风亮节，令人钦佩赞叹！自魏晋以来，竹就成为风流名士理想的人格化身，人们敬竹、崇竹、引竹自喻，蔚然成风。唐代著名诗人白居易在《养竹记》中以"本固""性直""心空""节贞"来概括竹的四大品格特征。东晋名士王徽之爱竹的故事，更成为后人传颂的佳话。

王徽之（？～388年），字子猷，王羲之之子。他不贪官，不爱财，一生玩世不恭，放浪形骸，可对竹子却情有独钟。据晋·裴启《语林》记载：一次，王子猷暂借他人空宅居住，令人在院内种竹。有人不解地问道："你暂居住于此，何必还要栽竹呢？"王子猷仰天大笑了良久，指着竹子说道："何可一日无此君！"

又据南朝·宋·刘义庆撰《世说新语·简傲》记载：王子猷有一次到外地去，经过吴中，知道一个士大夫家有个很好的竹园。竹园主人已获知王子猷要来竹园赏竹，就将家里打扫布置了一番，坐在正厅中恭候子猷的光临。不曾想，子猷却坐着轿子径直去了竹林，在那里吟诵长啸了很久。主人感到有些失望，却还指望着子猷在返回时，会派人来通报一下。可谁知子猷在赏完竹园后，竟要直接出门而去。主人实在忍受不住了，就叫手下的人把大门关上，不让他出门。王子猷反倒因此更加敬重竹林的主人，转身去拜见了他，并与主人尽情饮酒欢乐了一番才离去。后人常以"子猷爱竹"或"子猷惜此君"等表示文人爱竹的高雅情怀。

3区18内南

渊明爱菊

菊，多年生草本植物，只在万木凋零的秋天开花，是百花中开花最晚的花种。唐代文学家元稹在《菊花》诗中写道："秋丛绕舍似陶家，遍绕篱边日渐斜。不是花中偏爱菊，此花开尽更无花。"在萧瑟的秋风中，只有菊花依然傲然怒放、凌霜盛开，在冷寂萧条的季节里为人们带来几分顽强生命艳丽的色彩。菊花的这种孤芳自傲的品性与陶渊明高洁的人格达到了一种完美的契合，以至于在人们眼中，菊花被视为陶渊明安贫守道、洁身自好的象征，陶渊明也成了人格化的菊花。

陶渊明（365或372～427年），字元亮，号五柳先生，晚年更名潜，浔阳柴桑（今江西九江西南）人。曾祖陶侃做过大司马，掌管过八个州的军事，也就是那位日搬百砖以磨炼意志的名人。祖父陶茂、父亲陶逸都曾做过太守，到了陶渊明的时候，却家道衰落。虽然他小时也曾有过"猛志逸四海"的志向，但由于世道不济等原因，他一生道路坎坷，生活艰难。东晋太元十八年（393年），时年二十九岁的陶渊明，第一次出仕任职，做了江州的祭酒，不久便辞官归家了。元兴三年（404年），四十岁的他又出任刘裕的镇军参军。在官场上，他目睹了官僚阶层内部的钩心斗角、污浊腐朽，感到这个黑暗的氛围与自己率真正直的秉性格格不入，因而再次归隐田园。然而不久后，由于家境贫寒、子女幼小，为了维持生计，他不得不再次出任彭泽县令。一次，郡上的督邮要来县里视察，属吏告诉他："应束带见之"，以示恭敬。陶渊明早就对那位督邮大人的不良品行有所耳闻，他长叹道："吾岂能为五斗米折腰，拳拳事乡里小儿！"陶渊明当日脱下官服，愤然解绶还乡。在以后的岁月中，他始终坚守清贫，在乡间的田园中度过了他"躬耕南亩""薄身厚志"的余生。

陶渊明归乡后，写下了著名的《归去来兮辞》，抒发了他离开官场、退隐田园的喜悦心情。他认为过去出仕的经历是"心为形役"，即出于生活所迫，不得不使内心的志愿屈从于形体的使役；而隐退后的他则是："悟已往之不谏，知来者之可追。实迷途其未远，觉今是而昨非。"从此，陶渊明在思想上产生了飞跃，坚定地脱离了黑暗腐败的官场，走向了田园，走向了广大劳动人民中间。由于陶渊明经常参加劳动，接近下层民众，从生活中直接汲取养分，因而他的文学作品大多描写悠闲的田园生活，具有浓郁的乡土气息，被后人赞誉为我国诗坛"田园诗派"的鼻祖。陶渊明在《饮酒》组诗中表达了诗人有意避开达官贵人的车马喧嚣，甘与青山秀水为邻、与飞鸟良禽结伴的恬静心境。其中"采菊东篱下，悠然见南山"的诗句已成为后人歌颂田园悠闲生活的"咏叹调"。

陶渊明喜爱菊花，认为菊花品格高尚，不逢迎风雅，敢于傲雪凌霜，即使是残菊，也悬挂枝头，挺然不落，依旧含香吐芳。他高度赞赏菊花"霜下杰"的风骨，以菊花清雅倔强的品性和气质激励自己，成为我国文学史上著名的爱菊诗人。后人因陶渊明具有不慕名利、志存隐逸的品格，而尊称他为"靖节先生"。在《和郭主簿》一诗中陶公吟咏道：

芳菊开林耀，青松冠岩列。怀此贞秀姿，卓为霜下杰。

桃花源记

此画是参照清代画家任预所画《桃源问津图》绘制的。任预（1853～1901年），字立凡，浙江萧山人，任熊之子。他虽承家学，却能以"天分秀出尘表"，一改任氏宗派画风，擅长画人物、山水、花鸟。任预的此幅画在传神写真方面达到了很高的水准，充分表达了东晋陶渊明所作《桃花源记》的意境，为我们展现了一幅古代文人理想中"世外桃源"的风情画卷，是长廊彩画精品之一。

陶渊明在《桃花源记》中，叙述了一个神奇动人的传说故事。大约在东晋太元年间，有位武陵人靠捕鱼谋生。一天，渔人外出捕鱼，迷失了方向，迷惘中遇到一片桃树林，生长在溪流的两岸，长达数百米。溪流的两岸芳草碧绿，桃花缤纷，渔人非常诧异，他顺溪流继续往前划行，来到了溪水的尽头。

溪水的源头紧挨着一座小山，山上有个洞口。渔人离了船，走进狭窄的洞中，只走了几十步，眼前突然变得敞亮起来，渔人惊异地发现自己走进了一个村落。这里土地平坦，房舍整齐，到处是良田沃野、流水潺潺。田间小路阡陌纵横，山中桑树、竹林郁郁葱葱，耳中时时传来鸡鸣狗吠的声音。人们在田间往来耕作，男女的穿戴，完全不同于桃花源以外的世人。老人和小孩都面带笑容，显得安然自得。

一位老者见了渔人，大吃一惊，问渔人是从哪里来的。渔人详尽地回答了他，老者热情地邀请渔人到自己家里去做客，他备酒杀鸡、做饭烧菜款待渔人。村里的人听说后，都来打听消息。他们说祖先为了躲避秦时的战祸，来到这个与世隔绝的地方，过着日出而作、日落而归、宁静安详的生活。他们问起现在是什么朝代，竟然不知道曾有过汉朝，更不必说魏晋了。渔人向他们详细地介绍了自己所知道的事情，他们听罢，都感慨万分。村里的其他人家也纷纷请渔人到自己家中做客，都拿出丰盛的酒饭来款待他。渔人在这里住了几天后便告辞离去，村里的人嘱咐他说："这里的情况可不要对外边的人说啊！"

渔人从桃花源出来，找到了他的渔船，沿着旧路返回，并在路上做了记号。回到郡里，他拜见了太守，报告了自己的神奇见闻。太守立即派人跟他前去寻找那个仙境般的世外桃源。一路上他们追寻旧迹，却还是迷失了方向，再也没找到重返桃花源的归路。南阳刘子骥，是位名士，听到这件事后，也高兴地前往探寻桃花源，最终未能找到，病故而亡。

此后，虽然再也没有问路寻访桃花源的人了，但千百年来，那个充满神秘色彩、风景秀丽的世外桃源，却永远梦境般地铭记在人们的心中！

渔郎问津

本画是参照清代画家任伯年的《桃源问津图》绘制的。原画取材于陶渊明《桃花源记》中"渔郎问津"的情节，绘画笔法率意，用色大胆，人物刻画生动传神，是画家晚年最具代表性的山水人物画作品。

任伯年（1840～1895年），姓任，名颐，字伯年，浙江绍兴人。他重视继承传统，融会诸家之长，吸收了西画的速写、设色等法，形成自己多姿多彩、新颖生动的独特画风。他对花鸟、人物、山水、鱼虫、翎毛无所不能、无所不精。与任熊、任薰、任预合称"山阴四任"，又与蒲华、虚谷、吴昌硕合称"海上四大家"。其人物画重视写生、勾勒、点簇、泼墨交替互用，赋色鲜活明丽，形象生动活泼，且题材广泛，为清晚期海派画家的

领军人物。颐和园长廊中有多幅参照任伯年作品创作的精品彩画。

考证花絮

此画在以往长廊画故事书中均被认定为是宋代僧志南"吹面不寒杨柳风"的配诗画。经过考证和对画面特征分析,我们认为本图应是参照任伯年作品绘制的《渔郎问津图》。

三径就荒

本图取意于东晋陶渊明《归去来兮辞》中的名句:"三径就荒,松菊犹存。"句中引用东汉兖州刺史蒋诩的故事。蒋诩因不满王莽的专权,辞官隐退故里,闭门不出,只在家门前开辟三条小路,唯与高逸之士求仲、羊仲往来。后来"三径"用来意指隐士的家园。"三径就荒,松菊犹存"意味着虽然家中庭院将要荒芜了,但院中的松菊却经霜不凋,独吐幽芳;也寓意人生虽然坎坷,但仍应像松菊一样,保持洁身自好的品格。少年时的陶渊明曾怀着"大济苍生"的壮志,但由于家世出身和所处的时代对他不利,直到二十九岁时才出仕。其间几次做官都因他不愿"降志辱身"和不善于阿谀逢迎而半途辞职回家。到四十一岁时,出于生活所迫,陶渊明任职彭泽县令,最终还是因"吾岂能为五斗米向乡里小儿折腰"而弃职回家,过起他的"采菊东篱下,悠然见南山""晨兴理荒秽,带月荷锄归"式的农耕生活去了。陶渊明脱离官场、归隐乡里后,其激动的心情溢于言表,他在《归去来兮辞》中写道:

乃瞻衡宇,载欣载奔[①]。僮仆欢迎,稚子候门。三径就荒,松菊犹存。携幼入室,有酒盈樽。

3区对鸥舫西南

引壶觞以自酌,眄庭柯以怡颜②。倚南窗以寄傲,审容膝之易安③。园日涉以成趣,门虽设而常关。策扶老以流憩,时矫首而遐观④。云无心以出岫,鸟倦飞而知还。景翳翳以将入⑤,抚孤松而盘桓。归去来兮,请息交以绝游。世与我而相违,复驾言兮焉求⑥?悦亲戚之情话,乐琴书以消忧。农人告余以春及,将有事于西畴⑦。或命巾车,或棹孤舟。既窈窕以寻壑,亦崎岖而经丘。木欣欣以向荣,泉涓涓而始流。善万物之得时,感吾生之行休。已矣乎!寓形宇内复几时,曷不委心任去留⑧?胡为乎遑遑欲何之?富贵非吾愿,帝乡不可期⑨。怀良辰以孤往,或植杖而耘耔。登东皋以舒啸,临清流而赋诗。聊乘化以归尽,乐夫天命复奚疑⑩!

宋代大文豪欧阳修说过:"晋无文章,惟陶渊明《归去来辞》而已",可见后人对此文推崇的程度之深。魏晋六朝,文风绮靡。"陶渊明的出现无异于在花团锦簇中伸出一枝青枝绿叶,又恰似从浓妆艳抹的贵妇人中走来一位清纯少女"。归真返璞,崇尚自然,这既是陶渊明为人处世的秉性,也是他创作诗文的准则。画面中,头戴菊花的陶公,手持酒杯,泰然自若地安坐在南窗之下,那种无拘无束、悠然恬淡的神态,流露出一种对田园生活无限热爱的质朴情怀。

文注

①衡宇:指以横木为门的陋室。望着自家的陋室,兴高采烈地向前奔去。②眄(miǎn):闲看。悠闲地看着院子里的树木,脸上露出喜色。③愈来愈觉得自家的容膝之地才容易安乐自在。④不时抬头远望天边。⑤景:天色。翳翳(yì):昏暗的样子。天色渐渐变得昏暗起来。⑥归去了吧,让我与世俗断绝往来,世道如此违背我的心愿,再驾车出游还有何意义?⑦事:指农事。畴:田地。农人告诉我春天已到,西边的土地将要播种了。⑧已矣乎:算了吧。寓形:寄身。宇内:指世上。曷:何。算了吧,人在世间能有几时,何不顺其自然、随心所欲。⑨帝乡:指仙境。⑩聊:姑且。乘化:顺从自然的变化。姑且顺应客观规律走向生命的终点,乐天安命还有什么可疑虑的!

降龙伏虎

8区清遥亭西上

文中两幅画是长廊清遥亭东西梁枋上的两幅枋心画。两画构成东西对仗的彩画，分别描绘了高僧涉公和禅师志逢用法力"降龙伏虎"的故事。

西面枋心彩画中一位高僧在钵盂前打坐念经，云中游动着一条巨龙，描绘的是"涉公降龙"的故事。涉公是东晋时的得道高僧。据传，他虚静服气，不吃五谷，能日行五百里，可预言没有发生的事情，应验无误。他还能念秘咒让天上的神龙下到凡间施雨。每逢天旱，前秦皇帝苻坚便请涉公念咒语，向龙祷告求雨。没过多久龙就缩身到涉公的钵盂中，天空中立刻普降甘霖。苻坚和大臣们走近钵盂观看，纷纷赞叹涉公的法力高强。涉公去世后，又遇天旱，苻坚叹息说："涉公如果还在，哪里会有这种担忧呢！"南朝梁慧皎《高僧传·神异下·涉公》记载："涉公者，西域人也……苻坚建元十二年（376）至长安，能以秘咒咒下神龙。每旱，坚常请之咒龙，俄而龙下钵中，天辄大雨。坚及群臣亲就钵中观之，咸叹其异。"后遂以"降龙钵"泛指高僧的钵盂。

东面枋心画描绘的是"大扇和尚"志逢伏虎的故事。志逢（909～985年），余杭人，世称"伏虎禅师"。贯通三学，了达性相。后周显德三年（956），志逢在杭州五云山结茅筑庵修持，创华严道场。后来大将军凌超在五云山建了座华严寺院，作为奉养志逢终老之所。古时，山中常有老虎出入，志逢常携大扇出山乞钱，买肉饲虎，每次回山，老虎都去迎接他，志逢便骑虎归山，故有"伏虎禅师"之称，后谥"普觉"。

史书中还有多种降龙伏虎的传说。佛教十八罗汉后两位是降龙罗汉迦叶尊者和伏虎罗汉弥勒尊者。后来"降龙伏虎"成为形容力量强大，能战胜一切困难的成语。

8区清遥亭东上

132

白衣送酒

　　这幅彩画取意于重阳节"白衣送酒"的典故。陶渊明一生性情洒脱,酷爱饮酒,他不肯为五斗米折腰,弃彭泽县令不做,而情愿去做"隐逸诗人",每到重阳节就陶醉于"采菊东篱下,悠然见南山"的风雅情怀之中。南朝·宋·檀道鸾《续晋阳秋》中记载了一则"白衣送酒"的故事:有一年重阳节,陶渊明在东篱下赏菊,抚琴吟唱,忽而酒兴大发却无钱备酒过节,只好漫步于菊花丛中,采摘了一大束菊花,独自坐在屋旁的篱边。正在惆怅之际,陶公突然看见一白衣使者(在官府服役的小吏穿白衣)载酒而来,一问才知是江州刺史王弘派来的送酒差使。王弘久欲结识陶渊明这位名士,曾多次给他送酒。陶渊明大喜,立即开坛取杯,于菊花丛中开怀畅饮、大醉而归。

　　后人引用"白衣送酒"的典故,比喻朋友赠酒或在重阳节饮酒赏菊的雅事。李白曾就此典写了一首《九日登山》诗:

　　　　渊明归去来,不与世相逐。为无杯中物,遂偶本州牧。
　　　　因招白衣人,笑酌黄花菊。我来不得意,虚过重阳时。

考证花絮

　　此图曾被描述为"王羲之教子"。经对画面分析和考证,此画描述的应是"白衣送酒"的典故。图中身着白衣,怀抱酒坛的人是为陶渊明送酒的差使。

王质烂柯

此画出自南朝·梁·任昉《述异记》中的一个传说。东晋时有个名叫王质的青年樵夫，入山砍柴，在石室山上遇见两位鹤发童颜的仙子（一说是两个童子）在对弈。王质就在一旁观棋，两仙人旗鼓相当，杀得难分难解。其中一位仙人给了王质一枚枣核似的仙果，王质肚子正饿，也不推辞，接过仙果就含在口中。说也奇怪，他立刻感到神清气爽，不饥不渴，于是就继续静坐观棋，只见周围满山的树木，一会儿变绿，一会儿变黄。一盘棋下完后，一阵清风吹过，一只白鹤飞来，两位仙人就驾鹤离去了。王质暗自惊诧，正要转身回家，拿起刚才砍柴用的斧头一看，斧头变得锈迹斑斑，斧柄也已经腐烂了。王质下山回到村里，他惊奇地发现，同辈的人早已作古，跟人谈起才得知自己在很久很久以前，上山砍柴遇到了仙人，坐在旁边观看仙人下棋，不知不觉已过去了一千年，正所谓"仙界方一日，世上已千年！"

因古人将斧柄称作"斧柯"，所以从此之后，当地人将此山名改称为"烂柯山"，后人将围棋也戏称为"烂柯"。至今，"烂柯"一词不仅在国内围棋书刊上屡见不鲜，甚至在日本，也有高段棋手特意将"烂柯"两字书于扇面，用来馈赠海内外的棋友。后人常以"王质烂柯"为题咏叹这个古老的故事。唐代孟郊有诗道：

　　仙界一日内，人间千载穷。双棋未遍局，万物皆为空。
　　樵客返归路，斧柯烂从风。唯余石桥在，犹自凌丹虹。

7区86外南

考证花絮

这幅彩画的故事长期以来在众多书中均与"赵颜求寿"故事相混淆。经过仔细观察和考证，本书将其更正为"王质烂柯"的故事，这就完满地解释了为什么画面中的主角为樵夫穿戴的问题。细心的读者可以发现，画面中仙人对弈用的围棋盘画成了象棋盘，这应是画工作画时的一个小纰漏。

皆大欢喜

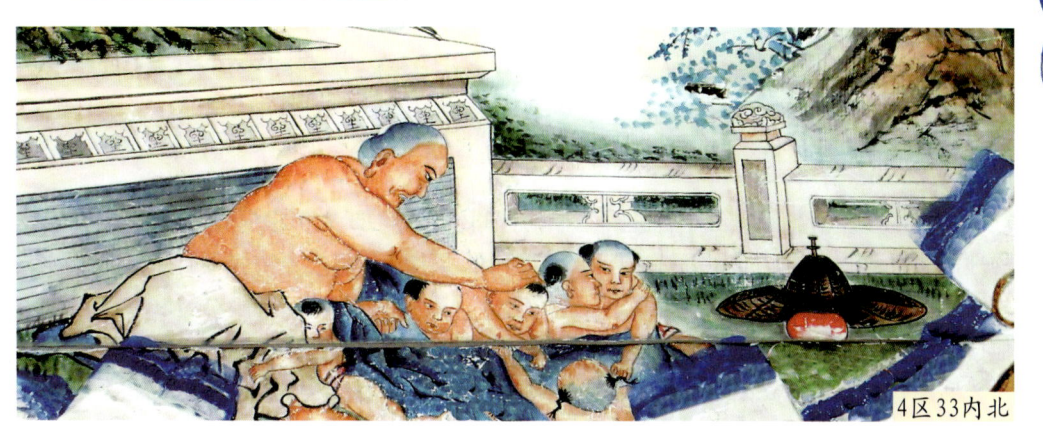

4区33内北

  此画是清代画家陆鹏根据弥勒佛的故事创作的。弥勒佛是中国民间普遍信奉的一尊佛，是佛教大乘菩萨之一。"弥勒"源自梵文 Maitreya 的音译，意思是"慈氏"。我国弥勒信仰起源很早，西秦时（385～420年）在甘肃炳灵寺石窟中就已出现了绘制的弥勒像。弥勒像主要有菩萨形和如来形两大类，分别根据《弥勒上生经》和《弥勒下生经》创作。菩萨形的弥勒像表现了弥勒住在兜率天宫时为诸天神说法时的形象。这时的弥勒像是菩萨装束，两脚交叉而坐，或是以左脚下垂，表示弥勒在兜率天宫等待下生的情形。如来形的弥勒像则是弥勒从兜率天宫下生凡界，在龙华树下继承释迦牟尼而成的，与释迦佛的造像没有多大区别。北魏前后，中国社会经历了空前的民族、文化大融合，伴随着大乘佛教在中国迅速传播，弥勒佛像大量出现在佛教的庙宇寺院中。

  大约在五代时，江浙一带的寺院中开始出现笑口弥勒佛的塑像。此佛像是按照一个名叫契此和尚的形象塑造的。据《宋高僧传》等记载，契此是五代时明州（今浙江宁波）人，号长汀子。他经常手持锡杖，杖上挂一布袋，出入于市镇乡村，在江浙一带行乞化游，被称为"布袋和尚"。后梁贞明二年（916年），契此坐化于明州岳林寺的一块磐石上，圆寂前曾留下一偈（jì）语："弥勒真弥勒，分身千百亿，时时示时人，时人自不识。"于是后人认为他就是弥勒转世，为他建塔供养。此后，江浙一带就逐步流行一种按"布袋和尚"形象塑成的袒腹大肚、喜笑颜开的笑口弥勒像，并将他安置在天王殿中，这一布置渐渐地成了佛教寺庙的定制。今天，人们一走进佛教寺院，就可看见笑意盈盈的弥勒佛端坐在天王殿中，好像在欢迎每一位来访的信徒、游客。

  相传大肚弥勒的那个布袋儿叫作"人种袋"，专门用来收妖装魔。弥勒曾用"人种袋"收了六个小妖。这些小妖一有机会，就要到人间兴妖作怪。所以，弥勒佛常把他们装在布袋里随身携带，不让他们随意乱跑。小妖们总是要设法跑出来玩耍，又总是被弥勒佛乐呵呵地重新捉回袋中，被人们称作"皆大欢喜"或"六子闹弥勒"，是画工们常画的喜庆题

第四章 两晋、南北朝

135

材。以下的诗偈，较好地描述了弥勒佛包容天下、皆大欢喜的形象：

　　眼前都是有缘人，相见相亲，怎不满腔欢喜；世上尽多难耐事，自作自受，何妨大肚包容。大肚能容，容世上难容之事；笑口常开，笑天下可笑之人。

画龙点睛

　　本画是参照清代画家巢子馀作品绘制的，画中人物、云龙形象逼真，将"画龙点睛"的典故生动地展现在人们的面前。南朝梁有位很出名的大画家名叫张僧繇（yáo），吴郡（今江苏苏州）人，天监年间（502～519年），为武陵王国侍郎，在宫廷秘阁掌管画事。他擅长人物及佛教画，当时的皇帝梁武帝信奉佛教，凡修建装饰寺庙，都要请他去作画。

　　传说有一年，梁武帝要张僧繇为金陵的安乐寺作画，在寺庙的墙壁上画四条金龙。他答应下来，仅用三天时间就画好了。这些龙画得栩栩如生，简直就像真龙一样呼之欲出，吸引了很多人前去观看，都称赞他画得十分逼真。可是，当人们走近一看，发现美中不足的是四条龙全都没有眼睛。于是大家纷纷请求他，把龙的眼睛点上。张僧繇解释说："给龙点上眼睛并不难，可是一旦点上了眼睛，这些龙就会破壁飞走。"大家听后都不相信，认为他是在故弄玄虚，墙上的龙怎么会飞走呢？日子长了，很多人都以为他是在说谎。张僧繇被逼得没办法，只得答应为龙"点睛"。这一天，在寺庙墙壁前有很多人围观，张僧繇当着众人的面，提起画笔，轻轻地给两条龙点上了眼睛。令人震惊的事情果然发生了，他刚点过第二条龙的眼睛，突然天空乌云密布，狂风四起，电闪雷鸣。在雷电之中，人们看见被"点睛"的那两条龙破墙凌空而起，张牙舞爪地腾云驾雾飞向天空。过了一会儿，云散天晴，人们被这个场面吓得目瞪口呆，一句话都说不出来了。再看看墙上，只剩下没有被点上眼睛的两条龙，而那两条"点睛之龙"已不知去向了。

　　后来人们根据这个传说引申出"画龙点睛"这句成语，比喻在说话或写文章时，在关键性的地方，使用精辟的一两句话点明要旨，就可使表达更加生动传神。

4区25内北

第五章 隋、唐、五代

（581～960年）

排云门所在地原为清漪园天王殿的位置，1860年天王殿被英法联军焚毁，1886年慈禧太后在原地重建排云门。排云门是座歇山琉璃顶、面阔五间的大殿，为排云殿景区的门户。门檐竖额上"排云门"三字为慈禧亲笔所书，语出东晋文学家郭璞《游仙诗》中"神仙排云出，但见金银台"的诗句，寓意此门是神仙出入的祥门。排云门前正对着三间七楼的"云辉玉宇"牌楼，门前广场上点缀有十二生肖石。

劈山救母

5区54外北

　　这是一个在中国民间广为流传的神话故事。陕西省的东部，有座巍峨秀丽的华山，山顶上的圣母庙里供奉着一尊美艳绝伦的三圣母塑像。传说有一年，一位叫刘彦昌的书生到长安赶考，路过潼关时，登上华山游玩。他看到圣母庙里三圣母栩栩如生的塑像，诗兴大发，在墙壁上题了一首诗，以表达自己的爱意。由于旅途劳累，题完诗后，刘彦昌就倚着香案睡着了。那天，正好三圣母巡山来到庙里，看到墙上的诗句和相貌儒雅的刘彦昌，不觉勾起一片爱慕之心。她见刘彦昌衣衫单薄，就把自己披的红纱巾盖在他的身上。蒙眬中，刘彦昌觉得浑身温暖，醒来一看，美丽温柔的三圣母正含情脉脉地注视着自己，彦昌又惊又喜，都不敢相信自己的眼睛。随行的仙女们看出了三圣母和刘彦昌的心意，说笑着把他们拥到一起，摆酒祝贺，为他们举行了婚礼。

　　谁知，这事被三圣母的哥哥二郎神知道了。他带着哮天犬和天兵赶到圣母庙，斥责三圣母不该私自和凡人结婚，触犯了天条，命令天兵们将刘彦昌抓走。三圣母连忙上前阻拦，与不顾骨肉之情的二郎神打了起来。情急之中，三圣母急忙拿出她的宝物宝莲灯，宝莲灯金光四射，击退了二郎神，也把天兵们照得东倒西歪，一个个丢盔弃甲地溜走了。

　　一年后，三圣母和刘彦昌生下一个男孩，夫妇二人真是高兴极了。好心的霹雳大仙闻知后前来探望祝贺，还给孩子起了个名字叫沉香。仙女们和山里的孔雀、梅花鹿、小白兔、喜鹊、白猿也赶来祝贺。就在大家又唱又跳庆贺沉香诞生的时候，二郎神派哮天犬偷偷溜进三圣母的家里偷走了宝莲灯。三圣母发现宝莲灯不见了，大惊失色。她抬起头来，看见远处飘来一片黄云，知道是二郎神又来了，连忙和刘彦昌抱起沉香，一家人刚要逃走，二郎神已经杀气腾腾地赶到门前。三圣母恳求二郎神看在兄妹的情义上，不要动刀动枪。二郎神不由分

138

说举枪就刺。三圣母只好举起宝剑，与二郎神大战起来。哮天犬从刘彦昌怀里夺过小沉香，刘彦昌抓住包裹沉香的红纱死不放手，二郎神一剑砍断了红纱，彦昌重重地摔倒在地上，昏了过去。二郎神见不能战胜三圣母，就命令哮天犬拿出宝莲灯来。宝莲灯一照，圣母的法力顿时消失，被二郎神抓住，压在了华山下面。哮天犬恶狠狠地叼着沉香，正要向山崖下摔去，霹雳大仙及时赶到。他用拂尘一挥，赶走了哮天犬，抱起沉香飘然而去。刘彦昌醒来后不见妻子和儿子，撕心裂肺地高声呼喊着，发誓要找回三圣母和沉香。

十五年过去了，沉香长成一个英俊的少年，并练就了一身好本领。他常常想念自己的亲生父母，不知他们是谁，现在何方。有一天，他向师父询问父母的下落，霹雳大仙就把沉香的身世从头到尾讲了一遍，还把那半条红纱巾交给了他。沉香听后心情悲痛万分，决心救出母亲，找到父亲。他拜别了师父，怀揣红纱，手持宝斧，直奔华山而去。

来到华山圣母庙，沉香看见一个人正在圣母像前献花，那人身上也戴着半条红纱巾。沉香断定，这人就是自己的父亲，他连忙拿出红纱前去相认。刘彦昌激动地大喊一声："沉香，我的儿子！"一把抱住沉香痛哭了起来。他听说沉香是来搭救母亲的，心中十分高兴，指着华山的高峰告诉沉香："你母亲就压在那里。"这时，梅花鹿、白猿、孔雀、小白兔受霹雳大仙之托，都跑来帮助沉香。白猿对沉香说："你在山前和二郎神开战，我趁机盗出宝莲灯，一定能把你的母亲救出来。"沉香找到二郎神，求他放出母亲。二郎神仍然不念外甥的情分，举枪就刺。沉香忍无可忍，举斧回杀，枪来斧往，直打得天昏地暗。梅花鹿、白猿、孔雀都来助战，白猿乘机找回了宝莲灯。二郎神抵挡不住，只好带着哮天犬逃跑了。

沉香高声呼喊着妈妈，举起神斧向华山山峰砍去，只听"轰隆"一声，山峰被劈成两半，三圣母满面笑容地出现在鲜花丛中，她又见到了丈夫和儿子，悲喜交加，激动万分。这时，华山上百鸟齐鸣，百花盛开，庆贺沉香战胜了邪恶，祝贺他们一家人重归团圆。本幅图画的是沉香手持宝斧、劈山救母的情景。

风尘三侠

五代杜光庭编写的《神仙感遇传》收录了唐人撰《虬髯客传》。据该传记载，隋朝末年，隋炀帝骄奢淫逸，宰相杨素助纣为虐，天下开始动乱。李靖（571～649年），京兆三原（今陕西三原东北）人，他素怀大志，却无人赏识。一次，李靖去司空府拜谒杨素，杨素对他十分傲慢无礼。杨素的家中，有一位张姓歌女，人称红拂，对年轻有为的李靖萌生了爱慕之情。李靖走后，红拂指派士卒打听到了李靖的住址。

一夜的五更刚过，李靖听有人轻声叩门。他起来询问，见是一个紫衣戴帽的人，挎着个包袱，自报道："我是杨素家歌女红拂。"李靖将来人请进，她脱去紫衣摘去帽子，竟是一个十八九岁的美丽女子。红拂身着花衣向前拜礼，李靖慌乱还礼。红拂说："我侍奉杨素这么久，见识的天下人也多了，没有比得上你的。兔丝、女萝（两种寄生植物）不能独自生长，需要托身于乔木之上，所以我投奔你来了。"李靖说："杨司空在京师的权势很大，他如追究怎么办？"红拂答道："他不过是垂死之人，不值得害怕。众女子知道他成不了事，走的人多了，他也不很追究，希望你不要疑虑。"李靖见红拂的仪容举止好似天仙一般，脾气性情温文尔雅，又如此深明大义、美貌多情，便将她留下，准备一同前往太原。

几天后，红拂女扮男装与李靖一道乘马向太原走去，途中他们投宿在灵石的一家旅舍中。一天早上，李靖正在院中刷马，红拂站在案前梳妆，她将长长的秀发垂放至地上。忽然有一个中等身材、满脸胡须的人，骑驴而至。他把皮革包袱扔在炉前，拿过枕头倚卧着，观赏着红拂梳头。李靖非常生气，但没有发作，继续刷马。红拂注目细看来者的面容，她一手握着头发，一手向李靖摆手示意，让他不要发怒。红拂急忙梳完头，整理了一下衣襟后便上前询问来者的姓名。来人答道："姓张，人称虬髯客。"红拂惊喜地说："我也姓张。应称你为大哥。"她向来客行礼，又问来客排行第几。来客答："排行老三。"虬髯客又高兴地说："今天真幸运，遇上了一位天仙似的妹妹！"红拂向门外叫道："李郎快来拜见三哥。"李靖急忙进屋拜见，三人一起共用了早餐。客人说："看李靖的样子，是贫士。怎么得到这样的美妇人？"李靖说："我虽贫困，也是有心之人。他人问我，我可不说。兄长问，就不瞒你了。"于是一一将事情的由来说出。客问："你们将去哪里？"李靖说："将去太原躲避。"三位萍水相逢的英雄交谈了一会儿，志趣相投，很快成了知己，相约几天后在汾阳桥再次见面，一同前去拜见太原的李世民。

李靖和红拂如期来到汾阳桥，虬髯客正和一位道士在桥边酒楼中饮酒。他们将红拂安顿好后，一起拜见了李世民。虬髯客见到神采奕奕的李世民，认为他将来必定可成大业，于是决定到别处另图发展。临走前，虬髯客约李靖和红拂到京城自己的家中相见。他慷慨地拿出全部珠宝钱财，要李靖夫妇辅助李氏父子推翻隋炀帝。他对李靖说道："拿着我的赠送，辅佐真命天子，帮助李氏父子成就功业吧！再过十年，东南方数千里之外将会有不寻常的事情发生，那就是我功成之际。那时，大妹和李郎可以向东南方洒酒祝贺！"虬髯客又命家中童仆排列叩拜，说道："从此李郎、大妹是你们的新主人。"说完，他就向李靖和红拂告辞，三人再次来到汾阳桥边，拱手把酒，依依不舍地相别离去。从此李靖与红拂拥有了虬髯客的家财和宅子，成了豪富之家。李靖按照虬髯客的嘱托投身于反隋大业并用资财帮助李氏父子建立了唐朝，平定了天下，历任唐朝兵部尚书、尚书右仆射等职。

唐贞观十年（636年），李靖任左仆射平章事，适逢有人入朝上奏道："东南方的海面上，有海船千艘、兵士十万，进入扶馀国，诛杀了原来的君主，自立为王。现在国家已经安定了。"李靖明白是虬髯客已经成就了大业，他与红拂两人穿上礼服一同向东南方洒酒贺拜。

《虬髯客传》中描写的三位极具英雄气概的传奇人物，并不像一般武侠小说中的侠士那样心系于个人恩怨，也不以非凡的武功见长，而是着重歌颂三位豪杰，能在乱世之中，清醒地纵观天下形势，对未来做出明智而果断的抉择，展示出大侠的胆气和精神境界。在作品中，作者通过人物的对话、行动和精湛的细节描写，对他们的性格做了生动的刻画：李靖的沉着冷静与出众的才智，红拂慧眼识英雄以及敢于奔就的胆识，尤其是虬髯客的雄大气魄和豪爽的为人，无不鲜活生动，光彩照人。后世把这三位萍水相逢的豪侠誉为"风尘三侠"。下图画的是李靖和红拂在汾阳桥头与虬髯客告别时的情形。

1区3内南

玄武门之变

7区87外北

本图描绘了发生在武德九年六月四日（626年7月2日）的一次宫廷政变，唐高祖李渊的次子李世民射杀了其兄长李建成，夺取了皇位继承人的地位，史称"玄武门之变"。

隋朝末年社会动荡，太原留守李渊和他的次子李世民乘机起兵反隋，他们逐渐壮大了自己的力量，并率领军队平定了各地的义军，建立了唐王朝。唐高祖李渊与窦皇后生有四子，李渊封长子李建成为太子，次子李世民为秦王，三子玄霸早卒，四子元吉为齐王。建成、世民、元吉均很有才干，可在太原起事前，只有李世民参与了策划，而且起事之后，在讨伐群雄的战争中，李世民功劳最大；又由于李世民能征善战，智勇兼备，从而成为唐军的重要领导人。但李世民不是嫡长子，按照传统习惯，皇位应由嫡长子李建成继承。武德四年李世民平定王世充、窦建德之后，唐高祖特任命世民为"天策上将"，位在诸王之上，并兼司徒、陕东道大行台等职。李世民在秦王府中设置官属，开置文学馆，招揽房玄龄、杜如晦等十八人为文学馆学士，轮流值宿，讨论典籍。李世民常常与学士们谈至深夜，还令阎立本绘出十八位学士的画像，时人号为"十八学士登瀛洲"。此外，李世民南征北讨，在天策府中网罗了不少勇将猛士，如初唐名将李世绩、尉迟敬德、秦叔宝、程咬金等都曾在天策府内任过职。

太子李建成感到羽翼渐丰的李世民对他的地位构成了很大威胁，便与李元吉结成同盟，以削弱李世民的力量。那时候，突厥进犯中原，李建成向唐高祖建议，让元吉代替李世民带兵北征。唐高祖任命元吉为主帅后，元吉又请求把尉迟敬德、秦叔宝、程咬金三员大将和秦王府的精兵都划归他指挥。他们打算把这些将士调开，以便放手加害李世民。

六月三日，有人把这个秘密计划报告给了李世民。李世民感到形势紧急，当即决定采取先发制人的行动。当天夜里，他进宫向唐高祖告状，诉说太子与李元吉在后宫胡作非为，与张婕妤、尹德妃关系暧昧；并说李建成和李元吉还多次想谋害于他，高祖听后，大吃一惊，答应第二天一早，叫兄弟三人一起进宫，由他亲自查问。李世民事先收买了玄武门的守将常和，第二天一大早，长孙无忌和尉迟敬德带了一支精兵，埋伏在皇宫北面的玄武门，只等李建成、李元吉进宫。没多久，建成、元吉骑着马朝玄武门走来。他们到了玄武门边，觉得周围的气氛有点反常，心生疑惑，拨转马头，准备返回。李世民从玄武门里策马而出，高喊道："殿下，别走！"李元吉转过身来，拿起身边的弓箭，想射杀世民，但是心里一慌张，连弓弦都拉不开来。李世民眼明手快，射出一箭，把李建成当场射死；紧接着，尉迟敬德带了七十名骑兵一起冲了出来，尉迟敬德一箭，又把李元吉也射下马来。

东宫和齐王府的将士听到玄武门出了事，全部出动，猛攻秦王府。李世民一面指挥将士抵抗，一面派尉迟敬德火速进宫。唐高祖正在皇宫里等着三人去朝见，尉迟敬德手拿长矛气吁吁地冲进宫来，说："太子和齐王发动叛乱，秦王已经把他们处死了。秦王怕惊动陛下，特地派我来保驾。"高祖这才知道外面出了大事，吓得不知如何是好。宰相萧瑀等人道："建成、元吉本来没有什么功劳，两人妒忌秦王，施用奸计。现在秦王既然已经把他们消灭，这是好事。陛下可把国事交给秦王，就没事了。"事已至此，唐高祖李渊只好听左右大臣的话，宣布了李建成、李元吉的罪状，命令各府将士一律归秦王指挥。三天之后，唐高祖为安定社稷，宣布立李世民为太子，国家大事一律由太子处理。这就是历史上有名的玄武门之变。

两个月后，唐高祖又正式让位给世民，自己做了太上皇。李世民即位，成为唐太宗，时年二十七岁的他大力整治朝政，重用敢讲"逆耳忠言"的魏征，开辟了贞观之治的盛世局面，成为中国历史上的一代明君。

长廊鱼藻轩远景　张晓莲/摄影

和合二仙

8区96外南

　　这幅彩绘画中的两位活泼可爱、长发披肩的僧人，是我国民众普遍喜爱的一对神祇"和合二仙"。二仙一位手持荷花（或喜鹊），另一位手捧圆盒，盒中飞出五只蝙蝠，画面人物体态丰腴，憨态可掬。和合二仙手持的物品，件件都有讲究。那荷花是取"和"的谐音，盒子是"好合"的象征，而五只蝙蝠与喜鹊则有"五福和合，喜从天降"的寓意。《和合二仙图》又称为《和合图》，常出现在民间年画中，悬挂于百姓家中堂之上，人们取其好合吉利、和气生财之意，祈求万事和睦，天下太平。宋代以后，民间又常将《和合图》挂于婚庆的场合，象征夫妻恩爱、连生贵子、百年好合的吉祥寓意。

　　实际上，"和合二仙"本是肉身凡胎的唐代高僧，一位叫寒山，另一位叫拾得。寒山，唐贞观时（一说是唐大历时）人，曾隐居在浙江天台山寒岩。他好吟诗唱偈，性情却十分怪僻。寒山与国清寺中的拾得和尚相见如故，情同手足。拾得是个苦命的人，刚出生便被父母遗弃在赤城道旁，幸亏天台山的丰干和尚化缘路过，他慈悲为怀，把弃儿带至寺中抚养成人，并起名"拾得"，在天台山国清寺受戒为僧。拾得受戒后，被派至厨房干杂活，他常将一些余羹剩菜送给贫贱之友寒山吃。国清寺的丰干和尚见他俩如此要好，就让寒山进寺与拾得一起当国清寺的厨僧。自此后，两人朝夕相处，更加亲密无间。寒山与拾得同拜丰干高僧修佛，常在一起切磋佛学、吟诗答对。丰干在仙逝前，为了考察两个弟子是不是真心和睦，特意给寒山一枝荷花，给拾得一只竹盒，又私下里分别传给他们各自半部经书，留下话说："你二人参透此经，即可得道。"一开始，寒山、拾得各自读经参道，可总是俱无所获，苦思不得其解。当两个人在一起切磋时，将各自半部经书拿出来一起参悟，终于明白了其中的道理。两人也由此悟出师父传道的真意，即只有"和合"（荷盒）才能得道成仙，从此二人更加团结友爱，潜心修佛。

　　寒山与拾得在佛学、文学上的造诣都很深，成了继丰干以后唐代的著名高僧。后人曾将他们的诗汇编成《寒山子集》，共三卷。寒山、拾得二人的诗颇具脱俗的气韵与禅机，多表现山林隐逸之趣，显示了他们徜徉于大自然的坦荡胸怀，其中许多精辟的警世之句，甚为后人推崇。作品《寒山问拾得》中记录着他们两人之间的一段对话，可见他们超然的处世态度。寒山问拾得：世间有人谤我、欺我、辱我、笑我、轻我、贱我、骗我，如何处置乎？拾得答道：只要忍他、让他、避他、由他、耐他、敬他、不要理他，再过几年，你且看他！

　　唐代贞观年间二人由天台山至苏州妙利普明塔院任住持，此院遂改名为闻名中外的苏州寒山寺。寒山寺是和合二仙"终成正果"之处，其间的寒拾殿至今仍供奉着寒山、拾得的精美木雕像。寒山寺后因唐代诗人张继《枫桥夜泊》的诗句而闻名于海内外，每年的除夕之夜都有大批善男信女到寒山寺听钟声，拜和合二仙。清代雍正十一年（1733年），雍正皇帝正式封寒山为"和圣"，拾得为"合圣"，和合二仙从此名扬天下。

　　中国传统文化历来十分重视"和合"，倡导"父子君臣和合，附亲万民也；天地和合，生之大经也；海内和合，万世蒙福，天下幸甚……"从对"和合文化"的梳理中，我们不难看出，"和合"既指人与人之间的和谐相处，包括兄弟相亲、夫妻恩爱、家庭和睦、朋友诚信、社会有序，而且还倡导人与自然的和谐相处。"和合文化""和为贵"以及"中庸之道"是中国传统文化的核心理念，主张人与自然、人与社会、人与人之间应处于一种和谐共生的关系之中。20世纪20年代，英国著名哲学家罗素在他的《中国问题》一书中写道："中国至高无上的伦理品质中的一些东西，现代世界极为需要。这些品质中我认为和气是第一位的。"这种品质"若能够被全世界采纳，地球上肯定会比现在有更多的欢乐祥和"。罗素对中国传统"和合文化"朴素的理解，或许仍能彰显出这种思想对构建当今和谐世界的重要意义。清代画家马骀在《和合二仙图》题跋中写道：

　　　　和气乃众合，合心则事和。世人能和合，快活乐如何！

长廊花鸟画　河清海晏图

唐明皇游月宫

7区79内西

唐明皇即李隆基又称唐玄宗（685～762年）。据北宋《太平广记》卷二十二《逸史》记载，开元年间某年的中秋之夜，唐明皇在宫中花园里赏月，伴着笙歌美酒和皎洁的月色，他渐渐地进入了梦乡。梦中的明皇，倚着白玉栏杆，举头望月，浮想联翩，认为月亮普照万方，如此光华灿烂，又有民间流传的嫦娥奔月的神奇传说，一定可以前往游览。于是他急传圣旨，召方士罗公远前来，询问有无方法可游月宫。罗方士答道："此事不难。"说罢就将手中的龙头手杖向空中一掷，即刻出现了一座飘浮在空中的银桥，桥的另一端直抵月宫。

罗方士扶着明皇走上银桥，桥身十分平稳，两人在桥上约走了数十里，身上已露珠沾衣，渐感寒气逼人。突然，一座恢宏的空中城阙赫然出现在他们眼前，上面写着"广寒清虚之府"，府前有一株大桂树，树下有数百仙女身着素练宽衣在翩翩起舞，还有许多仙女手执各种乐器在演奏着美妙的仙乐。明皇恍恍惚惚地走进了月宫，嫦娥、吴刚手捧桂花酒出来迎接，众仙女伴着仙曲跳起了婀娜多姿的舞蹈。那仙乐婉转悦耳，嘹亮动听，素晓音律的明皇听得如醉如痴，悄悄地将乐谱记录下来。回返时，玄宗再次登上银桥，他回顾观望，桥身竟随步而灭。玄宗梦醒后，便将他梦中所记曲谱传于宫里的伶官，重新编曲，起名为"霓裳羽衣曲"，这个故事也成了千古佳话，月宫从此有了"广寒宫"之称。

这个传说后来还被编成了戏剧，以剧中逼真的布景而闻名。现实中的《霓裳羽衣曲》实为唐代著名法曲，初名《婆罗门曲》，据《新唐书·礼乐十二》记载，是由西凉节度使杨敬述所献，经玄宗润色填词后，改用此名。宋人赵文根据此传说写下了一首《明皇游月宫歌》，描述了唐明皇游月宫的神奇经过：

  铁龙一掷九万里，银桥冉冉行秋水。霓裳不是世间音，只有嫦娥似妃子。
  恍然一梦酒初醒，依然玉座云丹屏。明朝写出天上曲，却笑羯鼓羊皮腥。
  人间万事如秋草，离别苦多欢乐少。崎岖万里锦官城，此身曾作银桥行。

登鹳雀楼

本图取材于唐代诗人王之涣的著名诗作《登鹳雀楼》，原图为清代海派画家钱慧安所作。鹳雀楼是唐代河中（今山西永济市）的名胜，楼高三层，相传曾有鹳雀栖于楼上，因而得名。登临鹳雀楼上，俯瞰黄河与中条山，令人眼界大开，顿感天地开阔、气象万千。诗文如下："白日依山尽，黄河入海流。欲穷千里目，更上一层楼。"

诗人通过对登楼望景的描写，抒发了宏远的抱负和博大的胸襟，表现了浩瀚宇宙的无限广大。特别是后两句出语自然，千古传诵，被人们看作是追求理想和崇高境界的象征。全诗气势奔放，意境开阔，语言通俗自然且富有哲理意味。

王之涣（688～742年），字季凌，并州晋阳（今山西太原）人。始任冀州衡水主簿，因受诬告，弃官归乡。晚年任文安县尉，卒于任所。王之涣"慷慨有大略，倜傥有异才"，所作诗歌以描绘边塞风光著称，多被当时乐工制曲歌唱，流传广远，是唐诗的代表诗人之一。他与王昌龄、高适在当时的文坛上并驾齐驱，民间还流传一个有趣的故事。

一日三位好友来到旗亭（酒楼）小酌，恰逢一班梨园艺人来此聚会演唱。三人相约，平时大家的诗词不分上下，今天就看艺人们演唱谁的诗作多，谁就排在第一。演唱中，艺人们先演唱了王昌龄的一首绝句，又唱了高适的一首律诗，二人得意地各在墙壁上画了记号。王之涣却在一旁说道："这两位乐官都是潦倒之人，所唱的都是些下里巴人的俗曲。"他又指着一位气质最高雅的乐官说，如果此人不唱他的诗作，他就终生不再与二人争高下；可如果唱了他的诗，王、高二人就当拜他为师。一会儿，那位乐官果然开口唱了王之涣的《凉州词》，三人不禁大笑了起来。后人就以"旗亭画壁"的典故，来形容文人墨客欢宴赋诗的情景。

5区46外南

第五章 隋、唐、五代

灞桥思诗

此图是根据唐代诗人孟浩然的故事绘制而成的。灞桥是座位于长安城东的古桥，自汉代以来，许多赴京应试的文人，都行走往来于这座古桥之上。孟浩然（689～740年），襄州襄阳（今属湖北）人，少年好学，早年隐居鹿门山，四十岁时，入长安应试进士不第，还乡故里。孟浩然在离开长安返乡之前，曾给在京城为官的好友王维写了一首《留别王维》诗，以表其怀才不遇的失落心情。王维私邀孟浩然入内署，正逢唐玄宗李隆基至，浩然急忙藏匿于床下。王维以实情告帝，玄宗大喜，召浩然出来，让他自诵所写的诗句，浩然只得念道："寂寂竟何待？朝朝空自归。欲寻芳草去，惜与故人违。当路谁相假，知音世所稀。只应守寂寞，还掩故园扉。"玄宗听完浩然的诗句，觉得他无求仕之心，当即亲准他返还乡里。

"迷花不事君"的孟浩然，常常踏雪寻梅于风雪之中，策蹇（jiǎn）思诗于灞桥之上，因而从唐代起，"灞桥思诗"和"踏雪寻梅"就成为诗人、画家们津津乐道的创作题材。画面中，在危崖古树的衬托下，一位骑驴老者踏雪过桥，似乎心有所感，俯首觅句，极富诗意。那树木凋零、风雪弥漫的背景，很好地烘托出了孟浩然安贫乐道、洁身自好、贫困不移的秉性。孟浩然头戴浩然巾，在风雪中踏雪寻梅、策蹇思诗的绘画，渐渐成了我国古代文人称颂隐者高士超然脱俗的风度、高洁不凡人品的代表作。

孟浩然虽生于盛唐，早年也曾有入世之志，但在政治上却一直困顿失意，长期隐居鹿门山。远离功名后，他常常独自漫游于吴越，寄情于山水之间。他耿直不随的性格和清白高洁的情操，为历代文人所倾慕。李白曾特为孟浩然写下了著名的诗句：

吾爱孟夫子，风流天下闻。红颜弃轩冕，白首卧松云。

醉月频中圣，迷花不事君。高山安可仰，徒此揖清芳。

3区15内西

夜宴桃李园

7区鱼藻轩内东

这幅彩画取材于唐代诗人李白的著名古体散文《春夜宴从弟桃李园序》。李白（701～762年），字太白，号青莲居士，祖籍陇西成纪（今甘肃静宁西南），隋末其先人流寓碎叶（今吉尔吉斯斯坦北部托克马克附近），五岁时随父迁居绵州昌隆县（今四川江油）青莲乡。少年时的李白博学广览，吟诗作赋，初显文学才华。二十五岁时李白为实现"辅弼天下"的远大抱负，"辞亲远游"，仗剑出蜀。天宝初年因荐被召入京，供奉翰林待诏，后因遭权贵谗毁，仅一年余即离开长安。安史之乱时，曾为永王李璘幕僚，因李璘失败，被远谪夜郎（今贵州桐梓县），中途遇赦东还。晚年投奔其族叔当涂县令李阳冰，后卒于当涂，葬于龙山。李白是我国文学史上继屈原之后又一伟大的浪漫主义诗人，素有"诗仙"之称，有《李太白文集》三十卷传世。

《春夜宴从弟桃李园序》的写作时间、地点不详。据李白其他诗文推断，约写于唐玄宗开元二十一年（733年）前后，文中所提的"桃李园"似指安陆白兆山的桃花园。夜晚时分，李白与诸从弟围坐在月下共赏美景，同叙天伦；花园中桃李芬芳，美酒飘香，兄弟情长。如此良宵美景、亲情温馨的氛围，使李白文思喷涌，以"推倒一世豪杰，拓开万古心胸"的气势挥毫写下了这篇充满豪情的散文。全文一百一十九字，字字珠玑，句句溢彩，抒发了李白热爱自然、热爱生活的情怀，显示出他潇洒出尘、超凡脱俗的风度。文章一开头，作者便发出"天地是万物的旅舍，时光是百代的过客"的感叹，并告诫人们宇宙尚且如此，则人生之无常、欢娱之短暂，更当令世人警醒与珍惜；结尾句以石崇金谷园宴饮为例，既见桃园夜宴之盛况，更见主客依次饮酒赋诗的雅趣。让我们结合原文和长廊中这幅描绘生动的彩画，更好地领会作者在文章中所表露的欢快心情。虽然文中也流露出作者"浮生若梦，为欢几何"的感伤情绪，但其飞扬高昂的奋发精神却溢于言表，全文总基调是积极向上的。下面是该文原文和白话翻译：

第五章 隋、唐、五代

夫天地者，万物之逆旅也；光阴者，百代之过客也。而浮生若梦，为欢几何？古人秉烛夜游，良有以也，况阳春召我以烟景，大块假我以文章。会桃李之芳园，序天伦之乐事。群季俊秀，皆为惠连。吾人咏歌，独惭康乐。幽赏未已，高谈转清。开琼筵以坐花，飞羽觞而醉月。不有佳咏，何伸雅怀？如诗不成，罚依金谷酒数。

天地是万物的旅舍，时光是百代的过客。人生飘浮无常，好似一场幻梦，欢乐的日子能有多少？古人手持蜡烛，趁着月色游览美景，确实是有道理的！况且阳光明媚的春天正用迷人的景色召唤我们，大自然又给我们提供了一派秀美的风光，使大家得以相聚在桃李芬芳的花园中，畅谈兄弟之间的乐事。诸弟聪明过人，都有谢惠连的才华。大家吟诗歌赋，唯独我不能与文采飞扬的谢康乐相比而感到羞愧。静静地欣赏春夜的景色还未尽兴，纵情地谈论又转向清雅。摆出盛筵，坐于花间；酒杯频传，醉于月下。没有好的诗篇，怎能抒发高雅的情怀？谁若赋诗不成，就按照金谷园的先例，罚酒三杯。

文注

谢惠连：谢惠连（397～433年），南朝·宋·文学家，陈郡阳夏（今河南太康）人，与族兄谢灵运并称"大小谢"。谢康乐：谢康乐（385～433年）即谢灵运，南朝·宋诗人，陈郡阳夏人，后移籍会稽，晋时袭封康乐公，故称谢康乐。善于刻画自然景物，开创文学史上山水诗一派。

举杯邀明月

李白作为中国古代杰出的浪漫主义诗人，一生中创作的与月亮有关的诗文多达三百二十余首，是古代诗人中最擅长咏月、最爱饮酒的诗人。李白之所以对月亮如此情有独钟，与他的坎坷经历是分不开的。他生于唐武后长安元年（701年），主要活动于玄、肃两朝。唐玄宗前期，即开元年间，早年的李白常以姜太公、管仲、晏子、谢安等古代政治家自喻，始终都在渴望实现"申管晏之谈，谋帝王之术，奋其智能，愿为辅弼，使寰区大定，海县清一"的宏大志向，为此李白仗剑出蜀漫游了十六年。天宝元年（742年），唐玄宗为炫耀他的"开元盛世"，诏令荐举"文辞秀逸"之士。李白的好友元丹丘等人直接向玄宗推荐了李白，也由于玄宗的妹妹玉真公主（持盈法师）的间接支持，唐玄宗派人召李白入京留任翰林待诏。但是，此时的唐玄宗已由励精图治的英明君主，蜕变成了骄奢淫逸的享乐天子，他赏识李白的绝世才华，只是想利用他的文采，歌颂升平，增加宫廷生活的乐趣。在长安一年多的时间里，李白渐渐地认识到了翰林待诏的真实地位，为难以实现自己的政治抱负，而陷入了深深的痛苦之中。李白把这种痛苦转而化入了酒杯之中，他时常对月自诉，借酒消愁，写了多首咏月诗，其中著名的诗篇《月下独酌》就是极好的例证，诗中写道："花间一壶酒，独酌无相亲。举杯邀明月，对影成三人。月既不解饮，影徒随我身。暂伴月将影，行乐须及春。我歌月徘徊，我舞影凌乱。醒时同交欢，醉后各分散。永结无情游，相期邈云汉。"

这是诗仙在月下孤寂的独白。明知孤独，却不甘寂寞；明知潦倒，却依然旷达。在诗中，他请出无情的明月和无形的影子为伴，既歌且舞，醉而后醒，聚又复散，写活了明月，写活了影子，也道出了自己藏匿于内心的苦闷。天宝三年（744年）屡遭奸佞谗毁的李白被"赐金还山"，离开了长安，继续开始游历四方的生活。李白晚年生活困苦漂泊，终于762年贫病而卒。

李白的一生，既是浪漫的一生，也是政治上不得志的一生。然而面对坎坷与不幸，他始终没有改变那种纯真浪漫的情怀，他爱月、咏月，把月亮恰如其分地融进他的诗中，给月亮起了几十种好听的美名，单是"明月"在李白的诗中，就使用过四十五次之多。李白之所以对月亮始终有着诚挚的向往和追求，是因为月亮是纯洁高雅的象征，与李白光明磊落的心地达成了完美的契合。李白饮酒突出了一个"豪"字，李白咏月彰显了一个"逸"字，二者结合便表现出他那种既豪放又飘逸的性格，他的不朽诗句已化成了皎皎明月，永远照耀在中华大地之上。今天，当我们抬头欣赏这幅"举杯邀明月"的彩画，心中默念诗人"今人不见古时月，今月曾经照古人。古人今人若流水，共看明月皆如此"名句时，我们仿佛又亲眼看到了一千多年前，那位历尽坎坷却始终浪漫飘逸的诗人，正在月下吟诵着他那一首首流芳千古的诗篇呢！

力士脱靴

诗仙李白一生豪放不羁，有着许多趣闻逸事，本图描绘就是有名的"力士脱靴，贵妃捧砚"的传说。画面中李白趁着酒兴在唐玄宗面前挥毫写诗，杨贵妃亲自捧砚，高力士为他脱靴，当朝的权贵们在一旁为其扇扇、捧纸，将李白恃才傲物、蔑视权贵的秉性表现得淋漓尽致。

据《新唐书·李白传》记载，天宝初年，游历四方十六年的李白前往长安拜见贺知章，贺知章看到他的诗文后，赞叹他是天上贬谪下凡的仙人。贺知章与元丹丘等人向唐玄宗举荐李白，唐玄宗在金銮殿召见了他。李白当即献上一篇颂赋，皇帝龙颜大喜，亲自为李白调羹赐饮，下令让李白任翰林待诏。在长安期间，本想一展宏图的李白却常被闲置在翰林院中无所事事，陷入了深深的痛苦之中。李白常与贺知章、李适之等人聚集在一起，在闹市上喝得烂醉，人称"酒中八仙"。一次皇上和杨贵妃在沉香亭观赏牡丹，想要李白创作新歌词助兴，便唤人把李白从酒肆召进宫中。喝得酩酊大醉的李白，用皇帝的御巾擦拭了一下脸，稍作休息后，挥毫写成三首《清平调》，诗句委婉绮丽，一气呵成，受到玄宗的高度赞赏，多次设宴款待李白。又一次，玄宗令李白作诗助兴，略带酒意的李白竟吆喝红极一时的大太监高力士为他脱靴，高力士认为这件事羞辱了自己，从此处处挑拨李白和杨贵妃的关系。最终一向桀骜不驯、无视权贵的李白遭到杨贵妃和高力士的诋毁，于天宝三年（744年）被"赐金还山"离开了长安，继续开始他的漫游生活。一天李白骑驴前往游览华山，路经华阴县县衙，县令见此人路经县衙不下驴，就将他带进大堂以无礼问罪。李白在供状中不落姓名，只写道："曾令龙巾拭唾，御手调羹，贵妃捧砚，力士脱靴。天子门前，尚容走马，华阴县里不得我骑驴？"县令惊起，忙拱手道："不知翰林至此，多有冒犯！"李白跨驴长笑而去。从此，后人就用"力士脱靴"来形容文人纵酒狂放、蔑视权贵的情形。

贵妃出浴

杨贵妃，即杨太真（719～756年），小字玉环。原籍蒲州永乐（今山西芮城西南）人。出身宦门世家，父杨玄琰是蜀州司户，叔父杨玄珪曾任河南府属官。开元七年杨玉环生于蜀郡（今四川成都），她的童年是在四川度过的，十岁左右，父亲去世，她寄养在洛阳的三叔杨玄珪家。杨玉环天生丽质，聪明伶俐，从小受到良好的教育，使她具有一定的文化修养，性格婉顺，通音律，善歌舞，并能弹琵琶。开元二十二年七月（734年7月），唐玄宗的女儿咸宜公主在洛阳举行婚礼，杨玉环也应邀参加。在婚礼上，寿王李瑁对杨玉环一见钟情，唐玄宗在武惠妃的要求下，当年就下诏册立杨玉环为寿王妃。开元二十五年十二月初七（734年12月初四），唐玄宗宠爱的武惠妃病逝，玄宗因此郁郁寡欢。在心腹宦官高力士的引荐下，唐玄宗开始把目光投向了与武惠妃相似的儿媳杨玉环身上。玄宗碍于她是自己的儿媳，不便明目张胆地纳入宫中，于是想出个先让杨玉环出家，脱离寿王，再以"杨太真"身份入宫的方法。开元二十八年（740年），玄宗游幸温泉宫，杨玉环奉诏离开寿王府，来到骊山的温泉宫。此时杨玉环才二十二岁，玄宗已五十五岁。唐玄宗先令她出家为女道士，并赐道号"太真"，住在太真宫。天宝三载（744年），杨玉环正式入宫。玉环生性聪颖，善迎上意，还通晓音律，能歌善舞，深得玄宗的宠爱。正所谓："天生丽质难自弃，一朝选在君王侧。回眸一笑百媚生，六宫粉黛无颜色。"天宝四年（745年），唐玄宗将韦昭训的女儿册立为新的寿王妃后，便册立杨玉环为自己的贵妃。

临潼骊山西北麓的华清池，是当年唐玄宗初次临幸杨贵妃的地方。作为温泉疗养胜地，华清池有着悠久的历史。西周时周幽王曾在那里建"骊宫"，秦始皇将其易名为"骊山汤"，汉代改建为"离宫"，唐太宗时建"汤泉宫"，唐玄宗时依环山筑宫，取名为"温泉宫"，后

改名"华清池"。唐玄宗每年农历十月均到此避寒游幸，华清池便成了唐玄宗与杨贵妃游宴享乐之地。如今骊山华清池已成为旅游观光的胜地。自唐代以来，出现了许多以"贵妃出浴"为题材的绘画，其中明代画家仇英的《贵妃出浴图》较为著名。人们在欣赏这幅长廊绘画的同时，结合白居易《长恨歌》的著名诗句，不难想象出当年杨贵妃在华清池"贵妃出浴"时的情形：

春寒赐浴华清池，温泉水滑洗凝脂。侍儿扶起娇无力，始是新承恩泽时。

富贵寿考

本画描绘的是郭子仪遇仙，跪求富贵长寿的传说，被称为"富贵寿考"，是中国传统绘画的常用题材，有人物画、花鸟画两种表现形式。人物画大都取材于唐朝大将郭子仪遇仙的故事；花鸟画则由绶带鸟和牡丹花及松石组成。绶带鸟取其与"寿"的谐音，牡丹是富贵花的别称，松石寓意吉祥长寿。

郭子仪（697～781年），唐朝大将，华州郑县（今陕西华县）人。相传，一次他奉命押运粮草，途中忽然刮起大风，飞沙走石，看不清路，无奈中他只得躲进路边的小屋。半夜时分，一束红光从窗口射入，把小屋照得通明。郭子仪出门查看，惊奇地看见半空中停着一辆金碧辉煌的马车，车中坐着一位美丽的仙女。他急忙下跪向仙女拜道："今日是七月初七，想必是织女娘娘降临人间，请赐我富贵和长寿吧！"织女笑道："你将来定会得到富贵和长寿的。"说罢，红光一闪，仙女便乘着彩云消失在天空中。郭子仪带着织女娘娘的祝福，出色地完成了这次运粮的任务。

1区2外北

郭子仪是旧时许多为官者所崇拜的楷模，他一生出将入相，既富贵也长寿，八子七婿，皆为朝廷要官。据说他做寿那天，家人拜寿时把朝笏（hù，上朝时手持的那块板）放在床上，竟堆满一床，可见家中为官者之多。郭家子嗣昌盛，孙子一辈儿就有数十人，每当向郭子仪问安时，他都不能一一辨认，只是向他们点头而已。郭子仪一生功德圆满，他的故事被后人改编成了京剧剧目，比如《富贵寿考》或《满床笏》《打金枝》等。郭子仪去世后，史书对他的评价是："天下以其身为安危殆三十年，功盖天下而主不疑，位极人臣而众不疾，穷奢极欲而人不非之，年八十五而终。其将佐至大官，为名臣者甚众。"（《资治通鉴》第227卷）这几句评语描述了一个光明磊落、善于团结各种力量的为将者形象：一个维系国家安危三十载的功臣，皇帝并不疑忌他的大功；同僚们也不厌恶他做大官；他追求奢华，尽情享受，但人们并不非难他；同时，他善于提拔与培养人才，所以他属下很多人都成为国家的重要官员。

用现在的历史观来看，郭子仪也仍旧是一个值得赞扬、值得钦佩的人物。开元天宝之际，政治日趋腐化，社会矛盾尖锐，藩镇割据势力相继而起。唐玄宗天宝十四年（755年），身为三镇节度使的安禄山发动"安史之乱"。危难时刻，郭子仪挺身而出，带领所部，击败了叛军，收复了被反叛者占领的京都。唐代宗年间，叛将仆固怀恩勾引吐蕃、回纥进犯关中地区，郭子仪又凭着自己的大智大勇，单骑入敌营，巧妙地采取了结盟回纥、打击吐蕃的策略，瓦解了敌人的联盟，保卫了国家的安宁。郭子仪戎马一生，屡建奇功，天下因有他而获得二十多年的相对和平时期。郭子仪从不居功自傲，始终宽厚待人，在举国上下享有崇高的威望与声誉，以八十五岁的高龄度过了他当年所祈求的"既富贵也长寿"的一生。

蓬门今始为君开

本图取意于杜甫的诗作《客至》，是一幅洋溢着浓郁生活气息的配诗画。《客至》表现了诗人诚朴的性格和喜客的心情。诗作者自注："喜崔明府相过"，简要说明了老友崔明府来家造访的题意。全诗如下："舍南舍北皆春水，但见群鸥日日来。花径不曾缘客扫，蓬门今始为君开。盘飧市远无兼味，樽酒家贫只旧醅。肯与邻翁相对饮，隔篱呼取尽余杯。"

杜甫（712～770年），字子美，自号"少陵野老"，盛唐大诗人，被后人尊称为"诗圣"。原籍湖北襄阳，生于河南巩县，后居京兆杜陵（今陕西西安市长安区东北），故又自称"杜陵布衣"。杜甫和李白齐名，是盛唐时期诗坛上著名的"双子星"，世称"李杜"。

出身士族的杜甫，自幼好学，"七龄思即壮，开口咏凤凰。九龄书大字，有作成一囊。"唐开元后期，他举进士不第，十九岁开始了漫游生活。天宝五载（746年），杜甫怀着"致君尧舜上，再使风俗淳"的政治理想，来到京都长安，走上了历经十年的艰苦求仕之路。唐玄宗天宝十四载（755年）十月，杜甫被任命为右卫率府兵曹参军。同年十一月，安史之乱爆发，杜甫只得带着家小随着流亡的民众向陕北逃亡。一路上，他们以"野果充糇粮，卑枝成屋椽"，饱尝了国破家亡的痛苦。至德二载（757年），杜甫几经周折逃归凤翔的肃宗行在，被任命左拾遗。次年，因受房琯案牵连，被贬为华州司功参军，不久后弃官经甘肃入蜀。760年，在亲友的帮助下，他在成都西郊浣花溪畔盖了一所草堂为安家之处。

此诗的开头两句先从草堂户外的景色着笔，点明客人来访的时间、地点和来访前夕作者的喜悦心境。绿水缭绕、春意荡漾，居住环境虽然美丽，但每日除了群鸥光临外，并无朋友登门。长满花草的庭院小路，也很长时间没有为客人清扫过了。一向紧闭的家门，今天终于为朋友崔明府打开，表明了主人偏居江村的寂寞和那种佳客临门时喜出望外的心情。后句继续写道，远离街市买东西很不方便，菜肴简单，家贫买不起高贵的酒，只好用自酿的陈酒，请随便进用吧！使读者体验到了那种"盘飧（sūn，晚饭）市远无兼味，樽酒家贫只旧醅（pēi，没有过滤的酒）"的窘境。虽是家常话语，听来却十分亲切，很容易从中感受到主人竭诚尽意的盛情和力不从心的歉疚，从而更能体会到主客之间真诚相待的深厚情谊。结尾两句通过描写隔着篱笆招呼邻居老翁一起来饮酒，进一步渲染设酒待客的热烈气氛，对主题起了烘云托月的作用，使全诗的字里行间都充满了款曲相通的融洽气氛。

5区66外南

存疑

此图的另一种解释为王维的诗作《终南别业》的配诗画。绘画体现了诗中"偶然值林叟，谈笑无还期"的意境，参见本书第160页。

烹茶鹤避烟

8区石丈亭西北

此幅彩画取材于古代诗词中一对联句："洗砚鱼吞墨，烹茶鹤避烟"。宋代诗人魏野、刘克庄、林希逸，明代诗人韩雍、杨爵等都写过此类诗句。诗句引用了草圣张芝、书圣羲之临池学书以及茶仙卢仝烹茶品茗的典故，刻画了古代文人雅士避世逍遥、隐居林泉的闲情逸趣。清代著名海派画家钱慧安也以此诗句为题作《烹茶洗砚图》。清代民间灯画也有这类作品流传。

石丈亭的这幅彩画，背景突出了"雅"和"趣"字。画面中一老者安坐在苍松掩映的石桌旁，桌上放有茶杯和一帙线装古书，前方一童子正用扇子奋力扇火烹茶。茶炉的浓烟冉冉升腾，一仙鹤急忙展翅避开。画面给人一种既高雅脱俗又生动活泼的观感，体现了古代文人画"画中有诗，诗中有画"的特点。

颐和园谐趣园、宜芸馆和后山眺远斋旁的值房古建筑上，也绘有此类题材的彩画。感兴趣的读者可前去寻找观赏。

第五章 隋、唐、五代

提示

本图原来解读为"梅妻鹤子"，今考证更正为"烹茶鹤避烟"，见文前16页清代海派画家任伯年、钱慧安等作品与长廊画对照组图。

烟波钓徒

5区52内北

画面中一位隐者正悠闲地泛舟垂钓于烟波浩渺的湖面之上,此人就是唐代著名诗人张志和。张志和(约730～约810年),字子同,初名龟龄,婺州(今浙江金华)人。十六岁游太学,举明经,献策于唐肃宗,任待诏翰林,并被赐名"志和",后因事贬为南浦尉,未到任,还本籍。

张志和受贬还乡后从此隐居江湖。他扁舟垂纶,浮三江,泛五湖,自称"烟波钓徒"。志和曾在越州(今绍兴)东城外的几间茅草房居住,当时越州的官吏曾派他去参加清河劳动,志和欣然前往,亲自执畚就役,毫无怨色。唐肃宗得知此事后特赐给他一奴一婢,而志和却把他们配为夫妻,取名"渔童"和"樵青"。人问其故,答道:"渔童使捧钓收纶,芦中鼓枻(yì);樵青使苏兰薪桂(打草砍柴),竹里煎茶。"颜真卿为湖州刺史时,张志和乘敝舟前往拜访,颜欲为他造新船,志和却谢绝道:"愿以浮家泛宅,沿溯江湖之上,往来苕(tiáo)霅(zhà)之间,即野夫之幸矣!"道出了他诙谐幽默、安贫乐道的人生态度。

张志和多才多艺,酒酣耳热时,他或击鼓吹笛,或吟诗作画,顷刻即成。一次,张志和与颜真卿等人唱和《渔父》词,张志和首唱道:"西塞山前白鹭飞,桃花流水鳜鱼肥。青箬笠,绿蓑衣,斜风细雨不须归。"颜真卿等相继共和诗二十五首。张志和让人拿来丹青,剪下白绢,为词配画,不一会儿就画了五本。他的画随句赋像,人物、舟船、鸟兽、烟波风月,皆依文章,曲尽其妙。真卿与诸客争相传玩,叹服不已。唐宪宗听到有关张志和的传闻之后,下诏书让人拿着他的画像"访之江湖间",到处寻找他,却未获踪影,人们只好把他的诗歌收集起来呈献给皇上。他的一个哥哥张松龄怕他"放浪而不返",特地针对他的《渔父》词和了一首《和答弟志和渔父歌》:"乐是风波钓是闲,草堂松径已胜攀。太湖水,洞庭山,狂风浪起且须还。"

五代沈汾的《续仙传》记载了一些张志和修炼的情况，说他是个"守真养气"的人，可以"饮酒三斗不醉""卧雪不寒，入水不濡。天下山水，皆所游览。"张志和的修炼方法很特别，经常"沿溪垂钓"，但却"每不投饵"，因其"志不在鱼也"，是在借垂钓之名，行修炼之实！溪流在他面前就像一面镜子，他从中看到世间万物，看到超越尘世的诸神并与之沟通交流。他长期"阅读"这面镜子，而镜中景象则随着他修炼层次的提高而一层层地深化，景致万千，变幻无穷。他将自己的修炼心得记录下来，辑为一书，取名《玄真子》，并且把"玄真子"作为自己的道号。该书原有十二卷，总共三万言，但在南宋时已残缺不全，只剩下三卷，被收入《道藏》"太玄部"。后人称其"著作玄妙，为神仙中人"。

唐代朱景玄撰《唐朝名画录》，定逸品三人，张志和居其一。明代董其昌的《画旨》也说道："昔人以逸品置神品至上，历代唯张志和可无愧色。"张志和传有《渔父》词五首，描写季节景物，鲜明生动，为早期文人词中杰出之作。宋代词人张元干的一首词，可作为本图的题画词。一位"烟波钓徒"横卧扁舟之上，将喧闹城市的烦恼统统抛到脑后，悠然自得地垂钓于烟波浩渺、白鹭翩飞的湖面之上。词文如下：

钓笠披云青嶂绕，绿蓑细雨春江渺。白鸟飞来风满棹。

收纶了，渔童拍手樵青笑。

明月太虚同一照，浮家泛宅忘昏晓。醉眼冷看城市闹。

烟波老，谁能惹得闲烦恼。

考证花絮

此图曾被认定为宋代程颢"时人不识余心乐"的配诗图。经考证，此图实为清代画家沙山春作品的临摹画。画工在临摹时也许是粗心，竟将钓鱼者的钓鱼竿"丢掉"了，使得原画面中"烟波钓徒"的诗情画意不能完整地体现出来。本书结合原画，将鱼竿恢复到画面中。

邑有流亡愧俸钱

本画取材于唐代诗人韦应物的诗作《答李澣》。韦应物（约737～约791年），唐代诗人，京兆万年（今陕西西安）人。他出身关中望族，十五岁起以三卫郎为玄宗近侍，出入宫闱，扈从（随从护驾）游幸，生活豪纵不羁。代宗广德至德宗贞元间，先后历任多种官职。韦应物体察民情，执政刚直，曾因惩办不法军吏，受讼于府衙，世称韦江州、韦左司或韦苏州。韦应物是山水田园诗派诗人。他的山水诗景致优美，感受深细，清新自然而饶有生意；而其田园诗实际上成了反映民间疾苦的政治诗，代表作有《观田家》和本诗。后世将其与柳宗元并称"韦柳"，今传有《韦苏州诗集》。

第五章 隋、唐、五代

作者在写此诗时，时任苏州刺史，诗中表达了他感伤春景，思念友人，担忧疾病，以及因政绩上无所建树，自愧"俸禄"优厚的内疚。画面中，身着官服的诗人，正在同一个流亡的饥民对话，生动地展示了诗作者体察民情、以济世救民为己任的情怀，这在旧时的官员中是难能可贵的。本诗也显示了韦应物热衷于书写反映民间疾苦的"政治诗"的特点。

在《答李澹》一诗中，诗人从上年春天与友人李澹分手开始写起，感叹不知不觉又过了一年。世上的事本来就迷茫多变，难以预料，春愁又使人黯然神伤，难以成眠。身体素来多病总想退隐，但自己管辖的地区还有流离失所、逃荒要饭的流民，享有俸禄真让自己内心抱愧。自从听到朋友要来探望自己，便每日引领翘首盼望，西楼上的月亮已经圆了好几回了。原诗如下：

去年花里逢君别，今日花开又一年。世事茫茫难自料，春愁黯黯独成眠。
身多疾病思田里，邑有流亡愧俸钱。闻道欲来相问讯，西楼望月几回圆。

行到水穷处

这幅画取意于王维的诗篇《终南别业》。王维（701？～761年），字摩诘，盛唐时期的著名诗人、画家，开元进士，官至尚书右丞。原籍祁（今山西祁县），迁至蒲州（今山西永济西），崇信佛教。曾一度奉使出塞，归来后长期在京供职，过着亦官亦隐的生活。晚年居于蓝田辋川别墅。王维工诗善画，其作品魄力雄大，一改古来的钩斫画法，始用皴法和渲晕，创"文人画"画风。

王维的诗现存不足400首，其中最能代表其创作特色的是描绘山水田园等自然风景及歌咏隐居生活的诗篇。王维描绘自然风景的巨大成就，使他在盛唐诗坛上独树一帜，成为山水

田园诗派的代表人物。他继承和发展了谢灵运山水诗精丽玄妙的传统,汲取了陶渊明田园诗清新自然的风格,使山水田园诗的创作达到了一个新的高峰,因而在中国诗歌史上占有重要的位置。传有《王右丞集》,《全唐诗》录存其诗四卷。

宋代文豪苏东坡曾说道:"味摩诘之诗,诗中有画;观摩诘之画,画中有诗。"让我们结合诗文与本画细细地品味这"诗中有画,画中有诗"的意境。《终南别业》这首诗把诗人晚年退隐后的闲适情趣写得有声有色,惟妙惟肖。全诗语平白如话,却极具功力,寓诗味与哲理于平淡闲趣之中。

诗中开头两句"中岁颇好道,晚家南山陲",叙述了诗人在中年以后开始厌恶尘俗,转而信奉佛教。"晚"是晚年,"南山陲"指辋川别墅所在地。此处原为唐代诗人宋之问的别墅,王维晚年迁居到这个幽静的住处,完全被这里秀丽、寂静的田园山水所陶醉了。兴致来了,他就简装出行,独步漫游山中;走到溪水的尽头就坐下静观行云的变幻;偶然遇见山中的老叟,便同他们轻松地谈笑,竟把回家的时间也忘了。这是何等自由惬意的氛围,何等闲适淡雅的生活,生动地展现了作者晚年的思想取向和恬淡喜静的性格。

本诗的点睛之句应是"行到水穷处,坐看云起时"。这两句诗已成为千古传诵的佳句。人们常用此来自勉或勉励他人,遇到逆境、绝境时,且把得失暂时放下,耐心等待新的局面产生。王维的诗与画极富禅机哲理,文学史上尊他为"诗佛"。这两句诗叙述了登山时溯流而上,最后走到了溪流消失的地方,登山者索性坐下来,抬头看见山巅上云雾涌起,顿悟到原来溪水早晚都要蒸腾上天,变成白云,云又将变为雨水,降临人间,到那时山涧又会涌动出潺潺窜流的溪水了。这短短的十个字,对仗工整,一贯而下,体现了自然界"绝处逢生、否极泰来"的哲理,使人百读不厌,回味无穷。诗文如下:

中岁颇好道, 晚家南山陲。兴来每独往, 胜事空自知。
行到水穷处, 坐看云起时。偶然值林叟, 谈笑无还期。

考证花絮

此图曾被认定为《瀑水流音图》,讲的是俞伯牙弹"高山流水"的故事。经考证,此画的稿本实为晚清画家钱慧安的绘画作品,原画题有王维的著名诗句"行到水穷处"。

第五章 隋、唐、五代

松下问童子

5区56内北

　　此幅画描绘的是贾岛的著名诗篇《访隐者不遇》。贾岛（779～843年），字浪仙，唐代诗人。范阳（今河北涿州）人。早年出家为僧，法名无本，因诗成名。元和五年（810年）冬，至长安，见张籍。次年春，至洛阳，以诗文投谒韩愈，深得韩愈赏识。后还俗，屡举进士不第。文宗时，因遭诽谤，被贬为长江（今四川蓬溪）主簿，人称"贾长江"，传有《长江集》。他著名的"僧敲月下门"诗句，是"推敲"典故的由来。一般认为他只是在用字方面下功夫，其实他的"推敲"不仅着眼于锤字炼句，在谋篇构思方面也是同样煞费苦心的。此诗就是一个例证。诗句如下："松下问童子，言师采药去。只在此山中，云深不知处。"

　　"松下问童子"，必有所问，而这里诗人却寓问于答，把问话省略了。仅从童子所答"言师采药去"这五个字，便可想象出当时松下所问的是"师往何处去"。接着诗人又将"采药在何处"这一问句再次省掉，而以"只在此山中"童子的答语，把问句隐括在内。最后一句"云深不知处"，又是童子答复对方采药所在的具体位置。明明三番问答，贾岛仅用了精练的二十字，这种精心的"推敲"可谓功力深厚了。

　　本画如同此诗一样，不着艳装，不施重彩，在朴实无华中追求意境。画面中的郁郁青松，悠悠白云，将隐者恬静淡雅的形象自然地显现出来，为读者留下了无限的遐想空间。

西厢记

此故事中的两幅彩画均取材于元代杂剧《西厢记》的片段。《西厢记》，元杂剧剧本，全名为《崔莺莺待月西厢记》，作者为元代戏曲作家王实甫，故事源出唐代元稹的传奇小说《莺莺传》。

唐德宗建中元年（780年），书生张珙赴长安参加科举考试。一日，他路经河中府（今山西永济市），听说该地普救寺是当年武则天的香火院，便前去游览。在寺里，张生偶遇一位貌似天仙的年轻女子崔莺莺，萌生爱慕之情。莺莺是崔相国的闺秀，崔相国近日不幸病故，莺莺正同母亲一起护送亡父的灵柩去博陵（今河北蠡县南）安葬，不料途中遇阻，暂居在普救寺中。对莺莺一见倾心的张生也在寺中的西厢房住下，并设法见到了莺莺的贴身侍女红娘。张生将自己的详细情况一一告诉了红娘，又试图向红娘打听莺莺的详情。红娘抢白了张生几句，转身回到了小姐的房中。红娘忍不住笑着对莺莺讲了张生自报家门的情景，莺莺嘱咐红娘不要将此事告诉老夫人。

张生从寺中小和尚那里得知，莺莺每晚要在花园里烧香。当晚，夜深人静，皓月当空，张生来到花园的墙外，与在园内烧香的莺莺隔墙和诗，彼此产生了好感。可没过几天，叛军将领孙飞虎率乱兵五千，把普救寺团团围住，声称要强娶莺莺为妻。万般无奈的崔母只好许诺："谁能退去贼兵，就倒赔嫁妆，将莺莺许配于谁。"张生有一结拜兄弟，名叫杜确，号称白马将军，正率重兵镇守蒲关。情急之下，张生修书一封，派人去蒲关搬救兵。白马将军闻讯后，立刻率兵前来相救，生擒了孙飞虎。

张生在危难之中，挺身相助，退去了贼兵，事后理应同莺莺洞房花烛，喜结良缘。可崔母不守诺言，借口莺莺已许配给侄儿郑恒，让莺莺与张生兄妹相称。看到老夫人悔婚，张生如遭晴天霹雳，寝食不安，茶饭无味。此时，红娘已被张生的执着爱情所感动，暗中让张生趁莺莺晚上在花园烧香的时候，弹琴诉情，以试探莺莺的心思。当晚，张生以一曲情深意切、忧伤婉转的"凤求凰"深深地打动了莺莺。红娘暗中穿针引线，张生和莺莺相互送书传笺，倾诉衷肠。一天，红娘把一封莺莺写的信交给了张生，张生拆开一看，是一首约会的暗示诗，诗中写道："待月西厢下，迎风户半开。拂墙花影动，疑是玉人来。"

张生看信后，心领神会，知道这是莺莺和自己约会的暗示，只盼着夜晚早点到来。夜幕终于缓缓降落，淡云笼月，花园里一片寂静。莺莺在红娘的陪伴下，装作烧香，站在园中，

显得比平日更加妩媚动人。然而此刻的她内心却难以平静，作为一位大家闺秀，在没有"父母之命，媒妁之言"的情况下，私会一个年轻男子，需要多大的勇气呀！见不到张生时，她朝思暮想，可当心上的人如约而来时，莺莺却又"变卦"了，三言两语把张生奚落了一番，幸好躲在山石后面的红娘出来，才给张生解了围。

被泼了凉水的张生，第二天便一病不起，水米不沾。莺莺知道后，再也无心绣花看书，整日担心张生的病情。她再次写了一封诗笺，诗中说明她当晚要亲自去张生的住处看望张生，并对红娘说此信是给张生的治病药方，让红娘赶快送去。看到"药方"后的张生果然精神大振，病立刻好了大半。莺莺和张生这对有情人终于在红娘的帮助下，大胆地冲破封建礼教的束缚，于当晚在书房相见，二人沉浸在幸福的梦幻之中。

老夫人很快察觉了此事，只得默认这桩自主决定的婚事，并要求张生马上赴京应考，取得功名后才能迎娶莺莺。次日，莺莺在十里长亭为张生饯行。时逢晚秋，看到霜染的枫林，南飞的大雁，莺莺抑制不住心头的离别伤感，含泪亲自为张生把盏祝酒，并轻声嘱咐他："无论考取与否，都要早日回来迎娶，但得白头偕老，强过状元及第。"张生在科考中一举考中了状元，他谢绝了皇亲显贵的招亲，辞掉了皇帝赐予的高官，自请赴任河中府尹，和莺莺结为百年之好，开始了美满幸福的生活。作者在剧中冲破了封建礼教的禁锢，第一次提出了男女平等、自由恋爱的爱情观，表达了人类"有情人终成眷属"这一千古的美好愿望。《西厢记》突破了元杂剧每剧四折的体例，文辞优美生动，在我国文学史、戏剧史上都有着重要的影响。

（注：上图存疑）

山色远含空

此幅彩绘是唐代诗人张祜诗作《题松汀驿》的配诗画。张祜（约785～约852年），字承吉，清河（今属河北）人，一作南阳（今属河南）人，曾举进士不第。元和年间以乐府宫词著称。张祜早年南北奔走三十年，投诗求荐，终未获官。直至文宗朝始由天平节度使令狐楚推荐入京，后被压制。会昌五年投奔池州刺史杜牧，受厚遇，而年已迟暮，后隐居于曲阿

（今江苏曲阳）。张祜的诗词或感伤时世，或歌咏从军，犹存风骨；他的宫词写宫女幽怨之情，多为有感而发。其诗风沉静浑厚，有隐逸之气，但略显不够清新生动；吟咏的题材相当丰富，包括众多的寺庙题作和有关各种乐器及鸟禽的诗咏等。

　　松汀驿地处东吴山中，张祜过吴地前往驿站访友不遇，题此诗于驿壁之上。全诗意境开阔，意绪苍茫，有如一幅太湖的山水风景画。从松汀驿看去，青青的山色远远和天空相连，东吴的水乡泽国烟波迷茫。海上黎明之时，最先看到的是红日出海，江面苍茫的壮景，远远地能听到风声。鸟飞之道在高原之上，人间村落有小道相通。可谁知道，诗人要寻找的旧时隐逸之士，已云游他处，不在这五湖之中了。吴有震泽，是名五湖（即太湖）。诗文如下：

　　　　山色远含空，苍茫泽国东。海明先见日，江白迥闻风。
　　　　鸟道高原去，人烟小径通。那知旧遗逸，不在五湖中。

长廊牡丹画

牧童遥指杏花村

本图取意于唐代诗人杜牧的名诗《清明》。杜牧（803～853年），字牧之，因祖居长安下杜樊乡，故号樊川，京兆万年（今陕西西安）人。大和二年（828年）登进士科，历任多种官职。大中五年（851年）任考功郎中知制诰，中书舍人。杜牧是晚唐杰出的诗人，与李商隐齐名，后世为将他们区别于李白、杜甫，称他们为"小李杜"。这首诗以其通俗自然、不加雕琢的语言和鲜明生动的艺术形象，为人们所喜爱，在民间广为流传。《清明》诗如下：

　　　　清明时节雨纷纷，路上行人欲断魂。借问酒家何处有？牧童遥指杏花村。

长廊花鸟　苍鹭图

广寒秋色

此幅画是晚清钱慧安仿清代画家华秋岳作品的临摹作,原画落有"广寒秋色"的题款。"广寒"即"广寒宫",是古人对"月宫"的代称,画中描绘的是唐代诗人李商隐诗词《霜月》中的意境。李商隐(约813~约858年),字义山,号玉谿生。原籍怀州河内(今河南沁阳),祖辈迁荥阳(今属河南郑州)。诗作文学价值很高,他与杜牧合称"小李杜"。其诗多是感慨时事、抒发怀抱之作,各体均有佳作,他的七律和七绝更有独特的风格,传有《李义山诗集》。《全唐诗》录存其诗三卷,《唐诗三百首》录二十四首。

《霜月》引用民间有关霜雪之神青女和月宫仙女素娥的传说,描写晚秋时分霜月交辉的夜景。诗句语言清丽,意境优美,堪称佳作。在初闻南飞大雁鸣叫的秋季,蝉的鸣叫已经销声匿迹了,诗人登上百尺高楼,极目远眺,水天连成一片。青女和素娥不惧寒冷,在寒月冷霜中争妍斗俏,要一比她们冰清玉洁的美好姿容。诗文如下:

初闻征雁已无蝉,百尺楼台水接天。青女素娥俱耐冷,月中霜里斗婵娟。

考证花絮

这幅彩画曾一直被认定是《嫦娥奔月图》。经考证,此图应为清代钱慧安作品的临摹画,原画题有"广寒秋色"四字。位于长廊5区外北(本书第4页)的一幅彩画,才是真正的《嫦娥奔月图》。

蓝桥捣药

这是我国古代的一个神话传说，源自唐·裴铏《传奇裴航》。唐朝年间，秀才裴航赴考落第，乘船漫游鄂渚。同船的有一樊夫人，美貌若仙，裴航写诗向她表示倾慕。诗中写道："同为胡越犹怀想，况遇天仙隔锦屏。倘若玉京朝会去，愿随鸾鹤入青云。"樊夫人也回诗一首："一饮琼浆百感生，玄霜捣尽见云英。蓝桥便是神仙窟，何必崎岖上玉清。"裴航不解其意，想要求教，可樊夫人已经离船而去了。

8区99内南

一天，裴航路过蓝桥驿，感到口渴，他来到路边的一座茅草房，向里面一位正在缉麻的老婆婆求水喝。老婆婆大声说道："云英，拿一杯水来，有个郎君要喝。"顷刻间，苇棚里走出一位姑娘，她伸出一双纤纤玉手，递过一杯清水。裴航接过一饮而尽，如饮琼浆玉液一般，顿觉神清气爽。裴航看到姑娘姿容绝世，面欺腻玉，鬓若浓云，便向姑娘的祖母老婆婆表示，愿纳厚礼来迎娶姑娘。老婆婆说："我如今年老多病，昨天一位仙人送我一粒玄霜灵丹，需用玉杵臼捣百日，服用后可寿同天地。你要想娶我孙女云英，须用玉杵臼为我捣药一百天。"

裴航当即答应了老婆婆的要求，表示一定能做到，并以百日为期限，前来迎娶云英。回

2区11内北

168

到京城后，裴航费尽周折，四处寻访，终于在虢州（今河南灵宝市）的一家药铺里找到了玉杵臼。当他骑马前往求购时，不想店主出价太高。为得到玉杵臼，裴航倾其所有，将随行的仆人和马匹都卖掉了，最终将玉杵臼买下。他手捧玉杵臼，长途步行，如约回到了蓝桥，日夜捣药不止。裴航坚贞不渝的爱情，感动了月宫的玉兔，每天夜里悄悄下凡来帮他捣药。老婆婆也被这个诚挚守信的年轻后生所感动，终于答应把孙女云英许配给他。迎亲的那天，樊夫人也赶来了，原来她就是云英的姐姐。裴航这才明白，樊夫人那天在船上写的诗，就是在向他暗示这桩美好的婚姻。裴航和云英婚后相亲相爱，双双化仙升天。裴航蓝桥捣药美好动人的爱情故事一直流传至今。

这个美妙传说中的"蓝桥"实有此桥，它横跨在陕西省蓝田县的蓝溪上，相传就是当年裴航遇仙之处。后人用"蓝桥约"来形容男女爱情的约期，用"云英"来指意中人。长廊中有三幅画描绘了"蓝桥捣药"的故事，其中有两幅是参照清代吴有如作品绘制的，题名为"蓝桥遇云英"。宋代文豪苏轼曾写下一首词《南歌子》，咏叹蓝桥的仙迹：

雨暗初疑夜，风回便报晴。淡云斜照着山明，细草软沙溪路、马蹄轻。

卯酒醒还困，仙村梦不成。蓝桥何处觅云英？只有多情流水，伴人行。

莲炬归院

此画是清代画家沈心海作品的临摹画，描绘了一个发生在唐宣宗时的故事，被后人称为"莲炬归院"，典出唐代裴庭裕《东观奏记》卷三。唐宣宗（847～859年）准备任命翰林学士令狐绹为相。一天晚上，宣宗将令狐学士召至含春亭商议国事，不觉时已深夜。宣宗留

4区24外南

令狐绹在宫中过夜，令狐学士对宣宗说："家有八旬老母在堂，不敢外宿。"宣宗为嘉奖令狐学士的孝道，特意赐予他一个御用"金莲炬"为他照明归院。路上，院吏一看见"金莲炬"，惊道"圣上驾到！"纷纷下跪逢迎，宫里的公公忙向院吏说明了圣上赐令狐学士"金莲炬"的经过，才免去一场虚惊。

宋代的苏轼，也曾享受过"莲炬归院"的殊荣。宋元丰八年（1085年），神宗驾崩，年幼的哲宗继位，高太皇太后临政。她罢黜改革新派，任用前朝旧党，先后任命多位旧党人士担当朝中要职。苏轼也奉诏入都为翰林学士，不到十个月，已三次升迁。一天，苏轼在宫中值事，高太皇太后在便殿召见苏轼。高太皇太后问道："爱卿如今做什么官呢？"苏轼启奏道："待罪翰林学士。"高太皇太后又问："何以升迁到这个职位的呢？"苏轼奏答道："此乃蒙太皇太后及皇帝陛下的知遇之恩啊！"高太皇太后说道："不是的！"苏轼忙奏问："那么莫非是由大臣荐举的吗？"高太皇太后笑着摇头道："更加不是了！"苏轼不禁惊愕起来，忙奏道："臣虽没有什么德行，却也不敢由他途求进呀！"高太皇太后微笑着说道："爱卿不必惊惶，这乃是先帝的遗意啊！先帝常读卿的文章，每读必赞道：'奇才！奇才！'不过先帝没有来得及重用你罢了。"高太皇太后唤内侍移过锦墩，命苏轼坐下，又赐饮御茗一盏。君臣商量了一会儿政事，不觉已是玉漏将尽之时，高太皇太后指着御前的金莲炬对内侍道："撤了它，送学士归院去！"苏轼忙起身谢恩，随着内侍，在金莲炬的照亮下回到了自己的院中。

"金莲炬"是古代皇帝的御用照明灯具。据史书记载，唐、宋的当朝者们曾破格让几位大学士享受了"莲炬归院"的特殊待遇，实为旷典隆恩，千古稀逢，使那些饱学之士深感荣幸之极。后人引用"莲炬归院"的典故表示对人才的尊敬与呵护。

考证花絮

此图在以往长廊画故事书中均被描述为古人"秉烛夜游"的故事，从画面初看也很容易认同这种说法。但仔细观察就会发现，画面中掌灯人手持的是一种带莲花瓣的烛灯，是古代专供皇帝使用的照明灯具，叫"金莲炬"。经考证，此图应是仿清代画家沈心海《莲炬归院图》绘制的，描述的是"莲炬归院"的典故。

红叶题诗

此画是长廊中一幅聚锦画，描绘的是"红叶题诗"的典故。自唐代以来，有多种版本的"红叶题诗"故事在民间流传。其中，宋代刘斧的《青琐高议·流红记》叙述得较为生动。

7区80内南

唐僖宗年间（874～888年）的一天傍晚，年轻书生于祐在宫墙下漫步。时值"西风吹渭水，落叶满长安"的深秋，遍地枯萎的落叶，随秋风飘舞，一派万物肃杀的景象。天色越来越暗，书生在宫墙下伫立了片刻，想到科举落第，客居异乡，一种莫名的伤感油然而生。他走到御沟旁想用流水洗手，沟中清冽的流水漂浮着片片落叶缓缓从深宫流出。忽然，于祐发现一片较大的红色枫叶上似有墨迹，他随手将叶子从水里拾起来。令他意外的是，红叶上竟题着一首诗："流水何太急，深宫尽日闲。殷勤谢红叶，好去到人间。"墨痕未干，字迹娟秀。他抬头看了看身边高耸的宫墙，猜想一定是某个寂寞的宫女所为。

于祐把诗叶带回家中，此事让他久久不能释怀，每天夜里辗转反侧，眼前浮动的全是那位不知名的深宫女子虚幻的身影。几天后，他也在一片红叶上和了两句诗，将叶子置于皇宫御沟上游的流水中，诗句写道："曾闻叶上题红怨，叶上题诗寄与谁？"之后，他一人在流水边徘徊许久才怅然离去。书生将此事讲给了几个同伴听，有人感叹，有人笑他太过痴情。

一晃许多年过去了，于祐已把那件事渐渐淡忘。他科举不成，落魄不堪，只好在富室韩泳家中教书。一天韩泳告诉他，不久前，唐僖宗放出后宫侍女三千，让她们回到民间婚配。有位韩氏女子是韩泳的同族，正住在韩舍，韩泳愿为二人牵线结缘。当时于祐尚未娶亲，听说韩氏女姿色美艳，就答应了下来。

于祐与韩氏婚后感情和睦。一天，韩氏在于祐的书箱中，偶然看见几年前自己亲笔题写的那片红叶。她惊奇地问于祐是从哪里得来的，于祐如实告之。韩氏忙说道："妾后来在水中也得到一片红叶诗，不知是何人所作？"于祐取来一看，正是自己当年写的那首诗。两人皆默然相对，感泣良久，不知如何表达各自心中的万语千言。因为自从他们红叶题诗到两人结为夫妇，已相隔近十年的光阴了。韩氏为此悲喜交集，提笔又写诗一首：

一联佳句题流水，十载幽思满素怀。今日却成鸾凤友，方知红叶是良媒。

第五章 隋、唐、五代

五子夺魁

颐和园长廊彩画故事全集

富于创造力的中国古人，在著名的颐和园长廊上以苏式彩画的形式，向人们展示了中国古代的传说故事、戏曲轶事、五谷杂粮、花鸟鱼虫和飞禽走兽的五彩画卷。廊的彩画采用磨斌、色彩描赋、贴材彩绘，一直受到中外广大游客的喜爱与关注，特别是那些寓意深刻、画面生动的人物，受到人们的青睐。

5区50内东

颐和园十七孔桥"金光穿洞"

我国古代民间艺人常以"五子夺魁""五子登科"或"教五子"等作为绘画题材。逢年过节，将此类画馈赠亲朋好友，以示吉祥喜庆，预祝亲友子弟早日成才。

据《宋史·窦仪传》记载：五代时（907~960年），蓟州渔阳（今天津蓟州区）有一位叫窦禹钧的人，在家排行十一，人称十一郎。此人虽在朝中做官，但已过而立之年尚无子。一日他梦见其祖父对他说道："汝不仅无子，亦难保长命，须修德而全天命！"自此，窦禹钧节俭生活，用积蓄在家乡兴办义学，大行善事。其后，他接连喜得五子，窦仪、窦俨、窦侃、窦偁（chēng）、窦僖。窦父秉承家学，教子有方，为五子聘请名师，让他们遍读家中万卷藏书。五子刻苦学习，勤勉饱读，个个都学有成就。长子窦仪中进士、入翰林，官至宋朝工部尚书；次子窦俨，中进士后曾任礼部侍郎；其他三子也相继在科举中取得佳绩，为官朝中，成为国家的栋梁之材。之后"五子夺魁"在渔阳古城传为佳话，成为当时人们教育子女的楷模，窦家五子被称为"燕山窦氏五龙"。画中表现的是五兄弟在一起玩"夺魁"游戏的情景。这个题材有时也被画成一只雄鸡带领五只雏鸡游玩的画面。

史书记载，窦禹钧活到八十二岁，最后无病谈笑而逝。五代文人冯道曾写诗叹曰：

燕山十一郎，教子有义方。灵椿一株老，丹桂五枝芳。

第五章　隋、唐、五代

西游记

XIYOUJI

颐和园长廊彩画故事全集

唐僧是历史上的一位真实人物，原名陈祎（huī）（602～664年），洛州缑（gōu）氏（今河南偃师缑氏镇）人。陈祎少年出家，云游四方，遍访名师，学习佛经，成为唐朝著名的高僧，法名玄奘，俗称唐僧。贞观初年，唐僧为取得真经，不顾禁令，西出玉门关，历经艰险磨难，到达佛教圣地天竺（今印度半岛各国）。在天竺期间，唐僧在佛教最高学府那烂陀寺拜师于戒贤法师，学成以后，游学天竺各地，在佛学界的辩论中，以博识取胜，名扬五竺。唐贞观十九年（645年），唐僧带着六百五十多部佛经回到长安，受到唐太宗的隆重接待。从此，唐僧开始潜心翻译佛经，还将历时十九年的西行见闻通过他的撰述，弟子辩机编辑，写成了《大唐西域记》，生动地叙述了一百多个国家的山川地理、风土人情、宗教信仰以及一路上的奇闻逸事。在《大唐西域记》之后，后人又将这一题材加以演绎和发挥，编成了各种神话传说故事，例如：唐代的《大唐大慈恩寺三藏法师传》、宋代的《大唐三藏取经词话》等，这些书将唐僧西行取经的故事进一步神化，书中的中心人物，也由唐三藏变成了孙行者。元代时，唐僧与徒弟悟空、八戒、沙僧一同去西天取经的故事已初步形成，并改编成了评话和杂剧。到了明代，吴承恩，这个淮安府山阳县（今江苏淮安）的著名小说家，对民间唐僧取经的故事，进行了更加全面的加工和提炼。他在科举屡遭挫折、生活穷困潦倒的境地中，克服重重困难，专意著述，终于撰写成了著名的长篇古典章回小说《西游记》。该书情节完整，人物形象生动，成功地描述了唐僧、孙悟空、猪八戒和沙僧师徒四人，历经九九八十一难，战胜种种妖魔鬼怪，完成西天取经壮举的全过程。长廊有三十幅彩画描绘了《西游记》中的故事。这些彩画依据不同版本连环画绘制而成。

水帘洞

`4区42外南`

长廊有一组彩画，是由画师李远依据著名国画家刘继卣先生连环画《水帘洞》创临的。

相传在遥远的古代，东胜神洲的傲来国有一座花果山，山顶有一块仙石，在漫长的岁月里，感受到天地之灵气，日月之精华，竟然内育仙胎，通了灵气。一天，伴随着惊天的巨响，仙石突然迸裂开，从石中跳出了一只石猴来。

石猴眨了眨眼，射出两道金光，直冲云天。金光惊醒了正在天庭睡觉的玉皇大帝。玉帝忙派千里眼和顺风耳两位天神前去打听。两位仙人一个看，一个听，很快便打探清楚，原来是只小小猢狲问世。听到两位天神的呈报后，玉帝放心了。

`2区13内北`

第五章　隋、唐、五代

石猴把花果山上的果子吃了个饱，便开始到处寻找伙伴。可豺狼不和他打招呼，虎豹不搭理他，獐鹿见到他飞快地跑开，连安详的仙鹤见到他也拍拍翅膀飞走了。石猴终于在山上找到了一群猴子，整天和他们一起戏耍好不快乐。一次，他们来到一股瀑布前，一只老猴说："哪一个有本事，钻进瀑布又能出来，他就是我们的猴王！"石猴听罢，蹲下身子纵身一跃就跳进了瀑布。瀑布中别有洞天。他惊喜地发现了一块石碑，上面刻有楷书大字："花果山福地，水帘洞洞天。"水帘洞内非常宽大，有各种石头做的生活器具，足够千百只猴子在里面生活。石猴高兴极了，连忙纵身飞出瀑布外，把猴子们统统带进了洞中。

从此花果山的猴子拜石猴为王，在花果山过起了自由自在的快活日子。

小贴士

在前两版《长廊彩画故事全集》中，上面两幅长廊画被误解为"登池上楼"和《封神演义》中的"千里眼和顺风耳"。新版书依据杨宝生老师的指正，进行了重新编辑和排版。

齐天大圣

2区留佳亭西

　　美猴王并不满足于花果山无忧无虑的生活，他告别了众伙伴，划着木筏出海，云游天涯海角，寻找能躲过"阎君之难"的长生之术，终于在西牛贺洲灵台方寸山的斜月三星洞找到了须菩提祖师，被收为弟子，赐法名孙悟空。孙悟空在须菩提的门下学了七年，不仅学会了长生不老的口诀，还学会了七十二般变化以及十万八千里的筋斗云法术。当孙悟空学成本领回到花果山时，却发现山中到处一片凄惨的景象。原来有个混世魔王常来袭扰花果山，抢走了许多猴子猴孙和家当，还要强占水帘洞。一怒之下的孙悟空立刻找到混世魔王，夺过他的大刀，将魔王劈成两半，救出了被囚禁的小猴。为防止再次被魔怪所欺，悟空带领众小猴日夜操练武艺。

　　不久，孙悟空觉得手中的大刀实在太轻，很不顺心，在四个老猴的建言下，悟空用避水法来到东海龙宫，从敖广龙王那里索要到大禹治水时留下的定海神针——重一万三千五百斤的如意金箍棒。得到顺心武器的美猴王还要了北海龙王敖顺的一双藕丝步云鞋、西海龙王敖闰的一副锁子黄金甲和南海龙王敖钦的一顶凤翅紫金冠。孙悟空将披挂穿戴好，只对龙王说了声"老邻居，打扰了"便得意忘形地舞着如意棒，出了水晶宫，回到花果山。四位龙王见这泼猴如此贪得无厌，不懂礼数，心中甚是不平，联名写了奏表要呈交玉帝，请求他派天兵天将前去捉拿孙悟空。

　　悟空回到花果山一连几日大摆宴席，以示庆贺，还将四个进言有功的老猴封为健将，管理花果山的日常事务，自己每日腾云驾雾，广交贤友，遍访英豪。一日，悟空宴请牛魔王等六位山王之后，倚在一棵松树下酣然入睡，在睡梦中恍惚梦见两个小鬼前来捉他到阴间。两个勾人鬼不听申辩，生拉硬扯，恼怒的悟空掏出金箍棒，将两小鬼打成肉酱，然后径直闯到森罗殿，与十代冥王争吵起来。他口里叫着"我老孙修仙得道，与天齐寿，超升三界外，不在五行中，已不由地府管辖"并在生死簿中将"孙悟空"和猴属一类的名字统统勾掉，一路

第五章　隋、唐、五代

177

挥棒打出了幽冥界。

这天，东海龙王和冥王秦广来到玉皇大帝的灵霄宝殿，分别上告孙悟空强索金箍棒、大闹森罗殿的罪状。玉帝大怒，要派遣天兵天将前去捉拿孙悟空。这时，太白金星出了个主意，说不如把孙悟空招到天上，随便封个官职，一来可不用动武，二来可将悟空留在天上，免生麻烦。玉帝点头同意，让太白金星去花果山请孙悟空上天就职。悟空接受了邀请，告别了众猴，跟着太白金星来到灵霄殿。玉帝听了武曲星君的建议让孙悟空到御马监当了个弼马温，看管天马。开始几天，孙悟空看到成群的天马，十分喜欢，每日尽职看护，把马养得膘肥体壮。一天，他和吏属们喝酒，得知自己当的"弼马温"竟是个不入品的小官后，一怒之下便舞起金箍棒，一路打出了南天门，返回花果山。当众猴们听说玉帝只封给大王一个养马官后，愤愤不平地说："大王如此神通广大，如何只做了个马夫，就是当个'齐天大圣'又有何不可？"悟空听后，连声叫道："好！好！好！"立刻命四健将赶制了一面旌旗，上书"齐天大圣"四个大字，高高地立竿张挂在花果山上。从此，群猴们都改称他为齐天大圣，悟空感到好不自在得意。

6区72内南

玉帝听闻后，怒不可遏，命托塔李天王李靖亲点天兵，杀向花果山。孙大圣几个回合就将先锋官巨灵神打败。哪吒脚踩风火轮出阵，悟空对他说道："你奶牙没退，胎毛未干，我就饶你一命。回去告诉玉帝，封我为齐天大圣，我自会皈依他，要不然，我定打到灵霄殿去！"哪吒大怒，摇身一晃，变成三头六臂，手持六般兵器，没头没脑地朝悟空打去。悟空也变成三头六臂，持三条金箍棒和哪吒大战起来。正在激战之时，悟空趁乱拔下一根毫毛，变作自己的模样跟哪吒打斗，真身闪到哪吒后面，向三太子的左臂狠打一棒。哪吒负痛败阵，逃回营寨，并把悟空的话告诉了父王。李天王道："既然如此，且将猴头的狂言转奏玉帝，多遣天兵，再来捉拿这妖猴不迟。"说罢，匆匆收兵回到上界去了。

大闹蟠桃会

李天王领败兵回到灵霄殿上，向玉帝启奏道："臣等奉旨出师下界，收伏那妖猴孙悟空，不想他神通广大，不能取胜，还妄言让圣上封他为'齐天大圣'，望万岁增兵将其剿除。"玉帝大惊，正要加兵前去捉拿，太白金星又上奏道："那妖猴口出狂言，不知天高地厚，只是硬去降服，又要劳师动众，不如圣上再下个招安旨意，就封他个'齐天大圣'的空衔便是了。"玉帝点头准奏，即命人拟了诏书，再派金星下界传旨。太白金星来到水帘洞，向悟空说道："大圣先前因嫌官小，离开御马监，今老汉我冒死上奏玉帝，封你为'齐天大圣'，已获玉帝的恩准，特来请大圣上任。"悟空笑道："前番动劳，今又蒙爱，多谢，多谢！"然后驾云随金星再上灵霄殿受封上任。玉帝为让这孙猴子能安心定志，勿再胡为，还特地在蟠桃园旁为他修了齐天大圣府，府内又设安静司和宁神司，派专人左右服侍。悟空在天上每日自由自在，四处闲游，结交各路星宿、神仙。玉帝见他云来雾去，行踪不定，怕他闲中生事，就让他负责看管蟠桃园。这桃园分前、中、后三园，共有桃树三千六百株。前园的桃子，三千年一熟，人吃了可成仙；中园的六千年一熟，人吃后可长生不老；后园的桃九千年才一熟，人吃了可与天地齐寿，日月同辉。悟空看到后园老树的桃熟了大半，就隔三岔五地饱餐一次，尽情享用着仙桃的美味。

一日，王母娘娘要在瑶池开"蟠桃盛会"，让七仙女来蟠桃园摘采仙桃。她们先在前园摘了两篮，又在中园摘了三篮，当来到后园采摘时，却发现树上花果稀疏，只有几个毛蒂青皮的小桃。仙女们惊讶地议论起来，吵醒了在树上睡觉的悟空。原来这时悟空吃饱了仙桃，正躲在桃叶下面酣睡呢。听到嘈杂声后，大圣跳下树来大叫道："何方妖物，敢大胆偷摘我的仙桃！"吓得七仙女一齐跪下说道："我等是奉王母娘娘之命，来摘取仙桃，以供蟠桃盛会之用。"悟空见王母开蟠桃盛会却不曾请他，心中很是不快，决定亲自去瑶池打探一下再说。于是他口念咒语，使了个定身法，将七仙女定住，自己直奔瑶池而去。半路上大圣遇见赤脚大仙，正赶路去瑶池赴会。悟空谎称道："玉帝命我来请列位大仙先到通明殿演礼，后去瑶池赴宴。"大仙信以为真，便掉头驾鹤向通明殿方向飞去。悟空自己摇身一变，假扮赤脚大仙的模样，向瑶池走去。悟空来到瑶池，见那里琼香缭绕，瑞霭缤纷，筵席已摆设齐整，酒香扑鼻，各种琼浆玉液，香酒佳酿都已摆上了桌，馋得大圣直流口水。见其他仙人还未到，悟空拔了几根毫毛，变成许多瞌睡虫，飞到众仆人的脸上，众人立刻手软头低，闭目合眼，呼呼大睡起来。悟空跳到桌上，端起美酒，开怀畅饮起来。

盗仙丹

4区34外南

　　蟠桃盛会的那天，天性不安的孙猴子用定身法定住了摘桃的仙女，蒙骗了赤脚大仙，自己先在瑶池蟠桃会场上大吃了起来。不一会儿，就将那八珍百味、琼浆玉液全尝了个遍。酒足饭饱的大圣突然想到："不好！再过一会儿，被请的众仙将会来到，见到如此情景，可怎了得！"想到这儿，大圣起身，带着几分醉意，摇摇晃晃地走出了瑶池，向齐天府走去。孙大圣迷迷糊糊地走错了方向，竟来到太上老君的兜率宫。大圣心想："也罢，也罢，自上天后，还没拜会此老，不如趁此机会进去看看他吧。"悟空整整衣冠，走进了兜率天宫，四处查看，却不见太上老君。他又进到丹房，见丹炉旁摆着五个葫芦，里面都是炼好的金丹。悟空大喜道："此物乃是仙家的至宝，我自成道以来，还未曾尝过，不如趁老君不在，吃他几粒尝尝新。"他顺手将金丹倒出，像吃炒豆子一样，把金丹都吃了下去。吃完了金丹，酒已半醒，悟空自言道："大事不好！偷喝了御酒，搅了蟠桃盛会，又盗吃了仙丹，此祸比天还大！玉帝知道后，性命难保，不如再回下界为山大王去吧。"于是，悟空使了个隐身法，从西天门外逃回了花果山。

震怒之下的玉帝再次命李天王挂帅，带领各路神将和十万天兵，布下一十八架天罗地网，杀奔花果山而来。悟空也率众猴及七十二洞的妖王与天兵们激战，直杀得天昏地暗，日月无光。眼见不能取胜的悟空，拔下一把毫毛，变出无数个大圣，才杀退天兵天将。玉帝只得请来二郎真君助力。二郎神带着哮天犬，领着梅山六兄弟和一千二百草头神，前来迎战猴王。二人大战三百回合，不分胜负，又使出浑身本事，斗法变术，仍不见分晓。在云头观战的玉帝和诸神见悟空越战越勇，便请太上老君帮助捉住猴王。老君用金钢圈打在悟空的头上，悟空一头栽倒，被哮天犬咬住腿肚子，众神一拥而上，按住大圣终于将他绑回了天宫。玉帝传旨给大力鬼王："将这妖猴碎尸万段！"孙悟空被众天兵绑在斩妖台上，大力鬼王和诸神使出浑身解数，不论是刀砍斧刹，还是雷打火烧，都不能伤及大圣一根毫毛。太上老君启奏玉帝道："那猴子吃了蟠桃，饮了御酒，又吞下了仙丹，刚才用三昧真火一烧，已成金刚之躯。不如把他放进八卦炉中，以文武火煅炼，可将其化成灰烬。"玉帝点头准奏，命天丁将悟空押到老君的兜率宫。有诗道：

　　天产猴王变化多，偷丹偷酒乐山窝。只因搅乱蟠桃会，十万天兵布天罗。

八卦炉

孙大圣偷吃了仙桃，盗喝了御酒，又吞下了老君炼的金丹，在斩妖台上被三昧真火一烧，竟成了刀枪不入的金刚之躯。无奈的玉帝只得借助太上老君炼丹的文武之火，欲将孙猴子烧成灰烬。老君遵旨将悟空推入八卦炉后，便命看炉的道人和烧火的童子，用全力扇火，把个八卦炉烧得通红。这八卦炉原本是太上老君用来烧炼金丹的炉子，其内部按照八卦图分为乾、坎、艮、震、巽（xùn）、离、坤、兑八个部位，分别代表了天、水、山、雷、风、火、地、泽八种自然界的事物。悟空被推入炉后，在炉里热得四处乱跳，偶尔跳到代表风的巽位，见那里有风无火，便弯腰蹲了下来。一阵阵的风把炉中的烟气吹了过来，竟把孙悟空的眼睛熏成了一双"火眼金睛"。

光阴似箭，不觉七七四十九天过去了，老君估算着火候已到，敲了敲炉子，听到里面没有了动静，料想这难缠的猴头已被炼成仙丹了，便发出了得意的笑声。当老君命童子开炉取丹的时候，悟空正在巽位上擦泪抹涕呢，忽听炉顶有响声，猛睁眼看见一道亮光射来，便用力纵身一跳，跳出了丹炉。孙大圣不但没有被烧死，反倒练就了一双闪闪发光的火眼金睛。他踢翻了八卦炉，推倒了太上老君，从耳中掏出金箍棒，迎风一晃，变成碗口般粗，舞动着向灵霄殿杀去，打得那九曜星闭门关户，四大天王无影无形，更无一天神可挡，直打到通明殿里灵霄殿外。多亏雷府的三十六员雷将及时赶到，和悟空大战了起来。

受到惊吓的玉帝，忙叫天官去西天灵山圣地，请佛祖前来救驾。佛祖问明情况后，即唤阿难、迦叶二尊者相随，来到灵霄殿外。如来令诸神停战，让悟空出来自报了家门。佛祖听了，呵呵冷笑道："你乃是个猴精，还不趁早皈依，免遭毒手，不然性命难保！"悟空却道："常言道：'皇帝轮流做，明年到我家。'该叫玉帝搬出去，将天宫让与我便罢，不然定要搅扰，永不太平！"佛祖见悟空不知天高地厚，口吐狂言，便伸出手掌说道："如果你可以一筋斗翻出我的手掌，我就劝玉帝到西方居住，把天宫让与你；若不能翻出去，你还要下界为妖，多修几劫，再来争吵。"悟空不知是计，高兴地纵身一跳，站在佛祖的掌心，喊道："我去了！"一个筋斗，便驾云飞得无影无踪。悟空在云头忽见前面有五根肉红色的柱子，以为是到了天边，就变出一支毛笔，在中间一根柱子上写下"齐天大圣到此一游"八个大字，又在第一根柱下撒了一泡猴尿，留作记号。悟空转身飞回到佛祖的手掌，得意地说："我已去了天边，你该叫玉帝让出天宫了！"如来却说悟空根本就没离开他的手掌。悟空定睛一看，果然见刚才写的那八个字正写在如来的中指上，大拇指根处还有猴尿的臊气。孙大圣刚要纵身跳出，佛祖就将手掌一翻，把手指化作"五行山"将悟空轻轻地压在了山下。天上诸神看到，都合掌称好。玉帝心中十分高兴，立即传令设下"安天大会"感谢佛祖降住了妖猴。热闹的大会结束后，佛祖告辞了玉帝，返回西天。他路经五行山时，又发了慈悲心，叫来山神，吩咐道："如果这猴仙饿了，就给他吃些铁丸子，渴了，就把熔化的铜水给他喝。五百年后，自有人来救他。"五百年后，悟空真的被路经此地的唐僧救出，收为徒弟，一路护送师父去完成西天取经的大业。

7区89内北

三打白骨精

3区20外南

一日，唐僧师徒四人来到了一座叫白虎岭的大山前。唐僧见山势险恶，道路难行，就吩咐徒弟三人小心行路，并让悟空去化些斋饭来。悟空跳到半空向四下张望后对师父说："师父，这几千里处都没有人烟，只有南面山树林处有一片红色，想必是熟透了的桃子，你且先下马歇息，待我前去摘桃给你充饥。"临行前，悟空使出安身法，用金箍棒在地上画了一个圈，对八戒、沙僧嘱咐道："你们一定要让师父坐在圈内休息，这圈强似铜墙铁壁，一切虎豹狼虫、妖魔鬼怪都不能靠近。"说罢，就纵身离去了。

俗话说："山高必有怪，峻岭易生精。"这山中果然有一个千年白骨修炼成的白骨精。悟空驾云南去，惊动了这妖怪。她踩着阴云，升到空中，认出东土的唐僧正在山上休息，高兴地说道："造化！造化！都说吃了这唐僧肉可以长生不老，现在他自己送上了门。"白骨精见唐僧身边有八戒和沙僧保护，就想出了一计，要将两徒弟调开。她摇身一晃，变成了一位花容月貌的少女，手提饭篮，轻移莲步，缓缓走来。八戒老远就看见有一少女向这边走来，忙笑着迎了上去问道："女菩萨，哪里去？"妖精道："我去给在北山干活的丈夫送饭，正好碰见了几位长老，就顺道前来斋僧行善。"唐僧听说是给在地里干活的丈夫送的饭，就推辞不收。八戒的肚子早就饿得咕咕叫了，接过篮子说道："既然

2区8外北

第五章 隋、唐、五代

183

"施主愿意施舍，就别推辞了，我先来尝尝。"

这时，孙悟空正好摘桃返回，睁开火眼金睛一看，认得那送饭女子是个妖精，抡起金箍棒就要打，却被唐僧拉住。悟空着急地说道："她是妖精，要来害你，师父切莫上当！"唐僧却说："她分明是位来斋僧的女施主，怎么是妖精？"悟空答道："这妖精变成了美女骗你，只要你吃了她的饭，中了计，就会遭到她的毒手！"唐僧还要解释，悟空却趁机抡起金箍棒，对准那妖精的头打了下去。那白骨精早有准备，使出了"解尸法"，丢下了个假尸，真身驾着阴风逃走了。唐僧战战兢兢地责怪道："你这猴头怎么不听劝呢？无故伤了人家性命！"悟空抢过八戒手中的饭篮摔在地上说："你们看看，这是什么斋饭！"唐僧一看，那饭篮里扣出来一堆的长尾蛆和几只癞蛤蟆，不禁吃了一惊。

悟空请唐僧吃了摘回的桃子，又扶师父上马，继续向西赶路。白骨精哪肯善罢甘休，又变成了一个白发苍苍的老婆婆，拄着一根拐杖，一步一哭地走来。八戒道："不好了，那老妈妈是寻女儿来了。"悟空说："别胡说！那老婆婆足有八十多了，那女子也就十七八，哪有六十多岁生孩子的？"说罢，一步上前，当头一棒打去，将老婆婆打倒在路边。那妖精又故技重演，留下了假尸，将真身抽走。唐僧看到，急忙下马来，二话不说，把紧箍咒念了二十遍。可怜的悟空疼得满地打滚，感到自己的脑浆都快要被勒出来了。沙僧和八戒看见悟空疼得不行，一起为他说情，唐僧才停止念咒。他责怪悟空接连打死两个人，生气地说："你回花果山吧！"悟空说道："我可以回去，不过请师父将我头上的紧箍咒去了吧。"

唐僧说："菩萨只教了我紧箍咒，没教我松箍咒。"悟空苦苦求道："既然去不掉这箍子，还是让徒弟保护师父去西天吧！"唐僧告诫道："再饶你一次，如再次行凶，可莫怪我无情了。"

那白骨精停在半空中恨得咬牙切齿，心想这猴头果然厉害，两次变化，都被他识破，眼看这唐僧就要走下白虎岭，离开它的地盘了。妖精哪肯甘心，摇身又变成了一个须发皆白的老公公，落下云来。他手挂着一根龙头拐杖，口中念着佛经，向唐僧走来。悟空马上迎了上去，问道："老倌儿，哪里去？"那老公公答道："我的小女儿下田送饭，不见回家，老伴儿出门寻找，也不见回返。老汉我怕她们母女落入虎口，特来寻找。"悟空取笑道："老孙我是装神弄鬼的祖宗，你怎敢在我面前捣鬼？"那妖精吓得目瞪口呆。悟空心想这次一定要将这妖精打死，现出原形，再向师父说明。于是，他口念真言，拜托土地神和山神把妖精的退路堵住，自己一棒将那妖精打死在地上。悟空回头抢先说道："师父，你看！这又是那妖精变化的假公公。这妖精是成精的白骨僵尸，这次已让我打死，现了原形，它的脊骨上还有'白骨夫人'字样呢！"八戒胆小怕事，对师父说："师父，他是怕你念咒，变出了这假象来哄你呢。"唐僧本来就见不得死人，又听了八戒的话语，就决意让悟空离去。

唐僧下了马，让沙僧取出纸笔，在山涧中取水磨墨，写下一张贬书，递给悟空说："我这

次也不念那咒语了,你从现在起也不再是我的徒弟了,回你的花果山去吧!"悟空满腹委屈地接过贬书,忍不住掉下了眼泪。总在一边说风凉话的八戒,看到师父真的要赶悟空走,也抹起了眼泪。悟空不放心地对两个师弟说:"我走后,你俩要仔细保护师父,如果再遇到妖精,就说出我的名字,那些妖怪就不敢伤害师父了。"说罢,便依依不舍地驾着筋斗云,向花果山飞去。唐僧不辨人妖,滥施慈悲,中了白骨精的诡计,驱赶孙悟空回到花果山。白骨精趁机捉住唐僧,唐僧痛悔不已。危难关头,悟空及时赶到相救。白骨精跳上云头,抽出双剑迎战悟空。悟空口吐神火,烧得白骨精原形毕露。悟空不计前嫌,从白骨洞救出了师傅和两师弟,继续抖擞精神在前方带路,护送唐僧西天取经。

大战红孩儿

话说唐僧一行人,在乌鸡国降伏了青毛狮魔,告别了国王,一路夜住晓行,继续向西走去。这一日,他们刚走进一座山势险峻的大山,就听见有小孩喊"救命"的声音。唐僧抬头望去,只见有个孩子,被吊在树上,正呼喊"救命"呢。唐僧忙叫八戒把孩子从树上放了下来,并要把马让给他骑。那孩子推辞说自己的手脚已经麻木了,不便骑马。唐僧又让悟空背着他出山。半路上,那小孩使了个"解尸法",将真身抽走,飞到天上,卷起了一阵狂风,将唐僧卷走了。等到狂风过后,悟空发现师父已被妖怪卷走,情急之中,忙将山神唤出,问明了此山叫号山,山中有个枯树涧火云洞,洞中住着一个妖魔,名叫红孩儿,是牛魔王和铁扇公主的孩子,号称圣婴大王。这红孩儿曾在火焰山修炼了三百年,炼成了"三昧真火",被牛魔王派来镇守号山。数年前,红孩儿听说东土的唐僧去西天取经,要路经此山,便天天在山中等候,一心要吃到那可以使人长生不老的唐僧肉。刚才,红孩儿踏着红云,观察到唐僧已经来到号山，便使用了一个苦肉计，装扮成一个被强盗捆绑在树上的孩童，骗得了唐僧的同情，趁机将唐僧抓进了火云洞中。

兄弟三人问明了情况，忙来到枯树涧火云洞。悟空在洞口厉声高叫，将红孩儿唤出，把他当年和牛魔王结拜弟兄的事说了一遍，叫他马上把唐僧放出。红孩儿哪里肯信，命小妖推出五辆战车，按金、木、水、火、土顺序摆好，举起火尖枪就向悟空刺来。悟空不慌不忙，抡棒迎战，两人大战了二十回合。八戒看双方不分胜负，便举起九尺钉耙，为悟空助战。红孩儿眼看招架不住，便从口中喷出三昧真火，那五辆车上也顿时腾起冲天的烈焰，八戒急忙跳过溪涧，自己一人先逃走了。悟空救师父心切，念着避火诀，在火中到处寻找洞口，却被烟熏了眼睛，只好退了出来。悟空见红孩儿的三昧真火不好对付，就请来了四海龙王帮助灭火，却没想到那龙王吐出的雨水，只能浇灭凡火，碰到三昧真火后，反倒如火上浇油，使火势更旺。那红孩儿知道悟空怕烟不怕火，便趁机又向悟空脸上喷了一口浓烟，熏得悟空两眼直冒金星，只好跳上云头退了下去。悟空谢辞了四海龙王，让八戒去南海，请观音菩萨来降妖。不辨真假的猪八戒却在半路被假扮观音的红孩儿抓进了火云洞。无奈之中，悟空一个筋斗来到南海普陀山，见了观音菩萨，将唐僧和八戒被红孩儿抓住的经过说了一遍。菩萨将座前的宝珠净瓶装满了一海之水，又拿了五只金箍，同悟空一起来到了号山。悟空按下云头，来到火云洞前，连声叫骂，将红孩儿引出洞外。红孩儿刚刚喷出三昧真火，菩萨便在空中将净瓶中的海水倾泻下来，立刻火灭烟消。观音又抛出五个金箍，喝道："着！"金箍立刻把红孩儿的四肢和脖子紧紧套住。红孩儿还想用力挣脱，菩萨已念起了紧箍咒，疼得红孩儿满地打滚，苦苦求饶。菩萨对悟空道："当初，如来佛祖给了我金、紧、禁三个箍儿，那紧箍儿用来收伏你，禁箍儿收伏黑风怪，这金箍儿就是来收伏红孩儿的，让他给我当个善财童子。你快去救你的师父和八戒去吧。"悟空忙叩头拜谢，菩萨带着红孩儿，驾起了祥云，向南海飘去。悟空急忙找来沙僧打进了火云洞，救

出了师父和八戒。唐僧知道是观音菩萨亲自将自己救出，赶紧合掌跪地，朝南天方向行礼拜谢。

路阻通天河

唐僧师徒一路西行，不觉已是春尽夏残，秋光再现。这天，众人正趁着月色向前赶路，忽见一条大河拦住了去路，河边立有一块石碑，上面刻着"通天河，河宽八百里，自古少行人"。师徒四人正没主意，忽听远处传来锣钹的声音。八戒说道："那边有人家做斋事，我们不如先去化些斋吃，问个渡口，明天再过河。"于是，一行人顺着声音，来到村口的一户人家。唐僧向屋内的一位老者讲明了来意，老者请师徒四人进屋，又将另一老者请了出来，并安排了清茶、斋饭款待来客。吃罢斋饭，唐僧向年长的老者询问，刚才做的什么斋事。那老者不禁伤心落泪说："是一场预修亡斋。"老者继续解释道，"这里是车迟国元会县的管地，唤作陈家庄。我叫陈澄，今年六十三岁，我的弟弟叫陈清，今年也五十八了。我们两人都是晚来得子，我有个八岁的女儿，我弟弟有个七岁的儿子。可是此地有个灵感大王，每年要吃一对童男童女，如不献上，大王就要降祸生灾。庄里各家只好轮流献祭，今年轮到我们家，我们怎么舍得把亲生儿女送去呢！"说罢，二人大哭起来。唐僧闻言，止不住也流下了同情的眼泪，说自己也姓陈，几个徒弟都神通广大，会有办法保住他们的儿女的。悟空和八戒摇身变成了二老的儿女，要替两个孩子献祭，降伏那害人的灵感大王。

二更时分，献祭的时间已到，庄人将两个假扮的童男童女，放在灵感庙的供桌上，焚香祷告后，便各自离去回家了。不一会儿，只听庙外风声大作，鱼精来到庙里，它直接问道："今年是谁家献祭？"男孩毫不畏惧地回答："是陈澄、陈清家。"那怪用眼看了一下男孩，心里有些奇怪，就伸手去抓女童。八戒一时慌了神，变回了本相，举起钉耙向鱼精劈头打去，只听"铛"的一声,从鱼精身上打下了两片大鱼鳞。那鱼精急忙转身逃出庙外,化作一阵狂风,一头钻进了通天河。那鱼怪闷闷不乐地坐在府中,一个鳜鱼婆走到鱼精的身边,献上一条可以捉到唐僧的妙计,鱼精听后不觉大喜,立刻依计行事。三更时分,它跳上云头作起法来,一时间通天河上空北风呼啸,气温骤降,一连下了两天的大雪。第三天一早,急于赶路的唐僧忙叫沙僧牵马,师徒四人踏上了封冻的河面,继续向西赶路。那鱼精在河底已等候多时,此刻也随着马蹄声,悄悄地在河底跟着。正当他们快走到河中心时,那河怪突然作法,只听"咔嚓"一声巨响,冰面裂开了一个大口子,一行人马除了悟空跳到空中外,都落入了河中,鱼精乘机抓走了唐僧。八戒和沙僧熟悉水性,很快游上了岸,八戒沮丧地说:"师父这次可真的姓'沉',名'到底'了。"徒弟三人设法探听到师父的下落,得知师父被鱼精关进了通天河的"水鼋宫"。悟空不知鱼精的底细,便纵身驾起了筋斗云,来到普陀山向观音菩萨打听情况。菩萨心里早已明白,原来那鱼精本是她养的一条金鱼,每日听经后,修成了手段,偷偷逃到了通天河。观音用紫竹编了一个鱼篮,随悟空飞到通天河边。只见她用丝绦系好篮子,抛到河中,不多时就提上了一尾金鱼来。悟空兄弟三人也连忙下到"水鼋宫",将唐僧救出。陈庄的百姓闻讯赶到河边,跪地向菩萨和唐僧师徒拜谢。这时水中忽然冒出了一只老鼋,它开口说道:"几年前,那鱼怪强占了我的'水鼋宫',今天大圣除去了妖孽,使我重归旧府,我特来送几位渡河,以示报答之心!"悟空用绳子穿了老鼋的鼻子,在手中握着,又让八戒、沙僧搀着师父上到老鼋的背上。老鼋劈波踏浪,稳稳地向对岸游去。到岸后,老鼋拜托唐僧问问佛祖,它还要用几时,才能修成人身。唐僧答应后,便同徒弟们继续西行赶路了。

三借芭蕉扇

光阴荏苒,岁月如梭,唐僧师徒四人一路西行,不觉已几度春秋。这年又逢三秋时节,他们来到了一处山地,感到处处热气蒸人。唐僧勒马问道:"这秋凉的天气,怎么这般炎热?"八戒道:"我们恐怕是到了日落的地方了。"几个人正在议论着,见到路边有个庄院,悟空便去敲门打听缘由。里面走出一位老者,请四人进家喝茶用斋。唐僧问道:"敢问公公,贵地三秋天气为何如此炎热?"老者答道:"这里向西的路上有座火焰山,火焰蔓延八百里,周围无春无秋,四季炎热。"唐僧见到西行的路被堵,不由得发起愁来。这时,悟空打听到西南一千多里,有个云翠山芭蕉洞,洞中有个罗刹女,人称铁扇公主,此地的百姓们都是靠她的芭蕉宝扇,灭火唤雨,播种收割的。悟空很快找到了云翠山芭蕉洞,敲开洞门,对开门的女童说:"我是大唐国师的大徒弟孙悟空,要过火焰山,特来借扇。"铁扇公主一听到"孙悟空"的名字,不由火冒三丈,手提青锋剑,走出洞外。悟空施礼道:"嫂嫂在上,老孙在此有礼了。"罗刹女大骂:"你既和我家夫君牛魔王有八拜之交,为什么还

要坑害我们的儿子?"悟空解释道:"我请菩萨收了令郎,如今他已是观音菩萨的善财童子,你不谢我,反倒责骂。"罗刹女说道:"泼猴,休要饶舌,伸过头来,你要经得住我砍上几剑,就将扇子借你;受不了,就去见阎王吧!"悟空马上蹲下身去,伸出脖子,连声说道:"可以,可以,你可要说话算数!"罗刹女抡起利剑,照悟空的脖子连砍了十几下,只见金星四射,悟空却仍然毫发未伤。罗刹女不觉害怕起来,转身要走。

悟空见罗刹女要走,忙说道:"嫂嫂,不要走,快借我扇子使使!"罗刹女变脸说道:"我的宝贝从不轻易借人!"悟空怒道:"既然如此,就吃你老叔一棒!"那罗刹女也毫不示弱,穿上披挂,手持双剑,前来迎战。两人在云翠山前大战了起来。战了几十回合,罗刹女知道斗不过悟空,就从嘴中取出芭蕉扇,口念秘诀,一扇就把悟空刮上了天空。如同秋风扫落叶、流水淌残花一样,孙悟空随着那股阴风在半空飘了一夜,才抱住一座山峰。悟空定下身来,四下打量后,认出是小须弥山,想起当年曾来此山,求灵吉菩萨收伏黄风怪的事来。悟空飞身找到了灵吉菩萨,说明了来意。灵吉菩萨笑道:"还是唐僧有缘。当年如来送我一根飞龙杖,一粒定风丹。飞龙杖降了黄风怪,这定风丹就送给大圣,那罗刹女就再也扇不动你了。"悟空拿了定风丹,谢过菩萨,纵身跳上云头,返回了云翠山。他用金箍棒敲打芭蕉洞的石门,高声叫道:"开门,老孙又借扇子来了!"罗刹女心想:"这泼猴真有些本事,我一扇将他扇走八万四千里外,他居然这么快又回来了!我这回要扇他三扇!"于是,便拿起芭蕉扇,走出洞外。

悟空见到铁扇公主,笑道:"嫂嫂,不要吝惜,快将那宝扇借我一用,保得唐僧过山后,立刻送还。"罗刹女又骂道:"你这泼猴,好无道理!夺子之恨,尚未得报,岂能把扇借你?再吃你老娘一剑!"悟空举棒相迎,两人又战了五七回合。罗刹女渐渐手软,趁机取出宝扇,朝悟空猛扇几扇。悟空却笑着说:"这回不比上回,尽管扇,老孙要是动一动,就不算好汉!"公主又连扇了几扇,悟空果然纹丝不动。罗刹女吃惊得连忙逃回洞中,紧闭了洞门。悟空摇身变成一只蚊子,从门缝钻进洞来,只见公主刚逃回洞中,就连声喊道:"口渴!口渴!"

急命侍女沏茶伺候。悟空灵机一动，忙飞到茶叶之上。公主口渴得要命，也没细看，咕咚一口连茶带水就将悟空吞入了肚中。悟空在公主肚里，恢复了原形，又是顶头，又是踹脚，把公主疼得一阵阵惨叫。悟空高声叫喊："老孙正在尊嫂的腹中玩耍，看在牛大哥的面子上，还是尽快把扇子拿出来吧！"公主疼得在地上打滚，苦苦哀求道："叔叔饶命，只要你出来，扇子随你拿去！"公主边说边叫人取来一把扇子，悟空在公主的喉咙口中看到后便现出了原身。他高声喊着："谢借了！谢借了！"拿着扇子就飞回庄院去找师父去了。

　　唐僧高兴地见到悟空借来了芭蕉宝扇，师徒四人告辞了庄园的老者，向火焰山走去。四人向西走了约四十里，渐渐觉得有些酷热难耐。八戒、沙僧直叫山路"烫脚"，连马也因地热不能停蹄，而越走越快了。悟空说道："你们先停下，待我将火熄灭再走。"便拿着扇子，向火焰山前走去。他举扇奋力一扇，火势更旺，又一扇，那火忽地腾起千丈高。悟空急忙返身跑到唐僧面前，喊道："快跑！火来了！"四人往东急退了二十里才停住。悟空将手中的扇子扔

在地上，生气地说道："这定是把假扇，我被那罗刹女骗了！"大家正在发愁，忽听有人叫道："大圣不必烦恼，先吃些斋饭再说。"原来是本山的土地神，闻讯特前来给唐僧一行人送饭。悟空忙向土地神询问，如何才能借到真扇。土地神说："大圣只要找到罗刹女的丈夫牛魔王，向他去借即可。"悟空追问牛魔王的去向，土地神说道："牛魔王两年前，新娶了万年狐王的女儿玉面公主为妾，现正住在积雷山摩云洞，离此地有三千多里路。"悟空问明了情况，告辞了师父，纵身腾云向积雷山飞去。悟空来到积雷山，正在寻找摩云洞，忽见一美貌女子迎面走来。悟空上前打过招呼，自称是铁扇公主派来找牛魔王的，但不知摩云洞在何处。

那女子一听铁扇公主的名字，便破口骂了起来，说："这贱人好不知足，自牛魔王娶了我，她却总派人来请大王回云翠山。"悟空故意举棒骂道："你这泼妇，敢骂我家铁扇公主！"那玉面公主吓得扭头就跑，悟空直追到了摩云洞前。牛魔王听玉面公主说外面有个雷公嘴的和尚来找他，还举棒子追赶自己的爱妾，便气冲冲地手提浑铁棒，来到洞外。牛魔王一见是孙悟空，气愤地说道："你这猴头，前者你害了我儿，今又来追赶我的爱妾，是何道理？"悟空忙向他赔礼道歉，说："不知道是二嫂嫂，无意中惊吓了她，还请大哥原谅！"又将护送唐僧西天取经，要过火焰山，需要借芭蕉扇的事情说了一遍。牛魔王一听，更加气愤，骂道："一定是你欺负了我那山妻，没借到真扇，才来求我，咱们正好旧恨新仇一起来算，先吃我一棒！"悟空只得举棒相迎，两人大战了百十回合，不见胜负。正当激战的时候，山峰上有人向牛魔王喊道："牛爷爷，我家大王请你速去赴宴！"牛魔王立刻收住浑铁棒，说道："龙王做寿，请我赴宴，等我回来，再与你计较！"说

罢，回洞跨上"避水金睛兽"驾云向西北而去。悟空悄悄在后面跟着，见牛魔王钻进了"乱石山碧波潭"。悟空心生一计，变成牛魔王的模样，骑上他拴在龙宫前的避水兽，直奔芭蕉洞而去。罗刹女不辨真假，见到久别两年的丈夫回来，十分高兴，忙备酒为大王洗尘。酒过半酣，罗刹女略显醉意，露出妩媚娇柔的样子，倒在"牛魔王"的怀中，将自己如何用假扇骗过孙悟空的事情讲了一遍。悟空关心地问道："可要把那真扇藏好！"罗刹女得意地吐出一柄杏叶大小的扇子递给悟空。悟空又问清将扇子变大的口诀，将扇子往嘴里一放，一抹脸，现了本相，跳出了芭蕉洞外。罗刹女又惊又羞，跌倒在地，大叫："气死我了！"

　　悟空得了芭蕉扇，高兴地念起了口诀，那宝扇果然变成一把一丈二尺的大扇。悟空突然想到不曾问明让宝扇变小的口诀，只好扛着大扇向火焰山走去。

　　再说那牛魔王散了宴席，却找不见避水金睛兽，料定是悟空骑走，骗铁扇公主去了。他急忙赶到芭蕉洞，正看到罗刹女在大骂孙悟空，牛魔王安慰了公主几句，便拿起公主的宝剑，向火焰山追去。不多时，牛魔王就追上了悟空。他摇身变成八戒的样子，老远就喊："猴哥慢走！师父让我来找你呢！"悟空也没细看，就把得扇的经过和"八戒"说了一遍。牛魔王假借替悟空扛扇，说："哥哥累了，让小弟扛扛吧！"牛魔王从悟空手中接过芭蕉扇，口念秘诀，把宝扇变回杏叶大小，现回本相，骂道："你这猢狲，认得我吗？"悟空气得取棒便打，牛魔王挥剑何招架。两人正斗得难解难分，八戒和沙僧也赶了过来助战。八戒边打边骂："你这畜生，竟敢变成你祖宗的模样，骗我师兄！"举耙向牛魔王乱砍。牛魔王眼见招架不住，就退回到积雷山，与玉面公主和山中的众妖一起合力，杀了八戒一个措手不及，八戒拖耙败走，悟空也跳上了云头。

　　牛魔王得胜归洞，闭门不出。悟空、八戒在土地神的激将下，又重抖精神，来到摩云洞前，乒乒乓乓将洞门打得粉碎。牛魔王再次提棍杀出，迎战了一阵，牛魔王要收兵回洞，却被土地、阴兵拦住去路。他摇身变成一只天鹅飞向天空，悟空也变成了一只鹰雕，去啄天鹅的眼睛；牛魔王又变成一只白鹤，长唳一声，向南飞去，悟空急变成一只鸟王丹凤，高鸣一声，吓得白鹤飞下山崖；牛魔王一抖翅膀，化作了一只香獐，在崖边吃草，悟空早已看出，变作一只饿虎，直扑了过去；牛魔王慌忙现了原形，变成一头高有千丈的大白牛，悟空也变回本相，摇身成了一个顶天立地的孙大圣。两人你来我往，施展着各自的七十二般变化，惊

193

动了天庭，李天王奉如来和玉帝的旨意，率哪吒等天神也来助战，将牛魔王团团围住。哪吒变成了三头六臂，跳到牛魔王的背上，把火轮挂在了牛角上，烧得牛魔王嗷嗷直叫。李天王用照妖镜将牛魔王照住，不得动弹。牛魔王只好求道："饶我一命，我愿皈依佛门！"悟空、八戒等人，牵着牛魔王来到芭蕉洞前。牛魔王高声叫道："夫人，快拿芭蕉扇来，救我一命！"铁扇公主忙将宝扇献出，并告诉悟空只要连扇四十七下，那火焰山的火，就可永久熄灭。悟空拿着宝扇，对着火焰山连扇了四十七下，顿时火灭风起，大雨倾盆。悟空将扇子归还给罗刹女，她从此在山中隐姓修行。众天神将牛魔王带回天上复命，唐僧则带领三徒弟继续赶路，到西天取经去了。

比丘国

唐僧师徒四人西天取经路过比丘国，发现这里家家门前都悬挂着鹅笼，笼中各蹲坐个男童。天色渐晚，心存疑惑的师徒投宿在城中金亭馆驿。吃完晚饭，唐僧向驿丞打听鹅笼的事情，驿丞悄悄地把事情的缘由讲了出来。原来三年前，比丘国来了一位道人装扮的老者，携带了一位形容娇俊、貌若天仙的妙龄女子。老者将女子献给比丘国王，国王一见倾心，封那女子为美后，封老者为国丈。国王自从有了美后，日夜贪欢，不理朝政，不到三年就搞得神疲体瘦，饮食少进。太医用尽良方，也不见疗效。那国丈又向国王献上一个医病延寿的"秘方"，昏庸的国王听信妖言，竟要用一千多个男童的心肝做药引并为此传下圣旨，命百姓挑选男童装入鹅笼，并在笼上覆盖五色彩缎遮幔，挂于门首，听候使用。

听罢驿丞的这番话，唐僧浑身骨软筋麻，止不住泪坠腮边，连声叫道："昏君、昏君！为贪恋美色，弄出病来，还听信妖言，要伤及这许多孩童的性命！"为搭救孩童，孙悟空将本地的城隍、土地神唤出，请诸神将城内鹅笼移到城外藏好。次日，唐僧前往王宫换取了通关文书。国王听闻全城的鹅笼头一天夜里突然消失的报告又惊又恼。那国丈向国王说道："陛下不必烦恼，我看这东土和尚是个十世修行的童男子，用他的心肝煎药，比男童的强上百倍。"

治病心切的国王立刻下令包围了唐僧下榻的馆驿。早有准备的悟空扮成唐僧的模样来到王宫，当场揭露了国丈的真相。气急败坏的国丈与变回原形的孙悟空打了二十个回合就败下阵来，他落入后宫，带上美后，化作一道寒光遁入城南的荒野之中。文武百官见国丈原来是妖怪，忙下跪感谢悟空，三四个太监扶着吓得半死的昏王从后殿走出。悟空对昏王说道："我是唐僧的徒弟孙悟空，因你听信妖言，要用我师父的心肝下药，我才变成师父的模样前来降妖。"国王听罢，浑身打战，跪地乞求悟空饶恕并传旨请唐僧师徒上殿。国王亲自搀扶唐僧坐定，悟空追问国王那假国丈和美后的来历，惊恐羞愧的国王答道："他们来时只说是住在城南柳林坡清华庄上。"悟空和八戒来到城南七十里的柳林坡，只见一望无际的杨柳林，不见什么村庄。悟空念咒将土地唤出问路，土地道："此地只有清华洞，没有清华庄，由此向前，在一棵九叉老杨树下，左转三圈，右转三圈，双手拍树，连叫三声'开门'，洞口便会自开。"悟空、八戒按土地所言，果然找到了那妖怪的藏身处清华洞。

悟空闯入洞中，只见那老妖正惊魂未定地对一年轻女子说："等了三年，刚要把小孩心肝吃到口，却被那该死的孙猴子给搅了。"悟空举棒吼道："好个老妖，吃俺老孙一棒！"老妖慌忙举起蟠龙拐杖迎战，守在洞口的八戒也上前举耙助战，那老妖见势不妙，化道寒光向东逃去，悟空和八戒驾云直追了过去。突然，前方祥光缥缈，南极仙翁从云中闪出。悟空问道："寿星兄哪里来？"八戒也急问："肉头老儿，你可遇见老妖了？"仙翁笑道："请二位饶了他性命，此妖原是我的白鹿坐骑，三天前乘我下棋，偷了我的拐杖来此作怪。"那老妖现出本相，躲在仙翁身后瑟瑟发抖。悟空回到清华洞，一棒将那女怪打得现了原形，原来是一只白面狐狸。

南极寿星同悟空、八戒一起来到比丘国，见了国王。悟空指着白鹿和狐狸道："这是你的国丈，那是你的美后！"国王羞愧得无地自容，连连道谢："我替全国的百姓拜谢神僧救了我一国的孩童。"他命光禄寺大摆素筵，酬谢寿星与唐僧师徒。席罢，寿星跨上白鹿腾云离去，悟空唤城隍、土地诸神将鹅笼搬回。全城的百姓欢呼雀跃，涌上街头。众人抬着八戒，扛着沙僧，拥着悟空，更把唐僧高高举起。全比丘国家家塑像画图，户户敬立牌位，感谢神僧除妖救子的大恩。

> **提示**
>
> 在以往长廊画故事书中，对上面的两幅图均有不同的解读。第一幅图被视为"龙宫借宝图"，第二幅图被解释为"通天河"或"黄风岭遇仙"。对此作者一直存疑，一些细心读者也曾提出不同的看法。在此修订版中，本书参照《西游记》的故事情节和相关绘画作品，将上面两图解释为"比丘国"的故事。

无底洞

冬去春来，景物芳菲，唐僧师徒四人离开了比丘国，继续西行。这天，刚过了一座险峻的高山，又见一片黑松林挡住了去路，悟空挥起金箍棒，在前面开路，引导师父前行。走了半天，也没走出松林，唐僧说："悟空，我想坐下歇歇，你去化些斋饭吧。"唐僧坐在树下念着避魔的"多心经"，忽听有女人娇声呼喊"救人！"唐僧穿过一片松林，见一位年轻女子被绑在树上，忙问道："女菩萨，你如何被绑在这里？"那女子桃腮垂泪，杏眼含悲，泣声道："师父，我家住在二百里外，被一伙强人抢来，争着我做夫人，因相争不下，就把我绑在这里，望师父发发慈悲，救我一命！"唐僧可怜那女子，忙唤八戒为她松绑。悟空在空中看到林中的黑气盖住了祥光，知道事情不妙，忙按下云头，返回松林。他一把将八戒的大耳朵揪住，说道："呆子！别救她，她是个妖精！利用苦肉计，蒙骗善良的人心，且莫上当！"唐僧刚要离去，却又听见那女子对他说："师父啊，你放着活人不救，昧心而去，还拜什么佛？取什么经？"唐僧听后，又萌发了慈悲心怀，念道："救人一命，胜造七级浮屠。"他勒住马，

5区55内南

和八戒一起返回，将女子解下树来，扶上马背，一起向前赶路。天色将黑，一行人来到镇海禅林寺，在那里化斋求住。唐僧因夜里起身解手受了风寒，只好在寺中多调养几天。转眼过了三日，唐僧病情渐好，要悟空到厨房找点水喝。悟空来到厨房，却见里面的和尚哭得两眼通红，便问缘由。众僧道："这几天，每晚都有两个值夜的小和尚被妖怪吃掉，骸骨衣帽就遗弃在后园中，到现在已有六位和尚不见了，想起来害怕，又不敢惊动诸位高僧，只得偷偷流泪。"悟空心想一定是那妖女作的孽，便暗下决心将这吃人的妖魔除掉！

5区58外南

当天夜里，悟空扮成一个值夜的小和尚，一人坐在天王殿，手敲木鱼，口念佛经，等待那妖精的出现。二更时分，忽然一阵风吹来，悟空猛然闻得兰麝香熏，环佩声响，抬头一看，那女子款款走入佛殿，来到悟空身旁，娇滴滴地说道："小和尚，我与你到后面去行乐去。"悟空道："我们出家人，不知行乐之事。"女子道："你跟我去，我来教你。"说着，拉起悟空就向后园走去。来到园中，女子伸手来抓悟空，悟空猛地将她摔在地上，一抹脸，现出了本相，举棒就朝妖精打去，那女怪抽出双剑迎战，两人在后园斗了几十回合。女妖知道不是对手，便将一只绣花鞋变成假身，与悟空打斗，将真身化成一阵清风而去，直闯唐僧的住房，将他卷到云头，瞬间就到了陷空山，钻进了无底洞。悟空猛地一棒将女妖打倒，却看见是只绣花鞋，知道上了当，忙去找师父，却哪也寻不见师父的踪影。悟空中了女妖的诡计，急忙将八戒、沙僧叫醒，三人一起回到黑松林来找师父。悟空将山神和土地唤出，询问妖精的下落。二神忙说道："那怪住在南面一千多里的陷空山无底洞。"悟空收了法相，和八戒、沙僧腾云赶往陷空山。八戒远远地在山坳里看见有两位女子正从井里打水，便化成一位胖和尚上前打听："请问两位奶奶打水干什么？"那两位女子笑道："这个胖和尚嘴挺甜！告诉你吧，我家夫人昨夜抓回来个唐僧，要我们打些清洁之水，安排素宴，今晚就要成亲了。"徒弟三人跟在打水女子的后面，很快找到了无底洞的洞口，洞内黑漆漆的，深不见底。悟空纵身跳入洞内，那洞底处豁然明朗，花香树茂，别

第五章 隋、唐、五代

有洞天。他摇身变成了一只苍蝇，落在了一个门楼之上。只见那女妖正与唐僧坐在草亭中，悟空忙飞到唐僧的头上，小声说道："师父，徒儿前来救你，你设法给妖精敬酒，我藏在酒泡之下，等她把我吞下，我好施展手段。"唐僧随即给那女妖斟酒，那女妖接过杯子，却发现了杯中的小飞虫，用小指挑起，弹在了地上。悟空见事不如愿，摇身又变成一只老鹰，腾空飞起，伸出利爪，将酒席掀翻，飞了出去。

女妖受到飞鹰的惊吓，以为是自己困住了唐僧，得罪了天神，才派老鹰来骚扰她。她又吩咐小妖，不论荤素，另办酒席，定要"指天为媒，指地为定"和唐僧成亲。此时，悟空又变成了苍蝇，飞回到唐僧的耳边说道："师父别怕，你再哄她到后面桃园中玩耍，我变成一个红桃，你设法让女妖吃下，我就能进了她的肚子治她了。"唐僧点头道："你可要紧跟着我！"悟空答道："我就在你的头上。"唐僧起身对那女妖说道："娘子，刚才受到惊吓，你带我到后面的桃园散散心吧。"女妖高兴地说："妙人哥哥倒有些雅趣，我扶你去后园耍耍去。"说着就搀着唐僧来到后花园中。唐僧走到一棵桃树旁停下，悟空忙飞到桃枝上，变成了一个鲜红的桃子。唐僧忙将那个红桃摘下，双手递给女妖道："娘子，请将这红桃吃下，略表我的一点情意。"那女妖接过桃子，微启朱唇，刚要吃桃，悟空早就一个跟头翻进了她的肚中。女妖大惊道："这桃子厉害！未经开咬，就自己滚到我肚中了。"妖精正在疑惑时，忽觉肚子一阵剧痛，悟空在她的肚中抡拳跳脚，连叫带骂，几乎要把她肚皮捣破。女妖知道中了孙悟空的诡计，忙向唐僧苦苦求饶。悟空停下手脚，叫道："妖精，你快将我师父背出洞外，才饶你性命！"女妖无奈，只得忍痛背起唐僧，一纵云光，飞出了洞口。悟空命女妖张开口，趁势跳出了她的喉咙，现回本相，举棒朝女妖就打，女妖忙用宝剑招架。八戒、沙僧也一同举耙抡杖前来助战，女妖自知不是对手，急忙又使出"遗鞋计"，将真身化成清风，飞到洞口，顺手连人带马，将唐僧再次卷进了无底洞中。

兄弟三人正和那假女妖战得起劲，八戒一把将那妖打倒，低头一看，竟是只绣花鞋。悟空叫道："不好！又上当了！"三人急转回去，果真不见了师父。悟空只得第三次闯进洞中，却发现里面已人迹全无，原来那妖精回洞后，立刻带着唐僧和小妖搬到别的巢穴去了。悟空急得四下张望，忽见一供桌上有两个金字牌位，上面写着："尊父李天王之位、尊兄哪吒三太子之位"。悟空喜出望外，拿着牌位，驾起筋斗云，来到了天庭。悟空见过玉帝，禀明了唐僧被女妖抓走的详情，又告李天王怂恿妖女在下界作孽。李天王正要治孙悟空诬告之罪，哪吒却提醒了他一件往事。原来，三百年前，有个白毛鼠精作怪，在灵山偷吃了如来的香花宝烛，如来命李天王父子将她拿下，李天王父子却饶了她的性命。鼠精便拜了李天王为父，哪吒为兄，不想这次她陷害唐僧，让悟空找到了证据。李天王听后，恍然大悟，立刻点了本部的天兵，随悟空来到陷空山，收伏了那鼠精，救出了唐僧。

取经归来

唐僧师徒，历经千辛万苦，终于到达了佛祖圣地西天灵山。四人来到雷音寺殿前，拜见了如来佛祖，献上了通关文牒。如来看后，命阿难、伽叶二尊者领着四人去藏经珍楼取得了五千零四十八卷真经。如来佛祖令"降龙""伏虎"二罗汉敲响云磬，召集灵山的众佛、圣僧来开传经大会。会上奏起了仙乐天音，各位尊者齐聚大殿，如来说道："东土圣僧取得真经流传在唐，功德不可称量。此经宝之！重之！不可轻慢！"唐僧等在一旁合掌躬身，再三叩拜谢恩。传经大会散后，唐僧一行告辞离去。观音禀报佛祖："弟子当年领取金旨到东土寻找取经之人，今已功成，历经十四年，共计五千零四十日，还少八日才合藏数。"如来遂命八大金刚在八日内，送四位圣僧回东土，把真经送回大唐，然后再引圣僧回返灵山，以完成一藏之数。唐僧四人刚刚随着八大金刚驾云东去，观音却又发现此次唐僧西天取经，共历八十难，离佛门九九归真，还差了一难，就急命一位揭谛赶上金刚，再生一难。那揭谛领命飞云赶上了八大金刚，附耳低语，如此这般。金刚立刻按下云头，将四人放到了通天河西岸。

师徒四人从云头落地，正惊恐不安地在河边商量如何渡河，忽听有叫声道："唐圣僧，这里来！"抬头看时，原来是几年前送他们过河的那个老鼋，已在河边等候多年，要送四人返回东岸。师徒四人高兴地牵着马，上了老鼋背，向东岸驶去。眼看要到东岸时，老鼋突然向唐僧问道："当年我托你向如来佛祖询问我何时能修成人身，不知问了没有？"唐僧在灵山专心拜佛取经，却把此事忘记，又不会说谎，只好默不作声。老鼋动怒，一头钻到水下，四人连马带经都落入水中。幸亏唐僧脱了凡胎，没有沉底，八戒、沙僧和白龙马熟知水性，悟空更是神通广大，众人一起帮助师父登上了东岸。立足未稳，又是一阵狂风，刮得天昏地暗，电闪雷鸣，飞沙走石，吓得唐僧连忙按住了经包，悟空抡起了金箍棒，左右护持。原来是些阴魔作怪，欲夺真经。四人劳累了一夜，终于保住了佛经。次日早晨，风停雷止，云去雾

第五章 隋、唐、五代

散，艳阳高照，他们打开经包，在一块大石头上晾晒经书衣物。

一位渔民在河边发现了唐僧师徒，忙唤来陈家庄的陈澄等人。陈澄一家人，不忘旧恩，将四人请回家中用斋休息，全庄的百姓也闻讯前来献果献斋，感谢他们当年为民除害的功德。四师徒怕耽误了送经的大事，趁夜深人静的时候，悄悄地离开了陈家庄，向东赶路。不多时，只听得半空有八大金刚的喊声："逃走的，跟我来！"唐僧等随着阵阵香风，飘浮在云头，不到一日，就降临到长安。唐太宗李世民自贞观初年送唐僧西去取经后，又在西关外建了接经楼，每年都要登楼西望，期盼唐僧早日取经归来。这一天，太宗又亲临楼上，忽见西方满天瑞霭，阵阵香风，一朵祥云飘然落地，走来了唐僧师徒。太宗忙下楼迎接，唐僧率弟子跪地拜见，交还了通关文牒。太宗大喜，在光禄寺大摆筵席，庆贺御弟唐僧功德圆满，取回了真经。次日早朝，太宗口占《圣教经》一篇，又命在雁塔寺搭台，让唐僧诵经。唐僧和百官手捧真经，正要登台诵经时，八大金刚忽在天空现身，让唐僧师徒四人连同白马，速返西天受封。太宗又另选高僧，诵念大藏真经，并誊录经文，传播天下。唐僧四人在规定的天数内，重返灵山，拜见如来佛祖。如来聚齐灵山诸圣，封唐僧为"旃（zhān）檀功德佛"，悟空为"斗战胜佛"，八戒为"净坛使者"，沙僧为"金身罗汉"，白龙马为"八部天龙"。八戒开口叫道："他们都成了佛，如何让我做个净坛使者？"如来笑道："因你口壮身慵，食肠宽大，天下四大部洲信奉本教的，都要做佛事，由你来净坛，是个受用的品级，如何不好？"八戒这才不语，与师父、悟空、沙僧叩头谢恩。白马也复为龙身，盘绕在山门的华表之上。

水木自亲殿

第六章　北宋、南宋

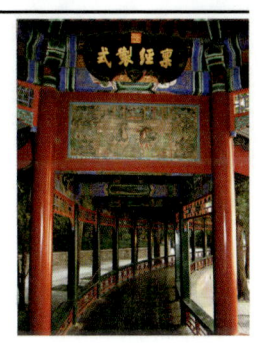

（960～1279年）

秋水亭的檐额为乾隆皇帝御笔。"秋水"之语出自唐代诗人王勃《滕王阁序》"落霞与孤鹜齐飞，秋水共长天一色"的著名诗句。仲秋傍晚时分，坐于秋水亭之中，向西遥望，西山的落日余晖与昆明湖面野鹜孤飞的景色交相辉映，可以很好地领悟古人诗句中美妙的意境。

梅妻鹤子

8区95外北

这幅画是李作宾大师仿清代著名画家任伯年《梅妻鹤子图》绘制的，描绘的是北宋诗人林逋的传奇故事。林逋（967～1029 年），字君复，钱塘（今浙江杭州，一说宁波奉化黄贤村）人。年幼时父母早亡，贫寒的家境和困苦的生活，使他从小瘦弱多病，郁郁寡欢，养成了孤僻沉静的性格；同时也使他很早就开始发愤读书，通读经史百家，最终成为北宋著名的诗人。

林逋个性恬淡，不求名利，布衣终身，曾漫游江淮间，后隐居于西湖孤山，虽然二十年足不入城市，可名声远扬，常有士大夫、文人往谒。宋真宗闻其名，赐予粟帛，并要地方官员照顾他的生活。不少人劝其出仕，均被婉言谢绝。他同范仲淹、梅尧臣都有诗歌唱和。宋代沈括《梦溪笔谈·人事二》记载：林逋喜梅爱鹤成痴，在住处种了许多梅树，养了两只仙鹤。他常驾小舟遍游西湖诸寺庙，与高僧诗友相往还。每逢客至，门童便开笼放鹤，林逋见鹤翱翔于空，就知道有客来访，必棹舟而归。林逋一生未娶，人们见他种梅养鹤成痴，就以"梅妻鹤子"来传颂他。林逋年老时，在住处旁修建了自己的墓地，并作诗云："湖上青山对结庐，坟前修竹亦萧疏。茂陵他日求遗稿，犹喜曾无封禅书。"在这首诗中，林逋对自己高洁闲淡的一生做了总结。天圣七年（1029 年），六十二岁的林逋病卒，宋仁宗赐谥号"和靖先生"。

林逋不仅以喜梅爱鹤著称，更以擅长书法与诗词而流芳后世。他的书法瘦挺劲健，风格独特。明代沈周曾写诗赞道："我爱翁书得瘦硬，云腴濯尽西湖绿。"林逋的诗词，清新自然，尤多奇句。北宋著名政治家范仲淹称赞他"风格固若厚，文章到老醇。"著名诗人欧阳修、黄庭坚也都很欣赏他那清新奇丽的诗句，但林逋并不想以诗出名，总是随写随丢，传世的不多。经后人收集，仅得其诗词三百余篇，汇集成册，题名《林和靖诗集》。林逋的咏梅诗《山园小梅》一直在民间广为传诵。其中"疏影""暗香"两句，被誉为咏梅诗的千古绝唱：

众芳摇落独暄妍，占尽风情向小园；疏影横斜水清浅，暗香浮动月黄昏。
霜禽欲下先偷眼，粉蝶如知合断魂；幸有微吟可相狎，不须檀板共金樽。

> **提示**
>
> 本画以往均被认定为唐代诗人李咸《独鹤吟》的配诗画。经考证，此画的稿本应是清代著名画家任伯年的《梅妻鹤子图》，由李作宾大师绘制。

茂叔爱莲

周敦颐（1017～1073年），字茂叔，北宋理学家，道州营道（今湖南道县）人。周敦颐二十四岁就步入了仕途，在三十年的政治生涯中，一面做官，一面潜心于儒家、道家学说的研究和传授。作为理学的开山人物，周敦颐的理学思想在中国哲学史上起了承前启后的作用，著有《太极图说》和《通书》等理论书籍，被后人编为《周子全书》。在《太极图说》中，他提出了一个简单而有系统的宇宙构成论，认为："无极而太极""太极动而生阳，动极而静，静而生阴""阴阳生五行，五行生万物"，倡导"主静""无欲"的道德修养论，认为"无欲则静虚动直，静虚则明，明则通。动直则公，公则溥（pǔ，广大之意）"。在《通书》中，周敦颐结合《中庸》论"诚"的思想，把《周易》推崇为"性命之源"，为重新解释《四书》奠定了一个以"易学"为依据的理论基础。他提出：圣人模仿"太极"而建立"人极"，"人极"即"诚"，"诚"是"纯粹至善"的"五常之本，百行之源也"，是道德的最高境界，只有通过主静、无欲，才能达到这一境界。他所提出的哲学范畴，如无极、太极、阴阳、五行、动静、性命、善恶等，成为后世理学研究的课题。

茂叔先生酷爱莲花，晚年的他在南康郡任职，在府署东侧挖池种莲，名为"爱莲池"。池宽十余丈，中间有一石台，台上有六角亭，两侧有"之"字桥。炎炎盛夏之际，先

生常常坐卧于池畔,品味着荷叶的缕缕清香,观赏那随风摇曳的莲花。他以莲之高洁,寄托自己毕生的心志,写下了名篇《爱莲说》,其中的佳句"出淤泥而不染,濯清涟而不妖,中通外直,不蔓不枝,香远益清,亭亭净植,可远观而不可亵玩焉"表达了他洁身自好的高尚品德,也显示了他不甘同流合污、耿直正派的为人,成为咏莲的千古名句,至今仍脍炙人口。

周敦颐性情朴实,生活简约,他曾写诗自述道:"芋蔬可卒岁,绢布足衣衾。饱暖大富贵,康宁无价金。吾乐盖易足,廉名朝暮箴。"他从小信古好义,"以名节自砥砺",平生不慕钱财,爱谈名理,认为"君子以道充为贵,身安为富"。他虽在各地做官,但俸禄甚微,生活清廉,还总是把自己的微薄积蓄资助给故里的宗族亲戚。晚年的周敦颐建书堂于庐山莲花峰下,因堂前有一小溪,便以自己家乡的"濂溪"为之命名,将书堂取名为"濂溪书堂",并定居于此,故后人称他为"濂溪先生",把他创立的学派称为"濂溪学派"。

爆竹声中一岁除

每逢新春佳节之际,许多百姓家门两旁,常贴有"爆竹声中一岁除,春风送暖入屠苏"的对联。此联出自北宋政治家、文学家、思想家王安石的《元日》诗。长廊的这幅彩画对《元日》诗进行了生动的描绘,使普通百姓家除旧迎新、欢庆佳节的喜庆气氛跃然画上。

王安石(1021～1086年),字介甫,号半山,抚州临川(今江西抚州市)人,他一生主张改革政治,积极推行青苗等新法,宋神宗时官拜宰相。他既是政治家,又是文学家,所写诗文都寓有鲜明的政治内涵。其散文雄健峭拔,为"唐宋八大家"之一。本诗通过描写新年元旦的新气象,抒发作者革新变法、除旧布新、强国富民的抱负和乐观自信的情绪。诗的首句"爆竹声中一岁除",描绘了在鞭炮声中送旧迎新的情景,渲染了节日的欢乐气氛。次句"春风送暖入屠苏",描写人们迎着和煦的春风,开怀畅饮屠苏酒。第三句"千门万户曈曈日",写旭日的光辉普照千家万户,象征无限光明美好的前景。诗的结尾句"总把新桃换旧符",既是写当时的民间习俗,又寓含除旧布新的意思,与首句紧密呼应,形象地表现了万物更新的气象。全诗文笔轻快,色调明朗,眼前景与心中情水乳交融,确是一首融情入景、

寓意深刻的好诗。诗文如下：

　　爆竹声中一岁除，春风送暖入屠苏。千门万户曈曈日，总把新桃换旧符。

小贴士

　　屠苏：一种酒名，可防病辟邪。古代农历正月初一，百姓家中有先幼后长饮屠苏酒的习俗。
　　桃符：一种绘有门神像、挂在门上避邪的桃木板。每年元旦人们都要换上新桃符，预示新的一年开始。

王华买父

　　这是一个民间传说故事。宋仁宗年间，八贤王赵德芳与狄后在江南巡游。归途中狄后在船上分娩，胞衣未破，疑是怪胎，认为是不祥之兆，遂将"怪胎"抛入太湖之中。阴差阳错，胎儿被渔民王彩夫妇所救，收养为子，取名王华。王华八岁时，养父母病故双亡，家产被地痞抢占，他只好以讨饭为生。十几年后，王华与天官之女杨秀英结为夫妻。夫妻俩以打鱼为生，后生下梁儿、柱儿二子。

　　此时的八贤王仍然膝下无子，他请卜者占卦。卜者告之八王曾有一遗子，尚流落在民间，只要八王便装私访，自卖自身便可访得其子。八贤王想起十八年前湖中弃胎的往事，一时寻子心切。他按照卜者的话，乔扮成一个贫叟，前往江南的民间卖身寻子。一天，他在集市上叫卖着："谁买我，做亲父，将来一定会贵富！"这奇异的叫卖声招来了不少围观者，人们对这可怜的老汉议论纷纷。心地善良的王华，正好从此路过，他挤上前去，恭敬

地对老者说:"我从小没有父亲,从今往后您就是我的亲爹,请跟我回家吧!"王华将老人带回家,夫妻俩如同亲爹一样奉养老人。每日打鱼归来,王华都要将最好的鱼留给老人吃。八贤王在一番询问之后,确认王华就是自己的亲生之子。为了进一步试探王华的品行,八贤王以为自己办寿宴为由,让王华每顿饭都要办二十四样酒菜。贫穷的王华想尽办法也难以办成,为孝敬老人,无奈之下只好瞒着秀英沿街卖子。八贤王闻知王华卖去了一双孙儿,虽十分气恼,但也无法挽回了。

八贤王挂念朝廷形势,修书一封,以找兵部司马刘文晋借银两为名,让王华进京送信接驾。几经周折,王华终于和八贤王在京城父子相认,被卖掉的两个孙子也被八贤王找回,一家人重归团圆,过上了幸福的生活。这一传奇故事,还被改编成许多戏剧剧目,例如传统评剧、吕剧的《回龙传》,潮剧的《八贤王寻子》等。

小贴士

在有关宋代的戏曲小说中,"八贤王"的身影频频出现,但在历史上却找不到一个与之完全对应的人物。他是由宋初宗室的一些逸闻,加上人民群众的感情倾向,经过剧作家的艺术加工融合而成的角色。在戏剧中,他的出现,不仅增加了剧中的情节冲突,还满足了人们崇敬忠臣、惩处权奸的心理要求。正因为这样,这位虚构的戏剧性人物"八贤王"才会如此有血有肉、栩栩如生地活在人民群众的心中。

秦香莲

本文中两幅画描绘的是传统戏剧《秦香莲》的故事片段。《秦香莲》又名《铡美案》，是戏曲舞台上最流行的剧目之一。北宋年间，书生陈世美赴京赶考，一去三年无音信。其妻秦香莲在家里含辛茹苦地奉养公婆、抚育儿女，不料连年灾荒，公婆相继贫病而亡。秦香莲含泪埋葬了两位老人，带着儿子冬哥和女儿春妹，一路跋山涉水，沿途乞讨，到京城汴梁来找寻自己的丈夫。

秦香莲到京城的第一天，就从客栈店主张元龙的口中打听到陈世美已经中了状元，并被招为驸马。香莲听到这个消息，又喜又惊：喜的是丈夫的下落已明，惊的是陈世美竟抛弃了自己，做了当朝驸马。第二天早晨，张元龙带着秦香莲母子三人到驸马府紫墀宫去找陈世美，却被拒绝进宫。后来，在门官的帮助下，秦香莲闯进了紫墀宫中，见到了分别三年的丈夫。陈世美不但不肯收留香莲母子，还要把他们撵出宫去。秦香莲希望丈夫能回心转意，向他诉说了家乡连遭灾荒和公婆病亡的不幸经过。面对着父母恩、夫妻情、儿女爱，陈世美也稍有动心，但当他一摸到自己头上戴的乌纱帽和身上穿的蟒龙袍，想到与皇姑成婚后的荣华富贵，便还是狠心地把秦香莲母子赶到了宫外。

秦香莲被赶出宫后，在街上遇见了正朝罢回府的宰相王延龄，便拦轿状告陈世美。王延龄很同情秦香莲的遭遇，叫香莲假扮卖唱的妇人，在陈世美寿诞之日入宫唱诉。香莲到京的第三天，正是陈世美寿辰之日，紫墀宫张灯结彩，鼓乐齐奏，贺客满堂。宰相王延龄也借贺寿为名，带着香莲进宫在筵席前弹唱。尽管秦香莲一字一泪地哭诉自己的身世和家庭的苦难以至泣不成声，尽管王延龄在旁多次婉言相劝，但陈世美却始终无动于衷。他不但数次想将香莲赶出宫去，并且出言顶撞了王延龄。王延龄盛怒之下，将自己的一把白纸扇交给秦香莲，嘱咐她到开封府去状告忘恩负义的陈世美。开封府府尹包拯，字希仁，庐州合肥（今属安徽）人。他为官清廉公正，不畏权贵，秉公执法，在民间素有"包青天"之称。

陈世美见王延龄气冲冲走出宫去，怕对自己不利。一面传话州司衙门，将香莲母子赶出京城；一面又派宫中武士韩琪去追杀香莲母子三人，企图灭口。韩琪为了伸张正义、不

昧良心，放走了秦香莲母子，自己引刀自刎而亡。香莲见韩琪为自己冤屈自尽，更加悲愤交加，她捡起韩琪的钢刀，急奔开封府去告状。包拯闻知此事后，立刻让衙役王朝去传陈世美到开封府。陈带了尚方宝剑，气焰嚣张地来与包拯相见。起初，包拯还好言相劝，希望他认下香莲，陈世美却全不领情，不但坚决不认，并且倚仗皇权欺人。包公见陈世美执迷不悟，便传令击鼓升堂。在公堂上，秦香莲理直气壮地控诉了陈世美忘却父母、不认妻儿、企图杀妻灭子三大罪状。在铁证面前，陈仍仗势不受开封府的审理，还想在公堂之上行凶刺死秦香莲，被忍无可忍的包拯当场拦住（本幅画描绘的正是当时的情景）。包拯愤怒地喝令刽子手打落陈世美头上的乌纱帽，剥去他的蟒龙袍，用法绳将他捆绑起来。陈的内侍见势不好，急忙回宫报信。皇姑闻讯大惊，连忙备了车辇，赶到开封府来要人，包拯却坚持不放陈世美，一定要为民申冤。皇姑只得去请她的母后来亲自说情。国太到了开封府，便要强夺冬哥和春妹，还扬言，不放陈驸马，就坐守开封府不回宫。包拯见国太变了脸，左右为难，只得捧过自己的俸银三百两对香莲说道："这是纹银三百两，拿回家去度饥寒，教子好好把书念，千万读书莫做官，你夫君倒把这高官做，却害得你一家不团圆。"说罢将银子递给香莲，劝她带子回乡，另谋生路。香莲见有冤无处诉，含泪失望地答道："香莲下堂泪不干，怎能三百两银子把夫君换？人言包拯是铁面官，却原来也是官官相护有牵连！"她毅然退回了银两，拉着儿女向外走去。

包拯听了香莲的话语，如遭当头棒喝，愧愤交加。他急忙拉回香莲母子，发誓宁愿弃官丢职，也要为香莲申冤。包拯不顾国太与皇姑的阻止，一手摘下头上的乌纱帽，令衙役推出陈世美，抬上虎头铡，长喝一声"开铡！"那个贪图荣华富贵、忘恩负义的陈世美，终于死在了包青天的虎头铡下！

广陵花瑞

广陵，古代郡名，后改称江都，治所在今扬州。广陵素以芍药花闻名于世，共有芍药品种三十二个，其中以叫"金带围"的花种最为稀有。此花花瓣呈绛红色，一圈金黄色花

蕊围在中间，好似红袍围着金腰带，因此被称为"金缠腰"，又叫"金带围"。民间相传，此花一开，便会有安邦定国的相才问世。

北宋庆历五年（1045年），韩琦任江都太守时，官署后花园的一株"金带围"分出四枝，每枝都开有一朵花。韩琦邀请同在扬州任职的王珪、王安石和陈升之一起在花园饮酒赏花。席间四人各摘下一朵"金带围"簪在头上。说来也奇，在以后的三十年中，这四人均相继入朝任主政大臣。后人将此事看成是当年四人头簪"金带围"祥瑞降身的结果，并将当年四人簪花的故事称为"广陵花瑞"。

曾做过扬州司理参军的北宋科学家沈括，将这个故事记载在他的《梦溪笔谈·补笔谈》中。"扬州八怪"之一的黄慎也曾以此事为题，绘制了一幅《四相簪花图》条轴和一幅《金带围图》扇面。长廊的这幅彩画，为清代画家钱慧安《广陵花瑞图》的临摹画。

考证花絮

本画曾普遍被描述为京剧《四进士》的剧情画。该剧目说的是明代嘉靖年间，毛朋等四位同中进士的好友，在赴任前盟誓要做好官，但其他三人任职后均徇私枉法，最终被毛朋按照四人当初的誓言，依法判罪的故事。这种说法却不能解释为什么画面中四人均头簪一朵花的情形。经考证，此图应是仿清代画家钱慧安的《广陵花瑞图》绘制的。

元章拜石

5区51内南

米芾（1051～1107年），字元章，号襄阳漫士、海岳外史。北宋书画家，祖籍山西太原，迁居襄阳（今属湖北），后定居润州（今江苏镇江）。米芾能诗文，擅书画，精鉴别，喜怪石。其行、草书得益于王献之，用笔俊迈豪放，与蔡襄、苏轼、黄庭坚合称"宋四家"。宋徽宗时曾召为书画博士，官拜礼部员外郎，人称"米南宫"，又因为他行为"古怪癫狂"，被称作"米癫"。史书说他个性怪异，喜穿唐服，遇石称"兄"，膜拜不已。一年，米芾赴无为任职，刚刚到达州官邸，看见一块立石极为奇异，十分惊喜地说道："这奇石足以让我祭拜。"于是他就命令部下给自己穿上官袍并手持笏板祭拜它，一边拜还一边口念着"石丈"。这件事被人广泛地传播着，连朝廷百官也把它作为趣闻来谈论。

宋代费衮《梁溪漫志》卷六记有另一件米元章拜石之事。米元章在濡须（今安徽巢湖）任官，听说河坝上有一块怪异的大石，不知从何地而来。人们认为它是神异之物，不敢搬动。米元章命令部下把这奇石搬运回州郡，作为供人们游赏的景物。当大石搬运回来后，米元章十分欣喜，即刻命下属摆设宴席，跪拜于庭堂之下，并且说："我想见到您这位石兄已有二十年了！"另据《书异石帖》记载，米芾在其书房"宝晋斋"前立有异石，以供他随时赏玩。米元章对自己爱石的癖好自鸣得意，曾总结有四字相石法，认为凡好石都应具备"瘦、漏、皱、透"这四个特点，他还亲自画了自画像《拜石图》。"元章拜石"被历代文人津津乐道，传为佳话，元代倪瓒曾写有《题米南宫拜石图》诗：

元章爱砚复爱石，探瑰抉奇久为癖。石兄足拜自写图，乃知颠名传不虚。

文人三才

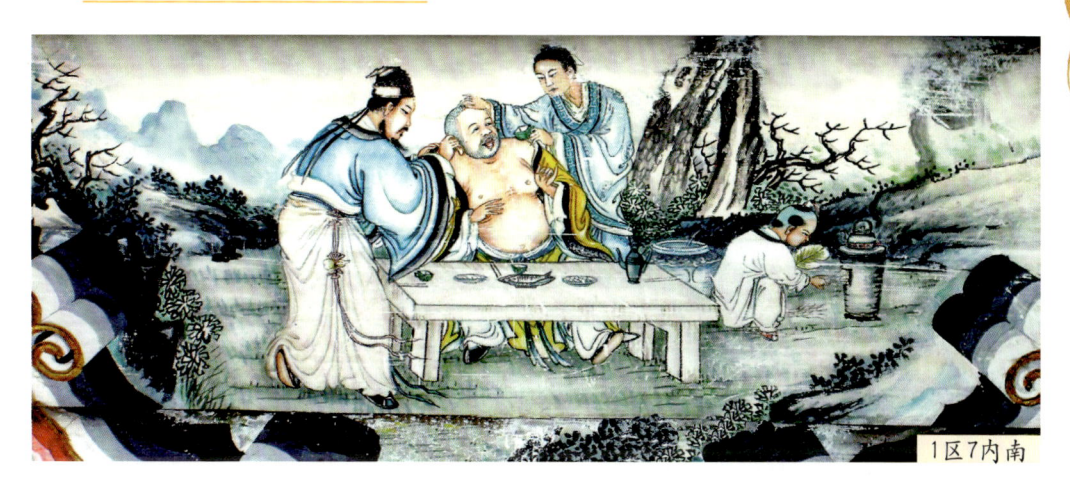

"文人三才"是民间对苏轼、佛印和黄庭坚（一说为秦观）三位宋代文人的美称。苏轼（1037～1101年），字子瞻，北宋眉州眉山（今四川眉山）人，著名的文学家、书画家，一生涉足儒、释、道各个领域，尤其精通佛学，自号东坡居士。黄庭坚（1045～1105年），字鲁直，号山谷道人，洪州分宁（今江西修水）人，北宋诗人、书法家。佛印原名谢端卿（一说俗姓林），江西饶州人，与黄庭坚是同乡好友。谢端卿"天才高妙，嗜酒能诗"，在东京赴考期间，结识了苏轼。由于苏、黄、谢三人都博经通史、文辞盖世，很快就成了莫逆之交，常在一起以诗酒为乐，传有许多趣闻逸事。

宋神宗熙宁初年，京师大旱。宋神宗亲自在宫中设坛祷雨，命大相国寺高僧入宫诵经求雨。苏学士与诸翰林也奉旨入宫礼佛拈香。谢端卿为一睹"龙颜"真面，假扮僧人随苏轼入宫。宋神宗见佛印眉清目秀，才思敏捷，当场命礼部官，给予度牒，钦赐法名了元，字佛印。弄假成真的佛印从此潜心修行，研究佛理，在佛学上有很深的造诣，曾任金山寺住持。苏轼和黄庭坚常到金山寺与佛印打坐参禅，探讨佛教的学问。

苏轼、佛印与黄庭坚三人，除了谈佛论经外，还经常一起切磋文学艺术。佛印和其他修佛者不同，喝酒吃肉，无所顾忌。一天，佛印正在寺院的后园里吃午饭，远远看见苏轼和黄庭坚来访。佛印心想他们此时登门，想必未曾吃饭，何不与他们开个玩笑。于是他灵机一动，将平时敲磬念佛时用的铜磬（寺院中的一种铜质鸣器，形状如钵）翻了过来，轻轻地扣在石桌上一盘鱼的上面，然后若无其事地吃起饭来。苏轼刚进院时，还闻到一阵诱人的鱼香，可是走近一看，却只见佛印正愁眉苦脸地吃着淡饭。这位爱吃红烧肉的学士心想："刚才明明闻到一阵鱼香，怎能一转眼便没有了？"再看桌上一只倒扣着的铜磬，便什么都明白了。这时佛印起身道："二位此时到访，今天未预备酒菜，就将就用些淡饭吧。"说完，为二人各盛了一碗米饭。苏轼一边吃着淡饭，一边盘算着如何才能让佛印拿出鱼来。他忽然心生一计，便从容地说道："今天经过李施主门前，见有副对联，挺有意思。这上联是'向阳门第春常在'，下联是'积善人家……'什么来着？这后三个字怎么就想不起来了呢？不知佛印禅师是否记得？"佛印不知是计，应道："学士今天怎么了，这不是民间常用的春联吗？下联是：'积善人家庆有余'"苏轼一听，立时拍台笑道："对！是'磬有鱼'，既然磬里有鱼，怎么不拿出来让大家一起尝尝呢？"佛印恍然大悟地笑道："明公真是足智多谋！"说完便从铜磬下将鱼端出。这幅彩画描绘的就是当时三位挚友在谈笑声中相互劝酒共进午餐的情景。

三难新郎

本图出自《醒世恒言》卷十七"苏小妹三难新郎"的故事。一年三月初三礼部大试之期，江南才子秦少游一举成名，中了制科。当天在苏老泉与苏东坡的撮合下，秦少游与苏小妹拜堂结亲，成就了百年姻眷。其夜月明如昼，前厅筵宴已毕，少游方欲进房，只见房门紧闭，原来苏小妹要以诗文对新婚夫婿做进一步考察。秦观看见庭中摆着一张桌儿，桌上排列纸墨笔砚，还有三个信封，三个杯盏，一个青衣小鬟守立旁边。丫鬟道："奉小姐之命，有三个题目在此，三试俱中式，方准进房。"少游微微笑道："下官曾应过制科，莫说三个题目，就是三百个，我何惧哉！"丫鬟道："俺小姐不比寻常试官，之乎者也应个故事而已。她的题目好难哩！第一题，是绝句一首，要新郎也做一首，合了出题之意，方为中式。第二题四句诗，藏着四个古人，猜得一个也不差，方为中式。到第三题，就容易了，只要做个七字对儿，对得好便可饮美酒进香房了。"少游道："请第一题。"丫鬟取第一个纸封拆开，内写诗四句道：铜铁投洪冶，蝼蚁上粉墙。阴阳无二义，天地我中央。少游想："这个题目，别人做定猜不着，可我曾扮作过云游道人，在岳庙化缘，去相那苏小姐。此四句乃含着'化缘道人'四字，明明是在嘲我。"遂于月下取笔写诗一首于题后云：化工何意把春催？缘到名园花自开。道是东风原有主，人人不敢上花台。丫鬟见诗完，将第一幅花笺折成三叠，从窗隙中塞进，高叫道："新郎交卷，第一场完。"小妹览诗，每句顶上一字，合之乃"化缘道人"四字，微微而笑。少游又开第二封看之，也是花笺一幅，题诗四句，其中暗含四位古代名人：强爷胜祖有施为，凿壁偷光夜读书。缝线路中常忆母，老翁终日倚门间。

少游见了，略加思考后，一一注明：第一句是孙权，第二句是孔明，第三句是子思，第四句是太公望。丫鬟又从窗隙递进。少游口虽不语，心下想道："两个题目，眼见难我不倒，第三题是个对儿，我五六岁时便会对句，不足为难。"再拆开第三幅花笺，内出对云："闭门推出窗前月"。初看时觉得容易，仔细思来，这对出得尽巧，若对得平常了，不见本事，左思右想不得其对。少游听得谯楼三鼓将阑，构思不就，愈加慌迫。却说东坡此时尚未曾睡，且来打听妹夫消息。望见少游在庭中团团而步，口里只管吟念"闭

门推出窗前月"七个字,右手做推窗之势。东坡想:"此必小妹以此对难之,少游为其所困矣!我不解围,谁为撮合?"急切思之,亦未有好对儿。庭中有花缸一只,贮着满满一缸清水,少游正在倚缸看水。东坡望见,触动了灵机,连道:"有了!有了!"正想教少游对了,又恐怕小妹知觉,连累妹夫体面。东坡远远站着咳嗽一声,从地下取一块砖片,投向缸中。那水为砖片所激,溅在少游的脸上。水中天光月影,纷纷淆乱。少游当下晓悟,遂提笔对道:"投石冲开水底天。"

丫鬟交了这第三遍试卷,只听吱呀的一声,房门大开,从内又走出一个侍儿,手捧银壶,将美酒斟于玉盏之内,献上新郎,口称:"才子请满饮三杯,权当花红赏劳。"春风得意的秦少游,连进三盏,被丫鬟拥入了红烛高照的香房。

长廊花鸟画　双鲤图

东坡赏砚

这幅画是李作宾大师的精品临摹画，原画为晚清海派领军人物任伯年所绘，现收藏于北京徐悲鸿纪念馆中。砚有着十分悠久的历史，目前考古界普遍认为它产生于新石器时代的研磨工具"磨盘"。东汉许慎在《说文解字》里解释说："砚者研也。"我国赏砚玩砚的风气古来有之，历代砚痴砚迷者也不在少数。人们藏砚、品砚，为砚写诗作画，在砚上题词刻句，加之石砚本来就有"材质坚固，传万世而不朽，历劫难而如故，留千古而永存"的特性，因此传世的名砚很多，给后人留下许多遐想与品味的空间，比如东坡砚、米芾砚、岳飞砚、文天祥砚等都是具有极高文物价值的砚中珍品。

宋代著名文学家、书画家苏东坡爱砚成癖，蓄砚为宝，枕砚而卧，留下许多爱砚、赏砚的佳话。他曾说："我生无田，食破砚。"后人写诗道："东坡无田食破砚，此地研田飞碎金。"他在一首诗中记述了为得到好友的一方"龙尾子石砚"，竟用家传铜剑与之交换的事情。苏东坡一生几起几落，道路坎坷，但始终没有放弃过赏砚，他以书画会友，周游四海；以赏砚为趣，陶冶情操。据传，"乌台诗案"后，苏轼被贬黄州，他还专程从黄州赶到徽州，来采集歙砚。当时文人士大夫听到大书画家苏东坡到来，都纷纷向他求字求画，用的都是汉砖砚，竟无一方好砚，东坡曰："平生字画为业，砚为田。如今到了歙砚产地却是见不到一方好砚，憾也！"时任绩溪县令的苏辙听了哥哥的话，便到处张贴布告，搜集歙砚，凡收到优质砚者赏黄金五百两。正在修"苏公堤"的一位民工是前朝"砚务官"的后裔。他看到苏辙的征砚告示，就将家中祖传的一方歙砚，献给苏东坡。苏家兄弟见到这方歙砚，色如碧玉，纹理清晰妍丽，质地细腻而滋润，发墨如油，贮水不涸。苏东坡爱不释手地把砚捧在手中赞颂道："罗细无纹角浪平，半丸犀璧浦云泓；午窗睡起人初静，时听西风抚瑟声。"在苏东坡听来，

7区75内东

研墨之声如同抚瑟一样，娓娓动听，如此想象驰骋的比喻，生动地显示了苏轼对好砚痴迷的程度。

长廊的这幅《东坡赏砚图》是临仿清代画家任伯年作品绘制的。画家采用清代流行的浅绛色法，笔路迅疾，墨色浓淡相间。苏轼头戴东坡帽，双目凝视手中新获的砚石，忘情于赏砚的喜悦之中，整幅画面给人以一种清新、典雅之感，生动地表现了苏东坡爱砚赏砚的雅趣。

长廊博古图

小贴士

自古以来，笔、墨、纸、砚备受文人关注与喜爱，早在南唐时人们就推崇李廷圭墨、澄心堂纸、诸葛氏笔和产于歙州的龙尾歙砚为"文房四宝"。后来人们渐渐将浙江湖州的湖笔、安徽徽州的徽墨、安徽宣州的宣纸、和广州端州的端砚视为"文房四宝"的上品。特别是那些材质优良、雕刻精美的石砚，不仅是古代文人书案上必有的研墨工具，更被历代文人所珍爱收藏，被视为"四宝"之冠。

赤壁夜游

本幅彩画取材于苏轼夜游黄州赤壁的故事，为晚清海派画家陆鹏作品的临摹画，宋代画家李公麟、明代画家唐寅都曾有此类题材的作品。

北宋元丰五年（1082年），苏轼因"乌台诗案"被谪居黄州已近四年。作者无辜遭伤害，长期被贬，郁愤之情，实在难以言述。面对仕途受挫和不公允的遭遇，苏轼没有被颓唐消极的情绪所压倒，仍能以豁达开阔的胸襟泰然处之。在半年之中，先后两次同友人于赤壁矶头泛舟长江，游览夜景，以寻求精神上的解脱。年近五旬的苏轼泛舟于长江之上，眺望滚滚东去的江水，想起自己昔日建功立业的抱负也已付之东流，不禁感慨万分，接连写下了"一词两赋"，即《念奴娇·赤壁怀古》《前赤壁赋》和《后赤壁赋》三篇名作。这三篇作品在我国文学艺术史上有着深远的影响，为以后戏曲、绘画、雕塑等艺术提供了不朽的创作题材。

三篇名作中所提的赤壁实为黄州赤鼻矶，并不是三国赤壁之战的旧址，当地人因发音相近也称之为赤壁。苏轼知道这一点，只是借景以抒发自己的胸臆。后人为纪念苏轼，将黄州赤壁称为"东坡赤壁"，或称其为"文赤壁"，而将三国赤壁之战的古战场称为"武赤壁"。直到今天，在黄州"东坡赤壁"，仍有"二赋堂""坡仙亭""酹江亭"等名胜可供人们游览凭吊。

苏轼在第一次夜游赤壁后不久写下了著名的《念奴娇·赤壁怀古》。这首词融描写景

物、咏怀古今、感叹人世于一体，把人们带入奇伟雄壮的长江之上和深邃广阔的历史沉思之中，极具震撼人心的艺术感染力，被誉为古体诗词的"千古绝唱"。词的上片咏赤壁，下片怀周瑜，结尾以词人自身感慨作结。全词起笔气势高唱入云，词境深邃壮阔。首句"大江东去，浪淘尽、千古风流人物"的慨叹使江山、人物、历史风云一齐喷涌而出，以万古心胸引出怀古思绪。词人接着以"故垒西边，人道是、三国周郎赤壁"的疑似之言，巧妙地把"江边故垒"和"周郎赤壁"挂上了钩。接下去的词句使人仿佛亲临"乱石崩云，惊涛裂岸，卷起千堆雪"的长江，既将大江乱石写得惊奇险峻，也把昔日赤壁的氛围渲染得苍茫雄浑。词人在下片用"小乔初嫁了，雄姿英发"的词语让人们看到了一位少年功成、英气勃勃的周瑜，使整篇词显得豪放而不失风情，刚健而富有柔情。"羽扇纶巾"三句描写了周瑜的战功。相比之下，时年已四十有七的词人，不但功业未成，反而贬官黄州，同当年"功成名就"的周瑜形成了巨大反差，流露出词人自感惭愧、内心苦闷的心境。词尾处苏轼发出"人生如梦"的感叹，希望趁着江上清风，举杯洒酒，以祭奠不堪回首的流逝岁月。这首怀古词兼有感奋与感伤的两重色彩，被看作苏轼豪放词的代表作。全词如下：

　　大江东去，浪淘尽、千古风流人物。故垒西边，人道是、三国周郎赤壁。乱石崩云，惊涛裂岸，卷起千堆雪。江山如画，一时多少豪杰。遥想公瑾当年，小乔初嫁了，雄姿英发。羽扇纶巾，谈笑间、樯橹灰飞烟灭。故国神游，多情应笑我，早生华发。人生如梦，一樽还酹江月。

【词注】千堆雪：形容浪花千叠的江面。小乔：东吴乔国老的次女，周瑜在建安三年迎娶小乔。樯橹：指曹操所率的水军。酹（lèi）：以酒洒地，用以祭月。

提示

苏轼在《前赤壁赋》中写道："与客泛舟赤壁之下"，在《后赤壁赋》中也有"二客从予，过黄泥之板"的叙述，但两篇赋中都没有具体点明客人的名字。据一些明、清学者的考证和苏轼其他几篇文章推断，《前赤壁赋》中所说善吹箫的客人，应是四川绵竹的道士杨世昌，而《后赤壁赋》中所提的"二客"是谁，一直没有确切的答案。在本画的画面中，苏轼正同两位客人在江边候船，一旁的童子肩挑酒坛和鲜鱼，很像是《后赤壁赋》中描述的情景。一种说法两位同行的客人是佛印与黄庭坚。

夜游承天寺

这幅画取意于苏轼著名的散文《记承天寺夜游》。宋神宗元丰二年七月，御史李定等人摘出苏轼隐射新法的诗句，说他以诗讪谤，同年八月，将他逮捕入狱。经过长时间的审问，苏轼差一点被折磨致死，这就是著名的"乌台诗案"。在狱中度过一百二十天的苏轼获释后，被贬到黄州做了一个有职无权的闲官。

元丰六年（1083年）的一个夜晚，被贬四年的苏轼，与同是沦落之人的好友张怀民一起，夜游承天寺并写下这篇短文。文章以精练的语言对寺中的夜景做了美妙的描绘，真实地反映了作者当年生活的一个片段。下面让我们结合原文与这幅彩画，一起欣赏其中的诗情画意。《记承天寺夜游》全文如下：

元丰六年十月十二日，夜，解衣欲睡，月夜入户，欣然起行。念无与为乐者，遂至承天寺寻张怀民。怀民亦未寝，相与步于中庭。庭下如积水空明，水中藻荇交横，盖竹柏影也。何夜无月？何处无竹柏？但少闲人如吾两人者耳！

2区14内南

第六章 北宋、南宋

苏轼在这篇游记中，将叙事、抒情、议论结合得水乳交融，恰到好处。文章的前两句点明了事件的时间、地点和人物：在一个月光皎洁的夜晚，作者被窗外美好的月色所吸引难以入眠，便起身前往承天寺寻找同是被贬到黄州的好友张怀民。文章的第三、四句描述了二人趁着月光一起来到寺中庭院散步的情形。作者寥寥数语，仅用二十八个字就描绘出一个皓月当空、树影婆娑的寺院夜景：月光下的承天寺庭院，地面上泛出茫茫的青灰色，好似波光粼粼的水面；院中随风摇曳的竹柏倒影，恰如荇草在水中随波漂动。这种极富想象力的比喻恰如其分地渲染了空明灵动、幽静肃穆的承天寺夜景。文章的结尾处，作者感慨道：何夜无月？何处无竹柏？可是有此闲情雅趣，在夜半时分，来欣赏此番夜景的，除了他与张怀民外，恐怕就没有别人了！苏轼被贬黄州，使他有闲得以在半夜前来观赏夜景，这一方面反映了苏轼仕途受挫的失落；另一个方面也反映了苏轼超然、洒脱的处世态度。身为沦落之人的他丝毫没有发出怨天尤人的悲叹，反倒深深地被美好夜景所吸引，庆幸自己有幸能观赏到这难得的人间美景！这种宠辱不惊、豁达开朗的精神境界，充分显示出苏轼超凡脱俗的人格魅力。

考证花絮

在以往的长廊画故事书中，此图均被描述为"山中宰相"的故事。单从画面上看，图中一位布衣学士背着手在庭院中散步，很像是南朝陶弘景隐居茅山为梁武帝出谋划策的情形。但经考证，此图应是参照清代画家沈心海的《东坡先生夜游承天寺图》绘制的。

打渔杀家

本篇两幅彩画描绘了著名传统京剧《打渔杀家》中的片段。

北宋年间，梁山泊好汉阮小七不愿受朝廷的招安，隐姓埋名，改名萧恩，同女儿桂英流落到太湖边，靠打鱼为生。这一天，萧恩正和女儿在湖面上捕鱼，忽听岸上有人喊"萧大哥"。原来是当年与他一同在梁山泊聚义的李俊和一位朋友在招呼他们上岸休息。

李俊同萧恩一样，没有跟随宋江受朝廷的招安，而在村子里开了一个小店谋生。他的朋友倪荣，常跟李俊练武，十分敬慕萧恩，就同李俊一起来拜访他。萧恩本来就是个豪爽之人，一见有朋友来访，连忙把船靠到岸边。父女俩忙着在船上烹鱼温酒，热情地招待两位来客。萧恩和李俊讲起当年在梁山泊的往事，听得倪荣心中好不羡慕，连声叫道："痛快！痛快！"一连喝了三大碗酒。

正当三人开怀畅饮时，丁家庄庄主丁子燮（xiè）的狗腿子丁郎来到湖边催缴渔税

自从丁子燮勾结县官吕子秋包征渔税以来，他仗势欺人，常来湖边敲诈渔民。由于这年天旱水浅，渔民的生计十分艰难。丁子燮见萧恩缴不起渔税，就盘算着要让萧恩美貌的女儿桂英去丁家做丫鬟，以抵渔税。丁郎气冲冲地对萧恩说："你欠的渔税到期了，为什么还不来缴税？"萧恩好言向他解释，请丁郎再宽限几天。丁郎大声喝道："你这是要抗税吗？"李俊和倪荣听不下去，跳到岸上同丁郎讲理，质问他为什么要血口喷人。丁郎反而更加嚣张起来，大声喊道："你们仗着人多，真要造反吗？"倪荣再也忍不住了，伸出拳头要打丁郎。丁郎见势头不妙，急忙转身跑开。

第二天一早，丁子燮吩咐拳脚教头带一伙打手直奔萧恩家而来。教头上前敲门，萧恩一开门，教头冷不防来个扫堂腿，想出其不意先将萧恩摔倒。萧恩眼疾手快，躲闪到一边，又飞起一脚，反将教头踢倒。萧恩定睛一看，自己踢倒的是丁家庄的拳脚教头，连忙拱手赔礼道歉。教头恼羞成怒，爬起来朝萧恩当胸就是一拳，却又被萧恩接住来拳，反手一推，教头向后连退几步。

教头看来硬的不行，立刻换了一副笑脸说："萧二爷，我们庄主请你家的大姑娘到庄里去一趟，我看你是交好运啦，还不赶快叫桂英姑娘出来跟我们走！"萧恩一听此话，气得破口大骂了起来。教头的徒弟们仗着人多，一拥而上想强抢桂英抵债。桂英手持一根棍子，冲了出来，父女两人施展功夫，将教头一伙人打得落荒而逃。桂英同父亲学了一身武艺，这回总算是用上了，觉得很痛快。萧恩却说道："这下可能惹出祸了，丁家庄的人是不会就此罢休的！"

果然不出萧恩所料，丁子燮当天就到县衙找到县知事吕子秋，告萧恩抗税打人。吕知事马上派衙役前去拘捕萧恩。衙役将萧恩带上公堂，萧恩还没开口，就被打了四十大板，并责令他立刻带上渔税银子，到丁家庄赔礼道歉。萧恩忍痛回到家中，强压着怒火，将前来安慰他的乡亲们劝回，一人坐在家里喝起酒来。只有李俊知道，这位倔强的汉子是不会

就这样忍气吞声的。

半夜时分,萧恩突然站了起来,愤愤地对女儿说:"桂英,该去丁家庄赔礼道歉了,你把我的钢刀和那颗你婆家送来的聘礼'庆顶珠'给我拿来!"桂英不解地问:"赔礼还要带钢刀做什么?"萧恩说:"丁子燮欺人太甚,今夜就是他的死期!我要除掉这个恶霸!"桂英很理解父亲的心情,一定要同他一起过河报仇去,萧恩只好答应了。父女俩趁着夜幕,划船过河直奔丁家的后门。两人一前一后,跳过院墙,很快找到了丁子燮的房间。他们以献宝珠赔礼为由,敲开了房门。丁子燮和管家正在灯下算渔税,见萧恩带着女儿连夜过江献宝珠赔罪,以为萧恩真的认罪了,贪得无厌的他们刚要上前细看宝珠,却被萧恩刺死于刀下。萧恩用血迹在墙上写道:"杀死恶霸狗腿者,当年梁山好汉阮小七是也!"父女俩照原路离开了丁家,驾船而去,消失在茫茫的太湖之中。

天气困人梳洗懒

此图描绘的是北宋女词人孙道绚所写《南乡子》词中的意境:时值暮春,一位少妇起床后无心梳洗,百无聊赖地靠坐在案旁,任凭顽皮的幼子在一旁嬉戏打闹。

孙道绚,号冲虚居士,福建人,生卒年不详,约生活于北宋末南宋初期。她自幼聪颖,书史无所不读,过目不忘。年三十孀居,守节教子。清代著名文人梁章钜称:孙道绚词可与李清照相颉颃(xié háng,形容鸟上下飞舞,泛指不相上下)。孙道绚平生文章甚多,晚年因遭火灾,文稿多被焚毁,这首《南乡子》是仅有的数篇传世作品之一。

在这首春闺词中作者抒发了伤春念远的情思。上片描写了少妇春日慵懒的情态。困人

的天气，起床后倦于梳洗，只是淡画春山，委婉地表现出女词人苦闷的心情。下片写对出游人的惦念。闺中人在百无聊赖中闲挦绣丝，聊做女红，可金针倒拈，全无心思。时已暮春，杨花满院，因游人未归，便不愿卷帘再看。通篇情思缠绵，和婉细腻。词文如下：

晓日压重檐，斗帐春寒起未忺。

天气困人梳洗懒，眉尖。淡画春山不喜添。

闲把绣丝挦，刚得金针又倒拈。

陌上游人归也未，恹恹。满院杨花不卷帘。

【诗注】斗帐：形状如斗的帐子。忺（xiān）：适意。春山：指女子的眉。挦（xián）：扯，摘取。恹恹（yān yān）：喻患病而精神疲乏。

考证花絮

此画在以往的长廊画故事书中均被描述为《聊斋志异·吕无病》的故事。经考证，本画的稿本实为清代画家曹华为宋代女词人孙道绚《南乡子》一词所创作的题诗画。

长廊山水画

颐和园长廊彩画故事全集

长廊花鸟画组图

梅 喜上眉梢

兰 寿献兰荪

竹 竹报平安

菊 兰菊芳菲

杨家将 杨门女将

北宋初年，辽国屡犯中原，以杨业（杨继业）为首的杨家将男儿为保家卫国，前赴后继，浴血沙场。雍西三年（986年），为收复燕云十六州，宋太宗赵光义亲率宋军北伐辽国。杨业为西路军副将，在陈家谷受重伤被俘，绝食而亡。宋仁宗年间，西夏军再犯北宋西北边关。三关守将杨宗保为破敌阵，夜探葫芦谷，不幸中箭身亡。国难当头，巾帼不让须眉，佘太君从民族大义出发，不顾自身安危，毅然率领杨门女将出征，抗击西夏军。杨门女将踏着亲人的足迹，英勇杀敌，一举击退了西夏兵，为保卫大宋江山再建功勋。最早讲述杨家将故事的小说是《两宋志传》，传为明人熊大木所作。随着后代《杨家府演义》《杨家将传》及相关的戏剧、评书在民间的广泛流传，杨家将和杨门女将的故事，在我国百姓中家喻户晓、妇孺皆知。杨家满门忠烈、百战沙场、保家卫国的英雄事迹，一直受到后人的敬重与颂扬。据有关史书记载，杨家将故事中杨继业、杨延昭、杨文广等人物，在历史上确有其人；而佘太君、穆桂英、杨宗保等人物，是小说虚构还是真有生活原型，尚待进一步考证。长廊中有六幅彩画是依据《穆桂英挂帅》《杨门女将》连环画创临绘制的。

第六章 北宋・南宋

穆桂英招亲

8区91内北

宋真宗时期，辽国屡犯中原，直接威胁着北宋的安危。这一年，辽军又在九龙山摆下了天门阵，叫嚣着要宋朝答应以黄河为界，方肯撤兵。这天门阵变化多端，阵中一百零八阵，易守难攻。宋军三关元帅杨延昭（杨六郎）为破此阵，操劳过度，一病不起。宋真宗下旨贴出榜文，招募名医、谋士来给杨元帅医病，共议破敌之策。一天，一位名叫钟汉的道士特意赶来献策道："要破此阵，尚需去五台山去召杨五郎下山。"孟良奉命骑着快马来到五台山，他向五郎讲明了来意，恳求他下山帮助六郎破除敌阵。五郎道："要破敌阵，就要战胜萧天佐这个逆龙。我如有穆柯寨的降龙木来做我的斧柄，便可取胜。"孟良听罢又策马向穆柯寨飞奔而去，不料寨主穆桂英却将他打败。为尽快取得降龙木，孟良把杨宗保请来迎战穆桂英。

穆桂英见杨宗保年轻英俊，言语文雅，心中暗暗喜欢，决定引宗保上山，设计活捉他。她举刀喊道："我寨中确有宝木，只要你能赢得我手中的大刀，就送给你！"宗保一听，也不再答话，挺枪就刺。两人战了三十余回合，穆桂英突然拨马佯装败阵而走，宗保不知是计，催马紧追。刚转过山坡，穆桂英从身上取出红锦索套，猛地将宗保套住，拖下马来。穆桂英命手下将宗保押回山寨。在大帐中，她亲自为宗保松绑让座，真诚地说道："我爹爹穆羽原来也是宋朝的将官，因遭奸人的迫害才隐居在此。今日，本姑娘见将军少年英武，又是忠良之后，有意与你结为百年之好，献出寨中的宝木，一同与你下山杀敌报国！"宗保自见到英姿飒爽、武艺高强的穆桂英，早已暗暗钦佩，现在又听到她一番坦荡的肺腑之言，也有心与桂英结为夫妻。当天夜里，山寨上下张灯结彩，喜气洋洋，在孟良的主持下，杨宗保与穆桂英在穆柯寨拜堂成亲。

考证花絮

此画中穆桂英飞索套宗保的情形与小说《杨家将》宗保被射中坐骑、落马被擒的描述不一致，然而在《穆桂英招亲》的戏剧、连环画作品中，确有这样的场面出现。另外，取材于小说《薛丁山征西》的连环画中，也有窦仙童、樊梨花飞索擒捉薛丁山的画面，只是薛丁山用的是方天画戟。

穆桂英挂帅

杨宗保和穆桂英在山寨成亲后，知道自己擅自上山，私订终身，违反了军纪，虽然找到了降龙木，但父帅也一定会治罪于他。于是，宗保和桂英商定，自己和孟良先下山将情况禀告父帅，让桂英尽快将寨中的事情安排好，带着降龙木，随后下山去见杨元帅，争取二人共同带兵破除辽军的天门阵，以求得父帅的宽恕。

宗保和孟良刚回到宋营，杨延昭就怒气冲冲地对宗保说道："你擅离职守，又私自阵前定亲，二罪归一，按军法要在辕门处斩！"说罢，就令刀斧手将宗保绑了，推出辕门，待午时斩首示众。孟良着急地解释道："小将军所做的一切都是为了得到降龙木，成亲一事，是由我做媒担保的，要处罚也该处罚我，与宗保无关！"此时，八贤王和老太君也闻讯前来为宗保求情，可执法如山的杨延昭说道："王子犯法，与庶民同罪！我如果这次宽恕了自己的儿子，以后何以服众？"正当众人相持不下的时候，穆桂英赶到了宋军大营。她直闯中军大帐，拜见了杨元帅，当场献出降龙木，并向众人表明了自己要同宗保一同攻破天门阵，以为国立功的决心，并恳求父帅宽恕宗保。杨六郎看到眼前这位心直口快、才貌双全的穆桂英立誓要破辽军天门阵，心中暗暗高兴。为进一步试探桂英的决心，他板着脸说："你可真能破除敌阵？"桂英斩钉截铁地答道："军中无戏言！我自幼跟随骊山老母习兵练武，不仅掌握了刀法、枪术，而且熟知各种阵法，莫说一个天门阵，就是再多的阵法，也定能踏平敌阵，为国立功！"佘太君满心欢喜地看着自己的孙媳妇说道："以我这老眼来看，这孩子准行！"八贤王也连连点头赞同。次日，宋军大营中举行了一个隆重的挂帅仪式。八贤王亲自将三关帅印交给了穆桂英，并命杨延昭为军师，宗保为副帅协助穆桂英破敌。

穆桂英飞步上了点将台，亲自点兵布阵，调动军力。这位年轻的女帅指挥有方，连破辽军的白虎阵、青龙阵、玄武阵、鬼魂阵等数阵，最终大破天门阵，击退了猖狂一时的辽军。本图描绘的就是当年穆桂英站在点将台上，亲自点将出征的场景。

杨七娘初战西夏王

4区32外北

北宋仁宗年间（1023～1063年），塞外西夏大举进犯北宋边陲。杨家将第三代英雄人物杨宗保，率兵与西夏军在飞龙山下形成对峙局面。飞龙山地形险要，易守难攻，西夏扎营山下。杨宗保打听到山旁葫芦谷有条栈道，可以通往敌营的后面。他趁夜色骑着白龙马亲自前往葫芦谷探视地形，不料半路遭到西夏兵的埋伏，中箭身亡。西夏军听说宋军守关元帅杨宗保阵亡，增强了进攻的势头。边关军情十分危急。副帅岳松急忙派孟怀源和焦廷贵二将起程去京城搬兵。宗保夫人穆桂英闻听丈夫在边关为国捐躯的噩耗，悲恸欲绝。佘太君让孟、焦二将火速上朝奏明圣上，请求向边关增兵。

宋仁宗听后，更是惊恐万分，忙召集大臣殿前议事。此时，宋朝已经没有合适的武将可派到前线，包拯建议宋王前往杨府吊唁，一来安慰忠灵，二来也可使佘太君体谅朝中无将可派，准备同西夏求和的苦衷。宋仁宗在杨府祭奠后，佘太君忍住悲痛，力谏圣上不要苟安求和，并自荐由杨门女将出征迎敌。太师张英摇摇头道："纵然太君力谏出兵抗敌，可缺少能征善战的先锋元帅也是枉然！"话音未落，穆桂英毅然挺身而出道："我穆桂英甘当先锋元帅！"众夫人也一拥而入。武艺高强的七娘怒气冲冲地对张英道："张大人，我杨门女将个个都能冲锋陷阵，包能打败西夏。你要言和，我们决不答应！"穆桂英的儿子杨文广也从众人身后站出来请战。宋仁宗看到杨门女将保家卫国的勇气，十分感动，下旨命穆桂英为征西元帅，佘太君为监军，带领三万人马，进发边关。穆桂英再次挂帅出征的消息传到西夏王王文的耳中，他不禁哈哈大笑道："如今宋朝无人，竟派来几个寡妇出征，实在可笑！"王文随即带领儿子王翔出营挑战。杨文广早就按捺不住，催马上前迎战王翔。两人战了几十回合不见胜负，穆桂英怕文广有失，急令七娘出阵接应。七娘是七郎杨延嗣的夫人，练就了一身梅花枪的好武艺。此刻，她大喝一声，手持长枪，纵马出阵。王翔与七娘刚打了几个回合，就招架不住了。七娘越杀越勇，带领宋军乘胜追击，直杀得王文、王翔狼狈地逃回到飞龙山大营。此图画的就是杨七娘挺枪出阵、力战西夏王时的情形。

考证花絮

在以往多部书中，本画均被描述为"杨排风战殷奇"。但众所周知，杨排风手中的武器应是"烧火棍"，而画面中的女主角使用的却是长枪。经查阅相关书籍，这幅画描绘的应是"杨七娘初战西夏王"的故事。图中骑马出战的女将为杨七郎的夫人，即武艺高强的杨七娘。

杨文广纵马寻栈道

西夏王王文被杨七娘杀得招架不住，领军逃回了山寨。他没想到杨门女将竟然如此厉害，心中闷闷不乐。军师魏古进帐献计："我军可凭飞龙山天险固守不出，宋军必然急躁。那时，我军可引诱杨文广出阵，将他引入葫芦谷迷阵，再以此要挟穆桂英，为救儿子的性命献出边关，如此可保西夏不战而胜。"王文听后，连夸好计。以后一连十几天，西夏军高挂免战牌，躲在大营不出战。佘太君和穆桂英心生疑虑，登楼瞭望敌情。两人望见飞龙山险要的地形，商量着设法找到通往敌营后方的葫芦谷栈道，以便派兵包抄敌营后路，出奇制胜。

回到军帐，穆桂英又详细询问了前次宗保探谷的经过。宗保的马童张彪回忆道："葫芦谷山势险峻，烟雾弥漫，谷中小路崎岖，千回百转，十分容易迷路。宗保元帅是在一位

4区36内西

采药老人的指引下，才找到了那条可直通飞龙山的栈道。可在回来的路上，不幸遭遇埋伏，中箭身亡。"佘太君听后，安慰穆桂英道："宗保儿虽然未能实现抄敌后路的计划，就为国捐躯了，但他已探明了葫芦谷栈道，立下了大功！"穆桂英当即要求亲率一支人马，再闯迷谷，从栈道包抄西夏军营的后路，完成宗保未实现的计划，太君点头同意。

此时，王文派人来宋营下了战书，扬言要约杨文广去葫芦谷口决战。穆桂英决定将计就计，派文广前去迎敌，从而能率军深入葫芦谷，并让马童张彪带着白龙马一同前去。一切准备就绪，文广跨马出营，直奔葫芦谷。西夏兵边战边退，将文广引入深谷之中，穆桂英也乘机率军进谷增援。穆桂英进谷之后，命孟、焦二将领兵把住谷口，防止王文军追击；自己率人马和文广会合，由张彪引路，去寻找那条栈道。这时，天色已近黄昏，风寒透骨，宋军在山谷里披荆斩棘，艰难地前进，于三更时分来到了东南山麓。望着山谷中的茫茫迷雾，穆桂英命军士们下马四处寻找栈道，天色微明，栈道还是没找到，正当众人万分焦急的时候，那匹白龙马忽然昂首长嘶，桂英心里一动，莫非是老马识途，认出了原来的道路？她忙让文广骑上白龙马，放开缰绳，任凭它在前面驰骋，自己带大队在后面紧紧跟随。白龙马翻山越岭，来到一个山头，就停步不前了。

提示

杨文广，北宋名将。并州太原(今山西太原)人。在杨家将小说、评书、戏剧中，杨文广是杨宗保之子，杨延昭之孙。在正史中，杨文广是杨延昭之子，杨业之孙。本图曾被描述为"杨文广出山"。经查证有关书籍，此图描绘的应是"杨文广纵马寻栈道"的故事。

寻访采药人

穆桂英、杨文广率领宋军连夜在葫芦谷寻找栈道。文广骑着白龙马翻山越岭，来到一座山头，马童张彪认出这里就是宗保元帅下马步行寻栈道的地方。大家纷纷下马开始在山谷中寻找栈道的线索。此时天色已亮，七娘突然看见山坡上有位采药的老人，心想："宗保元帅不就在一位采药老人的帮助下，才找到栈道的吗？"七娘马上将情况告诉了桂英。桂英忙走上前去，向老人问话。可老人却指着耳朵和嘴巴，示意自己是个聋哑人，桂英大失所望。马童张彪牵着白龙马赶了过来，他老远就和老人打起了招呼。原来那日给宗保带路的采药者，正是这位老人。刚才老人是怕西夏兵，不想惹是生非，才装聋作哑，现在一见到张彪，知道是杨家将来了，马上开口说起话来。老人听张彪说上次来探路的宗保元帅已经壮烈牺牲，不禁老泪纵横。他自告奋勇地要再次给宋军带路。穆桂英带着大队人马，在采药老人的指引下，又翻越了一座高峰，果然绕到了飞龙山的后面。此时，太阳已经高高地爬上了山岭，葫芦谷

中的迷雾渐渐散去。穆桂英指挥宋军在西夏大营的背后悄悄地埋伏下来，只等夜晚到来，放火给出信号，和谷外的宋军两面夹击敌营。

这天，西夏再次派来了使者下了战书，威胁佘太君立刻献出边关，否则就要放火烧谷，全歼里面的宋军。佘太君胸有成竹地将西夏的战书撕得粉碎，怒斥来使，叫他转告西夏王快快投降，不然就要率领宋军直捣飞龙山，踏平西夏军的大营。西夏信使刚走不久，远处突然火光冲天，照红了天空。老太君兴奋地指着火光说："这大火是从敌营后面烧起的，这是桂英成功地找到了葫芦谷栈道，开始从敌营后面奇袭敌军的信号！"宋军顿时欢呼雀跃，群情激奋。佘太君立即传令众将，开关出战，从正面猛攻敌营。

勇退西夏兵

西夏王王文听到信使转达佘太君的强硬回话，恼羞成怒，正要放火烧谷，忽然飞龙山后

营大火冲天，杀声阵阵，宋军如同天兵天将一般，从飞龙山后面冲进了西夏大营。营中的西夏兵毫无准备，不战自乱，四处逃命。守在葫芦口的孟、焦二将也趁势杀出，宋军的三路人马形成合力，一同向飞龙山的敌营猛攻。

王文匆忙领兵抵抗，无奈兵败如山倒，眼见大势已去，王文只得骑马向营外逃走，穆桂英和杨文广紧追不舍。文广奋勇当先，一枪刺中了王文的战马。受惊的马驮着王文在原地转圈，穆桂英冲上前，举枪刺中了王文的心窝，结果了他的性命。宋军大获全胜收兵，包拯和张英迎出关外，庆贺杨门女将又为国立下大功。宋军休息三日，凯旋班师回京。一路上，百姓们沿路欢迎，争看杨门女将的风采，盛赞巾帼英雄的功勋。经过这次战役，西夏主力遭到重创，再也不敢与宋朝为敌，宋朝北部边关又恢复了往日的安宁。

提示

此画曾被描述为"勇战殷奇"。经考证，此图描绘的是"穆桂英勇退西夏兵"，取材于连环画《杨门女将》。

长廊对鸥舫

水浒传

SHUIHUZHUAN

《水浒传》又名《忠义水浒传》，创作于元末明初，是第一部描写农民起义的长篇小说，作者施耐庵（一说为罗贯中）。全书围绕"官逼民反"这一线索展开情节，表现了北宋宣和年间（1119～1125年）晁盖与宋江等一百零八位不堪暴政欺压的"好汉"揭竿而起、聚义水泊梁山，直至最终接受朝廷招安的全过程。几百年来，《水浒传》的故事在中国民间广为流传，脍炙人口。梁山英雄人物的鲜明形象，以及他们杀富济贫、替天行道的传奇故事，已成为中国传统文化中不可或缺的组成部分。本书结合长廊中十三幅有关《水浒传》的彩画，参照原著编写了相应的故事。

【第六章】北宋、南宋

倒拔垂杨柳

鲁智深原名鲁达，本是陕西渭州经略府的提辖，为人正直豪爽，常替人打抱不平。一次，鲁达为救金家父女，三拳打死了恶霸镇关西，逃到五台山文殊院剃度出家，智真长老赐他法名鲁智深。平日里酷爱喝酒吃肉的鲁智深，耐不住出家人的清规戒律，常常惹出一些事端来。智真长老只好修书一封，介绍他到东京大相国寺中当差。大相国寺住持智清禅师看在智真长老的面子上，收留鲁智深在相国寺做了个职事僧，看管后院的菜园子。

这菜园附近住了二三十个破落户泼皮，常在园中偷菜闹事，以前管菜的老和尚拿他们毫无办法。这一天，菜园门口贴出了一张告示："大相国寺委托管菜园僧人鲁智深，前来主持菜园事务。从明日开始掌管，一切闲杂人员不得入园搅扰。"泼皮们看后，议论纷纷，为首的过街鼠张三和青草蛇李四，准备给新来的和尚一个下马威。他们假借道贺为名，来到菜园，把鲁智深骗到粪坑旁，想趁机将他推进坑中。没想到鲁智深早有防备，不等他们近身，两脚就将二人踢进了粪坑中。其余的泼皮都吓得目瞪口呆，纷纷求饶。次日，众泼皮凑了些钱，买了些好酒好肉，前来向鲁智深赔罪。众人坐在一起饮酒聊天。鲁智深说道："怎好叫你们破费呢！"众人忙道："我等三生有幸，今日有师父在这里给我们做主。"鲁智深看大家都敬重自己，也就放开酒量，和他们痛饮了起来。正喝得高兴，忽听门外的一棵垂柳上有乌鸦在呱呱地叫。一人说道："墙角边的柳树上新添了一个老鸦窝，一天到晚乱叫，很不吉利。"众人道："架个梯子上去拆了它，也好耳根清净！"李四自告奋勇地说："我会爬树，不用梯子。"鲁智深瞧了瞧那棵树，乘着酒兴走向前去，把衣服一脱，左手在下，把身子倒绞着，右手握住树干上截，腰一用力，就将那柳树连根拔了起来。众泼皮见了，都拜倒在地，叫道："师父不是凡人，正真是罗汉身子！没有千万斤的力气，如何拔得起？"从此后，那二三十个破落户对智深更加敬佩有加，每日带来酒菜为他助兴，看他演武使拳。

高衙内戏林娘子

一日，林冲和妻子到寺庙烧香还愿，路经大相国寺，正好看见鲁智深在为众人演练禅杖，不禁在一旁连声喝彩叫好。智深看到这位官人生得不同凡人，又听说此人就是八十万禁军枪棒教头林武师，便上前自报姓名道："洒家关西鲁达便是，年幼时曾到过东京，认得令尊林提辖。"林冲大喜，让夫人先去寺庙，自己要和智深结拜兄弟。两人坐下，刚饮了三碗酒，使女锦儿就慌慌张张地跑来叫道："官人莫要坐了，娘子在五岳楼出事了！"林冲忙告辞了智深，和锦儿直奔五岳楼去了。林冲奔到五岳楼下，见几个人正站在楼梯处，一个后生正在纠缠自己的妻子。林冲一步上前，抓住那人刚要打时，却认出此人是高俅高太尉的义子高衙内。这高衙内在东京城，倚仗着权势，专爱调戏良家的妻女，人称"花花太岁"。高衙内一见是林冲，便说道："林冲，这不关你事！"旁边的一伙人见此情景，一起上前劝道："林教头休怪，衙内不认得林夫人，多有冲撞。"林冲怒气未消，但又碍着高太尉的面子，没有下手打他，眼看着这伙人出了庙门，骑马而去。高衙内自见了林娘子之后，垂涎其美色，连日怏怏不乐，寝食难安。手下人富安为他想出一个毒计，帮助衙内陷害林冲，要将林娘子占为己有。高太尉府上有个虞侯，名唤陆谦，是高家父子的心腹，和林冲也十分要好。一日，高衙内先让陆谦将林冲约到酒馆喝酒，又派手下富安来到林冲家，谎称林冲昏倒在陆谦家，将林娘子骗至陆家。早就守候在陆家的高衙内见林娘子来找丈夫，便将林娘子关在屋内，欲行不轨。丫鬟锦儿急忙跑去找到林冲，将情况叙述一番。林冲一听，大吃一惊，急忙赶到陆谦的家中，见房门紧闭，只听见娘子叫道："光天化日，为何将我良家妇女关在房中？"林冲在外大叫开门，林娘子听见是丈夫来了，前去开门。高衙内慌忙之中跳窗而逃。林冲怒不可遏，手持一把尖刀直向陆谦家里奔去，陆谦早已躲进高太尉府中，不敢露面了。高衙内从窗口脱身，

受到惊吓后，卧床不起。陆谦和富安见衙内整日精神萎靡，面色憔悴，商议道："只有害死林冲，让衙内得了他的老婆，衙内的病才能好转。"于是，两人和高俅一起设下一个毒计，使林冲持刀误入了军机要地"白虎节堂"。林冲被告擅自持利刃闯入军机要地，被杖责二十杖，又被刺配沧州监狱。不甘受辱的林娘子也被逼自杀。八十万禁军教头林冲就这样被高俅一伙害得家破人亡。

大闹野猪林

开封府尹判林冲"腰悬利刃，误入节堂"，将他刺配沧州。一心想除掉林冲的高俅，又让陆谦买通了衙役董超和薛霸，让他俩在押送林冲的路上，伺机杀了林冲。时逢六月天气，炎热难耐，又加上林冲的杖伤发作，行走缓慢。两个衙役趁在小店休息的时候，故意用开水烫伤了林冲的双脚，第二天，又让他穿上新草鞋继续赶路。林教头脚上刚烫满了水泡，又被草鞋磨破，鲜血直流，行走更加困难，一路走走停停，来到一处叫野猪林的树林。此林地势险恶，烟笼雾罩，是东京去沧州的必经之地。薛霸进了林子便道："我也走不动了，在林中歇歇吧！"两个衙役将林冲紧紧地捆在一棵大松树上，转身拿起了水火棒，看着林冲说道："不是俺们要结果你，是那陆虞侯传高太尉的旨意，叫我们在此结果了你，取你脸上的金印回去交差。明年的今日，就是你的祭日了！"林冲无奈地长叹一口气，坐在地上，闭眼等死。薛霸说完，就举起水火棒，朝着林冲的脑袋直劈了下去。说时迟，那时快，就在薛霸的棒子刚要打下的瞬间，只听"当啷"一声，松树后面一条禅杖打来，将那水火棒打飞。一个胖和尚跳了出来，喝道："洒家在林里候你多时了！"说着

又举着禅杖朝那两个差役打去。林冲睁开眼睛一看，原来是鲁智深前来相救，忙高声叫道："师兄，不可下手。"智深听后，忙收住禅杖。林冲道："不关他俩的事，是高太尉指使陆谦让他俩这样做的，你若打死他们，也是冤屈。"鲁智深抽出戒刀，将林冲身上的绳索割断，扶起林冲道："兄弟，洒家自从听说你被刺配沧州，怕他们半路加害于你，已在此等候多时了。这两厮果然要在此伤害你，不如杀了这两个鸟人。"林冲道："既然师兄已救了我，就不必再伤害他两个的性命了。"鲁智深让两个差役搀扶着林冲，一同向沧州走去。快到沧州时，鲁智深向林冲告辞，他不放心地指着一棵碗口粗的松树，对两个差役喝道："你两人的头硬似这棵松树吗？"两人忙答道："小人的头只是父母的皮包着些骨头。"智深抡起禅杖，只听"咔嚓"一声，那松树就被拦腰齐齐地砍断了。他又大声喝道："我走后，你俩若有歹心，叫你们的头同这树一般！"说完，转身向林冲拱手道："兄弟保重！我去了！"董超和薛霸两人领教了花和尚的厉害，不敢再对林冲下手，只得将他送到沧州牢城交差了事。

风雪山神庙

　　林冲来到沧州，路经柴大官人的庄上，就顺路上门拜访。这柴大官人姓柴名进，是后周柴世宗的子孙，专好仗义疏财，结交天下好汉，江湖人称小旋风。柴进和林冲两人早就互闻大名，如今一见如故，柴进忙安排酒饭、客房，留林冲在庄上住了几日。临别时，柴进又送了林冲许多银两，并写了两封信，请沧州牢城的牢头和狱卒照顾林冲，林冲拜谢而去。

　　到了牢城，林冲上下打点，牢头和狱卒得了银两，又见到柴进的书信，对林冲也就格

外照顾,不仅免去了一百棍的杀威棒,还给了他看守天王堂的轻松差事,每日只需烧香扫地,倒也过了几个月轻松的日子,不觉已是深冬季节。一日,牢头又将林冲喊去,说道:"你来这里多时了,不曾抬举你,看在柴大官人的面上,明天派你去东门外十五里处,看守草料场,每月只管交纳草料,还可以得些例钱。"次日,林冲跟着管事的差拨来到草料场,和草场的老军交接了账目、钥匙,安顿好行李。这草场四处堆满了草堆,中间有两座草屋,林冲在屋内烤了一会儿火,还觉得身上寒冷,就用一杆花枪,挑着酒葫芦,到三里外的小市镇去买酒喝。林冲冒着风雪,来到一个小酒店,买了些酒和牛肉,酒足饭饱后,又打了一葫芦酒,包了些牛肉,冒雪回到了草场。这时天色已黑,雪越下越大,林冲看到草屋已被大雪压坏,四面通风,心里暗暗叫苦。他扒开屋门,在里面找到一条棉被来,用花枪挑着酒葫芦,一路朝附近的山神庙走去。进了庙中,见没有庙主看管,林冲就用石头顶住庙门,把棉被铺在地上,裹住下身,靠坐在一旁,拿起酒葫芦,就着怀中的牛肉,慢慢地喝起酒来。这时草料场的草屋突然着起了大火,风助火势,大火已蔓延到草堆。林冲刚要冲出去救火,却听见有人边说话边朝山神庙走来。林冲忙躲在门旁细看,见有三个人慌忙来到庙前。其中一人道:"这真是条好计!"另外一人说道:"多亏了牢头和差拨费心调遣,回去一定禀告高太尉,定保二位升官。"又一个人插话说:"小人刚才放了好几把火,林冲不被烧死,也是个死罪。"林冲借着火光,仔细看清,这三人不是别人,正是陆谦、富安和那个管事的差拨。他立刻明白,这场火,是他们故意放的,想用大火将他烧死。想到这,旧恨新仇一起涌上了心头,他轻轻搬开顶门的石头,举着花枪,一脚踹开了庙门,大喝一声:"放火泼贼哪里跑!"三人被林冲这突如其来的喊声吓破了胆,浑身打战,双腿抽筋。林冲上前连刺带砍结果了三人的性命,他将葫芦里的酒一饮而尽,提着花枪,出庙门向柴进的庄上走去。林冲在庄上住了几日,因官府四处张贴榜文缉拿他,深恐连累了柴进,决定投奔他处栖身。此时,有国不能投、有家不得回的林冲带着柴进的书信,趁着满天的大雪,连夜投奔梁山泊去了。

杨志卖刀

杨志卖刀是《水浒传》第十二回的情节。杨志为三代将门之后，五侯杨令公之孙。因脸上生有一大块青记，人称青面兽。他自幼流落关西，早年曾应武举，官至殿司制使官。因皇上要在开封修艮岳宫苑，杨志奉命押送"花石纲"，却在黄河遇风浪翻了船，不敢回京复命，只得避难江湖。不久，杨志听说自己被恩赦，要回东京谋求复职，恰好路经梁山泊，遇到下山找"投名状"的林冲。二人大战三十余回合，不分胜负，最终被梁山寨主王伦劝下。王伦有意招杨志上山入伙，杨志说："洒家是杨老令公之后，世代将门，怎能上山为寇？"王伦只好送杨志下山。

杨志回到东京，四处打点各衙门，想要官复原职。不料高太尉不同意，并被赶出了帅府。眼见随身的盘缠花光，杨志只好将祖传的宝刀插上草标，拿到天汉州桥卖刀。在桥上，杨志遇到当地恶霸牛二。喝醉酒的牛二质问杨志刀有何好处，要卖"三千贯"钱。杨志说自家祖传宝刀好处有三：第一砍铜剁铁，刀口不卷，第二吹毛可断，第三叫"杀人不沾血"。牛二一心想霸占杨志的宝刀，去桥头商铺强讨来二十文铜钱，摆在桥栏杆上，让杨志试刀。杨志一刀下去，金光四射，二十个铜钱被剁成四十半。牛二又揪了一撮头发，杨志往刀口一吹，头发竟断成两截。牛二百般刁难，又对杨志说："你若有胆量，就杀个人证实你宝刀锋利。"杨志说："天子脚下，怎可随意杀人？找条狗来杀了吧。"牛二答："你不杀人，就得把刀给我。"杨志转身要走，牛二扑了上去，又踢又打，去抢宝刀。杨志忍无可忍，咔嚓一刀杀了牛二，到官府投案自首。官府派人验了尸，取了旁观者的证词，将刀封存入库，将杨志押入监牢。州桥附近的商号、住户念杨志为他们除了一害，筹钱为他上下打点。官府也念杨志是条好汉，有意从轻发落。杨志被免除死罪，以"斗殴杀伤，误伤人命"之罪，刺配北京大名府留守司充军。

武松打虎

一日，武松回家探望哥哥，途中路过阳谷县景阳冈。正值晌午时分，武松走得饥肠辘辘，远远望见冈下有个小酒店，挑着一面招旗在店前，上面写着"三碗不过冈"五个大字。武松走进店去，叫店家拿出酒来，就着熟牛肉一连喝了三大碗，店家却不肯再倒酒了。他指着招旗道："小店的酒性烈，喝了三碗就会醉倒，过不了前面的山冈去。"武松笑道："我已喝了三碗，怎么没醉？"酒家道："我这酒叫'透瓶香'，又唤作'出门倒'。初入口时，醇香可口，过不了多久便会醉倒人。"武松不耐烦地说道："休要啰唆，又不是不给钱，只管再拿些酒肉来！"酒家只得又斟了三大碗酒，切了二斤熟牛肉。武松边吃边喝，一时酒兴大发，越喝越香，一连喝了十五碗。酒足饭饱后，武松起身付了酒钱，提了哨棒就要走，店家忙出来拦住道："客官且不要走，前面景阳冈上有只吊睛白额大虎，专在晚间咬人，已伤了二三十条大汉的性命。官府张贴了告示，不能单人过冈，不如先在我小店休息，等凑得二三十人再一同过冈。"武松听后笑道："这景阳冈，我走了有一二十遭，何时见过老虎？你休要用这种鸟话来唬我！"店家见武松不识好歹，也就作罢，摇着头回去了。

武松离开小酒店，一人大步向景阳冈走去。约行了四五里路，见一棵大树上写了两行字："近因景阳冈大虫伤人，但有过往客商，只可于巳、午、未三个时辰结伙过冈。"武松看后，笑道："这又是酒家使的诡计，骗过客在他的小店过夜。"那时，一轮红日即将下山，武松乘着酒兴，只管向冈上走去。约走了半里，武松来到一个破败的山神庙前，庙门上贴有一张榜文，只见

上面写着:"景阳冈上新有一只大虫,连伤数条人命,已令各乡猎户打捕未获。来往过客,只可于正午三个时辰过冈,其余时分单人过冈,恐被伤害性命!"看完榜文,武松才知这冈上真有老虎,正要转身返回,又怕被店家笑话。武松把心一横道:"怕什么!且上去看看,看它怎的!"他握紧手中的哨棒,一人向冈上走去。

武松手提哨棒,一人上了景阳冈。来到山上,武松回头望去,见日头渐渐地落下山去,自言自语地说道:"哪有什么大虫,分明是那些人怕了,不敢上山!"一阵山风吹来,武松觉得酒力发作,浑身燥热起来。他见前面有块光溜溜的大青石,便上前坐在石上,一只手将衣襟敞开,一只手将哨棒放在一边,准备在石上过夜休息。武松摘下帽子,刚想躺下休息,忽然刮起一阵狂风,将地上的树叶卷上了天空。疾风过后,只听远处树林后一阵响动,猛地窜出来一只吊睛白额的斑斓大虎。武松一见,不由得叫了一声:"啊呀!"一个翻身从大青石上翻下来,顺手将哨棒握在手中,迅速

地闪在了青石的后面。

那只大虫又饥又渴，把两只前爪在地上一按，纵身往前一跃，从半空中直向武松扑来。武松被虎惊吓，彻底从醉酒中醒来，猛地向旁一闪，跳到了大虎的背后。那虎扑了个空，也不转身，就地再把前爪按地，将后腰胯向上一躬，整个后半身直朝武松拱来。武松又是一躲，躲到一边。这回老虎见没将这人掀倒，有些急了，大吼一声，好似半空中响了一个霹雳，震得那山冈乱动。吼声未尽，它就把那钢鞭似的尾巴倒竖起来，向后一扫。武松身体灵便，再次闪开。原来老虎伤人，只有三招：一扑，二拱，三扫。现在这三招都用完了，它的气性也就减了一半。那大虫又大吼一声，兜回身子，又向武松扑来。武松急忙抢起哨棒，用尽全力，朝虎头一棒打去。只听"咔嚓"一声，那哨棒却打在了一根树枝上，折成了两截。

那老虎大怒地咆哮起来，翻过身子再向武松扑来。武松手握半截哨棒，连打带退，退了十来步远，眼看大虎的前爪就要抓着武松。武松索性丢掉棒子，两只手死死地揪住虎头顶的皮毛，将老虎的头紧按在地。那虎还要挣扎，怎奈武松力大无比，尽展神威，抡起铁锤般的拳头，朝老虎的面门上一顿猛打。那虎顿时四窍出血，躺在地上一动不动。武松松开手后，怕老虎没死，在地上拾起那半截哨棒，又朝虎头猛打了十几下，直到老虎彻底断气。

到了天明，武松只身一人在景阳冈上打死老虎的消息，很快传遍了阳谷县城。往日担惊受怕的行人，兴高采烈地抬着死虎、拥着武松直奔县衙走来。县里的百姓也都涌上街头，争相一睹这位打虎英雄的风采。阳谷县令见武松相貌堂堂，满心欢喜，当场任命武松做了阳谷县的步兵都头。武松从此便成了中国百姓家喻户晓的打虎英雄。

时迁盗甲

梁山泊好汉广招天下豪杰，杀富济贫，行侠仗义，声势发展迅猛。天子闻后大惊，忙传旨汝宁郡统制呼延灼前去征剿梁山义军。呼延灼是河东名将呼延赞的子孙，使两条钢鞭，有万夫不当之勇。他善用连环马阵，将三十匹马连成一排，用铁链连在一起，马带马甲，人披铠盔，很难击破。义军在连环马军的攻击之下，损兵折将，伤亡惨重，宋江急命

义军退回梁山下鸭嘴滩水寨，与军师吴用商议破阵之法。金钱豹汤隆献计道："要破这连环马阵，非要用钩镰枪。我的表哥东京金枪班教师徐宁对钩镰枪法十分熟悉，若要请他出来，定可破此阵。"汤隆又道："表哥家里有一件宝贝，是一副祖传的雁翎金甲，从不给外人看，他将此甲装在一个皮匣里，挂在房梁上。若能将此甲偷到手，不愁他不上山来！"吴用道："若是如此，何难之有？可请轻功高手时迁兄弟去一趟。"时迁道："若有此物在他家，我好歹能取来。"

时迁离开梁山泊，一路来到了京城，打听到徐宁的住处，便暗地里将徐府地形看了一回。次日晚上，时迁悄悄地溜到徐府后门，爬过墙去，从房柱爬到了房梁上面，四处观看，果然看到有个皮匣子吊在房梁处。他蜷伏在房梁上，一直等到五更，徐宁出门上朝当差时，才将皮匣子轻轻地解了下来，扛在肩上，身轻如燕地来到地上，一口气奔到了城外。时迁匆匆地向梁山方向走了四十里路，与前来接应的汤隆和神行太保戴宗碰了头。汤隆让戴宗先行一步，将雁翎金甲送回梁山，又吩咐时迁扛着空皮匣子，两人一路向梁山泊走去，沿途凡见到墙上画有白粉圈的酒店，就进去歇息。再说徐宁的娘子待天亮后，发现装宝甲的皮匣子不见了，急忙派人去找徐宁。徐宁听说宝甲被盗，急忙返回家中，表弟汤隆突然也在此时来访。徐宁对汤隆说起雁翎甲失窃的事情，汤隆马上说在他来的路上，曾见到一个瘦小的汉子，背了一个皮匣子向东走去。追甲心切的徐宁立刻跟着汤隆沿路追去。路上汤隆见到画白粉圈的酒店就进去歇脚，酒家都说刚才曾见过一个背着皮匣的汉子。就这样在汤隆的引导之下，徐宁一路追到了梁山上。众头领都出来向徐宁赔话，解释了借甲的原委，恳求徐宁能帮助他们破了连环马军。徐宁见状，只得答应入伙，并将家眷也接到山上来。徐宁在山上挑出六七百精壮的士兵，亲自传授钩镰枪法。不到半月，兵士们已将马上九种枪法和步兵用三十六枪法都演练得十分熟练。不久，呼延灼又率连环马军进犯梁山，却被徐宁训练的钩镰枪兵打得人仰马翻，呼延灼落荒而逃，只身一人投奔青州的慕容知府去了。

大闹忠义堂

梁山泊首领晁盖在攻打曾头市时,不幸中箭身亡。宋江在众人的拥戴下,坐上了梁山头把交椅。他将聚义厅改为忠义堂,并把山上好汉聚在一起,说道:"托众弟兄扶助,立我为头,今共聚一百零八员头领,古往今来,实为罕有。愿大家替天行道,忠义双全;愿朝廷早降恩光,早日招安,赦免我等逆天大罪。众弟兄定能竭力尽忠报国,死而后已。"说罢,宋江又将梁山一百零八位好汉排定了座次,一切安排妥当后,选定了吉日良时,杀牛宰马,祭献天地神明。从此,梁山的忠义堂前立起了"替天行道"杏黄大旗,堂前两根楹柱上,各书金字七个:"常怀贞烈常忠义,不爱资财不扰民。"

元宵节这天,宋江带着许多头领,乔装来到东京城看花灯,顺便打听有关招安的门路。在城中,黑旋风李逵竟同宋徽宗的侍从发生争斗,宋江急忙和众头领撤出城外,却不见了李逵。宋江吩咐燕青道:"我和众将先回山寨,你在此等候李逵,一同返回。"这时李逵从店里取了行李,拿出双斧,要独自去战东京城中的官兵。燕青及时找到他,将他拖出城来,沿小路直奔山寨而去。两人走到离山寨七八十里处的荆门镇,天色已晚,便在刘太公的庄院中投宿。当晚李逵听说刘太公家的小女前天被梁山的宋江抢去,大为震惊,发誓要为刘太公讨回公道,说完就和燕青向梁山泊赶去。他们径直来到忠义堂前,李逵怒睁圆眼,拔出大斧,先砍倒了杏黄旗,把旗上"替天行道"四个字撕得粉碎。宋江吃惊地喝道:"你这黑厮又作何怪?"李逵也不搭理,怒气冲冲地拿着双斧,上堂直冲宋江而来。一旁站立的五虎将关生、林冲、秦明、呼延灼、董平慌忙上前拦住了他,夺下大斧,将他揪下堂来。燕青向前道:"我们在回山的路上于荆门镇刘太公庄上投宿,方得知两日前一个号称梁山泊宋江的人和一个年轻后生,将他家的小女抢走。李逵大哥听了此话,信以为真,要回山来寻找那被抢的女子。

我再三解释，哥哥不是这等小人，多半是个假名托姓的歹人所为，可李大哥就是不听，这才来此闹事。"宋江喝道："两天前，我同二三千人马从京城撤回，并没有抢得女子回到寨中，众将领都可作证。"宋江为使李逵信服，同李逵、燕青等人来到刘太公的庄上，与刘太公当面对证，才搞清原来是有人假冒宋江抢了刘太公的女儿。李逵裸露着上身，背着一把荆杖跪在堂前向宋江赔罪。宋江道："若要我饶你，只要你捉得那个假宋江，找回刘太公女儿，方才饶得。"宋江又命燕青同李逵一道前去下山寻贼。二人费尽周折，终于在荆门镇西面的山上打听到两个贼人的下落。这二人一个叫王江，一个叫董海，近来占了牛头山的一个道院，专门假冒宋江的名字，到处打家劫舍。李逵和燕青很快就结果了两个贼人的性命，救出了刘太公的女儿，连夜将女子送回到刘太公庄上，提着两个贼人的头颅飞马返回到忠义堂中。宋江大喜，摆下筵席，为兄弟间消除误会、除掉了打家劫舍的贼人庆祝了一番。

山东济宁市梁山县梁山寨景区忠义堂

长廊山水画组图

春

夏

秋

冬

颐和园长廊彩画故事全集

岳飞传
YUEFEIZHUAN

南宋抗金英雄岳飞精忠报国、英勇抗敌的传奇故事，从南宋以来一直流传至今，深受人们的喜爱。早在南宋时，说史艺人王六大夫就说过《中兴名将传》的故事；明代出现了熊大木编写的《大宋中兴通俗演义》，以及邹元标的《岳武穆精忠传》等书；清代《说岳全传》开始在民间流传。《说岳全传》简称《岳飞传》，全称《精忠演义说本岳王全传》，作者是清代人钱彩。须指出的是，该书系演义小说，部分情节与史实有一定出入。长廊中有九幅彩画描绘了《岳飞传》的故事情节。这些彩画依据不同版本的连环画绘制，本书参照资料编写了相关的彩画故事。

枪挑小梁王

岳飞（1103～1142年），字鹏举，南宋著名抗金英雄，相州汤阴（今属河南）人。岳飞出生后不久，黄河决堤，岳家庄遭遇洪水袭击，岳母姚氏带着岳飞坐在一口大缸中，侥幸逃生，随水漂流到内黄县的麒麟村。村里的富户王员外将他们搭救上岸，并收留了岳飞母子。很快，岳飞已有七岁，岳母怕荒废了孩子的学业，就在艰苦的条件下，亲自教儿子读书习文。岳飞天资聪慧，又十分好学，常以树枝为笔，在沙地上练习写字。王员外让自己的儿子王贵与岳飞、张显、汤怀四个少年，一同拜学识渊博、武艺超群的周侗为师。周侗将自己满

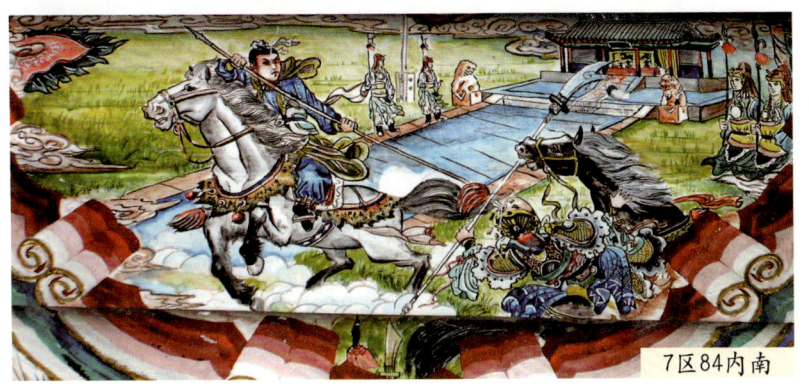

7区84内南

腹的文韬武略，毫无保留地向弟子们传授。他见岳飞家境贫寒，聪明好学，便收岳飞为义子。一次，周侗带着弟子，来到沥泉山拜访高僧。高僧见到少年岳飞有出将入相之才，便将自己珍藏的沥泉枪和兵书赠予岳飞。在周侗精心传授之下，岳飞和小兄们个个文武双全，精通韬略。

　　岳飞十六岁那年，和三个小兄弟在内黄县的开科考试中取得了优异的成绩。岳飞更是其中的佼佼者，被李县令看中，将女儿许配给了岳飞。不久，岳飞又结交了前来拜周侗学艺的牛皋，兄弟五人都通过了相州刘都院举办的武童选拔赛，准备去京城汴梁（今河南开封）参加三年一次的朝廷武考。这年的武考，皇帝钦点了宰相张邦昌、护国大元帅宗泽等人为主考官。宗泽事先接到刘都院的推举信，知道岳飞是国家的栋梁之材，先召见了岳飞，当场考了岳飞的箭法、枪法和用兵之道。宗泽话里有话地说道："你虽是栋梁之材，但此时来比武不合时宜。"岳飞听后百思不解。原来，南宁州的举子小梁王柴桂，依仗着家里的权势和富有，早用重金收买了主考官张邦昌等人，张邦昌已私下将武状元许了小梁王。正式开考那天，张邦昌先令岳飞作"枪论"，让小梁王作"刀论"。岳飞才思敏捷，胸有成竹，很快就将文章写好。而小梁王心慌意乱，草草乱写了几行交上，还把"刀论"写成了"力论"。张邦昌本想以文压住岳飞，没想到却让小梁王当众出丑，忙命二人再比箭法。张邦昌命岳飞先射，暗中派人将箭靶移到二百四十步开外。岳飞不慌不忙开弓搭箭，连放九箭，竟然全从靶心穿过。考场顿时鼓声大作，欢声雷动！小梁王自知不如，又提出要和岳飞比试刀枪。岳飞说道："我与梁王有尊卑之分，要来比武，须立下'生死文书'才敢交手！"小梁王只得与岳飞立下"生死文书"，互相画了押。两人披挂上阵，气氛一下紧张起来。小梁王高喊着："岳飞狗头！吃你王爷一刀！"举刀直冲岳飞头顶砍去。岳飞眼明手快，将来刀架开，转手一枪刺中柴桂的肋骨，用力一挑，将他挑下马来。小梁王头朝地，脚冲天，重重地摔在了地上，当场吐血而亡。比武场上看热闹的人齐声喝彩，却把张邦昌惊得目瞪口呆，大呼道："别让岳飞跑了！"急令兵士将岳飞绑了起来，要将他斩首为梁王偿命。在场的考生看到主考官如此偏袒权贵，齐声为岳飞鸣不平。牛皋冲进场内大呼："反了！杀了这些狗官！"挥动双锏，将场中的旗杆砍断，考场内秩序大乱。宗泽也对张邦昌怒道："他们立有'生死文书'在先，你杀了岳飞，众人不服！"张邦昌看到群情激愤，只好命人为岳飞松绑。岳飞跳上白鬃马，告谢了宗泽，与四兄弟冲出了城外。

6区秋水亭东

岳母刺字

北宋末年，中国北方游牧民族女真完颜部不断发展壮大，部落首领完颜阿骨打于1115年在会宁（今黑龙江阿城南）建立了大金政权。1120年，大金与北宋签订"海上之盟"，共同抗击辽国的侵略。1125年，金灭辽后阿骨打看到北宋王朝的腐败虚弱，于当年冬天背盟挥师南下进攻北宋。1126年，阿骨打又命令其四子金兀术领兵五十万进攻中原。金兵一路攻城略地，所向披靡，连破潞安州、两狼关、河间府三个关口，直逼东京。宋徽宗慌忙把皇位传给儿子宋钦宗，但也无法挽回北宋灭亡的局面。金兵很快渡过黄河，占领了都城汴京（今开封），在城内大肆抢掠。1127年，金人与奸相张邦昌勾结，将皇帝宋钦宗（赵桓）、太上皇宋徽宗（赵佶）及皇家宗室三千多人，掳到北方金国做了人质。这就是导致北宋灭亡的"靖康事变"。

"靖康事变"后，岳飞和众弟兄回到相州汤阴县老家，每日习文修武，讨论兵法，等待报国的机会。这一年，中原地区瘟疫流行，又加上连年战乱，盗匪四起，百姓的生活苦不堪言。王贵、牛皋等几位兄弟也由于无法忍受贫困的生活，上太行山落草去了。岳飞凭着一颗赤胆忠心，拒绝了江湖绿林和各种势力的劝诱，与母亲、妻子在家苦守清贫。一天，一个陌生人来到岳飞的家中，拿出许多金锭、珠宝和一副战袍，放在了桌子上。来人自我介绍是洞庭湖通圣大王杨幺(yāo)的部下，名王佐。他对岳飞劝说道："当今朝廷重用奸臣，害得万民离散，国家无主。我们大王久慕你的才能，特叫小弟前来，请大哥同往洞庭湖辅助大王，共享富贵。请大哥收下这些礼物！"岳飞义正辞严地对王佐说道："我身为宋朝的子民，怎能在国家危难之时，怀有背叛之心呢？快快收起这些东西，不必再说了！"王佐只好收起礼品，怏怏离去。王佐走后，岳母在家里的中堂摆下了香案，叫儿子拜过祖宗，说道："我儿做得很对，为娘的只是担心我死之后，那些不义之徒再来勾引你，毁了我儿的半世英名，对不起国家和列祖列宗。今天，我要在你的背上刺字，叫我儿永远做个忠臣！"说罢，岳母让岳飞跪在天地、祖宗和恩师周侗的灵位前，用绣花针在岳飞背上刺了"精忠报国"四个字。岳飞长跪在地，拜谢母亲训子之恩。

高宠挑滑车

南宋初年，金军大举侵犯江南，宋高宗赵构慌忙逃到牛头山。岳飞带领大军前去救驾，见山上粮食将尽，便命牛皋去相州运粮。牛皋在押粮回来的路上，遇见郑怀、张奎和高宠三路人马，他们合兵一处，护送粮食上山。此时，金兀术已率六十万金兵，将牛头山围得水泄不通。牛皋决定强行通过封锁线。他命年轻小将高宠先行开路，郑怀、张奎跟进，自己断后，向金营冲去。高宠手持虎头枪，逢人便刺，如同砍瓜切菜一般，杀开了一条血路。金兀术忙令大将金古渌领着四大虎将前去拦截，一个个非死即伤，败下阵来。金古渌挥动着狼牙棒策马上前，被高宠一枪挑在了马下。四位好汉连破十几座营盘，将粮食护运上山。岳飞得了粮食，又收了良将，心中大喜，决定尽快冲出重围，保护天子安全回京。牛皋奉命给金兀术送去战表，定在三日之后两军决战。

决战日一到，岳飞率军来到阵前。金兀术抡起金雀斧与岳飞大战几十回合，四周的金兵趁势摇旗呐喊，向山上逼来。岳飞怕圣上受到惊吓，虚晃一枪，转马返回。高宠见元帅撤下阵来，便举枪向金兀术冲去。金兀术忙抬斧招架，谁知高宠的虎头枪枪重力大，压得兀术只好低头奋力举斧。高宠把枪向上一挑，金兀术冠落发断，吓得魂不附体，回马便走。高宠跟着冲进金营，舞动着他的大枪，东挑西刺，直杀得金兵人仰马翻。正当他准备回营时，忽见西南山头有片营盘，像是存粮之处。高宠想放火烧尽敌军的粮草，就策马冲上前去。金将哈铁龙急令放出"铁滑车"。只听一阵"隆、隆"的响声，"铁滑车"顺着山势，直向高宠冲来。高宠不知滚动而来的是何物，用枪一挑，那滑车便从他头上飞过。这"铁滑车"每辆都有千斤之重，插满了锋利的铁刺，人马被压，就会轧成肉饼。高宠一连挑过了十一辆滑车，眼看又一辆滑车飞驰而来，他又举枪向迎，可是身下的坐骑却已精疲力竭，吐血倒地。毫无准备的高宠也被摔下马来，一瞬间，英雄高宠被飞来的铁滑车刺得血肉模糊，气绝身亡。高宠虽然英勇牺牲，但他连挑十二辆铁滑车，极大地削弱了金军的实力，金军渐渐抵挡不住宋军的进攻，仓皇败走。

双枪陆文龙

1126年，大金灭辽后，金兀术奉命率五十万大军进攻北宋。宋军潞安州节度使陆登领兵奋力抵抗，无奈敌众我寡，城池失守。陆登将幼子陆文龙托奶娘照料，夫妇俩拔剑自尽，为国捐躯。金兀术见陆文龙是忠臣之后，将他收为义子，为他请了师傅传授枪法，陆文龙从小练就了双枪的武艺。十几年过后，南侵的金军在小商河遭到了"岳家军"的重创，金兀术又闻宋军增兵二十万，岳飞还得了"尚方宝剑"，心里感到十分恐慌。他急忙将养子陆文龙调来前方，希望能扭转眼前不利的战事。此时的陆文龙已长成一个身长九尺、眉清目秀的英武少年。虽然年方一十六岁，却有千斤臂力，弓马双枪娴熟，号称北国第一人！陆文龙接到命令后火速赶到前方，要为"父帅"金兀术助战。陆文龙一下马便对闷坐帐中的金兀术说道："父王不要忧虑，待明日看孩儿前去捉回几个宋将为父王解闷！"第二天一早，陆文龙手提双枪，来到小商桥，向宋营讨战。岳飞派呼天庆、呼天保两员大将前去应战。呼天保道："看你小小年纪，何苦来送死！"陆文龙却说："我听说岳飞有些本事，特前来擒他。你等无名小卒，不值一提！"呼天保一听，火冒三丈，抡起大刀，便向陆文龙劈去。陆文龙左手一枪拨开了大刀，右手持枪直刺呼天保的前心。呼天保来不及招架，被刺中心窝，一头栽地身亡。呼天庆大怒，策马上前与陆文龙大战不到二十回合，也被刺死于马下。岳飞闻讯连损两员大将，不禁伤心落泪，独坐帐中盘算着该如何对付眼前这个凶猛的番将。

八大锤

4区寄澜亭西

  这幅画是根据传统京剧《八大锤》的剧情绘制的。京剧《八大锤》又名《朱仙镇》或《车轮大战》。南宋高宗绍兴十年，金兀术兴兵南犯，岳飞率领宋军北上抗金，几经拼杀，"岳家军"兵临朱仙镇。朱仙镇是汴京城的门户，战略位置十分重要，金军在这里拼死抵抗，宋军连损几员大将。一日，岳云、严成方、何元庆、狄雷四位小将奉命完成运粮的军令，返回到营寨中。他们看见主帅岳飞眉头紧锁，独坐帐中，便上前询问。岳飞将陆文龙连伤几员宋将的经过讲了一遍，并问道："还有哪位将军能出阵擒拿这个番将？"岳云、严成方、何元庆、狄雷四人一齐上前领命。岳飞命四小将以"车轮战术"轮番迎战陆文龙，切不可大意。

  四位英武少年，一起策马出阵。岳云使一对银锤，严成方举一对金锤，何元庆挥一对铜锤，狄雷用一对铁锤。只见八大锤在金军中上下飞舞，杀气逼人，所到之处，人撞着锤，人成肉饼；马挨了击，马仰人翻，直杀得金兵血肉横飞。金兀术急忙派出陆文龙出来应战。陆文龙毫不畏惧，与宋军四将轮番厮杀，各战了三十回合，方才收兵。第二天，宋将余化龙也要求参战，于是五人一齐来到阵前，又和陆文龙展开了"车轮大战"，直杀到天色昏黑，两边才鸣金收兵。此画画的就是陆文龙挥舞双枪，与宋军的八大锤在阵前激烈厮杀的场面。

考证花絮

  以往的长廊画故事书中均将此画解释为"八大锤大破金龙阵"。实际上，在《说岳全传》中，宋军在朱仙镇大破金龙阵时，陆文龙已经回归宋营了。而且小说中只有五将（六锤二枪）在小商桥轮战陆文龙的描述。在传统京剧《八大锤》中确有岳云等四将，在朱仙镇用八大锤轮战陆文龙的场面，所以此画应是京剧《八大锤》的剧照画。

王佐断臂

岳飞见到陆文龙如此神勇，连斩呼天保、呼天庆两员大将，手下五员虎将轮番上阵都无法取胜，不免有些闷闷不乐，吩咐手下在营前挂起了免战牌。统制王佐见元帅坐在帐中眉头紧锁，心想："我自归宋以来，还没立功，此刻如想出计策，一来可报答皇恩，二来可为元帅分忧。"王佐忽然记起春秋时吴国的要离"断臂刺庆忌"的故事，暗下决心效仿要离，断臂潜入金国，择机杀了金兀术，为国报仇。王佐下定决心后，连喝了十碗酒，脱下铠甲，拔出宝剑，咬紧牙关，一刀将自己的右臂砍下。

王佐挥剑砍去自己的一只手臂后，取药敷在伤口上，将断臂包好，来到岳飞的营帐。此时已是三更时分，岳飞因心情不好，还未入睡。他一见王佐满身是血，面黄如蜡，吃惊地问起缘由。王佐道："哥哥不必惊慌。小弟多蒙哥哥厚恩，今见哥哥为金兵猖狂犯宋而心中郁闷，就模仿春秋的要离先生断臂刺敌的故事，将自己断臂，用苦肉计混进敌营，以见机行事，寻机行刺金兀术。"岳飞听后，流泪说道："好兄弟，我自有破敌的办法，你何苦砍去自己的一条手臂，使自己残废终身呢？请你速回本营，让医官调治。"王佐坚决地说道："我已经是残疾人了，大哥如不让我去，情愿自刎在你面前，以表小弟的决心！"看到王佐的决心已定，岳飞只好含泪应允。

王佐进金营

王佐告辞了岳飞，连夜来到金兀术的大营。金兀术见他面色苍白，衣襟带血，便问他有何事带伤来访。王佐说道："昨夜岳飞召集将领商议对策，臣建议说贵国势大，陆殿下无敌，不如握手言和。可谁知岳飞听后大怒，命人将臣的手臂砍下，还让臣来金营报信，说他马上会率人前来捉拿狼主，踏平金国。如臣不来，他还要砍掉臣的另一只手臂。"说完，王佐露出断臂，放声大哭了起来。兀术见状凄惨，封王佐为"苦人儿"之职，留住金营。

王佐从陆文龙奶母那里得知，原来陆文龙是前潞安州陆登的公子，从小被金兀术抢到金营，还认了兀术为义父。王佐决心设法让陆文龙尽快知道真相，回归宋朝。几天后，陆文龙请王佐到他的营中吃饭，让王佐讲几个中原的故事给他听，王佐欣然同意。王佐先给他讲了一个"越鸟归南"的典故。他说道："当年吴、越两国交战，越王战败，将美女西施送给吴王，想让吴王迷恋女色，荒废国政，以待时机，战胜吴国。西施原来喂养了一只会说话念诗的鹦鹉，可当西施到了吴国后，那只通人性的鸟，思念故乡，竟不再说话了。直到后来越国取胜，西施将鸟带回到越国，聪明的鹦鹉又重新欢快地说起话来。"王佐又讲了"骓駵向北"的故事："杨家将孟良，去辽国萧太后那里盗得一匹赤色骓駵宝马。可那马来到中原，每日朝北嘶叫不停，七日拒绝吃草而亡。"陆文龙听了这两个故事后，深受感动。王佐趁机说道："连动物都知道不忘故土，思念家乡，可是有的人竟不如它们！"陆文龙问道："是谁如此不讲情义呢？"王佐直截了当地说："那人就是你呀！"接着就把陆文龙的身世如实说了一遍。这时，陆文龙的奶母哭着走了出来说道："王佐的话句句是真！当年就是金兀术逼死了你的亲生父母。"陆文龙这才恍然大悟，立刻跪地哭谢王佐，表示要亲自杀了金兀术，为父母报仇。不久，金兀术从"黄龙府"运来了威力强大的火炮"铁浮陀"，企图在夜里炮袭宋军的大营。

在这千钧一发的危急时刻，王佐带着陆文龙逃出了金营，将金人的诡计及时告知了宋军，使岳家军避免了一场灭顶之灾，为宋朝立下了大功。

> **提示**
>
> 小说《说岳全传》与京剧《八大锤》中有关"王佐断臂"的情节有所不同。小说中王佐断掉的是右臂，而京剧中断掉的却是左臂，长廊中两幅"王佐断臂"的画面也不一致。本书按照小说"断右臂"的描写，对画面做了相应的处理。

长廊牡丹画组图

山色湖光共一楼

"山色湖光共一楼"为清漪园时期的建筑，光绪年间重修，楼上的匾额为乾隆皇帝御笔所书，楼南面有九间游廊与长廊相接，并与鱼藻轩相通。此楼为八面两层三重檐建筑，登楼眺望，万寿山、昆明湖的"山色湖光"尽收眼底。

第七章 元、明

（1206～1644年）

鱼藻轩位于长廊西部，是一座面阔三间的歇山敞轩建筑，与东边的对鸥舫互为对景，有着相似的功能与作用。"鱼藻"出自《诗·小雅·鱼藻》。原诗以在藻之鱼，颁首莘尾，依于蒲草，悠然自在，比兴周武王建都镐京，恺乐且安，天下安定。乾隆以"鱼藻"为此轩命名，有企盼万物各得其所、天下安泰年丰之意。

倪瓒爱洁

这幅彩画被称为"倪瓒爱洁"或"云林洗桐"。倪瓒（1301～1374年），元代画家，字元镇，号云林子，江苏无锡人，性好洁而迂僻，人称"倪迂"。倪瓒善画山水，初学董源，后参荆浩，书画秀逸疏淡，功力极深，自成一家。其画法特点是构图多取平远之景，善画枯木山水、竹石茅舍，喜用侧锋，所谓"有意无意，若淡若疏"，形成荒疏萧条一派，以淡泊取胜。他的画天真幽淡，诗文精雅，书法隽美，兼具诗书画三绝。他独创的"折带皴"丰富了山水画表现技法，与黄公望、吴镇、王蒙合称"元四家"。元代末，元廷强征暴敛，加上江南连年灾荒，义军揭竿四起，局势动荡不安。家产殷实的倪瓒为逃避战乱，卖田散财，循迹于五湖三泖（mǎo）之间，往来于宜兴、常州、湖州一带。他栖居在村舍寺观，寄情于山水诗画，长达二十年之久。直到朱元璋扫灭群雄，北逐元廷后，倪瓒才于洪武初年返回故里无锡。

世人称倪瓒为"倪迂"，是因为他爱洁成癖且性情孤僻。倪瓒返回故里后，安逸的生活使其性格得到充分张扬。顾元庆在《云林遗事》中记有这样一则故事：明朝的开国功臣徐达，在无锡邓尉山构筑了一座"养贤楼"，专以"雅集"天下的文人墨客。一时间，名士趋之若鹜，云集于此。在众多文人之中，倪瓒算是名声最大的，但他的行为常常使人不解，被视为怪癖。一次，倪瓒来了茶瘾，要取水煎茶，可他不取近在眼前的湖水，而是派随从去挑远在山里的七宝泉泉水。那随从辛辛苦苦挑来两桶泉水，准备为倪瓒煎茶。谁知他只取前桶的水煎茶，而用后桶的水洗脚。众人大惑不解，于是有人忍不住问他这是何意，倪瓒答道："前桶水不会碰上什么不干净的东西，所以我用来煎茶。但后桶水说不定就会被挑担人所污，所以我只用来洗脚。"倪瓒喜爱梧桐树，认为梧桐高雅雍容，使人赏心悦目，并命人在书房四周种植了许多梧桐。为了保持树身洁净，他每天早晨都要叫书童端水洗树，并亲自在旁监督，直到把树干擦洗得洁净无垢后，才放心地离开。

6区67内北

窦娥冤

《窦娥冤》全名《感天动地窦娥冤》，是元代著名杂剧作家关汉卿的代表作，也是我国古代悲剧的代表作。窦娥三岁丧母，其父窦天章是个穷秀才。窦娥七岁那年，父亲为筹集进京赶考的盘缠，将窦娥送进蔡婆婆家里当了童养媳。十年后，窦娥的丈夫不幸死去，蔡家只剩下老母少妇。

一天，蔡婆婆外出索债，赛卢医为图财害命，将其骗至郊外，欲将她勒死。地痞张驴儿和张父搭救了蔡婆婆。他们乘机要挟蔡婆婆，硬性搬进蔡家居住。不久，蔡婆婆嫁给了张父。张驴儿见窦娥年轻貌美，也想娶她为妻，遭到窦娥严词拒绝。张驴儿买来毒药，企图毒死蔡婆婆，侵占蔡家财产，从而能强娶窦娥。不料张驴儿的毒药却误害了自己的父亲，他转而诬陷窦娥投毒杀人。

张驴儿买通了楚州太守桃杌（wù）。贪官不问青红皂白，严刑拷打窦娥。窦娥为救护婆婆，屈打成招，被判处斩刑。临刑时，窦娥指天立下三个誓愿：一要在刀过头落后，颈血飞溅白练之上；二要以六月降雪，掩盖她的尸体；三要大地大旱三年，以示其冤。结果她这三个誓愿都一一应验。三年后，窦娥的父亲窦天章考中了进士，出任廉访使来到楚州。窦娥的冤魂向父亲哭诉了冤情，窦天章重审此案，使含冤而死的窦娥终得昭雪。

窦娥的悲剧，是封建社会现实的真实写照。关汉卿通过窦娥含冤的故事，反映了元代社会混乱的面貌，抒发了长期遭受封建官僚压迫的普通民众的反抗情绪，具有震撼人心的艺术魅力。《窦娥冤》剧本自1838年写成之后，常演不衰，曾被译为英、法、俄、日等多种文字，深受国内外人民的喜爱。

殷勤送客出鄱湖

此画取意于明代朱权写的诗词《送天师》。朱权（1378～1448年），明太祖朱元璋第十七子。他十三岁封藩于大宁，世称宁王，永乐元年（1403年）改封南昌王。他自幼神姿秀朗，慧心聪悟，一生致力于研读著述，在戏曲、音乐等方面多有成就，晚年信奉道教，耽乐清虚，悉心茶道，将饮茶经验和体会写成了一卷对中国茶文化颇具贡献的《茶谱》。

本诗中的"天师"是指东汉人张道陵（34～156年）。张道陵，沛国丰（今江苏丰县）人，曾任江州令，顺帝时（126～144年）入鹤鸣山（今四川大邑境内）修道，于永和六年（141年）创建五斗米教，为道教定型化之始。教徒尊称张道陵及其后代为"张天师"。张天师第四代世孙张盛移居江西龙虎山"天师府"。

朱权晚年在南昌与龙虎山天师府的张天师来往甚密，此诗就是描写朱权送别张天师回归龙虎山天师府的情景。诗的一、二句叙述霜落芝城，表达作者殷勤送别之意。次二句言天师印若雷霆、符比日月，称其道术之高。五、六句说天师跨鹤而来，乘凫而去，赞其仙踪迅速。末二句写天师匆匆回府，问讯仙桃，极言洞府之奇。全诗尽以仙家生活形容天师，对仗工稳，不乏想象，表现了诗人丰富的想象力。诗文如下：

霜落芝城柳影疏，殷勤送客出鄱湖。黄金甲锁雷霆印，红锦韬缠日月符。天上晓行骑只鹤，人间夜宿解双凫。匆匆归到神仙府，为问蟠桃熟也无。

【诗注】芝城：即鄱阳城，因城北有芝山而得名。鄱湖：即鄱阳湖。黄金甲：指装符印的外套。雷霆印：道士的符印，相传可驱使鬼神，有雷霆之力，故称雷霆印。红锦韬：指装符表的红丝套。日月符：道士常用的符，传说挂起或焚烧后能驱邪祛病。双凫：用《后汉书·王乔传》记载的"王乔乘双凫"的典故，比喻天师的行踪如同仙人一般。凫（fú）：为野鸭。神仙府：此处用神仙府比喻天师府。

玉堂春

此画是京剧《玉堂春》中"三堂会审"的场面。画面中八府巡按王金龙和藩司、臬（niè）司两个陪审官端坐台上，苏三跪台面朝观众，三官以说白审案，苏三则以唱答回话。

明朝正德年间，民女苏三（玉堂春）被迫沦为妓女。礼部尚书之子王金龙与玉堂春在京城邂逅，两人情投意合。一年后，王金龙身上的几万银两被老鸨骗尽，被赶出妓院，流浪街头。一日，玉堂春打听到王公子的下落，悄悄拿出自己全部积蓄，倾囊相助，劝公子早日考取功名。王金龙走后，苏三拒不接客，立誓要为王公子守节。老鸨将其卖给山西富商沈燕林为妾。富商之妻皮氏见丈夫带苏三回家，很是嫉恨，便与奸夫张监生合谋在饭中下毒，害死了沈燕林。事后，皮氏买通官府，反诬苏三下毒，洪洞县令受贿将苏三定成死罪。起解途中，解差崇公道同情苏三，将她认为义女。

后来，王金龙发奋读书，科举中榜，当了八府巡按。他在审理案卷中发现了苏三的案情。他暗中寻访，查清了案情，决定为苏三平反雪冤。三堂会审的大堂上，王金龙见到蒙冤在身的苏三，想起她昔日对自己的一片深情厚恩，激动之情溢于言表。三堂会审后，苏三得到平反昭雪，与王金龙重圆旧镜。

京剧《玉堂春》几乎囊括了京剧旦角西皮唱腔的全部板式，尤以《女起解》《三堂会审》二折精彩备至，声腔艺术成就极高。其中的西皮流水旦腔旋律流畅优美，节奏简洁活跃，情调明快爽直，又因其音调简练，易学易唱，故流传极广，达到妇孺皆知的程度，是传统京剧流传最广的优秀剧目之一。

8区95内南

八仙过海

4区39外北

故事出自明代吴元泰的神魔小说《八仙出处东游记传》。八仙是道教中的八位仙人，分别是汉钟离、张果老、吕洞宾、韩湘子、铁拐李、蓝采和、曹国舅、何仙姑。八仙的传说在唐、宋、元三个朝代就有不同的记载，他们的名字直到明代才最后确定。这八位仙人并不是同一时代人，他们被组合在一起，反映了社会各阶层人物的不同特点，具有广泛的代表性。八仙的形象接近大众，有关他们的各种传说，就像一台带有贫民色彩的热闹好看的大戏。其中最著名的是"八仙过海"的故事。

一次，八仙去昆仑山瑶池为王母祝寿。寿宴上八仙开怀畅饮，酒至酣时，铁拐李提议乘兴到东海一游，众仙齐声附和，并商定各凭自己的道法渡海，不得乘舟。汉钟离率先把大芭蕉扇往海里一扔，袒胸露腹仰躺在扇子上，向远处漂去。何仙姑将荷花往水中一抛，顿时红光万道，她站立荷花之上，随波漂游。随后，吕洞宾、张果老、曹国舅、铁拐李、韩湘子、蓝采和也纷纷将各自的宝物抛入水中，借助宝物的法力，各显神通，遨游东海。

群仙的举动惊动了龙宫。东海龙王率虾兵蟹将出海观望，言语间与八仙发生冲突，引起争斗。东海龙王乘八仙不备，将蓝采和擒入龙宫。八仙大怒，各施法术，上前与龙王厮杀，腰斩了两个龙子，虾兵蟹将抵挡不住，纷纷败下海去，隐伏在海底，八仙则在海上往来叫战。东海龙王忙请来南海、北海、西海的龙王，合力翻动五湖四海之水，掀起狂涛巨浪，杀奔众仙而来。危急时刻，曹国舅的阴阳板大显神通，只见他怀抱玉板在前头开路，狂涛巨浪向两边退避，众仙紧随在后，安然无恙。四海龙王见状，急忙调动四海兵将，准备决一死战。正在这时，恰好南海观音菩萨由此经过，她喝住双方，并出面调停，直至东海龙王释放蓝采和，双方才罢战。八位仙人拜别观音菩萨，各持宝物，兴波逐浪遨游而去。

"八仙过海"的故事显示了八仙各自超群的本领和团结协作的精神，得到人们的广泛传颂。"八仙过海，各显神通"的谚语也为百姓们津津乐道，被用来形容各自拿出自己的本领，相互竞赛的情形。

八仙庆寿

这是一幅八仙庆寿的吉祥图。"八仙庆寿"，也称"群仙庆寿""八仙祝寿"等。画面中的"八仙"，即张果老、吕洞宾、韩湘子、何仙姑、铁拐李、汉钟离、曹国舅、蓝采和。每逢王母生日的时候，八位仙人都要相聚在一起，为王母把酒祝寿。

在民间，八仙手中使用的法器也被赋予了吉祥的含义，称为"暗八仙"。它们分别是芭蕉扇（汉钟离）、渔鼓（张果老）、宝剑（吕洞宾）、花篮（蓝采和）、荷花莲叶（何仙姑）、葫芦（铁拐李）、阴阳板（曹国舅）、笛子（韩湘子）。八仙和暗八仙的图案广泛出现在古代建筑、家具、器物和服饰上，是用来装饰祝贺生日用品或礼物上不可或缺的吉祥图案。

7区鱼藻轩外东南

有的祝寿图案中，以八只翩翩飞舞的"仙鹤"代指"八仙"。在另一些祝寿图中，还画有八仙翘首仰望，一位寿星老乘鹤翱翔云天，称作"八仙仰寿"或"八仙拱寿"。

玉人纤指

4区27内南

　　这幅彩画由彩绘大师李作宾依据清光绪年间出版的古画稿绘制。原稿是晚清著名海派画家钱慧安所作。另外，晚清海派画家王素也有类似画作，题名"玉人纤指"。钱慧安画作上题有明末才女叶小鸾的一首七言诗。叶小鸾（1616～1632）。字琼章，一字瑶期，吴江（今属江苏苏州）人，文学家叶绍袁、沈宜修幼女。小鸾貌姣好，工诗词，善琴棋，能绘画，绘山水及落花飞蝶，皆有韵致，将嫁而卒，有集名《返生香》。原作的题画诗如下：

　　　　湖山石畔草萋萋，两两流莺绕院飞。
　　　　侍女戏抛红豆打，教他飞向柳枝啼。

提示

　　此画原来被解释为《红楼梦》"傻大姐泄密"插图，新版书参照晚清画家王素《百美花谱》等相关资料，进行了改编。

鹤舞西堤玉带桥　张晓莲／摄影

白蛇传

白娘子的故事在中国民间广为流传。明·陈六龙以此题材作《雷峰记》，明·冯梦龙曾将此故事编入《警世通言》中，取名《白娘子永镇雷峰塔》，清代嘉庆年间玉山主人写作了《雷峰塔奇传》，清·方成培据此创作出《雷峰塔》一剧，上述作品及近代相关的戏剧、影视，使白娘子的故事在百姓中家喻户晓，尽人皆知。在这个传说中，白蛇（白素贞）与侍女青蛇（小青）思凡下山，同至杭州。白素贞与年轻书生许仙相识于西子湖畔并结为夫妻。与白素贞结有旧怨的法海和尚，几次从中破坏白娘子的美满婚姻，终借佛法将白娘子镇于雷峰塔下。颐和园长廊中共有四幅彩画描绘了其中的故事。

许仙借伞

相传在遥远的年代，深居峨眉山修炼千年的白蛇、青蛇因羡慕人间的生活，双双化为美丽少女白素贞和小青，来到西子湖畔。时逢清明时节，西湖桃红柳绿的春色，熙熙攘攘的游人，使她们赞叹不已，流连忘返。

恰巧这时，断桥处走来一位扫墓而归的年轻郎君许仙，他翩翩的风度、憨厚的神态吸引了白素贞。为考验这位年轻郎君，白素贞和小青施展法术，顿时风起云暗，天降大雨，两人忙跑到一棵柳树下避雨。小青指着走来的年轻郎君说道："姐姐，你看，那位少年男子打着

雨伞走来了，好俊秀的人哪！"白素贞不禁自言道："这颗心千百载微漪不泛，却为何今日里陡起狂澜？好似洛阳道上巧遇潘安。"许仙看到有两位姑娘在树下避雨，便走向前去告诉她们雨天树下不宜避雨，并问二位姑娘要去何地？小青答道："我们主婢二人正在游湖，不想中途遇此大雨。我们要回钱塘门去，请问，君子您上哪儿去？"许仙说："我去清波门去。"此刻，雨越下越大，许仙叫来一只渡船，请两位姑娘一同上船赶路。许仙告诉船夫，先送二位娘子到钱塘门，再送他到清波门。船刚离岸，船夫说道："今天湖里风大，请客人靠拢点儿吧。"小青也故意说："是啊，雨下大了，我们共用一把伞吧。"许仙满口答应，却羞得白素贞低头不语，脸颊泛红。这时候豪爽的船夫笑着唱起了小调：最爱西湖二月天，斜风细雨送游船。十年修得同船渡，百世修来共枕眠。

　　很快渡船到钱塘门岸边。分手的时候，许仙主动把雨伞借给了两位姑娘，并问清姑娘的住址，相约第二天前往姑娘的住处取伞。小青爽快地告诉许仙她们住在钱塘门外曹家祠堂附近的红楼，表示欢迎许仙有空前来坐坐。

酒变现身

　　白娘子和许仙在西湖小船上相识后，彼此互生爱慕之情。不久，两个人便托人做媒，喜结良缘。婚后，许仙从姐姐家里搬出，小夫妻俩带着小青来到镇江，在那里自立门户，开了一家保和堂药店。药店的生意十分兴旺，白娘子处方，许仙配药，他们调制了许多丸、散、膏、丹，店门口挂起了："贫病施药，不取分文"的牌子。消息不胫而走，每天前来看病求诊的、小病讨药的、病好道谢的，人来人往，络绎不绝，几乎要把小店的门槛踏平了，"保和堂"很快名声大振。

端午节那天，按照传统习俗，家家户户纷纷在门前插起菖蒲艾叶，地上喷洒了雄黄药酒。金山下的长江上，还举办了龙舟大赛，一时间，街上人山人海，热闹非常。清早，白娘子就把小青叫到面前，对她说："小青，今天是五月端午节，我和你都是蛇变的人形，每逢端阳日午时三刻，不免要现出原形，你修炼的功夫浅，还是快到山上去避避吧！"小青告别了白娘子，纵身飞出窗外，化阵青烟遁到深山中去暂避一时。小青刚走，许仙就上了楼。他一面走，一面叫道："小青呀，快收拾收拾，我们都到江边看赛龙船去！"白娘子听到许仙唤小青，转过脸答道："我叫小青买花线去了！你自己去看吧，不要忘记带上几只粽子，路上当心点！"

许仙上了楼，挨近白娘子说："我们搬到镇江来，今天是头一回看赛龙船，你就和我一道去吧！"白娘子说："我有孕在身，行动不便，还是你自己去吧，看过了早点回来！"许仙一听到自己快要做阿爸了，高兴得连赛龙船也不想去看了，决定在家里陪白娘子过端午节。吃午饭的时候，他见小青还没有回来，就自己到厨房热了一些粽子，烫了一壶老酒，酒里和了些雄黄，端到楼上来。他斟上两盏雄黄酒，递一盏给白娘子。白娘子接过酒，闻着雄黄气味，直冲脑门，感到有说不出的难受，便说："我不喝酒，吃两只粽子陪陪你好啦。"许仙缠着说："今天是端午节，不论会喝不会喝，都应该喝上一口，避避邪气！"白娘子说："酒里有雄黄，我怀着身孕怕是吃不得呢！"许仙听了，哈哈大笑起来说，"我家祖宗三代都是开药店的，你当我外行了！这雄黄能驱恶避邪，定胎安神，你还该多吃两盏才合适哩！"白娘子怕许仙起疑心，又仗着自己有千年修炼的功夫，就大着胆子，硬着头皮，喝了一口雄黄酒。哪晓得酒刚落肚，便马上发作起来，只觉头昏脑涨，浑身瘫软。白娘子勉强挪动着身体，躺到了床上。许仙弄不清是怎么一回事，便赶到床前，撩起帐子一看，呀！自己的娘子已经无影无踪，只见床上盘着一条碗口粗的大白蛇，可怜许仙吓得肝胆破碎，"啊呀！"大叫一声，向后一仰，一下跌倒在地上，昏死过去。

盗仙草

端午节这天，小青躲进了深山，心里总是惦念着白娘子。看看日头偏过中央，午时三刻已过，就借一阵青烟回到家中。她走上楼一看，却见许仙昏死在床前，白娘子还在床上昏睡呢。小青急忙推醒白娘子，白娘子向床下一看，只见许仙昏死在地上，顿时懊悔得大哭起来，说道："一定是我喝了雄黄酒，不小心现了原形，把官人吓昏过去了！凡间的药草是救不活他的，我要到昆仑山盗仙草去！"说着，白娘子穿窗而出，驾起一朵白云，径直向昆仑山飞去。只一刻工夫，她就来到了昆仑山山顶。这巍峨的昆仑山是座仙山，到处琼花玉树、林峦环绕。白娘子在山顶采了一株能起死回生的灵芝仙草，轻轻地衔在口中，正想驾云飞走，忽听空中一声鹤鸣，一只看守仙草的白鹤从天而降。它见白娘子盗了仙草，立刻现出人形，拔出长剑，直朝白娘子追了过来。正在此时，白鹤忽听仙翁高喊："鹤童不可如此！"白娘子转过身来一看，原来是南极仙翁站在了她面前。她哭着向南极仙翁叙述了事情的经过，并央求道："老仙翁，请给我一株灵芝仙草，救救我家官人吧！"南极仙翁捋着白花花的胡须说道："你私自盗取仙草，原有罪孽，但念你救夫的一片诚心，就不再追究了。"白娘子谢过仙翁，衔着灵芝仙草，急忙驾起白云，飞回家来。她把灵芝仙草熬成药汁，灌进许仙嘴里。很快，许仙就睁开眼睛醒了过来。他朝白娘子看了又看，想起自己看到大白蛇的情景，不免心生恐惧，一转身跑下楼去，躲进账房里，再也不敢出来了。直到第三天夜里，白娘子关心地问道："官人呀，你为啥三天三夜不到楼上来呢？"许仙只好讲出了真情。白娘子听了，皱皱眉头，对许仙说："我好好的一个人，怎么会变成蛇呢？必定是你眼花看错啦！"小青也在一旁插嘴道："相公没有看错！那天，我买了花线回来，听见相公在喊叫，等我奔上楼去，看见相公已经昏倒在地上了。我也见着一条白闪闪的东西，又像是蛇，又像是龙，从床上飞起来，飞出窗外就不见了。"白娘子听着笑道："哦，原来是这样的呀！恐怕是苍龙现形了。这正预示着我家将生意兴旺、添子加孙。可惜我那时睡熟了，要不然，一定要点上香烛拜拜它呢！"许仙听她这么一讲，仔细想想也不错，满腹的疑团也就一下子打消了。保和堂里又恢复了以往忙碌、融洽的气氛。

断桥解怨

法海和尚在镇江城里散布瘟疫，想叫百姓都到寺里来烧香许愿，好借机展示他的法力。没想到城里有对夫妻新开了一家名叫保和堂的药店，店里的"避瘟丹""驱疫散"很灵验，人们纷纷来到保和堂药店看病抓药，不再去金山寺烧香求法。法海气得要命，就扮作化缘的和尚，来到保和堂。他向邻近一打听，知道保和堂的灵药竟是与他结有旧怨的白素贞开的方。法海悄悄地约许仙于七月十五来到金山寺做盂兰盆会，他别有用心地告诉许仙白娘子是个蛇精，要许仙留在金山寺出家。许仙记起了端午节那天可怕的一幕，心里也开始疑惑起来。但他转念一想："娘子对我情深似海，即使她是白蛇，当不会害我的；况且她如今还有了身孕，我怎能丢下她出家做和尚呢！"许仙拒绝了法海的请求，法海就令寺里的小和尚把许仙关在了念经堂里。白娘子在家里一直等到第四天仍不见许仙烧香归来。她焦急万分，便和小青划只小舢板，到金山寺去寻找许仙。

白娘子打听到许仙被关在寺中，她认出寺里的法海和尚就是当年与她结怨的乌龟精。她先按住心头之火，好声好气地央求法海道："你做你的和尚，我开我的药店，井水不犯河水，你就放了我家官人吧！"法海和尚哪里听得进去，举起手里的青龙禅杖，朝白娘子兜头就打。白娘子只得迎上去招架，小青也来助战。法海的青龙禅杖打下来的分量犹如泰山压顶一般，白娘子有孕在身，如何挡得住，渐渐地败下阵来。白娘子从头上拔下一股金钗，迎风一晃，变成一面令旗，小青接过令旗，举上头顶摇了三摇。霎时间，滔天大水滚滚而来，虾兵蟹将成群结队，一齐涌向金山。大水漫到金山寺门前，法海着了慌，连忙脱下身上袈裟，往寺门外一遮，忽地一道金光闪过，袈裟变成一堵长堤，把滔天大水挡在外边。白娘子怀孕在身，法力远不如从前，眼看胜不了法海，只得叫小青收了兵。姐妹俩一同来到西湖，准备再行修炼，等待机会向法海报仇。白娘子和小青来到断桥，故地重现，触景生情，想到当年和许仙在此初次见面的情景，感慨万分。白娘子含泪吟唱道：

西湖山水依旧在，憔悴难对满眼秋。好花偏逢无情雨，恶棒专打凤鸾俦。金山寻夫夫不见，过断桥不由得心酸又是愁。难道他，已遭法海害，难道他果真出家将我丢。难道他，断桥未断恩情断，难道他，流水东逝不倒流！

再说许仙被法海强关在金山寺，每日听经，更觉心烦意乱。这天他乘水漫金山，寺中混乱，设法逃离了金山寺，正好来到西湖边寻找娘子。他刚行至断桥，就听到白娘子悲悲切切的吟唱，心如刀割，忙上前"扑通"一声跪在白娘子和小青的面前，说道："娘子休要悲伤，且听我把原委道来。"还没等许仙讲下去，小青盛怒之下拔出了青锋剑，要杀了这个负心汉。白娘子急忙将小青拦住，她怨爱交织，责怪许仙不该轻信谗言，让法海钻了空子。许仙惭愧莫及，承认自己不该一人赴金山寺，险些害了娘子的性命。他发誓对白娘子依然爱深情坚，夫妻俩重归于好。不久白娘子喜生一子，小两口又过上了恩爱的幸福生活。

长廊山水画

第八章 清朝

(1616～1911年)

清遥亭是长廊最后一座重檐八角的观景亭，乾隆亲赐亭名，含有"遥望清水"之意。乾隆还曾写诗吟咏该亭："一碧春清万里波，近遥哪与计如何？"可见清漪园时期，由玉泉山泉水汇集成的昆明湖水，不论远近都是碧绿如玉、清澈见底。由于泉水水温较高，在冬天就形成了以清遥亭为界，"迤东尚凝冰，迤西乃漾澜"的奇特景观。现在清遥亭的檐额是慈禧重修该亭时所题。

满江红树卖鲈鱼

此图是仿清代画家钱慧安作品绘制的,原画引用清代诗人王士禛的《真州绝句》为题款。王士禛(1634～1711年),字贻上,号渔洋山人,后为避与胤禛的名讳,改名士禎,新城(今山东桓台)人,顺治十五年(1658年)进士,曾任扬州推官,后官至刑部尚书。《真州绝句》作于长江北岸的真州(今天的仪征),诗中表现了渔民悠闲的生活:黄昏时分,在晚霞的映照下,江岸上充满了宁静和谐的气氛;红柳树下,渔人划着小船正在叫卖刚刚钓上来的新鲜鲈鱼。渔民生活原本是朴素平淡的,然而江南水乡秀丽的景色,加上诗人的描写和画家丹青妙笔的渲染,就使普通的生活场景融进了几分浪漫的情调。画家结合诗句,传神地勾勒出一幅水乡卖鱼的风情图,使诗中那种田园牧歌式的情调充分地展现在了画面中。诗文如下:

江干多是钓人居,柳陌菱塘一带疏。好是日斜风定后,满(一作"半")江红树卖鲈鱼。

说到鲈鱼,还应提到"莼羹鲈脍"的典故。此典出自《晋书·张翰传》,说的是晋代人张翰在洛阳做官。一年的秋天,在萧瑟的寒风中,他不由得想起了吴中老家用莼菜和鲈鱼烹制的美味"莼羹鲈脍",便毅然决定弃官归乡。从此,后人常以"莼羹鲈脍""莼鲈秋思"来比喻浓浓的思乡之情。

> **提示**
> 此图曾被认定为是晋代张翰"功名未必胜鲈鱼"的配诗画。经考证,本图应是清代钱慧安作品的临摹画,原画题有清代王渔洋"满江红树卖鲈鱼"的诗句。

半容人坐半容花

本画取意于清代诗人袁枚《孙园剪牡丹归》一诗。袁枚（1716～1798年）字子才，号简斋，浙江钱塘（今杭州）人，乾隆四年（1739年）中进士，选庶吉士，入翰林院。乾隆七年改放江南任知县，历任溧水、沭阳、江浦、江宁知县，赢得了贤明的政声。乾隆十三年（1748年）辞官而定居于江宁小仓山随园，故世称随园先生。其晚年自称随园老人或仓山叟。袁枚总领文苑近五十年，主张诗应该抒写性情，著有《随园诗话》《小仓山房集》和《子不语》等书。其所标举的"性灵说"风靡乾嘉（1736～1820年）诗坛，与赵翼、蒋士铨合称为"乾隆三大家"，使清代诗坛别开生面，又与纪晓岚有"南袁北纪"之称。《随园诗话》是清人众多"诗话"中最著名的一本书，曾被鲁迅先生称之为"不是每个帮闲都做得出来的"作品。袁枚主张写诗直抒胸臆，词贵自然，反对泥古不化，强调自创精神，这在我国文学史上是具有进步意义的。

袁枚在这首《孙园剪牡丹归》诗中，只用两句话，就将主人趁大好春光、划一叶扁舟、寻访山野人家、剪得牡丹花满载而归的情形描写得栩栩如生：

　　　　寻春闲访野人家，扶醉归来日未斜。买得扁舟小于叶，半容人坐半容花。

存疑

本图的另一种解释为"陶渊明横舟"，参见本书"三径就荒"的故事。

第八章 清朝

哪有闲看湖上花

2区12内北

此画取意于清代女诗人张瑶英的《课子诗》，绘画原创者是晚清人物画家钱慧安。张瑶英是清代著名诗人袁枚的女弟子。袁枚于乾隆四年（1739年）考取进士，曾任江宁等地知县，三十三岁便辞官，侨居南京小仓山，在那里修筑随园，度过了五十多年清闲的生活。袁枚活跃诗坛六十余年，主张抒写性情，创"性灵说"，存诗四千余首，是乾嘉时期的代表诗人和诗词评论家。袁枚在其《随园诗话》中有一段记述：戊戌春，袁枚与家人住在杭州。一天，他招呼女眷游西湖，张瑶英为抓紧时间教育孩子婉言相辞，并写下一首《课子诗》，显示了清代妇女十分重视对子女的教育。

这幅彩画生动地描绘了张瑶英《课子诗》的意境：面中一位妇女端坐在竹椅上，右手拿花针绣线，左手托一只绣鞋，正为女儿示范刺绣。旁边的长案上，三个男童正在聚精会神地学习写字。其中一个男童跪在案凳上专心地执笔练字，一个男童直立在案头，用笔在纸上涂鸦，另一个男童正手持一方墨在石砚上仔细研磨。诗文如下：

呼女窗前看刺凤，课儿灯下学涂鸦。韶光一刻难虚掷，哪有闲看湖上花？

> **提示**
>
> 在一些长廊画故事集中，此图被解释为"三娘教子"的故事。经查阅清代画谱，本图实为晚清著名人物画家钱慧安所画的《课子图》，原画题有清代女诗人张瑶英的诗句："呼女窗前看刺凤，课儿灯下学涂鸦。"

驯马图

此图是参照清代著名画家任薰的《驯马图》绘制的。任薰（1835～1893年），字舜琴，又字阜长，生于浙江萧山县城，其父任椿，兄任熊皆是画家。任熊、任薰、任颐和任预继承了陈洪绶"老莲派"的艺术风格，被称作"山阴四任"。任薰自幼受父兄影响，喜爱绘画，青年时在宁波靠卖画为生。1868年春末，他与任颐同往苏州，辗转于江浙之间，后寓苏州、上海。任颐、任预均曾从任薰学画。任薰对晚清画风的形成有着很大的影响，为清末海派画家中重要人物之一。

任薰的这幅《驯马图》为我们展现了古人驯马时的生动情景。中国的驯马史可追溯至五千年前的三皇五帝时期，传说中王亥（阴商的始祖）驯马的故事为我们描述了先民们驯养马的过程。马原是一种野生动物，被古人称为"火畜"。当时的人们还过着半农半牧的生活，随着生产、捕猎工具的不断改进，畜牧业开始发展起来。一天，有人捕获了一匹野马，每当人们接近它时，它就前蹄腾空，昂头嘶鸣。"火畜"并不伤害人类与其他动物，只以草为食。由于人们还不认识这种动物，便把驯养动物的能手王亥请来辨认。王亥观察了很长时间，也未认出这是何种动物，就用木栏将这匹"火畜"圈养了起来，每天从早到晚精心喂养、调教这匹"火畜"。经过一段时间，这匹野生枣红马终于被驯服了，成为人类得力的生产、交通工具。

提示

此画曾被描述为《伯乐相马图》，经考证，本画应是参照清代任薰《驯马图》绘制的。位于长廊7区内北侧（本书第26页）的一幅聚锦画才是《伯乐相马图》。

柳溪双舟

7区75外东

  本幅图是参照清代著名画家任伯年的作品绘制的（原画现藏于徐悲鸿纪念馆中），图中描绘了柳溪夏日的景色。画面中两位少女划着小舟在水中戏水、采菱，岸边杨柳依依，江中流水潺潺，极具诗情画意。柳溪江位于浙江杭州附近，江岸柳树成荫，青山耸立，具有浙西山水的妩媚和灵秀，自古以来就为众多江南才子垂青与仰慕。以柳溪为题材的诗歌、绘画不胜枚举。妇女采菱是江南水乡特有的生产劳动场景。菱又名芰，果有角，俗称菱角，为菱科的一种水生草本植物，在中国中、南部各省均有栽培或野生。每年夏末秋初开出白色或淡红色的菱花，其果肉可食或做淀粉，鲜嫩者可作为水果食用，其嫩茎还可当菜蔬。李时珍《本草纲目》中记载菱角有清热消暑、解毒润喉的功效。此图展示了柳溪江采菱女采菱的喜悦情形。古人曾为采菱图写下一首题画诗：

    菱叶随波漾，菱花映日开；忽闻水歌调，荡桨有人来。

老犹栽竹与人看

  清康熙年间进士虞广文在其《偶成》诗中写下"穷不卖书留子读，老犹栽竹与人看"的诗句；清同治时周希陶在《重订增广贤文》中收录了此句名言；晚清画家钱慧安也曾依据此名言创作了一幅白描画。本幅彩画就是参照钱慧安作品绘制的。画面中，一位童子坐在简陋的屋中读书，一位风烛残年的老者，手拿锄头在院里栽种竹子。这一方面反映了在古代科举制度的影响下，多少莘莘学子为求得功名，皓首穷经，毕生苦读，虽然穷困潦倒，但仍非常重视对后代的文化教育，坚守"唯有读书高"的信念；另一方面也反映了古人秉

承"前人栽树后人乘凉"的优良传统，虽年过古稀，但仍要为后人栽竹造福的美德。

提示

在以往长廊画故事书中均将"老犹栽竹与人看"诗句误传为"老来栽竹有人砍"，这与前句"穷不卖书留子读"在语意上不搭配。

眼暗心明

这是一幅清代著名人物画家钱慧安作品的临摹画。画面中一位盲人算卦先生，打着招幌在走村串乡；两位顽皮的孩童，正好奇地注视着这位盲人用手杖探试前方的一块石

头。此图对人物表情刻画得细致入微，生动地反映了生活在社会底层算卦先生的生活状况。自古以来，不少丧失劳动能力的盲人，为自谋活路，维持生计，或摆摊算卦，或沿街算命，被称为"算卦仙"或"算命先生"。他们熟记《易经》中的六十四卦卦辞和三百八十四爻的爻辞，以及皇历中的所有内容。每当有人来找他们求签算命时，只要报上生日时辰，算卦先生用指头点拨几下便会说出来人的性格、为人、体貌特征及将来的运势。由于长期的历练，他们大都有着较好的口才，也被称为"算命铁口"。钱先生为原画配有一首题画诗：

子午卯酉，沿街奔走；眼暗心明，人称铁口。

同看藕花

本画源自清代画家钱慧安的《同看藕花图》。观莲节这天，一对相邻的采菱女，相约早早地收起了采菱的菱匣，换上美丽漂亮的冰纱衫，趁着蒙蒙晨雾，前往东湖（在今常州）观莲赏荷。她们凝神贯注池塘中艳丽盛开的莲花，憧憬着未来美好幸福的生活。

观赏莲花在我国有着悠久的历史，每年夏历六月二十四就是民间的"观莲节"。这一天，在水乡泽国的江南一带，莲花盛开，荷香飘逸，民众纷纷盛装出游，前往荷塘。人们在散发着淡淡荷叶清香的湖畔，或漫步观莲、消夏纳凉，或荡舟湖中，采莲弄藕。夜晚时分，荷塘边挂出各式各样的荷花灯，游人一边观灯赏荷，一边享受着皓月清风的夏夜风情，好不惬意。观莲节还为青年男女谈情说爱提供了一个难得的机会，他们结伴前往莲花湖畔，尽情地抒发表白彼此心中的爱情。原画的题款诗如下：

晓阁濛濛散露华，早收菱匣换冰纱。双鬟递到邻闺约，同去东湖看藕花。

> **提示**
> 此图曾被认为是《红楼梦》中《宝琴观塘图》，经考证实为清代钱慧安《同看藕花图》的临摹画。

弄璋叶吉

这是一幅反映民间祝贺吉语的彩画，图中一男童手拿"玉如意"正在母亲怀中玩耍。古人祝贺他人生子添丁时，常用"弄璋叶（xié）吉""天赐石麟""瓜瓞绵绵"等贺词来表示庆贺；而祝贺生女孩时，则用"弄瓦征祥""明珠入掌""喜比螽麟"等贺语赠之。

过去，人们把生男孩子叫作"弄璋之喜"，对生女孩子则称为"弄瓦之喜"。"弄璋""弄瓦"典出《诗经·小雅·斯干》："乃生男子，载寝之床，载衣之裳，载弄之璋。乃生女子，载寝之地，载衣之裼（tì，指婴儿的包被），载弄之瓦。""璋"是一种美玉，"瓦"是纺车上的陶制纺锤。"男孩弄璋、女孩弄瓦"的习俗一方面反映了古人期盼男孩传承玉的美德，将来能知书达理，出将入相，而希望女孩可成为心灵手巧、勤俭持家的贤内助；另一方面这多少也反映了中国封建社会重男轻女的观念。"寝床弄璋"和"寝地弄瓦"的现象直到民国时期仍然普遍存在。有的地方将生男叫"大喜"，生女视为"小喜"，亲朋好友赠送彩帐、喜联时，生男书"弄璋"，生女写"弄瓦"。

> **提示**
> 此画曾被认为是"戏婴斗志"。经考证，本图应是清代画家曹华《弄璋叶吉图》（仿改琦画）的临摹画。

攀桂图

图中一位古装女子将窗户的帘布轻轻卷起,窗外有一株桂花树,一个学童正做"攀窗折桂"的姿势。此图有象征古代科举应试、蟾宫折桂的吉祥之意。

"蟾宫折桂"这个典故出自《晋书·郤诜传》。郤诜(xì shēn)是晋代雍州刺史,他博学多闻,曾与晋武帝有一番有名的对话。一日武帝于东堂会送,问诜曰:"卿自以为何如?"诜对曰:"臣举贤良对策,为天下第一,犹桂林之一枝,昆山之片玉。"又据宋代叶梦得《避暑录话》卷下记载:"世以登科为折桂,此谓郤诜对策东堂,自云桂林一枝也,自唐以来用之。"由此可见,中国古人自唐代以来,就以"蟾宫折桂"比喻科举应试及第。《攀桂图》正是反映了这种希望学童早日科举及第、金榜高中的美好期盼。

考证花絮

此画在以往长廊画故事书中均被描述为"三娘教子",这种说法无法解释画中童子"抬腿登窗"的动作。经对画面分析和考证,本书认为此图是一幅清代流行的《攀桂图》吉祥画。画面中一个学童正欲"攀窗折桂",一旁站立着"望子成龙"的母亲。

文武双全图

图中一位老者正在指点两个学童练习摔跤,旁边的书案上放有许多文学典籍。这幅彩画生动地反映了中国古代"文武双全"的传统教育理念。大量历史文献、文物资料表明,中国民间自古就广泛开展了弓矢、击壤、投壶、捶丸、蹴鞠、武术、拳术、摔跤、举石、气功等

多种娱乐、军事武艺运动，这些运动不仅能强身祛病、练武抗暴，也反映了中华民族历来就倡导习文尚武，坚持全面发展的优良传统。

春秋时期，大思想家、教育家孔子力倡"六艺"教育，那时的学校教育以"六艺"为主要内容，即礼、乐、射、御（驭）、书、数。其中的"射、御"就含有武术的因素，使得文武兼备的教育更为系统化、制度化。孔子说："君子无所争，必也射乎""不教民战，是为弃之""有文事，必有武备"等，均反映出当时文武兼备的教育理念。从一定意义上讲，中国历史上汉、唐盛世的出现，当归于六艺教育的成就，也可说是"文武兼备"教育的结晶。宋以后中国封建社会的统治者，在科举制的主导下，大都重文轻武、忽视体育。但也有不少教育家，比如清初思想家、教育家颜元（1635～1704年），仍坚持倡导文武并重的教育原则。颜元一方面严厉地批评了当时理学家提倡"习静"是"作弱人、病人、无用人者"；另一方面强调运动的重要，认为："常动则筋骨竦，气脉舒""养身莫善于习动""一身动则一身强"。他本人还亲自实践，在他晚年主持漳南书院时，除了教学生习文外，还兼教兵法、射、御、技击等科，开展举石、超距（跳跃）、击拳等体育活动。

中国历史上的许多优秀的文学之士，如杜甫、李白、范仲淹、苏轼、陆游等，都主张文武并重，积极锻炼身体，并身体力行。中华民族"文武双全"的优良教育理念，以及众多形式的中华传统体育运动项目，非常值得后人认真学习传承，发扬光大。

鱼龙变化

此画是一幅中国传统的吉祥图案。据《汉书·西域传》记载：鱼龙本来是一种舍利兽，它起先在庭院中嬉戏，然后进入殿前的水池中游玩，后化为比目鱼，在池中跳跃击水，喷起

6区70内南

的水雾遮天蔽日，最后化为八丈黄龙，从池中腾空而起，飞向了天空。

中国古代神话中还有"鲤鱼跳龙门"，上天化为龙的传说。《太平御览》卷四十引《辛氏三秦记》："河津一名龙门，巨灵迹犹在，去长安九百里。江海大鱼洎（jì）集门下数千，不得上，上则为龙，故云暴鳃龙门。"据此，民间常用"鱼龙变化""鲤鱼跳龙门"等成语，比喻科举高中，金榜题名，也比喻望子成龙，或指事物变化神奇迅疾，令人难以捉摸。

长廊山水画四条屏

春 　　　夏 　　　秋 　　　冬

仕女画组图

下面三幅长廊画出自蔡震渊先生的"仕女四屏图",由彩画大师李作宾据原作创临。蔡震渊(1897~1960),苏州人。名铣,字震渊,因家藏玉蝉砚,别署玉蝉砚主。擅长工笔画,取法上自宋元,下及明清诸家。震渊先生画路宽博,技法全面,作品形神兼备,雅俗共赏,是现代"吴门画派"的杰出代表。本书采用对比方式,充分展现了蔡震渊先生精妙的画技,以及李作宾先生高深的创临功夫。

5区53内北

一家鸡犬住扁舟,
一棹浮家到处游。
奴有阿狸鱼有婢,
晓来常自半梳头。

5区54外南

柔桑枝上听鸣鸠,
晓起提筐过翠畴。
借问谁家春梦好,
半窗红日未梳头。

6区71内北

一片新篁露未浸,
茜窗姐妹弄瑶琴。
碧萦香篆凉生指,
尘世伊谁能赏音。

颐和园长廊彩画故事全集

震淵

震淵

玉蟬研齋

震淵詩書畫印

蔡铣"仕女四条屏"原画
创作于1943年

童戏图

《**童**戏图》是描写儿童嬉戏、玩耍的绘画，也称为《婴戏图》或《婴戏纹》，是古代年画和瓷器等器物上大量使用的绘画图案。我国传统绘画的童戏图数量多、题材广，体现了人们对儿童深厚的关爱与期望，也表达了人们对美好幸福生活的无限憧憬与祝愿。这组《童戏图》中的孩童，活泼可爱、充满稚趣，真实地反映了古代儿童生活游戏的情形，是众多传统童戏图的一个缩影，可谓我国古代童戏图的佳作，为我们了解古代儿童形象、社会风俗等方面的内容提供了宝贵的绘画资料。

瞎子摸人

这是一款妇孺皆知的儿童游戏。游戏的规则简单易行，首先约定好开展游戏的区域，然后再通过小伙伴们用猜手选出第一个输的人，大家帮他用布蒙上眼睛，在原地转上几圈，然后大叫"开始啦！"于是众玩伴四处躲藏，被蒙上眼的"瞎子"开始四处摸人。游戏过程中大家可以鼓掌、喊叫或故意弄出响声诱骗"瞎子"，还可以跑来跑去，挪动位置。当"瞎子"抓到人后，要通过摸索，猜出那个人的名字。被抓的人又接替"蒙眼人"当起了下轮游戏的"瞎子"。通过这个游戏，可以增进伙伴们之间的交流和友谊。游戏既可在家庭成员之间进行，也可以在小伙伴之间开展，游戏气氛轻松有趣。清代画家吴有如曾为此题材的绘画写下

了一首诗：

蒙面不见人，空中自摸索。莫笑儿童愚，世事如漆黑。

童子戏灯

这幅童子戏灯图，是民间年画的常用题材。花灯作为中国传统的民间艺术，自古一直沿袭至今。我国各地的花灯花色众多，格调各异。不同地域的花灯都具有明显的地方特色和艺术风格，像北京的宫灯、天津的宝莲灯、上海的金龙戏珠灯、苏杭的琉璃花灯、广州的鸳鸯戏莲灯、东北的冰灯，等等。

每逢过年，特别是正月十五那天，各地都要举行灯会。灯会上各式花灯琳琅满目、异彩纷呈，有龙灯、宫灯、纱灯、花篮灯、礼花灯、兔子灯、金鱼灯、蘑菇灯、迎轿灯、走马灯，等等；形状有圆形、正方形、圆柱形、多角形，等等。在浓浓的过节气氛中，辛苦劳作一年的人们，相聚在一起闹社火、耍花灯、划旱船、踩高跷、扭秧歌、猜灯谜等，尽情地享受节日的欢乐。孩童们更是兴高采烈地手举各式花灯，走街串巷，街头巷尾处处呈现出一派童子戏灯、迎春纳福的喜庆吉祥景象。

老鹰捉小鸡

5区49外西

  这是一款在中国家喻户晓的户外游戏。其玩法是：全体小伙伴排成一列，选一人当"老鹰"，另一人当"鸡妈妈"，其他人为"小鸡"。"老鹰"和"鸡妈妈"双方相对而立，"小鸡们"列队站在"鸡妈妈"的后面，队伍中的后人要抓住前人的衣服。游戏过程中，"鸡妈妈"要张开手臂，负责保护全体"小鸡"的安全。

  游戏开始时，双方一边唱，一边配合拍子，按照一问一答的顺序分别向左、向右方向做出各种腾挪躲闪的动作。"老鹰"要伺机左扑右攻，频频向"小鸡"发起攻击。"鸡妈妈"则要左闪右躲护着"小鸡"，巧妙地化解"老鹰"咄咄逼人的攻势。当然，谁被抓住了，谁就要去当下一轮的"老鹰"。通过这个游戏，可培养儿童们的机智勇敢和集体主义的精神。古人有题画诗一首：

如鹰擎鸡，如羊避虎，奇正相生，善于御侮。

【诗注】奇正相生：古时兵法术语，指作战时以对阵交锋为"正"，设伏奇袭等为"奇"。古人在描写儿童游戏时借用兵家术语，指游戏中"老鹰"捉"小鸡"时，真真假假、左突右扑，而"鸡妈妈"带着小鸡们左闪右躲，巧妙地躲闪"老鹰"的攻击。

第八章 清朝

斗蟋蟀

5区51内北

两图中一群孩童正围拢在一起，饶有兴趣地玩着斗蟋蟀的游戏。蟋蟀俗称蛐蛐，古时候也叫蛩（qióng）或促织，号称"天下第一虫"。蛐蛐属于昆虫纲中的直翅目蟋蟀科，我国已知的就有三十多种。它们的鸣声婉转动听，是田野中的歌唱能手。蛐蛐不但善于鸣叫，而且更好斗架，所以备受儿童们的喜爱。

我国民间饲养蟋蟀已有一二千年的历史。据历史文献考证，"古人玩蟋蟀"始于唐，著于宋，盛于明清。据宋代《负喧杂录》记载："斗蛩之戏，始于天宝间，长安富人，镂象牙为笼蓄之，以万金之资，付之一啄。"由此可见，养斗蟋蟀不仅始于唐代，而且在当时曾盛行一时。斗蛐蛐的游戏不仅受到达官贵人和文人雅士的青睐，就连一般百姓也十分喜爱。蒲松龄《聊斋》中的《促织》，就是一篇描写斗蛐蛐的著名短篇故事。宋代诗人杨万里的《促织》诗，将蛐蛐描写成了善解人意、能给人带来快乐的小精灵。这些文学作品给小小的蛐蛐蒙上了一层浓郁的文化色彩，从而形成了中国特有的蟋蟀文化。清代人物画家吴有如为此类绘画题诗道：

同称飞将，一决雌雄，漫言儿戏，亦奏肤功。

【诗注】奏肤功：表彰大功。　　【图注】下图原稿是晚清画家王素的《桐荫蟋蟀图》。

3区21外南

骑马打仗

"骑马打仗",本来是满族的一种儿童游戏,后来渐渐地在全国普及流行。游戏开始时,先由两人用"锤子、剪刀、布"猜手,挑兵选将,将所有玩伴儿分成两队。每队中再分若干组,二或三人一组,一至二人假扮战马,双人马为"将军"的坐骑,一人马为"士兵"的坐骑。骑马者充当"斗士",负责将对方的"斗士"拉下马来。各方准备好后,两军对阵,各站一排。然后双方的将军高喊一声"冲啊!"两军人马即刻"厮杀"起来。当某组的"斗士"被拉下马,就不可再战,立即退出战场,在一旁观战。直到一方的"斗士"全被拉下马来,另一方即告胜利!图中画有两个鼓乐手在尽力为玩伴们鼓乐助威,两方的"将军"正在激烈交锋,十分生动有趣。这个游戏体现了游牧民族喜欢骑马征战的尚武传统,可培养儿童勇猛顽强的精神。

七子夺莲

"童子夺莲"是民间的一种传统夺标游戏。本图中有七个童子在争夺莲花，故称之为"七子夺莲"，常出现在年画和瓷器等器物之上。此类绘画有着企盼多子多福、早生贵子的吉祥寓意。莲花是所有植物中唯一花果同生的花卉，因此具有"早生贵子"的含义。另外，"夺莲"与"多连"是谐音词，所以"七子夺莲"含有"七子多连"的特殊寓意，反映了古人期盼多子多福、子嗣昌盛的美好愿望。

长廊宫灯夜景　张晓莲／摄影

聊斋志异

LIAOZHAIZHIYI

《聊斋志异》被誉为中国古代最优秀的文言短篇小说集，与古典长篇白话小说《红楼梦》并称为中国古典小说的双峰。作者蒲松龄（1640～1715年），清代文学家，字留仙，山东淄川（今属淄博）人。他出身于一个没落的地主家庭，一生刻苦好学，满腹经纶，却在科举场中始终不得志，曾十次应试都名落孙山，终生官名不过"鲁学训导"，做了三十多年清寒的私塾先生。在艰难岁月中，蒲公将满腔的"孤愤"和数十年的心血寄托在《聊斋志异》的创作中。尽管蒲松龄终生怀才不遇、历经坎坷，但与他屡遭重挫的人生形成巨大反差的是，他的《聊斋》却取得了巨大的成功，直到今天依然是一座后人无法企及的文学高峰。郭沫若曾对该书做过极好的概括："写人写妖高人一等，刺贪刺虐入骨三分。"《聊斋》以短篇小说的形式，生动地塑造了一批个性鲜明的人物形象，不愧为中国古典小说人物画廊中一道绮丽的风景线。颐和园长廊中有二十幅"包袱画"描绘了《聊斋》的故事，绘画大都选自清代光绪年间的"巾箱本"。本书结合原著的白话翻译并配以相应的"古画""古诗"，希望以此帮助读者更好地领会蒲公原文的妙趣。

第八章 清朝

画皮

8区100外北

太原书生王某,一天大早出门,路遇一位抱着大包袱吃力赶路的女郎,关切地问她道:"你为什么这么早就一个人孤孤单单地赶路?"少女神色忧伤地说:"父母贪钱,把我卖给一个大户人家。那家的大老婆嫉妒我,早晚不是打就是骂,我已无法再忍受下去,打算逃到远方去。"赶路的人原来是位十五六岁的漂亮少女,王生不禁心生爱怜之情,便热情地将少女接到自己家中的书房住下,两人常在夜晚幽会,过了好久外人都未发觉。一天,王生悄悄地把这件事对妻子说了,妻子陈氏怀疑女孩是大户人家的婢妾,劝王生打发她走,王生却不同意。有一次,王生赶集时遇见了一位道士,那道士打量着王生,显出惊愕的神态。他问王生:"你最近遇到了什么?"王生回答说:"什么也没遇到呀!"道士说:"你身上有邪气萦绕,怎么还说没遇到什么?"听了道士这番话,王生对所遇到的少女产生了怀疑,但转念一想,她明明是个美人,怎么会是妖怪?很可能是道士想借口除妖,混口饭吃罢了。

王生离开了集市,不多时已来到自家大院,只见书房的门紧关着。他悄悄地走到书房的窗边往里窥视,只见一个脸色翠绿、獠牙如锯的恶鬼,正在把一张人皮铺在床上,手持彩笔在人皮上勾画,画完之后便举起人皮,像抖衣服那样抖了抖,随即披在身上,竟然变成了一位美女。目睹了这个情景,王生的魂都吓飞了,他连滚带爬地跑了出来,慌忙追上那位道士,跪在地上向道士求救。道士给了王生一柄拂尘,让他把拂尘挂在卧室的门上。

王生回到家以后,不敢再到书房去,直接来到卧室,并把道士给的拂尘挂在门楣上。夜里一更时分,他听到门外窸窣作响,吓得连头都不敢抬,就让妻子陈氏去看看动静。这时,有个女子正站在门外,她嘴里骂着道士,一把将拂尘扯下,用力将它撕得稀巴烂,然后破门而入,直奔王生的睡床,撕裂王生的胸腹,掏出他的心就逃走了。王生的妻子见状大声哭号,丫头举着蜡烛进来一看,王生已断了气,胸腔里尽是瘀血,陈氏已吓得哭晕了过去。

第二天一早，陈氏弟弟二郎向道士诉说了情况，道士和二郎在南院找到已化装成老太太的恶鬼。道士手持木剑，大声呵斥道："妖孽，赔我拂尘！"那老太婆在屋里惊慌万分，冲出门外想逃走。道士追上前用剑刺去，顷刻间，老太婆倒在地上，人皮脱落，现出了恶鬼的原形，在地上像猪一样嚎叫。在场的人看到地上有张人皮，眉目手脚，无不齐备。道士像卷画轴那样卷起了人皮，把它装进袋中，正打算离去，陈氏跪拜在门口，哭请道士施法救活她的丈夫王生。道士想了一想说道："街市上有个疯乞丐，你不妨叩头哀求于他。如果他百般侮辱你，你可千万不要恼火。"

陈氏为救丈夫的性命，在街市上找到了乞丐，把丈夫被恶鬼杀死的事告诉了他，并请他救活丈夫。乞丐竟愤怒地用木杖驱赶陈氏，陈氏忍痛让他抽打，街市围观的人越来越多。乞丐又故意在手上吐了一口痰，送到陈氏的嘴边，说："吞下去！"陈氏羞得面红耳赤，无地自容，可想起道士的话，只好强忍着照乞丐的话做了。疯乞丐笑着说："美人儿爱上我了！"说完，头也不回地走开了。陈氏只得又羞又悔地回到家中，她边哭边清理丈夫的尸体。哭着哭着，她突然觉得一阵恶心，一块硬物从嗓中涌了出来，竟是一颗人心，不偏不倚地落入了亡夫的胸腔内。陈氏惊奇地看见这颗人心，在亡夫的胸腔中突突地跳动着，她急忙撕了块丝帛把丈夫的伤口包扎了起来。天亮时，丈夫竟然完全复活了。

蒲公以他非凡的想象力和刻画入微的笔触，为我们描述了一个披着人皮的恶鬼的故事，也为人们留下了一个重要的警示：要时刻擦亮自己的眼睛，留心识别那些披着形形色色美丽外表的妖魔鬼怪！古人有诗云：

蓦看罗刹变西施，只要蛾眉样入时。如此妍皮如此骨，个中色相试参之。

婴宁

王子服是山东莒县罗店人，年幼时丧父。子服从小非常聪慧，十四岁就考取了秀才。一年的元宵节，子服郊外野游。偶然间，他见到一位漂亮的少女带着丫鬟，手里拈着一枝梅花，缓缓走来。少女相貌绝美，笑容可掬，子服一下子就被她迷住了，两眼目不转睛地盯着她看。少女就对丫鬟说："这个人目光灼灼，好似贼人一般。"说完，就把手中的梅花丢在了地上，笑声朗朗地离去了。

子服走上前，捡起地上的梅花，心中充满了惆怅，神失魄散地快快而归。回到家中，他把梅花藏在了枕头下面，倒身睡下，不说话也不吃饭，像是生了场大病。母亲为他请医用药，都不见好转，心中十分着急。正逢表哥吴生前来探望，子服如实地对吴生讲了那天的经过，并求表哥想法替他寻找那位少女。吴生笑着说："你太痴情了，这个小小愿望不难办到，你只管好好养病，这事包在我身上了！"从此，王子服的心情大有好转，脸上又泛起了笑容，饭量也开始增加。过了几天，吴生又来看子服，他怕表弟的相思病加重，随口哄劝道："那女子原来是你的姨表妹，尚未定亲，家住在南山中，离这三十多里。"子服又托付表哥帮助说媒，吴生满口答应了。

王子服的饮食不断增加，身体日渐康复。他从枕下取出那枝梅花，凝思把玩，见物如见人，心中只盼着表哥早些带来佳音。过了些天，不见吴生回话，子服有些怨气，就决定自己亲自前往探望。他把梅花藏在袖中，背着家里人，独自向南山走去。子服走了三十余里，来到了南山。这里山峦重叠，寂无人行。遥望山谷之处，乱树丛花中，隐约可见几家院落。子服下山来到村子里，见一户人家门朝北开，门前种了许多垂柳，院墙内桃杏繁茂，花香袭人。子服不敢贸然而入，坐在一旁的石头上休息。不一会儿，子服看见一女子，手里拈着一枝杏花，低头走来，边走边往头上插花，一见生人，便微笑着捻着花走进院中。子服认出这女子正是元宵节遇见的那位少女，心中狂喜。他急切要与少女交谈，可又不知如何开口，在院外不停地徘徊，从早晨一直等到傍晚，终于有位老婆婆拄着拐杖走出院来。

老婆婆将王子服迎进院中，详细地问清了子服家的宗族门第。老婆婆突然问道："你外祖父家是姓吴吗？"王子服答："是。"老婆婆惊讶地告诉子服说："那你就是我的外甥了，你母亲是我的亲妹妹，我夫家姓秦，我自己未生儿女，现在家里的少女名叫婴宁，是丈夫姨太太的女儿。我夫君亡后，姨太太改嫁，将其女托我抚养。婴宁生性灵巧，只是缺少教育，贪玩、爱笑，从来不知什么是愁。"老婆婆招呼婴宁出来见见表哥。婴宁用袖子掩口而笑地走进门来。子服两眼深情地注视着婴宁，丫鬟小荣在婴宁耳边小声说道："目光灼灼，贼样未改！"婴宁听后笑得连腰都直不起来了。当晚，子服在姨母家过了夜。

第二天一早，子服来到后院散步，只见鲜花满园的后院中，有草屋两三间，花木环抱四周，格外清静幽雅。子服沿着花间小路漫步，突然听到树上有"嗤嗤"的笑声，抬头一看，婴宁正坐在树上玩耍。她见子服走来，又情不自禁地大笑起来，几乎要摔下树来。子服忙上前，将她扶下树，并乘机将藏在袖中的那枝干梅花显露给婴宁看，向婴宁倾吐了自己的爱慕之心。婴宁却只报以迷惑不解的纯真笑声。

王子服怕母亲着急，就向姨母辞行，并要求带婴宁一同回家去。老婆婆本来就有心将婴宁许配给子服，十分高兴地答应了他的请求。回到家中，母亲见到漂亮的婴宁，又听子服叙述了她的身世，十分惊奇地说道："你表哥原先说的只是哄你的谎话，不过我真的有个姐姐嫁给了秦家，但已经去世多年了，难道死人还能复活？"她询问婴宁，婴宁只是憨笑不语。在王子服的要求下，表哥吴生再去南山为子服做媒。当吴生来到南山时，却发现那里山花零落遍地，没有什么房屋村落。吴生记起，当年姑妈就埋在南山附近，只是荒草已将坟墓掩盖了。婴宁在王家很快得到了家人的欢喜，她心灵手巧，针线活无人能比，只是总爱大笑。子服母亲择日将子服和婴宁的婚事办了。婚后的一天夜里，婴宁流着眼泪，向子服道出了自己真实的身世。原来她本是一个狐女和秦氏所生，秦氏亡后，狐女改嫁，将婴宁托付给秦氏已故的原配——南山的鬼妈妈抚养。鬼妈妈与婴宁相依为命十几年，将婴宁抚养成人，才有了今天。一向无忧无虑的婴宁向子服祖露心声道："妾没有兄弟姐妹，唯一的依靠就是你了。"两人从此相亲相爱，日子过得和和美美。他们还来到南山，找到了子服的姨母鬼妈妈的孤坟，将其遗骨放入棺中，与秦氏合葬在一起。第二年，婴宁生下了一个男孩，性格和婴宁一样，逢人便笑。

婴宁是中国古代文学中笑得最烂漫、最优美的一个女性形象。婴宁的天真烂漫，是真性情的化身，是在三从四德封建伦理道德桎梏下，人们追求个性解放的象征。前人有诗赞道：

> 拈花微笑欲倾城，情到深时转不情。一味天真何烂漫，只宜称作太憨生。

水莽草

水莽草是一种有毒的水草，枝蔓像葛条，开着类似扁豆的紫色花。相传此种草被人误食后，立刻会使人中毒而亡，亡者将变成水莽鬼。水莽鬼只有让别人再次误食毒草后，才能给自己找到替身，重新投胎人间。楚地桃花江一带，有很多这样的水莽鬼。

一次，当地一个姓祝的书生出门拜访一个朋友，途中口渴难耐，见路边有个茶水棚，便快步走了过去。一位老太太很殷勤地招呼祝生喝茶，祝生闻到茶水有股怪味，就放下茶杯，起身要走。老太太急忙喊道："三娘还不端一杯好茶来！"话音刚落，从茶棚后面闪出一位少女来，手中端着一杯凉茶向祝生款款走来。这位女子大约十四五岁，姿容艳绝，手戴金戒玉镯。祝生从她手中接过茶杯，不觉心荡神驰，再闻茶水，芳香无比。祝生喝完一杯，又要了第二杯，最后向女子要了一把茶叶后，才起身告辞，依依不舍地走了。

来到了朋友家，祝生忽然觉得恶心想吐，疑心是茶水的问题，就向朋友讲了路上茶棚喝茶的经过。朋友一听，大惊失色道："糟糕！你遇见了水莽鬼，中了水莽毒，这是无药可医的！"祝生一时也吓得不知如何是好，忙拿出茶叶察看，确实是水莽草。他又将那女子的容貌形容了一遍，朋友推测说："这一定是寇家三娘所为，她是南村寇富翁的女儿，几年前误食了水莽草中毒而亡，为能找到替身，重新投胎人世，正和一个年迈的水莽鬼在路边设茶棚，诱惑路人中毒。"祝生听罢恍然大悟，可为时已晚，水莽毒已经发作，朋友急忙将他背回家，快到家门时祝生已奄奄一息了。他吃力地发誓道："我死了，定要在阴间找到寇三娘，阻止她投胎脱身！"说完就断了气。母亲悲痛地将儿子埋葬了。

祝生亡故后，妻子改嫁，留下一个儿子由老母抚养，老母日夜操劳，加上思念儿子，常常在夜间恸哭不止。一天夜里，祝母正在房中哭泣，祝生的亡魂悄悄地走了进来，母亲不相信自己的眼睛，忙擦去泪水，疑惑地注视着眼前的儿子。祝生连忙解释道："儿在九泉之下，听见母亲日夜哭泣，心中十分悲痛，今天赶回家来，也好能日夜侍奉母亲。儿子在阴间找到了寇三娘，她现在已是儿子的媳妇了，现也带回家中，为娘分担家务。"祝生刚说完，门外就走进一位女子，服饰华贵，容貌艳丽，一进门，就跪拜在祝生母亲面前。从此，两个鬼魂就留住在祝生母亲家中，操持着家务，伺候老母。不久，寇家听说了此事，还派人送来两位丫鬟、一千多两银子、几十匹布帛，并时常送来酒肉，祝生一家过上了不愁吃穿的生活。

一天，村上又有人中了水莽草毒死去，却又马上死而复生，人们都觉得奇怪。祝生解释道："是我把这人救活的。他是被水莽鬼李九害死的，我替他赶走了李九的鬼魂。"母亲问祝生说："你为什么不找个替身重新投胎呢？"祝生说："我深恶这种转祸他人的恶鬼，要把他们全都赶走，不再危害人间。自己怎能再干这种伤天害理的事呢？况且，我和三娘侍奉母亲深感快乐，也不愿重投人间了。"此后，凡是中了水莽草毒的人家，都要备好丰盛的酒席，来祝家祈祷消灾免祸，很是灵验。过了十多年，祝母去世，祝生夫妇极尽哀吊之礼。又过了两年，祝生的儿子娶了媳妇，成家立业。有一天，祝生对儿子说："上帝看我们救人有功，封我为'四渎牧龙君'（管理长江、淮河、黄河和济水的神灵），今天就要启程了。"瞬间，一辆驷马驾辕的黄帷轿车停在了院中，神马腿上都长着鳞甲。祝生夫妇身着华丽的衣装登车向儿子一家辞别。儿子、儿媳哭着跪地拜送，马车转眼就消失不见了。

祝生和寇三娘成为鬼后，仍要返回人间，孝敬老母，履行孝道；祝生宁愿自己永做鬼魂，坚持四处驱赶那些要找替身的水莽鬼，不让他们继续祸害人间。有诗赞道：

　　同是清茶奉玉筋，出之少女便芳香。祝生虽死犹驱鬼，不让世人遭新殃！

提示

位于长廊5区58内南的一幅彩画是参照晚清画家吴有如的《蓝桥遇云英图》绘制的，以往的一些长廊画故事书将该画与《聊斋志异》中"水莽草"（也称作"双鬼待母"）的故事配图相混淆。

红玉

河北广平县有位年近六十的冯翁，他出身世家，一生性情耿直端正，只是时运不济，读了一辈子书，尚未中举，家境也愈发穷困不堪。这几年老伴和儿媳又先后去世，日子更加艰难。冯翁有个儿子，字相如，冯翁将全部希望寄托在儿子身上。

一天夜里，相如正坐在月下苦读经书，忽见东邻的院墙上，有位女子在向院内窥视。相如仔细看去，见那女子貌美如仙，于是忙搬来梯子，请她下来。问其姓名，女子自道是东邻女，名叫红玉。相如丧妻多年，见到温柔多情的红玉，十分喜爱，两人互诉爱慕之

情，私订终身之好。从此，红玉每天都来与相如同居相伴。大约半年后的一天夜里，冯翁起夜，偶然路过相如的窗前，忽听儿子的房间里，有女子的说笑声，便上前窥探，发现相如竟然和一女子在一起。冯翁不由得大怒，大声训斥道："如今家境如此败落，你不发奋读书，考取功名，竟学会了放荡，败坏我世家的名声！"相如哭跪在地，向父亲认错。冯翁训斥完后，愤然而去。红玉流着眼泪对相如说道："你父亲斥责我们，令人感到羞耻，你我的缘分也到了尽头。我们之间既无媒妁之言，也没父母之命，只是翻墙钻隙，暗中往来，是不能白头偕老的。我认识一位姓卫的女子，家住吴村，人品相貌俱佳，只是父母索要聘礼太高，尚未出嫁，你可托人上门提亲，结为夫妻。"相如再三挽留红玉，红玉的态度坚决，给相如留下四十两白银，作提亲聘礼用，便出门离去了。

红玉走后，相如按照她的吩咐，带着聘礼前往吴村提亲。卫家世代务农，卫女父亲知道相如出身望族，又见其仪表堂堂，聘礼丰厚，就许下了这桩婚事。相如和卫氏婚后，相处和睦，日子过得十分美满。两年后，生下一个男孩，取名福儿。世事难料，这年的清明那天，卫氏带着福儿去扫墓，偶遇乡绅宋某，此人曾做过御史官，后因贿赂被免职还乡。宋某见卫氏容貌姣好，顿起淫心，竟派人来到冯家，大打出手，将冯氏父子打得遍体鳞伤，强抢卫女而去。冯翁因气愤难平，吃不下饭，不久便吐血而亡。相如悲痛不已，埋葬了父亲，怀抱着儿子四处告状。不久，他又闻知妻子在宋家不屈而死，更加悲愤填膺，几次萌发拦路刺杀宋某的念头，但顾及福儿太小，无人托付，只得暂时强忍满腔的怒火。

一日，忽然有一位素不相识的壮士，来相如家登门凭吊。壮士虬髯阔颔，一身正气，对相如说道："君有杀父之仇，夺妻之恨，难道竟忘了报仇吗？"相如观察此人的言行是出自真心，便立刻跪伏在地，拉着壮士的手说："我为报仇，卧薪尝胆已有多日，只是可怜这襁褓中的婴儿，才暂时苟且偷生，你是位仗义之士，能不能代我抚养此儿？"壮士说道："抚养小孩是妇道人家所做之事，我不能使你如愿，但你要报仇的事，我可替你去办。"相如听后，伏在地上连叩响头，抬头看时，壮士已出门走远了。这天夜里，有人翻入宋家的墙院,将熟睡的宋某杀死在床上。宋家人告到官府,说是冯相如所为,县衙大惊,连夜派人前去捉了相如,并将小福儿扔在路边。相如有嘴难辩,被送进大牢,饱受酷刑。当夜,县令审完案子,回房就寝,刚刚躺下,忽听睡床被一物体重击,慌忙起身举烛察看,竟是一把寒光闪闪的短刀,插入睡床足有一寸之深,且牢不可拔。县令看后,魂飞魄散,急令衙役四处搜寻,竟无任何踪迹。县令心中更加发虚,就从宽处理了此案,将相如释放回家。

半年后的一天夜晚,相如正在床上辗转反侧,难以入睡,忽听有人敲门。他刚一开门,一个熟悉的声音说道:"大冤昭雪,可幸无恙?"相如忙点燃蜡烛辨认,原来竟是红玉站在面前,一个小孩紧紧依偎在她的身边。相如百感交集,上前抱住红玉大哭了起来,红玉也忍不住凄然泪下,她用手推了推小孩说道:"你忘了自己的父亲吗?"相如仔细端详,认出他竟是福儿,更是喜出望外,忙问其中原委,红玉如实道来。红玉说道:"妾当初告诉你,是东邻女,不是实情。实际上,妾是个狐仙,你被捕的那天黑夜,正在山中行走,听见有小孩在山谷啼哭,发现竟是福儿,于是,妾就抱着福儿,去了陕西。今天,得知相如大难已过,就领着孩子来与相如团聚。"相如听罢,转悲为喜,洒泪向红玉道谢。从此,红玉在相如家里操持家务,她拿出银两买了织布机,自己纺织,又租下了二三十亩地,雇人耕种。相如三十六岁时,在红玉的帮助下,参加了乡试,中了举人。通过红玉的操劳,冯家的粮田沃土连片,屋宇鳞次栉比,一个已经衰败的家道,又重新兴旺了起来。后人有诗赞道:

　　劫妻杀父大仇平,义士相逢吊死生。肖子有家谁育汝,不期巾帼有程婴。

【诗注】"程婴救孤"典故:春秋时赵国权臣作乱,杀害忠臣赵朔一家,只留下一个孤儿。程婴冒险使用"调包计"将赵氏一脉保护了起来,自己忍辱负重十六年,将赵氏孤儿养大,并最终使其报了家仇。

珊 瑚

重庆府安大成是个书生,其父曾是个举人不幸早亡,家中只有母亲和年幼的弟弟安二成。大成娶了陈氏女珊瑚为妻,珊瑚性情贤淑,对母亲十分孝敬。大成的母亲沈氏却是个性情暴虐的妇人,对待珊瑚百般挑剔,经常虐待儿媳。珊瑚从无怨言,每天早上都要梳妆打扮一番,郑重地向婆婆请安问好。一天,正逢安大成生病,珊瑚和平时一样向婆婆请安,不料沈氏却指责珊瑚过于妖艳,使得儿子患病。珊瑚忙退下,卸妆后再次向婆婆请安,可沈氏更加恼怒,捶头顿足地指责媳妇。安大成素来是个孝子,看到母亲愠怒,就用鞭子抽打妻子,还同媳妇分居,以示孝母。后来,他索性将珊瑚休出,珊瑚只得暂时住到沈氏的姐姐于婆婆的家中。

　　于婆婆年过六十，对珊瑚一向很好，两人如同婆媳一样地住在了一起。珊瑚的两个哥哥听说了妹妹的境遇，格外怜悯，想把她接回娘家，另嫁他人，珊瑚执意不肯，每日跟着于婆婆纺纱织布，聊以度日。自从安大成把珊瑚休出后，沈氏曾四处为儿子谋娶新媳，但她的恶婆婆的大名早已远近传开，没有哪家愿将女儿嫁给安大成。又过了三四年，安二成也到了成婚的年龄，沈氏只好先为二成完婚。二成的媳妇叫臧姑，性情骄悍乖戾，比起沈氏有过之而无不及。常常是沈氏刚要怒于色，臧姑早已怒于声了。二成天生懦弱，不敢有所偏向，沈氏的威风也就渐渐地减去不少，后来竟发展到要看臧姑的脸色行事，甚至要以笑脸来迎奉臧姑，被臧姑指使得如同婢女一样。安大成见了，也不敢多言，只有代母亲去做洗涮洒扫的杂事。母子俩常在没人的地方相对而泣。

　　不久，沈氏抑郁成疾，病倒在床，大小便和翻身的事全要靠安大成来做。大成日夜守护床前，不得安睡，实在撑不下了，大成只得请姨母来家照料母亲。沈氏见到自己的姐姐亲自上门来照料自己很是高兴，病情日见好转。于婆婆护理沈氏期间，家里每天都有人送来可口的饭菜。沈氏对于婆婆叹道："姐姐到底修得了什么样的福气，有如此贤惠的媳妇啊！"于婆婆反问沈氏说："妹妹休了的媳妇是什么样的人呢？"沈氏长叹一声说："珊瑚的确比臧姑要好得多。"于婆婆又说道："珊瑚在你家时，默默地做了大量的家务，你却身在福中不知福，无端对她发怒，可她从不说一句怨言，这样的媳妇难道还不孝吗？"沈氏听后，流下了后悔的眼泪。

　　过了几天，沈氏的病已痊愈，她舍不得姐姐离开，于婆婆就把沈氏接到了自己的家中。沈氏到了姐姐家，先见了于婆婆的儿媳妇，极力称赞外甥媳妇的贤惠。于婆婆继续开导她说道："儿媳妇即使有一百个长处，却不可能没有一点瑕疵；我对她的缺点是能宽容的就宽容，所以才相处得很好。你平时太刻薄，即使你的儿媳和我家儿媳一样贤惠，恐怕你也没有福气享受她的好处呢。"于婆婆接着说："珊瑚在我家已经住了很久了，你生病的时候，珊瑚每天夜里织布，换来钱后，又亲自操持给你做饭，并让人给你送去。你每天吃

5区46内北

的那些可口的食物，正是你自己的媳妇为你做的呀！"沈氏听完姐姐的一番话后，懊悔得泪如雨下，说道："我还有什么脸面去见我的好儿媳啊！"于婆婆看到妹妹已经诚心认错了，就叫珊瑚出来见沈氏。珊瑚两眼含泪而出，跪伏在婆婆面前。沈氏当着珊瑚的面，捶胸痛哭，责打自己。从此，沈氏和珊瑚两人不计前嫌，婆媳重归于好。不久，沈氏带着珊瑚返回家中，珊瑚的勤劳和善良，也渐渐地感动了二成和臧姑，兄弟媳妇之间相敬相爱，和睦相处。珊瑚还为安家生了三个儿子，两个考中了进士，人们都说这是她孝顺婆婆、友爱兄弟的报答。有诗赞道：

篝灯课绩意心酸，劳怨相忘孝始真。试看于田号泣子，只将斋栗格顽嚚。

【诗注】"试看于田号泣子"取自"舜于田号泣"的典故。舜的父亲瞽叟"顽"取了继室"嚚（yín）"，两人百般虐待舜，舜却以德报怨，始终以"斋栗"（敬惧之意）对待他们。

黄英

顺天府书生马子才，家中世代喜好菊花，到了子才这辈，更是爱菊如命，一旦听说哪有良菊，哪怕在千里之外，也要把它买到手。子才一次去金陵采购菊花，偶然相识了陶生和他的姐姐黄英。因为种菊的话题谈得投机，马子才邀请陶家姐弟住到自己家中。子才是自命清高的文人，他喜欢菊花，也佩服陶氏姐弟种植菊花的才能，但当陶生跟他商量卖菊为生时，他却立即嗤之以鼻，说："以东篱为市井，有辱黄花矣。"陶生反驳马子才说："自食其力不为贪，贩花为业不为俗。"陶生和姐姐黄英坚持把种花卖花当成事业做，大张旗鼓地种花、卖花，靠自己的勤劳渐渐致富。一次，子才来到陶家的院中和陶生喝酒，黄英神奇地从房中端出了许多美味的饭菜，却不见炊烟。子才关心地问陶生："你姐姐如此能干，为什么不结婚呢？"陶生只是笑道："要等四十三个月。"

这年的秋天陶生去南方做菊花生意，到第二年春天还没有回来。此时马子才的妻子吕氏去世，子才看中了能干漂亮的黄英，托人说媒。黄英微笑地说要等弟弟陶生回来再说。又过了一年多，子才接到陶生捎来的信，嘱咐他续娶自己的姐姐黄英。子才想起上次和陶生喝酒到今天正好是四十三个月，不禁对千里之外的陶生的言行很是惊奇。马子才续娶了黄英，黄英又开始教仆人如何种菊花，家中所用的东西，几乎都是从陶家拿来的。面对靠卖菊花致富的黄英，马子才却反倒感到有些羞耻，认为是黄英破坏了他的高风亮节，不乐意过仰仗妻财的富贵生活。他开始不断地埋怨黄英，黄英只得听从马子才的意见，闭门不再经营菊花，但家中的物质享受还是超过了世家大族。黄英说："我并不是贪婪之人。但

是，作为陶渊明的后人，如果不能稍稍富足一点，那就会叫千年以后的人说我们陶家生来就是贫贱骨头，一百代也不能发家。"

陶生在金陵做菊花生意发了财，回到马子才的家中。陶生召集工匠，大修庭院，每日和姐夫下棋饮酒，其乐融融。他的酒量过人，从未醉过。马子才请来海量的朋友曾生，陪陶生饮酒，两人开怀畅饮，相见恨晚。一日，陶生酒后大醉，不小心摔在菊花地中，竟化为了一株人一样高的菊花。幸好黄英闻讯及时赶到把弟弟恢复了人形。马子才这才明白原来黄英、陶生姐弟俩是菊花精，从此更加敬重他们了。一年二月十五日，花朝节（百花生日）那天，陶生和曾生再次饮酒，两人喝完整整一坛酒仍不过瘾，马子才又续加了一瓶。陶、曾二人饮完后酩酊大醉，陶生又躺倒在地，变成了菊花。这次由于黄英没能及时相救，陶生竟变成了一株枯萎的菊花，再也不能复生了。悲痛万分的黄英在那株枯萎的菊花上掐下一段枝干，栽在盆中，每日精心养护着。此花短短的枝干，粉色的花朵，用酒浇灌就长得更加茂盛，九月开花时飘散着酒香味。于是，人们便把此种菊花称为"醉陶"。

黄英依靠自己勤劳的双手，不仅养活了自己，还养活了丈夫。让人们看到一个完全不同于封建社会中那种"嫁汉嫁汉，穿衣吃饭"，没有任何生存能力，只能依仗男人鼻息生活的全新女性形象。她还以自己经商致富的事实，批驳了马子才那种鄙视商业行为、清高迂腐的传统观念。古人有诗赞道：

千里萍踪卜隐居，酒香花气梦醒初。良缘应为梅花妒，处士风流转不如。

【诗注】萍踪：形容踪迹漂泊不定，如同浮萍一样。处士：古代指有才德而隐居不仕的人。

瑞云

瑞云是杭州的一位绝代佳人，多才多艺，十四岁的时候，在当地就很有名气。瑞云虽沦落风尘，眼光却十分清高，在出道之初就要求鸨母答应她，所接待的客人一定要由她自己选择。瑞云的名声越传越远，求见她的富商大贾，每天都络绎不绝。见面礼最低价格是十五金，礼物丰厚的，她就陪着客人下一盘围棋，回赠一幅她自己的绘画；礼物轻薄的，也就只能和瑞云喝喝茶水而已。余杭县有个姓贺的书生，颇有才气，但家境不很富裕。他久仰瑞云的才艺，竭尽家资，和瑞云见了一面，目睹了她的芳容。没想到瑞云却对这个寒酸的书生格外看重，他们交谈了很久，十分投机，临别时瑞云还写诗相赠，表示了自己的爱慕之情。贺生也非常喜爱瑞云，但他心里很明白，他就是倾家荡产也只能和瑞云欢聚一夜。贺生伤心地回了家，时常在内心中思念瑞云，幻想着和瑞云一道读书吟诗、填词作曲。他甚至还多次做梦和瑞云登高望远、漫步山野。

过了一年，贺生听说瑞云的面额生了一块黑斑，变得十分丑陋，不但没有客人去看她，而且还被鸨母驱使和丫头佣妇们住在一起，在厨房里面干起了粗活。贺生心里很难过，就前去妓馆看望瑞云。瑞云不愿意让贺生看见自己丑陋的容貌，始终背对着贺生。就是这样，还是让贺生看到了她披头散发瘦弱的背影。贺生经过鸨母同意后，变卖了田产，将瑞云娶回家中。他不顾周围街坊邻居的嘲笑，执意立瑞云为正房，没有再娶别的小妾。贺生对瑞云的感情很真挚，他对瑞云说："人生在世，最重要的是有一知己。当初，你盛名一时，还能那样看重我这个穷书生，我现在又怎么能够因为你的容颜衰败，就忘记你昔日的厚情呢？"

又过了一年，贺生在苏州偶然结识了一位姓和的书生。和生得知贺生是杭州人后，就告诉他曾经有幸一睹杭州名妓瑞云的芳容，并对这位才艺绝佳的才女沦落花街柳巷感到十分惋惜，为了保全她的纯洁，就略施法术，用手指在瑞云的前额点了一下，使瑞云暂时失去光艳照人的容貌，以便等待真正爱她的人来替她洗去蒙尘，再替她恢复往日的玉容。贺生听罢，急忙问道："你既然能点生黑记，能否再将它去掉？"和生笑道："当然能，但必须要让瑞云的夫婿亲自诚心求我才行。"贺生喜出望外地起身拜道："我就是瑞云的夫君呀！"和生高兴地说："天下只有真正的才子才能这样如此多情重义，而不以美丑改变旧盟。现在我就同你回去，送还你一位美貌的瑞云来。"

来到贺生家中，和生装满了一盆清水，然后并拢中指和食指在水面上画了几下，让瑞云用此水洗脸。瑞云洗罢，只见额头的黑斑立刻神奇般地消失，皮肤光洁如玉，容貌艳丽如初。当瑞云与贺生十分惊喜地转身要向和生致谢时，却发现他已经悄然离去，没了踪影。古人有诗写道：

青衫红袖两多情，敢为妍媸负旧情。美满姻缘成就日，心香一瓣谢和生。

犬灯

光禄大夫韩大千的仆人，夜里在大宅中睡觉，忽见楼上有灯光闪烁，如天上的星星。过了一会儿，"星星"飘然落地，竟变成了一只黑犬，向房后跑去。仆人起身，悄悄跟过去，发现那只犬又变成了一个美貌的女子。仆人知道这一定是狐狸精变的，却仍和那女子交谈相好，从此两人朝去暮来，渐渐地习以为常。

主人知道这事后，便命仆人抓住这个女子，否则要鞭罚他。晚上，当女子来和仆人幽会的时候，仆人悄悄抓住女子贴身穿的小红衫不放手，女子知其意图后，哭喊着用力挣脱而去，再也不来和仆人幽会了。

后来的一天，仆人外出办完差后，骑马回府，远远地看见那女子坐在路边。仆人走向前

去，女子羞得用衣袖遮住脸面，仆人连忙下马与女子相认。女子说道："我以为你把我忘了，现在看来你还是恋着旧情的。那天的事你也是迫于主人之命，我不再怪你。现在你我的缘分已尽，今天特意备了些酒菜，算是你我的告别酒宴吧。"当时正是初秋时分，地里的高粱很茂盛，女子拉着仆人进了高粱地，里面有一个大庄院。仆人拴好了马，走进大堂，见酒席已摆好。刚刚就座，一群丫鬟便端来酒菜。天将黑时，仆人有事必须回府，就起身告别。他走出房屋，却见四周只是一片田野而已，身后的庄园也不见了踪影。古人有诗写道：

明灯一幻作韩卢，再幻遂成绝世姝。倘攫红衫非主命，相见肯谅薄情无。

【诗注】 韩卢：为战国时韩国的一种黑色名犬，善抓野兔子。绝世姝：绝世美女。

考证花絮

此画在以往长廊画故事书中均被解释为《天仙配》，但大家都知道《天仙配》中终日与董永为伴的应是一头老黄牛，而本画面中却是一匹马。经考证，此画应为清光绪年间《聊斋志异图咏·犬灯》的配图。长廊中有多幅此题材的彩画，只是画中人的服装和马的颜色有所不同。

小二

赵旺夫妇是山东滕县人，二人都吃斋念佛，不沾荤腥，被人称作善人。家中有一女儿，名叫小二，自幼就绝顶聪明，惹人喜爱。六岁那年，赵旺让赵小二同哥哥赵长春一起拜师读书。同窗有一位少年姓丁，比小二大三岁。丁生知书达理，才华横溢，与小二彼此爱慕。

不久，赵旺加入了白莲教，教主徐鸿儒举兵造反，赵旺一家也跟着造反。徐鸿儒亲选六名少女，传授白莲教法术。因为小二聪慧伶俐，受到徐的格外器重，将他所有的法术都传授给了小二。丁生年满十八岁的时候，考取了秀才，他听说小二入了白莲教，就来到白莲教的营中探望。丁生来到小二的帐中，两人交谈到深夜。丁生对小二说："你可知道我这次来你这儿的一片苦心吗？"小二不解地笑着摇了摇头。丁生接着说："我来这里是来救你的，白莲教这些左道妖术，成不了什么大事，只能是自取灭亡。你是聪明人，难道就没觉察到吗？这次你若能同我一起逃走，我的这番苦心就算没白费了。"小二听后，十分震惊，如同大梦初醒一般。她说："就这样背着父母走了，是不义之举。请让我告诉他们一声。"两人便来到她父母面前，说明了要离去的理由。父亲赵旺却执迷不悟，说道："师父是天降神人，难道还会有错吗？"

小二和丁生知道无法说服父母，就乔装打扮，施展法术逃离了白莲教的营地，来到一

个山村中。小二变卖了首饰，两人租了房子在村里住下。西邻是一个有钱的翁姓人家，原本是强盗出身，很是吝啬。小二就用剪刀剪了一个判官，施展了一些法术，巧妙地从翁家借来一千两银子。他们买了牛，盖了房，日子渐渐地富裕起来。村上的一些无赖，眼见他们家境富足了，就在半夜跳墙入室，想趁火打劫。小二又用定身术，制伏了这伙强盗。她严肃地对这伙人说："我们从远方来此地避难，你们不仅不帮助我们，反而入室抢劫，这种行为禽兽不如！本来是该将你们处死的，但我们不忍心这样做。人都会有难处的，你们有何难处，可直接对我们讲明，我们又不是守财奴，今天把你们放了，下次如果再犯，可就不客气了。"这伙人连忙磕头谢罪，灰溜溜地走了。过了一段时间，白莲教的头目徐鸿儒被官府捉住处死，赵旺夫妇连同儿子、儿媳也都受牵连被杀。小二和丁生闻讯后，花钱将哥哥赵长春三岁的小儿子赎了出来。村上的人慢慢知道他们与白莲教有亲戚关系，就和官府勾结，将丁生抓进监狱，想趁机狠敲竹杠。小二用重金贿赂了官吏，才将丁生赎出。夫妇两人以低价变卖了家产，离开了这个人心险恶的村子，迁到益都的西郊住了下来。

　　小二精明能干，勤俭持家，特别在经营方面，胜过男子。他们开了一家琉璃厂，对每位工人都亲自指点，产品的样式奇特美观，别的厂家都比不过，虽然价高，却很畅销。没过几年，夫妇俩就积聚了可观的财富。小二十分精于管理，家中仆役几百人，没有一个吃闲饭的。所有钱粮账目都五日一清，小二算账，丁生点籍唱名，两人配合默契。小二平日明察秋毫，没人敢欺。他们对下人赏罚分明，奖勤罚懒，而奖励也往往多于付出，工人都会自觉地努力工作，生意因此做得十分成功。小二还懂得劳逸结合，从不加夜班，还定期放假。闲暇的时候，夫妇俩常常备些酒菜，让婢女唱曲娱乐，自己或烹茗下棋，或观书史为乐，日子过得张弛有度。小二还借钱给村中贫困的人家，帮助他们营生，村中二百多户，没有一个无业游民。她还知道防患于未然，长期出钱让村里的孩子采集野菜野果，加工储藏起来。遇上大灾之年，把干野菜拿出，掺在粮食中，赈济饥民，邻村的百姓都没有流亡在外的。

《小二》的故事告诫人们要懂得迷途知返，及时摆脱邪教对人的束缚；要靠自己的聪明才智和善良勤劳立足于世。古人有诗赞道：

全凭片语指迷津，自是聪明绝世人。邻里休惊多异术，白莲花现女儿身。

考证花絮

此画曾被认定为《穆桂英招亲》，但无论是画中人物的服饰还是画面中的情景都与《穆桂英招亲》故事不相符合。经考证，此图应为清光绪年间《聊斋志异图咏·小二》的配图。

八大王

甘肃临洮县人冯生，是个没落的贵族子弟。有个捉鳖的人欠了他的债不能偿还，就以鳖抵债。一次，捉鳖人送给他一只头上长着白斑的大鳖，冯生觉得十分奇特就把大鳖放生了。后来的一天，冯生从女婿家回来，走到恒河畔时，天色已近黄昏。他见到一个醉汉后面跟着两三个随从，正摇摇晃晃地走了过来。醉汉远远看见冯生就问："什么人？"冯生随便答道："行路人！"醉汉生气地说："难道没有姓名吗？"冯生因为急着赶路，对他的话置之不理。那醉汉更加生气了，抓住他的袖子不让走。冯生很不耐烦，就反问一句："你叫什么名字？"醉汉喃喃回答说："我是从前的南都令尹，你想怎么样？"冯生说："世间竟有这样的令尹，真是辱没了世界！"醉汉非常愤怒，打算对冯生动武，冯生大声说："我冯某人可不是好惹的！"

醉汉听了"冯某"两字，竟变怒为喜，跪地下拜道："你就是我的恩人，刚才冒犯您

了，请不要怪罪！"他又叫随从先回去准备酒菜，盛情地邀请冯生去他府上做客，冯生只得从命。两个人握着手走了几里路，来到一个小村子。进了村子，只见房屋华丽漂亮，好像是富贵人家。醉汉的酒渐渐醒了，冯生问起他的姓名。他说："说出来你不要吃惊，我是本地的八大王。刚才西山的青童请我去喝酒，不觉过了量，才冒犯了你，实在惭愧！"通过谈话，冯生知道这醉汉原来就是那只他放生的大鳖所变，而且情感和言辞都很诚恳，也就不害怕了。一会儿，八大王摆设了丰盛的筵席，催冯生坐下来痛饮。豪爽的八大王连饮了几杯，冯生担心他再次喝醉，又来纠缠骚扰，便假装喝醉了，请求去睡觉。八大王明白他的意思，笑着说："你莫不是怕我癫狂？请你不要畏惧。都说喝醉了酒的人没有品行，不记得隔夜的事情，其实这都是骗人的。酒徒不讲德行，酒后冒犯十有八九是装出来的，我是不会对年长者无礼的，你就放心地喝吧！"冯生对八大王劝道："你既然自己知道醉酒不好，为什么不改变你的行为呢？"八大王说："我担任令尹时，天天喝得酩酊大醉，触怒了天帝，被贬回这个岛。我发誓要痛改前非，不走老路。现在衰老得快要死了，加之又穷困潦倒，所以旧态复发。你的教诲我恭敬地领教了。"

　　两人倾心交谈之际，远方的钟声响了。八大王站起来，抓住冯生的手臂说："我送你一件东西，戴上它可使你如愿以偿，姑且作为对你大恩大德的报答。这东西不能长期佩戴，如愿以后，请再还给我。"说完，八大王从口里吐出了个一寸多高的小人，又用指甲掐破冯生的手臂，把小人安在伤口上面，一松手那小人已进入皮肤里，而且慢慢凸起，鼓起一个小包来。冯生惊问这是什么东西，八大王却笑而不答，只是说："你应该走了。"他送冯生出门，冯生回头一看，村舍全都消失了，只见一只巨鳖，缓慢地爬入水中后不见了。

　　自从得到鳖的宝贝，冯生的眼睛变得无比明亮，凡是有珠宝的地方，埋得再深他都可以看见；即使是他不知道的宝贝，也可以随口说出它的名字。有一次，他从卧室里挖出几百串钱，家里逐渐变得富裕起来了。有个人要卖房，冯生看到那房下藏有无数的金钱，就用重金把房子买下。凭借这个本领，他变成了富翁，还收藏了许多稀世珍宝。一天晚上，冯生在睡梦中梦见八大王气宇轩昂地对他说："我赠送给你的东西，现在应该还给我了，如果佩戴久了，会耗人精血，损人寿命。"冯生答应马上奉还，并请八大王留下来做客，八大王辞谢说："自从听了你的规劝，我戒酒已经三年了。"说完，就用嘴巴咬冯生的手臂，冯生痛得从梦中醒来一看，自己胳膊上的那个硬疙瘩已经消失了。从此以后，他又和普通人一样了。长廊中的这幅彩画，画的正是当时的情形。后人有诗道：

　　　　令尹如何唤大王，醉逢恩主更倾觞。能从规功能酬德，多少衣冠愧酒狂！

考证花絮

此图曾被认定为《钟馗捉鬼》，这种说法解释不了画面中红衣人"持臂"的特殊动作。经考证，此图应为《聊斋志异图咏·八大王》的配图。

翩翩

陕西彬县人罗子浮,父母早亡,从小由叔父罗大业抚养。罗大业任国子左相,虽然家财万贯,却膝下无子,他待罗子浮就像亲生儿子一样,从小娇生惯养。子浮十四岁时,受坏人引诱,开始嫖娼,并随妓女去金陵住了半年。他在金陵娼妓的家里染上一身恶疮,被妓女赶了出来,只好沿街乞讨,一路向老家走去。罗子浮浑身恶臭,路人见到他,就像躲避瘟疫一样避而远之。他没脸回家乡,就在邠州附近流浪,眼看要变成他乡饿殍时,偶然在一个山寺里遇到个名叫翩翩的女子。善良美丽的翩翩收留了罗子浮,把他带到自己在深山中的洞府。洞府前有一条小溪,溪上架有石桥,桥的旁边还有两间石屋。二人走进石屋,里面光照如昼,翩翩让罗子浮脱去烂衫,去溪中洗浴。罗子浮洗浴后,翩翩又揭开帐子,铺好被褥,让子浮就寝,自己在灯下用芭蕉叶大小的叶子给罗子浮做了一件衣服。

第二天一早,罗子浮醒来一摸,身上的恶疮竟然结痂脱落了。他看到叠在床头的树叶衣服,怀疑不能穿,拿在手中观看,竟变成了绵软的绿色锦衣。早饭时,翩翩又用叶子剪成饼的样子,吃到嘴里果然就是松软香脆的面饼;又剪了鸡和鱼的样子,烹煮之后,真的就变成了美味的鸡、鱼;翩翩把山涧里的溪水倒进石屋中的一个瓮里,那水就变成总也喝不尽的美酒。罗子浮在白云悠悠的山洞中安顿下来,身上的恶疮很快就痊愈了。病好如初的子浮向翩翩求爱,翩翩说:"你这个浪子,病才好,又生妄念!"她并不嫌弃罗子浮,两人就在洞中结为夫妻,感情十分融洽。

一天,翩翩的好友花城娘子来祝贺新婚,罗子浮打量着她,见她二十三四岁的样子,风流妩媚,又萌生邪念。当三个人一起喝酒时,他假装剥果误落案下,趁俯身拾果的机会,悄悄捏了花城的脚尖。花城和翩翩都是仙女，对罗子浮的鬼花样明若观火，却都不动声色，花城像没事人一样笑了笑。正当罗子浮暗中欣喜时，突然觉得身上冷飕飕的，原来他身上的衣服又都变成了树叶，他赶紧收敛邪念，端坐在一旁，身上的树叶又慢慢变回成绵软的锦衣。罗子浮暗自庆幸刚才那个尴尬的场面，没有被两位女人看见。过了一会儿，三人相互劝酒时，子浮又故意用手摸了一下花城的手，花城依然不动声色，谈笑如故。可子浮身上的锦衣却再次变成了树叶，半天才恢复原状。如此一来二去，子浮再也不敢轻举妄动了。接着两个仙女对罗子浮来了番善意的嘲笑，花城对翩翩讲道："你家的小郎君，行为很不端正，如果不是有你这个醋葫芦娘子，恐怕早就要跳到天上去了。"翩翩说他是"薄幸儿"，就应该让他冻死。罗子浮内心有愧，担心挨骂，可翩翩说完也就算了，并没有为难他。

转眼，秋风萧瑟，落叶遍地，翩翩开始准备过冬。看到罗子浮冷得缩身耸肩，她就用包裹将洞口飘浮的白云拾起来，给罗子浮絮成了棉衣，穿在身上，又暖又轻。一年之后，他们有了儿子。罗子浮天天在洞中逗孩子玩耍，翩翩在树叶上写字，教孩子念书，儿子过目成诵。又过了些年，儿子长大成人，花城娘子亲自送女儿来与翩翩的儿子成婚。看见花城的女儿容光照人，衣衫艳丽，子浮夫妇俩大悦，举办家宴祝贺。翩翩扣钗而歌给他们祝贺："我有佳儿，不羡贵官。我有佳妇，不羡绮纨。今夕聚首，皆当喜欢。为君行酒，劝君加餐。"儿子、媳妇婚后就住在对面的石室中，新媳妇很孝敬，像亲生女儿一样照料公婆，一家人在山里过着和睦恬静的生活。家庭的亲情和翩翩清雅淡泊的生活态度渐渐地教育了罗子浮，使他想起了抚养自己长大的叔父罗大业。一天，他带着儿子、儿媳告别了翩翩和花城，回到老家，看望亲人。此时的叔父已退隐乡里，看见多年不见的子浮和孙子、孙媳妇，高兴得如获至宝，喜不胜收。不久，子浮思念翩翩，又带着儿子、儿媳回山寻访，只见原来住过的地方已是黄叶满径，洞口云迷，只好含泪而返。

长廊的这幅彩绘画，描绘的就是当初罗子浮心生邪念，身上的衣服变成树叶的情形。蒲公在这个故事中，为读者描述了一个滑稽而又颇具哲理的场面：邪念产生，锦衣变成了树叶；邪念消失，树叶又变回锦衣。蒲公笔下的仙女都具有平民色彩，她们跟凡人成亲，养儿育女，相夫教子，恪尽职守，追求道德的完美，追求真正的幸福，翩翩就是其中典型的代表。古人有诗道：

疮痏余生竟遇仙，仙人风度信翩翩。他年鼓棹重相访，洞中白云何处边？

【诗注】疮痏（wěi）：疮的伤口。 鼓棹（zhào）：划桨。

考证花絮

此画曾被认定为《红楼二尤》，这种说法解释不清为什么图中男子身着树叶服的情景。经考证，此图实为《聊斋志异图咏·翩翩》的配图。

阿英

庐陵（今江西吉安市）人甘玉，字璧人，父母早亡，有一个弟弟，名甘珏，字双璧，五岁时就跟着哥哥一同生活。甘玉性情友爱，像待自己的孩子一样抚养弟弟。甘珏渐渐长大成人，风姿秀出，聪慧善文。甘玉十分疼爱弟弟，常对人说："我弟弟一表人才，不能没有佳女相配。"可是由于挑选过于苛刻，弟弟的婚姻一直没有着落。

当甘玉在匡山（庐山旧称）寺里念书时，一天晚上，他刚刚就寝，就听见窗外有女子说话的声音。他悄悄向外观看，只见三四个女子席地而坐，几个美貌的丫鬟在一旁酒菜伺候，她们又说又唱十分愉快。突然间，来了一个高大丑陋的大汉，他抓住了一个正在唱歌的秦姓姑娘，并咬断了她的一个指头，秦姑娘发出凄惨的哀哭声。甘玉实在不忍心看下去，拔出宝剑，破门而出，赶走了大汉并为受伤的姑娘包扎了伤口，秦姑娘感激地说道："你的救命之恩，我拿什么来报答呢？"看到温柔美丽的秦姑娘，甘玉就替弟弟甘珏向姑娘求婚。秦姑娘婉言说道："我已成了残疾人，不能再操持家务了，让我为你弟弟再找一个吧。"甘玉就拜托秦姑娘为弟弟做媒说合，给甘珏介绍一位品貌俱佳的好姑娘。

一天，弟弟甘珏到郊外游玩，偶然遇到一位姿质娟秀的少女在向他微笑，少女轻声问道："你是甘家的二郎吗？"甘珏说："正是。"少女说："你家令尊在世时，曾经为我俩定下了婚约，为什么你的哥哥还要四处为你相亲，想另聘秦家的姑娘呢？"甘珏一时感到莫名其妙，说自己五岁时父亲就去世了，对过去的事一概不知。甘珏回到家中，将路上的奇遇告诉了哥嫂，他们都说不曾听父亲说过此事，只让甘珏等待秦姑娘的消息。又过了好几天，哥哥甘玉骑马行走在途中，忽见一女子边哭边向前赶路。甘玉勒马细看，见那女子美貌绝伦，便叫仆人前去相问为何哭泣。那女子答道："我叫阿英，曾经许配给甘家二郎为妻，因家穷途远，断了音讯。近日归来，却听说甘家大郎要背弃前约，为二郎另择配偶，我正要前去问问甘家大哥，如何将我安置？"甘玉一听，惊喜道："我就是甘家大郎甘璧人，对前人定下的婚约实在不知，我家离这里不远，请到家中细谈。"回到家中，姑娘自我介绍道："我姓陆小名阿英，家中没有兄弟姐妹，只是和表姐秦氏住在一起。"甘玉听后才明白，前些日子秦姑娘答应替甘珏找的佳女，正是这位阿英姑娘。阿英在甘家住了一阵，家里人都很喜欢她，哥嫂就择日为甘珏和阿英办了婚事。

时间到了中秋佳节，甘珏和阿英正在月下对饮，嫂嫂差人请阿英到她那儿去，甘珏有些不高兴，阿英就让仆人先行，说自己随后就到。可她却一直端坐在甘珏身旁说笑，始终也没有离席。第二天一早，阿英刚刚梳妆完毕，嫂子就过门来探望阿英说道："昨天晚上，我们对坐时，你为何显得有些不快？"阿英还是微笑不语。甘珏听后，觉得此事荒唐，询问后，才惊奇地获知阿英昨晚竟同时在两处出现。嫂嫂大惊道："如果不是妖怪，怎么会用分身术？"哥哥甘玉也感到有些惧怕，他隔着门帘对阿英说："我家世代积德行善，从不和人结怨，你如是妖怪，就请赶快离开，不要伤害我的弟弟。"阿英含羞地回答道："我本不是凡人，只是你家阿爹生前已将我许配给了甘珏，又因秦家表姐总催我到甘家和甘珏成婚，我才来到甘家。我自知不能生育，也曾多次要告辞离去，只是看在兄嫂待我不薄，才不舍离去。现在，既然已被怀疑，就让我们从此分手吧！"说罢，阿英转眼变成一只鹦鹉，翩然飞去。

阿英的一番话，使甘家人恍然大悟。原来，当初甘父在世时，家里的确养了一只鹦鹉，小鹦鹉极善解人意，甘父十分喜欢，亲自喂她食物。一次，甘父喂鸟时，才四五岁的甘珏问父亲说："养鸟做什么？"父亲开玩笑地说："将来给你做媳妇呀！"当鹦鹉缺少食物时，甘父就对甘珏说："再不去喂鸟食，你的媳妇就要饿死了！"甘家人常以此和甘珏开玩笑，小甘珏也总是及时地为鹦鹉喂食。一天，鹦鹉忽然挣断锁链飞走了，甘家人也就渐渐地把此事忘记了。现在，那只小鹦鹉已修炼成人形，来到甘家，就是要报答甘家的养育之恩，履行过去的婚约。此图画的正是当年甘父让小甘珏喂鹦鹉时的情景。

美丽温柔、知恩图报的阿英走了。虽然甘珏明明知道她只是一只鹦鹉，可内心还总是割舍不下，嫂子更加挂念着阿英，每日早晚都以泪洗面，哥哥甘玉也是后悔莫及。后来，尽管哥哥又为甘珏续娶了一位姜氏女为妻，可甘珏总感到不满意。在以后甘家几次遭遇危难的紧急关头，阿英和她秦氏表姐都及时出来相助，使甘家得以转危为安，度过了劫难。

长廊花鸟画

封三娘

　　范十一娘是范祭酒（学官名）的女儿，年少娇美，才学出众。父母对她十分宠爱，凡是上门求婚者，都让十一娘自己选择，而她却没有看得上的。这一年的七月十五，水月寺里举办"盂兰盆会"，寺中游女如云，范十一娘也夹在其中，正当她四处游逛的时候，有一美貌的少女紧跟其后。姑娘微笑地问道："您就是范十一娘吧？"十一娘答："正是。"姑娘自我介绍道："妾姓封，排行第三，就住在附近的村上，很早就听说过十一娘的芳名，今日一见果然名不虚传。"很快，两位美丽、纯情的少女便手拉着手开心地聊起来，她们言语温柔委婉，情如姐妹，到了分手的时候，彼此都依依不舍。十一娘邀请封三娘来日到家中一聚，还拔下头上的金钗送给三娘，三娘也摘下发髻上的绿簪作为回赠。范十一娘回到家中，仍时刻思念着封三娘，拿出所赠绿簪细看，却惊奇地发现，绿簪非金非玉，家里人谁也不识，觉得十分奇异。十一娘日夜盼望三娘的来访，竟抑郁成疾，家里人四处寻访，也没打探到封三娘的音讯。

　　转眼又逢九九重阳日，身体虚弱、百无聊赖的十一娘，由丫鬟扶着，来到花园赏菊。忽然，有一少女攀着墙头，向园中张望。十一娘仔细一看，竟是封三娘，十分惊喜。三娘也向她大声呼道："快来帮我一把！"丫鬟们上前，将三娘从墙头接下。十一娘高兴地走向前去，拉着三娘的手坐下，责怪三娘为什么负约不来看她，叙述了自己的思念之情和她因思念三娘而得病的经过。三娘听后，泪如雨下，解释道，其实她住的地方离这里很远，只是有个舅舅住在附近的村上，她也很想念十一娘，只是顾及自己家门贫贱，和富人小姐往来，会遭旁人的闲话。并说："我今天来看你，十分不易，一定要保守秘密，如让快嘴的人知道，飞长流短，我可受不了。"十一娘满口答应了封三娘的要求，并邀请封三娘同自己小住一段时间，两人结为姐妹，朝夕相伴。

冬去春来，一天晚上，三娘悄悄告诉十一娘，第二天水月寺又要举办道场，她准备在庙会上为十一娘引见一位如意郎君，并告诉十一娘，纨绔子弟多半傲慢无礼，不值得认识。如果要找一个好丈夫，就要注重人品，不计较贫富。次日，两人在水月寺会面。她们手拉手在园子里游览了一圈，正要出门，迎面走来一位十七八岁的书生。此人身穿布袍，衣饰虽不太讲究，但仪表却伟岸俊美。三娘小声告诉十一娘道："此人将是未来翰林院中的人才啊！"

从庙会回来后，封三娘暗中对那位书生的情况做了进一步了解。他名叫孟安仁，家就住在附近。十一娘对孟生也颇有好感，却担心孟家贫穷，父母会不同意。封三娘信誓旦旦地保证孟生将来一定会有出息的。为促使两人尽快订婚，封三娘暗中私将十一娘的金钗送给孟生，作为定情之物，又让孟生于次日托人去十一娘家中提亲。正如十一娘担心的一样，父母嫌孟生家境贫穷，拒绝了他的提亲。十一娘深感失望，做好了宁死不嫁的准备，以表对孟生的忠贞。恰在此时，一位权势正盛的官绅为儿子来到范家求婚，还请了县官做媒人。十一娘的父亲竟背着女儿，应允了这桩婚事。十一娘决意不从，绝了食，并在迎亲的前一天晚上悬梁自尽。范家人大吃一惊，悲痛万分，后悔当初没顺了女儿的心愿。

过了几天，孟生闻知十一娘的死讯，为失去如此忠贞的女友而感到万分悲哀。傍晚时分，他趁着夜色，来到十一娘的坟前放声痛哭。忽然，封三娘也出现在坟前，看到孟生痛不欲生的样子，她说道："恭喜孟生，你的婚事可以办了。"孟生疑惑不解地看着三娘说："难道你不知道十一娘已经自尽了吗？"三娘却说："正因如此，我才有妙策，你尽快掘坟开棺，我自有良药，能使她起死回生。"半信半疑的孟生很快将十一娘的尸体挖出，背回到家中，三娘为她灌了药，约一个时辰后，十一娘果然苏醒了过来。封三娘怕事情泄露，就带着他们躲到五十里外的一个山村里去了。范十一娘和孟安仁历经磨难后喜结良缘，夫妇俩卖掉了家人为十一娘殉葬的首饰，日子过得十分美满。十一娘想到既然和封三娘亲如姐妹，还不如效仿古时的娥皇、女英那样，一同嫁给孟安仁。封三娘看出十一娘的心思后，就对她道出了自己狐仙的身份，表示自己不能被情魔所缠，必须和他们告别，望十一娘多加保重，说完后就消失得无影无踪了。

第二年，孟生在乡试、会试中连连报捷，中了进士，在翰林院中供职。他拿着自己名帖（投刺）去拜见十一娘的父母，对二老行子婿之礼，并将他与十一娘结婚的经过叙述了一番。十一娘的父母知道女儿还活着，又惊又喜，一家人重归团圆。

长廊博古画

莲花公主

山东胶州的窦旭，白天睡午觉时，梦见一个穿着褐色衣服的人站在他床前，请他去家里做客。窦旭被带到一个地方，这里叠阁重楼，万椽相接，千门万户错落有致，和人世完全不同。一会儿，一个官员出来，十分恭敬地欢迎他。登上殿堂后，窦旭说道："平日里没有往来，而今承蒙热情接待，深感不安。"官员解释道："因为你出身世族，积有厚德，我家君王倾心仰慕，很想和你见见面。"窦旭更加惊奇地问道："君王是谁？"官员回答："过一会儿你就会知道了。"没多久，两位女官走来，她们各举一面彩旗为窦旭带路。进了两道门，看见大殿上坐着一位君王。那君王见窦旭进来，忙下台阶迎接，两人按宾主施礼，然后在筵席前落座。筵席很丰盛，窦旭仰望殿上的一幅匾额，上面写着："桂府"。窦旭受宠若惊，局促不安，连话都说不出来。君王说："你我既然是邻居，缘分已很深厚，应当开怀畅饮，不必疑惑。"窦旭连连答应。酒过数巡，殿内响起悦耳的丝竹之声，幽雅纤细。

过了一会儿，君王忽然对左右大臣说道："我有一副对联，上联是'才人登桂府'，请你们对出下联。"四座的人正在思考，窦旭随声答道："君子爱莲花。"君王大喜，说道："奇啊！莲花正是公主的小名，怎么这样巧合？难道不是早有缘分？传话给公主，马上出来拜见窦君子！"不多时，只听环佩叮当，香气扑鼻，公主款步而来。她芳龄十六七岁，美妙无双。公主向窦生施礼后翩然而去，窦旭对公主却一见钟情，爱慕不已，呆坐在那里想入非非。君王举起酒杯劝窦旭喝酒，他竟然像没有看到一样。君王好像看出他的心思，就说："我的女儿和你还般配，但自惭不是同类，怎么办呢？"窦旭仍像呆了一样，这时，窦旭忽然醒来，发现太阳已经西落。他静坐回想，刚才梦中的情形历历在目。晚饭后，他吹灭蜡烛,希望重温旧梦,但梦境已逝,再不可能重归佳境了,只有悔恨和感叹。

又一天晚上,窦旭和一个朋友睡在同一屋中,他再次梦见那个内官走来,告诉他:"君王邀请你去做客。"窦旭高兴地跟他去了。他见了君王就跪伏在地上叩拜。君王把他拉起来,说道:"我想把小女嫁给你,想你不会嫌弃吧。"窦旭马上拜谢。一会儿见几十名宫女簇拥着公主出来,公主用红色锦缎盖着头,迈着轻盈步伐款款而至。在众人的欢笑声中,公主与窦旭交拜成亲。第二天清晨,窦旭为公主涂脂擦粉,然后又用带子量公主的腰围,用手指量公主脚的大小。公主笑着问他:"你疯了吗?"窦旭说:"我总是被梦戏弄,所以要仔细地记下来,如果是梦,也好回味思念。"两人正在调笑,一个宫女跑进来说:"不好了,有个妖怪闯入了宫门,君王在偏殿里躲避,凶祸就要降临了。"窦旭赶紧去见君王,君王拉着他的手流着泪说:"承蒙你不弃,本想永远相好,哪里料到祸从天降,整个国家将要覆灭,还有什么办法呢?"窦旭吃惊地问是怎么回事,君王把桌上的一份奏章递给窦旭看。奏章上写着:"据黄门侍郎报告,从五月初六开始,来了条长千丈的巨蟒,盘踞宫外,吞食城内外臣民一万三千八百多人,巨蟒所过之处,宫殿全变为废墟。妖蟒头像山峰,目如江海,张开大嘴就能把宫殿楼阁一起吞下,这真是千古未见的凶神,万代未遇的灾祸!国家宗庙,危在旦夕!恳请皇上早日率领宫中眷属,迅速迁往新的太平之地!"窦旭看完奏章,面如灰土。随即有宫人跑来报告:"妖物来了。"满殿哀号,如末日来临。君王慌乱得不知如何是好,只是流着泪看着窦旭说:"小女要连累先生了。"窦旭喘着气跑回房中,挽着公主回到了家中。公主担心家人的安危,整日伏在床上痛哭,窦旭急得手足无措,忽然惊醒,才知道这又是一场梦。这时窦旭耳边嘤嘤的啼哭声还没有停止,他仔细一听,不是人的声音,而是三只蜜蜂,正在他枕头上飞鸣。窦旭大叫怪事,惊醒了同室的朋友,朋友问他出了什么事,窦旭便把自己做的梦告诉了他,朋友也感到惊奇。两人一同起来观看蜜蜂,只见蜜蜂依附在他的衣服上,赶都赶不走。朋友劝他为蜜蜂建巢,结果蜂巢顶还没盖好,蜂群已经聚满了蜂巢。窦旭顺着蜜蜂飞来的方向察看踪迹,发现蜜蜂原来是从邻居老汉的菜园中飞出的。

菜园里有一座旧蜂箱,三十多年了,蜂群繁殖得一向都很旺盛。这次,蜜蜂突然集体飞走,老汉得知后前去察看。只见蜂箱变得静悄悄的,打开一看,原来有条长约一丈的大蛇盘踞其中,老汉把蛇捉住杀了。窦旭这才恍然大悟,那只入侵"桂府国"的"巨蟒"就是这条大蛇。蜂群搬到窦旭家后,繁殖更加旺盛,并没有出现其他的异常现象。

《莲花公主》写梦,构思奇妙,笔法多变,处处围绕窦旭的心理感受,写得既富于想象又贴近实际,可以说是一篇描写梦境的千古佳作。古人有诗评道:

梦境谁信逐蜂衔,绿水莲开一朵花。仓卒愧无金屋在,误人好事是长蛇。

云萝公主

河北卢龙县人安大业，刚一出生就是一个神童，长大后更是英俊潇洒，饱读诗书。不少名门世家都争着要把女儿嫁给他，安母对未来的儿媳充满着期望，从不轻易允婚。她曾在梦中听到有人对她说过："你儿子注定能娶一位公主。"安母信以为真，可等到大业十五六岁的时候，美梦一直没能实现，她渐渐地有些怀疑梦中之言了。

一日，大业正独坐房中看书，忽然闻到一缕奇异的香气。紧接着，一位漂亮的婢女跑了进来，急声道："公主驾到！"随即将一条长长的地毯，从门外一直铺到榻前。大业正在惊愕之时，只见一群丫鬟簇拥着一位少女走进房来。少女华贵的服饰和艳丽的容貌，霎时间将房内照耀得四壁生辉。大业慌忙向少女鞠躬行礼，问道："敢问是何方神仙光临寒舍？"那少女以长袖掩口，微笑不答。一旁的丫鬟代答道："小姐是圣后府中的云萝公主。圣后相中了郎君，要将公主下嫁于你，今日特使小姐亲临观看婚宅。"

大业听罢，又惊又喜，一时间不知说些什么才好。公主和一位丫鬟耳语后，丫鬟拿出一千两银子，放在了榻上，告诉大业道："房屋有些低矮窄小，公主留下些银两，烦请驸马将房屋稍加扩大修整一下，待完工后，公主再来与你相会。"并特意吩咐道："本月不宜动土修建，否则要触犯天规，务必要等到下月，方可动工。"说完后，一行人便飘然离去了。

公主离去后，大业迫不及待地想早日将房子扩建完工，竟然忘记了云萝公主的嘱咐，当月就紧锣密鼓地动工修房，很快使家中旧房舍变得焕然一新。安大业万万没有想到，这下可真的触犯了天规。在后来的日子中，他屡遭劫难，先是被小人诬告，两次被捕入狱；接着年迈体弱的老母受此事惊吓，病故而亡。多亏了云萝公主暗中相助，才使安大业大难不死，被释放回家。三年后的一天，大业家中的院子里再度弥漫着奇异的香气。大业急忙

第八章 清朝

4区39内北

315

登上阁楼察看，只见阁楼内外的陈设全都焕然一新。他悄悄地撩开门帘，看见云萝公主身着盛装，端坐在楼上。大业急忙拜见公主，公主拉着他的手说道："你不信天命，乱兴土木，招致灾难；又因母亲身亡，要守孝三年，延迟了婚期，这就是人们常说的欲速则不达的道理。"当天晚上，公主对大业说："现在给你两个选择：如果我们只是做棋酒朋友，就能相聚三十年；如若成为夫妻，只能在一起共度六年。"大业选择道："还是先做夫妻，六年后的事以后再说。"于是二人当夜成婚。

一年后，公主为安家生下了一个男孩，公主为孩子起名叫安大器。又过几年，公主再生一子。可这次她却忧虑地说道："这孩子命中有豺狼之相，不可留之！"立刻派人要将他丢弃。大业于心不忍，把孩子留下，取名"可弃"。当可弃刚满周岁时，看到六年的期限将至，公主便为可弃测算将来的婚姻之事，要为他选择一个能套得住"狼"的深圈。她吩咐大业道："你要千万记住，四年后，有位侯氏女将生下一女婴，女婴左边胁下有颗痣，此女就是我们将来的儿媳，你不能计较门第高低，一定要将她娶回来。"不久，云萝公主回了娘家，就再也没回来。四年后，果然有侯氏女生下一女婴，左胁下有颗痣。虽然侯某家境贫贱，侯氏为人品行也不好，安大业还是和侯氏定了亲。

却说大儿子安大器，长大后果然学业有成，十七岁就考中了进士，娶了云氏女为妻，夫妻俩都孝敬友爱，安大业特别高兴。小儿子安可弃长大后，却不学无术，常和当地的无赖一起赌博，还偷窃家财去还赌债。尽管大业严加管教，可弃还是恶习难改，不得已，安大业为两个儿子立下了分家文书。他自己气愤成疾，不久就病逝了。可弃二十三岁时，侯氏女也十五岁了。哥哥大器想起母亲临走时的留言，就张罗着把侯氏女娶进了家门。侯氏女虽出身卑微，但人却聪明漂亮，可弃十分喜爱她，对她是言听计从，说一不二。说来也令人不可思议，云萝公主过去为儿子设计的"狼圈"，在十几年后真发生了作用。在侯氏女的管教下，可弃一身的劣迹，竟然渐渐地有所收敛。安家的家道也在侯氏的运筹计划下，重见起色，家底日渐丰盈。古人有诗赞叹道：

　　土木为灾莫漫嗟，六年琴瑟乐无涯。早为狼子谋深圈，始信仙人善作家。

宦娘

秦地有个世家子弟，名叫温如春，年轻时就酷爱弹琴。一次，温如春出游晋地，一位道士对他的琴技做了点拨，使他练就了"世间无比"的弹琴绝技。在归家的途中，温如春在乡间忽遇大雨，他匆忙在路边的一个村子投宿。房东家只有一位赵姓老妇和她的侄女宦娘，床铺不够，温生只好睡在草铺上，以弹琴消磨长夜。优雅的琴声打动了年轻的宦娘，温生一见美若天仙的宦娘，也产生了深深的眷恋之情。他向老妇人微露求凰之意，老妇摇头为难，似有难言之隐。雨停后，温生便连夜怏怏而归。

县里有位曾任部郎官的葛公，隐退在家，喜欢和文人学士交往。一次，温如春去拜访葛公，并为他弹琴助兴。悠扬的琴声吸引了葛公的女儿，她悄悄地站在帘子后面倾听，忽然一阵风将帘子吹开，温如春看见帘子后面站着一位十五六岁的少女，天生丽质，此女小名良工，擅长填词作赋，容貌更是远近闻名。温生回家后，请母亲托人前去说媒提亲。葛公觉得温家日渐衰落，没有应允。温生却因提亲遭拒，心灰意冷，再也不到葛公家去了。

一日，良工在自家园中散步，捡到一张旧纸条，上面写着一首俚俗小词《惜余春》。良工反复吟诵，很是喜欢，并抄在锦笺之上，放在了书案的上面。不一会儿，一阵风将锦笺吹到了窗外，正逢葛公从此地路过。他拾起一看，以为是女儿所作，认定女儿春心荡漾，该到了出嫁的时候了。此时临县刘部政的公子，正好托人来提亲，葛公见他仪表堂堂，仪容秀美，心中大悦，立刻设宴款待。宴毕，刘公子起身告别，座位下面却掉了一只女子绣鞋。葛公见到心生厌恶，认定刘公子为人轻薄，就回绝了媒人的提亲。尽管刘公子极力否认这鞋是自己丢的，但葛公就是不听。

葛公家有种稀有绿菊的种子，视为珍宝，从不外传，只允许良工把绿菊种在自己的闺房之中。奇怪的是，近日温如春院中的菊花，竟也有两株变成了绿色，温生对绿菊倍加爱护。一天早晨，温生在花坛边也捡到了一张写有《惜余春》词的纸条。他反复咏读，不知纸条从何而来，更对词中含有自己名字的"春"字而感到疑惑，随手将纸条放在书案上。朋友们闻知温生家有绿菊，都好奇地纷纷前来观赏。葛公更是十分惊讶，亲自来到温生的书房。他见书案上有一纸条，便随手拿起读了起来，纸条上写的就是自己在女儿房前拾到的《惜余春》词，联想到温家的菊花变绿，葛公断定是女儿将家中的绿菊种子送给了温生。回到家中，葛公严厉盘问良工，女儿大哭喊冤，欲寻短见。夫妇俩又怕事情传出，脸面不好看，就决定将良工嫁给温如春。

温如春得知葛公应允了他与良工的婚事后，高兴极了。当天就在家中操办了绿菊之宴，席间烧香弹琴，直到深夜。客人散去后，温生回房就寝。半夜，童子听见书房内琴弦自鸣,十分惊奇,就来禀报温生。温生亲自察看,果然真有其事。温生认为是狐仙想拜师学琴所致,就每天为狐仙弹奏一曲,并且把琴弦调好后,躲在一旁偷听无影的"学生"自己弹奏。如此六七个晚上过后,"学生"居然弹成了很像样的曲子。不久,温生高兴地迎亲完婚,夫妇两人各自都谈到了《惜余春》词的事,才知道原来这首词竟是他们缔结良缘的起因,但始终不知道词和纸条是如何出现的。良工听说书房夜里常常琴弦自鸣,为查清真相,良工特地从家里拿来一面能照出鬼形的古镜。一日夜里,当琴声刚起,温生和良工持镜冲入书房,果然照出有个女子,惊慌地躲在房角。温生仔细一看,原来竟是赵家的宦娘,他很是吃惊,忙询问原因。宦娘伤心地说:"我替你们夫妇俩做媒牵线,有恩德于你们,你们却为何如此相逼于我?"温生急忙收起了古镜,让宦娘慢慢解释。

宦娘接着说道:"妾本是知府的女儿,去世已有百年了,从小喜欢弹奏筝琴,自从先生上次光临寒舍,听到了您那优雅的琴声,对先生由衷敬慕,只恨人鬼殊途,不能与您相伴,便暗中为您撮合了一位漂亮的妻子,来报答您对妾的眷顾之情。刘公子座下的绣花鞋和《惜余春》俚俗小词都是妾之所为,妾对老师的酬谢是尽了全力的。"听罢宦娘的一番表白,温生夫妇连忙向她道谢。宦娘起身向夫妇俩告别,并凄然地说道:"你们琴瑟之好,互为知音;我是薄命之人,没有这个福分,如果有缘,来世再聚吧!"说完,拿出一卷画像,交给温生道:"你们如忘不了我这个媒人,就把我的画像挂在卧室之中,高兴时,烧一炷香,对画像弹一支曲子,我在阴间也会感受到的。"宦娘说罢就走出门外,消失在茫茫夜色之中了。

宦娘是"鬼",她没有爱的权利,不能爱,也不能被爱。可她为自己找到了"替身",给自己"倾心"相爱的人消除了遗憾;而她自己却悄然引退,独对冷月孤灯,真是万般无奈,千古伤心!蒲翁的一篇《宦娘》,又让多少性情中人,读后扼腕慨叹,洒尽同情之泪。古人有诗道:

愿聆雅奏拜门墙,暗里良缘撮合忙。秀阁焚香操缦候,分明一曲凤求凰。

【诗注】操缦候:即操弄琴弦以示问候。凤求凰:乐府《琴曲》曲名,引司马相如求卓文君之诗《凤求凰》而得名。

细柳

细柳姑娘出身于一个中都世代书香的家庭,生的柳眉细腰,因而被人们戏称为"细柳"。她从小聪慧,能识文解字,爱读有关相面的书籍,但平日里寂寞少语,从不评论别人的长短。凡是有人来相亲,她都要亲自审视对方的相貌,虽然看过不少人,却没有相中一个,姑娘不觉已年过十九。不久,有一位姓高的世家名士丧妻,闻知细柳的芳名,就托

人前来提亲，得到了细柳的应允。两人婚后，互敬互爱，感情融洽。高生的前妻留下了个五岁的男孩，小名叫长福，细柳对他关怀备至。一年后，细柳也生了个儿子，取名长怙。高生问她名字的含义，细柳微笑道："'怙'有依靠父亲的意思，长怙就是希望孩子能长留在父亲身边。"

细柳对针线活等家庭琐事并不太经心，却对田产、租赁经营方面的事十分上心，家中一切经济事务都由她一人操持。细柳精明能干，常常提前将家庭支出预算出来，家境日渐富裕。高生非常高兴，常和细柳开玩笑说："细柳有多细：眉细、腰细、脚也细，且喜心思更细。"细柳也回对道："高郎实在高：品高、志高、才也高，但愿年寿更高！"过了一年，高生二十五岁了，细柳似乎预感到有什么不好的事情要发生，不让丈夫再出远门，也不许他归家太晚。尽管如此，细柳内心所担心的事终于发生了，高生一次到朋友家喝酒，身觉不适，告辞回家，行至半路从马上摔下，当即就死亡了。从此，细柳一人承担起抚养、教育两个孩子的重任。

那年，长福已经十岁，父亲去世后，更加懒惰厌学，时常逃学和牧童一起玩耍。不论细柳如何管教，长福就是不改。细柳就把长福叫到跟前说道："你既然不想念书，我也不强迫你。从今起，你就和仆人一道干活吧。"于是，长福换上了破衣裳，放猪去了。秋去冬来，长福身无暖衣，脚无棉鞋；阴天下雨，冷雨湿衫，冻得长福瑟瑟发抖，缩头缩手，如同乞丐一样。邻居看后，纷纷议论，都说细柳不该如此对待前妻的孩子。细柳听后，并不在意。数月过去了，饱受磨难的长福，托了一位好心的老婆婆找细柳说情，细柳答道："他如果愿挨一百杖责，就来见我，不然，就趁早离开！"长福在门外听到后，跑了进来，哭着要受杖打。细柳看到长福真心有悔改之意，并没有打他，而是为他洗头更衣，让他同弟弟一同上学去了。

经过艰苦磨砺的长福，从此勤奋读书，锐意进取，如同换了新人一样，三年考取了秀才。巡抚杨公看了他写的文章后，很是器重，"月给常廪（lǐn，此为官粮之意），以助灯油"。小儿子长怙，天生愚钝，读了几年书，连姓名都记不住，细柳就让他弃文务农。无奈长怙害怕吃苦，懒于耕作，细柳斥训道："士农工商，各有本业，你既不能读，又不愿耕，岂不要饿死在路边了？"细柳对这个不争气的亲生儿子，管教更加严厉，经常杖责训斥，在吃穿饮食方面，也总把好的留给长福。长怙嘴上不说，心里却愤愤不平。

为让长怙能学会谋生的手段，细柳拿出些钱，让他学习经商，长怙却在外面嫖娼赌钱，常把本钱用光。一日，长怙向母亲请求，要同几位商人去洛阳做生意。其实他为的是要摆脱母亲的管束，在外潇洒一游。没想到，母亲听后，立刻拿出三十两碎金给他，临别时又拿出一枚金锭给他，嘱咐道："这是你祖父当官时留下的，不能动用，给你出门压压行装，以备应急。"长怙扬扬得意地来到洛阳，住进了名妓的家中，才十几天，就散金殆尽，当他拿出那枚金锭用时，不料金子是假的，被官府收监入狱，又没钱打点狱吏，受尽了折磨。

其实，就在长怙离家的那天，细柳就已交代长福，让他二十天后，去洛阳一趟。二十天一过，母亲就对长福叹息道："你弟弟现在放荡的情形，如同你当年不愿读书一样。这次，为了彻底收住你弟弟的放荡之心，我给了他一枚假金锭，我料想他现在已身陷牢狱了。巡抚大人对你一向不错，你去向他求情，救救你弟弟的性命，再给他一次做人的机会吧！"长福立刻动身来到洛阳。那时，长怙已入狱三天了，被酷刑折磨得面目全非，见到哥哥后，哭得抬不起头来。长福利用自己在学业上的名望，保出了弟弟。兄弟俩回到家中，跪在母亲面前，泣不成声，哀求母亲原谅。从此，长怙真的痛改前非，精心料理家中大小事务，细柳还将家产抵押，借得一大笔钱，亲手交给长怙，让他再次外出做生意。长怙这次不负母望，不到半年，就使本钱翻了一番。长福在学业上也更加精进，当年秋捷（中举之意），三年后登科（即中进士）。对细柳这位深谙子女教育的普通妇女，古人有诗赞道：

太息高郎寿不高，苦禅心力为儿曹。恩威并用无歧视，富贵勿忘女氏劳！

云翠仙

梁有才原是晋地人，后来流落到济南府，靠做小买卖为生，既无家室也无田产。四月上旬的一天，他跟着同村的人一起去游览泰山。山庙中的香客络绎不绝，梁有才看见"跪香"的人中有个漂亮的少妇，就模仿香客的样子跪下，挪到了少妇的后面；他佯装"跪香"累了，用手扶地，趁势在少妇的脚上捏了一把。少妇回头瞪了他一眼，并马上挪动膝盖，远离了他。梁有才厚着脸皮，跪着跟了过去，又在少妇的脚上捏了一把，少妇干脆起身出门，愤愤地离开了山庙。

正当梁有才闷闷不乐地往回走时，忽然看见那个少妇和一个老太太在前面走着，就连忙跟了上去。他听见老太太对少妇说："你能跪拜娘娘，是件大好事。娘娘会保佑你找到一个如意郎君的，不必去求那些公子王孙。"梁有才心中暗暗高兴，便上前和老太太聊天。老太太自称姓云，少妇是她的女儿叫翠仙，家住西山。梁有才千方百计地讨好云翠仙的母亲，用甜言蜜语博得了翠仙母亲对他的好感，他主动向老太太提亲。老太太征求女儿的意见，云翠仙坚决不同意，指着梁有才说："此人生性放荡缺少德行，一定容易反复无常。女儿不能嫁给这种行为猥琐的人做妻子！"梁有才听后，急忙为自己辩解，并用手指着太阳连连发誓。老太太看到他心诚，很是高兴，竟轻率地应允了这门婚事。云翠仙虽不乐意，也只能生生气而已，只好违心地服于这自古以来的"父母之命"了。

梁有才和云翠仙结婚后，游手好闲，无所事事，渐渐地露出本相，整天赌钱喝酒，就连翠仙的簪子和耳环也被他偷去抵了赌债。翠仙苦口婆心地劝他，他也不听。直到一天他的赌友见到翠仙长得漂亮，给他出主意，让他把翠仙卖了，而且还告诉他说："如果把翠仙卖到青楼里为娼，可得到白银千两。"梁有才很想把妻子卖进妓院又不敢明讲，就在家中拍桌子、打板凳、扔碗筷、骂丫鬟。云翠仙打来了酒菜和梁有才对饮，用言语试探道："家里这么穷，你整日焦虑发愁，家中也没有什么值钱的东西，只有一个丫鬟，不如把她卖了，稍稍补贴一下家用。"梁有才回答："丫鬟能卖几个钱！"云翠仙又说道："不如将妾卖给贵家"，并摆出一副诚心严肃的神态，梁有才果然高兴地说："容再计之。"接着，梁有才真的通过一个宦官，将翠仙卖给了乐馆作官妓。那位宦官亲自到梁家相人，十分满意，还事先写下了一张八百贯钱的契约。

云翠仙彻底失望了，她骗梁有才跟她回家与老母告别一声。利令智昏的梁有才果然上了当，跟着云翠仙回到娘家。一到家，翠仙就将母亲留给她的两锭黄金拿出，放到桌子上气愤地说:"这是母亲在我结婚时送给我的,幸亏没被他偷去当赌钱,现在还给母亲吧。"老太太惊异地问是怎么一回事,翠仙把梁有才卖妻的经过叙述了一遍,并当着全家的面,痛骂梁有才是狼心狗肺的"豺鼠子",云家的人气愤得要跟梁有才算账。梁有才这才发现原来岳父家楼房连片,奴仆成群,开始后悔不该将云翠仙卖掉。就在此时,云家的琼楼玉阁忽然全部消失,梁有才被吊在峭壁之上。面对万丈深渊,他拼命地挣扎,只听轰隆一声响,他随着崩塌的石头滚下山崖,幸好被岩壁上的一颗枯树挂住。梁有才悬在半空,无依无靠,只得大声呼救,被一个砍柴的樵夫听见将他救下。人们把他抬回家中,只见门户洞开,家中所有值钱的东西,都不复存在了,只剩下原来属于他自己的几件破家具,零零落落地摆放在屋中。从此,生活没有着落的梁有才只得靠卖房乞讨谋生。一天,他在乞讨时,遇见那个挑唆他卖妻的赌友,悔恨之情涌上心头,一怒之下,拔刀将那人刺死,自己被关进大牢,病死在狱中。

在旧观念的影响下,多少无辜的女性被动地遵从"媒妁之言,父母之命"嫁错了人,只能深深地陷于无尽的痛苦之中,而蒲翁笔下的仙女云翠仙,却能凭借着自己的聪明才智,主动摆脱不幸婚姻的牢笼,使得贪得无厌、丧尽天良的"豺鼠子"梁有才得到了应有的惩罚。古人有诗道:

名花高占一枝春,忍听簧言别赠人。留得黄金无用处,分明阿母误儿身。

考证花絮

此图在以往长廊彩画故事书中一直被描述为《聊斋志异·葛巾》的故事,经考证,应为《聊斋志异图咏·云翠仙》的配图,只是画工作画时将原图背景中的寺庙给省略了。

彭二挣

山东禹城县人韩公甫,曾经亲口讲过一个离奇的经历:一次,他和同乡人彭二挣骑着毛驴外出。当两人正行走在一条山路上时,韩生回头寻找彭二挣,却不见了他的人影,只有他的毛驴还在后面走着。正当韩生迷惑不解时,隐隐约约听到一阵急切的呼救声,仔细一听声音是从彭二挣毛驴背上的一个囊袋中发出的。韩生连忙走近察看那个囊袋,只见鼓鼓囊囊的好像有重物在里面。他想把囊袋打开,却发现袋口被缝得严严实实,只好用刀子将袋口挑开。韩生惊奇地看见彭二挣竟像一只狗一样蜷缩在囊袋中。等彭二挣从袋中出来后,韩生问他是如何被缝进袋中的,彭二挣也茫然不知。韩生又追问道:"过去可曾有过这种奇怪的事情发生过?"彭二挣说:"我家常有狐仙作祟,类似这样的奇怪

事情也时有发生。"

这篇看似古怪的短文，借助狐仙作祟，将彭二挣缝进囊袋的滑稽故事，含蓄地讽刺了那些总是步人后尘，甘作"处囊锥"，不敢显露头角的人。古人有诗评道：

只知策蹇后尘随，碌碌庸庸亦可悲。问尔何年堪脱颖？笑君常作处囊锥。

【诗注】策蹇：赶毛驴。处囊锥：形容有才能的人虽被暂时埋没，但如同将一把锥子放在囊袋之中，终将显露头角，不甘长期隐没。

细侯

浙江昌化县有个姓满的书生，在杭州府开馆教学。一天，他在集市上闲逛，路经一个临街阁楼时，楼上掉下一片荔枝皮，落在了他的肩上。满生抬头一看，见一位年轻女子，在楼上凭栏而立，姿色妖媚动人。满生一打听，才知道她是妓院鸨母贾氏的养女，名叫细侯。第二天，满生去妓院寻访细侯，两人说说笑笑，谈得十分投机，满生更加深爱细侯了。

细侯从小生活在锦围翠绕、前门迎新后门送旧轻浮的氛围之中，却出淤泥而不染，品性清高，待人真挚，喜爱诗赋。自从认识了在异乡办学的穷教匠满生后，细侯便把和满生过一夫一妻、清贫自给的生活作为自己的理想。满生告诉她，自己只有半顷薄田、几间破屋。细侯说，能自给自足就足够了，她憧憬着那种"闭户相对，君读妾织"夫妻和睦的恬淡生活。满生为了凑足替细侯赎身的费用，去湖南一位朋友处借凑钱款，却不曾想朋友已被罢官。满生只得在当地收徒教学，因偶然打了一个学徒的板子，使那个自

尊心极强的学徒投井而亡，自己也被关进监狱，和细侯失去了联系。

细侯自从满生走后，闭门不接一客。有个富商，仰慕细侯的名气，来向她求婚，并向鸨母表示，不惜任何代价，要将细侯买到手。鸨母以嫁给富商可"穿锦绣衣裳，吃山珍海味"为由，劝诱细侯，而细侯回答道："满生虽贫，其骨清也；守醒醍商，诚非所愿。"富商为了把细侯弄到手，买通了湖南的审案官员，将满生长期关押，还假造了满生绝命书寄给细侯。鸨母为得到富商的钱财，一再劝说细侯道："我把你从小养大，十分不易。现在你成人已有三年了，给我的报答却很少。如今，你既不肯当妓女，又不愿嫁给富商，你让我用什么来养活你呢？"细侯误以为满生已死，加之养母再三劝说，无奈之下，只得嫁给了富商。一年多后，还生了一个儿子。 不久，满生在自己学生的帮助下，昭雪出狱。他发现细侯已经嫁给了一个富商，而且正是这个富商在自己的冤案中做了手脚。满生托人将自己的不幸遭遇和悲哀转告给了细侯。明了真相的细侯，万分悲痛，知道造成一切不幸的根源，原来正是这个卑鄙的富商。她趁着富商外出的机会，毅然回到了满生的身边。

东汉有一位至诚守信的好官，姓郭名汲字细侯，后人常将那些大义守信、受人欢迎的父母官称为"细侯"。蒲松龄在这篇短文中，以细侯为女主角命名，足见对她推崇的程度。古人有诗评道：

缘深一见便倾心，误堕奸谋几背盟。貌艳如花肠似铁，不留情处是钟情。

考证花絮

此画在以往长廊画故事书中均被描述为《陆五汉硬留合色鞋》，经考证，实为《聊斋志异图咏·细侯》的配图，两个故事在一些情节上有些相似。

红楼梦

HONGLOUMENG

《红楼梦》原名《石头记》，是中国古代优秀长篇小说的代表作。作品以贾、史、王、薛四大家族为背景，以贾宝玉、林黛玉的爱情悲剧为主要线索，重点描写了贾家荣、宁二府由盛转衰的过程。作者曹雪芹（约1715～约1763年），名霑，字梦阮，号雪芹。曹雪芹祖辈是清朝正白旗包衣（奴仆），自其曾祖起，三代任江宁织造，其祖父曹寅尤为康熙所信用。雍正初年，在统治阶层内部权力斗争的牵连下，曹雪芹的父亲曹頫被免职，家产遭查抄。这种前后反差巨大的变迁，使得曹雪芹亲历了一个封建富豪之家盛衰变换的全过程。少年时代贵族的豪华生活，使曹雪芹熟谙贵族大家庭和封建统治阶级的种种人情世故；晚年的贫困潦倒，又使他能深刻地领略到下层平民生活的艰辛，看清了封建统治阶层的腐朽与罪恶，为其创作《红楼梦》奠定了坚实的基础。由于某种原因，《红楼梦》后数十回没有写完（也有学者认为是散失）。目前人们看到的后四十回，一般认为是由清代文学家高鹗续写的。高鹗（约1738～约1815年），字兰墅，汉军镶黄旗人，乾隆六十年进士，官至翰林院侍读。高鹗酷爱《红楼梦》，别号"红楼外史"。《红楼梦》是中国古典文学宝库中一部久读不衰的经典之作，被认为是每一位中国人必读的一本书。本书结合长廊二十幅描绘《红楼梦》的彩绘画，参照原著内容和回目次序编写了相关的故事，希望以这种图文并茂的方式，为读者带来新的阅读感受。

第八章 清朝

梦游太虚境

7区79内东

　　这是一幅描绘贾宝玉梦游太虚仙境的彩画。一日，宁府花园内梅花盛开，贾珍之妻尤氏备下了家宴，请贾母、宝玉等人过来赏花。午宴过后，宝玉感到有些倦怠，要睡午觉。贾蓉的夫人秦可卿忙笑着对贾母说："老祖母只管放心，把宝二叔交给我就是了，我这就让人给宝玉收拾午觉的房间去。"秦氏先将宝玉带到上房的内间，宝玉抬头看见一幅劝人勤学的《燃藜图》，心中有些不快；他又见一副对子上写着："世事洞明皆学问，人情练达即文章。"忙说道："快出去，快出去！"秦氏看到宝玉对这个房间不满意，就笑着将他引进了自己的卧室。

　　宝玉刚走进秦可卿的卧室，就闻到一种细细的甜香。他环视了一下房中的摆设，见墙壁上挂着唐伯虎画的《海棠春睡图》，房内还有不少古玩字画和珠帐鸳枕，就笑着说："这里好，这里好！"秦氏也笑道："我这屋子，神仙也住得的。"说完就亲自为宝玉展开沙衾，摆好枕头，安顿宝玉午睡。宝玉很快就进入了梦乡，朦胧中好像秦氏走在前面，自己悠悠荡荡地跟着她来到了一个神仙的境地。那里朱栏玉砌，绿树清溪，人迹不逢，尘埃罕到。宝玉正在胡思乱想，忽见远处一位美人款款走来，翩跹袅娜，非凡人可比。宝玉细看来人，原来是位仙姑，就高兴地上前行礼，问道："神仙姐姐，不知从哪里来，又往哪里去？我不知道这里是何处，望乞携带。"那仙姑道："我乃是放春山遣香洞太虚幻境警幻仙姑，掌管人间风情月债，尘世的女怨男痴。"仙姑又说道："今日幸得相逢，别无他物款待，只有新采的仙茶一盏，新酿的美酒几瓮，新填的《红楼梦》仙曲十二支，可随我一游否？"宝玉听后，高兴地随着仙姑来到一个石牌楼前，牌楼上书着"太虚仙境"四个大字，两边一副对联，写的是："假作真时真亦假，无为有处有还无。"转过牌楼便是一座宫门，上面又横书四字"孽海情天"。宝玉又随仙姑进入到二宫门内，只见两边配殿的匾额上写着"痴情司""结怨司""朝啼司""夜怨司""春感司""秋悲司"等。仙姑解释道："这里各司是存放天下所有女子过去和未来簿册的地方，里面的内容是凡人所不能预知的。"宝玉一听，还有这种能预知人之命运的地方，就求仙姑带他到各司走走。警幻仙姑应允道："好吧，你就在这里随便看看吧。"

宝玉高兴地抬头看到匾额上书着"薄命司"，两边对联道："春恨秋悲皆自惹，花容月貌为谁妍。"进到门内，只见里面有数十个大柜子，都贴着封条，封条上标明所属各省的名称。宝玉一心只挑自己家乡封条看，有"金陵十二钗正册""金陵十二钗副册"和"金陵十二钗又副册"。警幻又解释说："正册是一省中前十二位首要女子之册，其余的各册依次排之。"宝玉听罢就随手拿起册子翻阅，各册中有词有画，暗含天机，预示着各位在册女子的命运。宝玉恍恍惚惚地看着却不明白其中的含意，于是就把册子放在一边，跟着警幻仙姑来到后面的房中。警幻向屋中几位仙子介绍道："我今日路经宁国府，偶遇宁荣二公之灵，嘱咐我说：他家自国朝定鼎以来，功高盖世，富贵已有百年。无奈命终数尽不可挽回，家中子孙虽多，无人可继承祖业，唯有宝玉一人聪明灵慧，略可望成，但无人引导入正，故托我先以情欲声色等事来警其痴顽。刚才让他看了他家女子的终身册后，尚未觉悟，便带他到此地来，使他能领略仙闺梦境之情，遍历饮食声色之幻，以期他从今往后能改悟前情，留意于孔孟之间，委身于经济之道。"宝玉先品了"千红一窟"的仙茶，又醉以"万艳同杯"的美酒、聆听了《红楼梦》仙曲，最后，在警幻仙姑的授意之下领略了男女间的"云雨之欢"。

至次日，宝玉与梦中的情侣柔情缠绵、软语温存，携手来到园中游玩。二人走到一处，忽见那里荆榛遍地，狼虎同行，迎面一道黑溪阻路，并无桥梁可通。正在犹豫之间，警幻仙姑从后面追来，说道："快休前进，此乃迷津，深有万丈。"话音刚落，宝玉就听见迷津内响如雷声，有许多夜叉海鬼要把宝玉拖将下去，吓得宝玉汗如雨下，一梦方醒。

元春省亲

皇上为让宫中后妃与家里人能经常见面，特启奏太上皇、皇太后，恩准后妃家眷于每月二六之日，可入宫看望他们的女儿。贾府为元妃回家省亲，特意修建了一座豪华的省亲别墅，并向皇上奏准正月十五元宵节为元妃省亲的日子。转眼时至正月初八，太监们已将各处关防及礼宴事宜布置妥当。十四日夜，贾家上下通夜未眠，等待着长女元贵妃的归来。

第二天一早，贾府中有爵位者都身着品服盛装，贾母领女眷在荣府门外等候，贾家长子贾赦等在西街门外恭候。大观园内各处鼎焚百合之香，瓶插长春之蕊，一派隆重肃穆的气氛。省亲的队伍依次而来。先是十几对红衣太监骑马缓缓在前引路，紧接着是各种仪仗鼓乐队，最后才是八个太监抬着一顶金黄色绣凤版舆，元妃静坐其中。版舆先进大门，在

一处院落前停下，元妃下舆更衣复出，在园内走了一圈。只见园中香烟缭绕，花彩缤纷，处处灯光相映，时时细乐声喧，说不尽的太平景象，显不完的富贵风流，使得元妃默默叹息道："太过奢华浪费了！"

元妃一行来到正殿，礼仪太监跪请升座受礼。两陛乐起，两位礼仪太监引导贾家的男女亲眷，在月台下排班向元妃行礼。茶已三献，贾妃降座，乐止。元妃在侧殿更衣，来到贾母正室，行家礼。元妃眼含热泪与贾母和王夫人相见，她一手挽着贾母，一手挽着王夫人，心里有许多话要说，只是一时不知从何说起，三人只是呜咽对泣。过了好长时间，元妃方忍悲强笑，安慰贾母、王夫人道："今天我好不容易回家，大家不说说笑笑，反倒哭了起来。一会子我去了，又不知何时才能回来！"说到这，元妃不禁又哽咽起来。邢夫人等忙上前劝解。贾母让元妃归座，又和家人逐一见过，不免再哭泣一番。父亲贾政在帘外问安，先说了一番感谢皇恩之辞，又向元妃说道园中所有匾联都是宝玉所题，元妃听后甚慰，忙叫人将宝玉引来。元妃见到宝玉后，将他揽于怀内，摸着他头笑道："比先前长高了好些……"一语未了，泪如雨下。

尤氏、凤姐等人上来启道："筵席齐备，请贵妃游幸。"元妃起身，命宝玉引导至正殿，众人归座，大开筵宴。筵席中，元妃起身命笔墨伺候，挑选了几处喜欢的牌匾亲自赐名。赐总园名为"大观园"，又将"有凤来仪"赐为"潇湘馆"，"红香绿玉"赐为"怡红院"，等等。元妃还让宝玉、宝钗、黛玉及各位妹妹每人赋五言律诗一首，并当场评出优劣，称赞宝钗、黛玉二妹之作与众不同。元妃评完诗后，贾蔷又领着他特意从姑苏买来的十二个戏子，为元妃登台演戏。最后，元妃把从宫中带来的赐物，一一赐给众亲人。众人谢过恩后，执事太监启道："时已丑正三刻，请驾回銮。"元妃听了，又不禁泪流满面，紧紧拉住贾母、王夫人的手不忍释放。怎奈皇家规范，违背不得，只得依依不舍地与家人告辞回宫了。

宝黛阅《西厢》

宝玉自住进大观园以来，心满意足，每日里和姐妹丫鬟们一起，读书写字，弹琴下棋，作画吟诗，以至描鸾刺凤，斗草簪花，低吟悄唱，拆字猜谜，无所不至，倒也十分快乐。谁料静中生烦恼，忽一日，宝玉觉得不自在起来，这也不好，那也不好，出来进去只是发闷。茗烟看在眼里，便想法让宝玉开心起来。他去书坊买来许多小说、外传，及一些传奇脚本，引宝玉来看。宝玉果然一看便如获珍宝，又挑了几本放在床头，以便无人时自己悄悄地看。

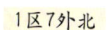

这天，正值三月中旬，早饭后，宝玉携带了一套《西厢记》，走到沁芳园闸桥边桃花下一块石头上坐下细看。正看到"落红成阵"，只见一阵风吹过，把树梢上的桃花吹下一大半来，落得满身满书满地都是。宝玉忙起身要将花瓣抖落下来，又怕被脚步践踏了，只得兜了那花瓣，来到池边，抖落在了池内。那花瓣浮在水面上，漂漂荡荡，流出沁芳闸去了。宝玉回来看到地上还有许多落花，正在犹豫如何处置，忽听后面有人说话道："你在这里做什么？"宝玉回头一看，却是林黛玉来了。她肩上担着花锄，锄上挂着花囊，手里拿着花帚。宝玉笑道："好，好，快来把这地上的花扫来，撂在那边水里。"黛玉却说道："撂在水里不好，你看这里水干净，只要一流出去，有人家的地方什么都向水里倒，仍旧把花给糟蹋了。那边犄角儿上我有个花冢，如今把花扫了，装在这绢袋中，用土埋上，日久不过随土化了，岂不干净。"

宝玉听了喜不自禁地笑道："待我放下书，帮你来收拾。"黛玉问："什么书？"宝玉赶忙藏起来，答道："不过是《中庸》《大学》。"黛玉追问说："你又在骗我。趁早给我瞧瞧！"宝玉又道："好妹妹，若论你，我是不怕的。你看后，好歹别告诉别人去。真真是本好书，你看后，连饭也不想吃呢。"黛玉把花锄放下，接书来瞧，从头看去，越看越爱看，不到一顿饭工夫，就将十六出都看完了，自觉辞藻警人，余香满口。虽看完了书，却还在出神，内心还默默记诵。宝玉情深意长地对黛玉说："我就是张生那'多愁多病的身'，你就是崔莺莺那'倾国倾城的貌'。"黛玉听了，不觉脸上泛起羞涩，厉声指责宝玉："你这该死的，好好的把这淫词艳曲弄来，还学了这些混话来欺负我，我告诉舅舅、舅母去。"说着眼圈儿都红了，转身就要走。宝玉着急了，向前拦住说道："好妹妹，千万饶了我一回，我要是真的要欺负你，明儿就掉进池子里，变成大王八，等你明儿做了'一品夫人'病老归西的时候，我往你坟上替你驮一辈子碑去。"说得黛玉扑哧一声笑了出来。她揉着眼睛笑道："呸！原来你也是个银样蜡枪头。"两人正说笑着，袭人过来让宝玉去给老爷请安，宝玉忙收起书来，同袭人去了。

第八章 清朝

宝钗戏蝶

薛宝钗是薛姨妈的女儿，家里是金陵有名的富贵人家。她容貌端庄美丽，举止优雅贤淑，恪守传统的封建道德观念，而且城府颇深，会笼络人心，得到贾府上下的赞赏和喜爱。宝钗胸前挂有一只刻有"不离不弃，芳龄永继"字样的金锁，其母也早就放出风说："你这金锁要拣有玉的方可配。"在贾母和王夫人的一手操办下，贾宝玉被迫娶了薛宝钗为妻。两人因缺少感情基础和共同的志向，加之宝玉难以忘怀逝去的黛玉，婚后不久，宝玉就出家当和尚去了。宝钗只得一人独守空房，抱恨终生。宝钗扑蝶是二人婚前的一段故事，读了这个故事，不仅可欣赏到那美丽动人的意境，同时也能从中揣度出几分宝钗真实的心迹。

芒种节这天，意味着春季已过，百花谢落，花神将退。按照古代风俗，要摆设各色礼物，以祭祀花神。古时的闺中更兴这个传统，因此，大观园里的姑娘们这天都早早起身，忙着用花瓣柳枝或绫锦纱罗编扎成各种装饰物，用彩线系好，绑扎在每一棵树上。一时间，满园绣带飘飘，花枝招展，加上女孩们都打扮得桃羞杏让，燕妒莺惭，更是让人看得目不暇接。

将大观园装饰完毕，众姐妹在丫鬟的陪同下，在园内玩耍，却不见黛玉的影子。迎春问道："怎么没见林妹妹？好个懒丫头！"宝钗忙笑着让姐妹们等着，自己一人向潇湘馆走去，去叫黛玉来同大家一起玩耍。正走着，她远远地看见宝玉走进了潇湘馆院中，不由得止住脚步，想了想："宝玉和黛玉俩从小一起长大，兄妹间两小无猜，嘲笑喜怒无常；况且黛玉素爱猜忌，好使小性子。此刻，如果自己也跟了进去，一则宝玉不便，二则黛玉嫌疑。"想到这，宝钗就转身去寻找别的姐妹去了。还没走几步，她忽然看见前面有一双玉色蝴蝶，大如团扇，一上一下在草地中迎风翩跹，十分有趣。宝钗想扑蝶玩耍，就从袖中取出一把扇子，向草地扑去。只见那一双蝴蝶忽起忽落，来来往往，穿花度柳，就要飞过河去了。宝钗急忙收住脚步，蹑手蹑脚地跟在飞蝶的后面，一直跟到池中的滴翠亭上。此时的宝钗已是香汗淋

3区20外北

淋，娇喘细细，更显得活泼可爱，妩媚动人了。后人有诗道：

风光艳丽柳依依，庭院春深草色肥。花底却将蝴蝶扑，美人只为妒双飞。

晴雯撕扇

这日正值端午佳节，为避邪气，各家都将蒲艾香草插在门上，把绫罗制的虎符系于儿童的臂上。午间，王夫人置办了酒席，请薛家母女等喝雄黄酒，吃樱桃鲜果。酒席上，宝玉因昨晚误伤了袭人，一直快快不乐。凤姐知道王夫人也知道这事，心里很不自在，也就随着王夫人的脸色行事，酒席显得死气沉沉的，大家坐了一会儿就散了。

宝玉心中有些闷闷不乐，回至自己房中长吁短叹。偏偏此时晴雯上来换衣服，不小心失了手又把扇子掉在地下，将扇股子跌折。宝玉责怪地叹道："蠢材，蠢材！将来怎么办？明日你自己当家立事，难道也是这么顾前不顾后的？"晴雯冷笑道："二爷近来气大得很，动不动就给我们脸子瞧。前儿连袭人都打了，今儿又来寻我们的不是。要踢要打凭爷去，可就是摔了扇子，却是平常的事。以前，连那么样的玻璃缸、玛瑙碗都不知弄坏了多少，也没见发多大脾气儿，这会子一把扇子就这么着了，何苦来着！要嫌我们就打发我们走，再挑好的使。好离好散的，倒更好？"宝玉听了这些话，气得浑身乱颤，说道："你不用忙，将来有散的日子！"

袭人在那边早已听见，忙赶过来对宝玉说："好好的，又怎么了？我早就说过，只要一时我不到，就会有事故儿。"晴雯听了冷笑道："姐姐这么说，就该早来，也省了爷生气。自古以来，就是你一个人是服侍爷的。"袭人推着晴雯说道："好妹妹，你出去逛逛，就算我们的不是。"晴雯听她说"我们"两个字，自然是她和宝玉了，不觉又添了酸意，冷笑道："我倒不知道你们是谁，别教我替你们害臊了！光明正道，连个姑娘还没争上去呢，也不过和我似的，哪里就称上'我们'了！"袭人羞得脸紫胀起来，想一想，确实是自己把话说错了。

过了一会儿，薛大爷派人来请宝玉喝酒，宝玉直喝得天色渐黑才回家来。宝玉着几分酒意，跟跟跄跄地走进院内，只见院中乘凉枕上有个人睡着。宝玉一面在榻沿上坐下，一面推她，只见那人翻身起来说："何苦来，又招我！"宝玉一看，原来是晴雯。宝玉将她一拉，拉在身旁坐下，笑道："你的性子越发惯娇了。摔了扇子，我不过说了两句，你就说上那些话。说我也罢了，袭人好意来劝，你又括上她，你自己想想，该不该？"晴雯道："怪热的，拉拉扯扯做什么！叫人来看见像什么！我这身子也不配坐在这里。"宝玉让晴雯洗洗手把果子端来，晴雯有些怨气地说道："我慌张得很，连扇子还摔折了，哪里还配端果子呢？倘或再打破了盘子，还不更了不得了。"宝玉笑道："你爱打就打，这些东西原不过是让人用的，你爱这样，我爱那样，各自性情不同。比如那扇子原就是扇风的，你要撕着玩也可以，只是不可生气时拿它出气。"晴雯听了，笑道："既这么说，你就拿了扇子来我撕。我最喜欢撕的。"宝玉听了，便笑着把扇子递与她。晴雯果然接过来，嗤的一声，撕了两半，接着嗤嗤又听几声。宝玉在旁笑着说："响的好，再撕响些！"正说着，只见麝月走过来，笑道："少作些孽吧。"宝玉赶上来，一把将她手里的扇子也夺了递与晴雯。晴雯接了，也撕了几半子，二人都大笑了起来。麝月道："这是怎么说的，拿我的东西开心儿？"宝玉笑道："打开扇子匣子随你拣去，又不是什么好东西！"麝月道："既这么说，就把匣子搬了出来，让她尽力地撕，岂不好？"晴雯笑着，倚在床上说道："我也乏了，明儿再撕吧。"宝玉笑道："古人云，'千金难买一笑'，几把扇子能值几何！"一面说着，两人又笑了起来。

宝玉痴情

一天，史湘云来大观园找袭人，路上在蔷薇架下捡到了一个文采辉煌的金麒麟，她将麒麟藏在袖中，进了怡红院。宝玉对湘云说，你早该来了，我前日得了个金麒麟，比你的那个还好，专等你来看呢。说着便在身上掏摸，却发现麒麟不见了，很是着急。湘云知道路上捡到的麒麟原来是宝玉的，就将它拿出说道："你看看，是这个不是？"宝玉一见不由得惊喜地问道："你是在哪里捡到的？"湘云笑着告诉了宝玉，并说："幸亏丢的是这个，明儿如果把印也丢了，可怎么得了？"宝玉却说："倒是丢了印事小，如丢了麒麟，我就该死了。"

正说着，有仆人来传贾政的话："兴隆街的贾大爷来了，叫宝玉去会会面。"宝玉知道是贾雨村来了，心里好不自在。湘云劝道："如今你也大了，也该考考举人进士了，经常会会这些为官做宰的人们，谈论些仕途经济的学问，也好将来能应酬事务，日后多个朋友。总比你成天在我们队里厮混要强些！"宝玉听了湘云的话，很是不快，马上变脸说道："姑娘请到别的姐妹屋里坐坐吧，小心我这里玷污了你的经济学问。"袭人忙劝道："云姑娘快别说这话。上回宝姑娘也说过一回，话还没说完，他就不顾人家的脸面，咳了一声，抬脚就走了，羞得宝姑娘满脸通红。亏了是宝姑娘心地宽大，要是换了林姑娘，不知要哭闹得怎样呢！"宝玉反驳道："林姑娘可从来没说过这些混账的话。如果她也这样说，我早就和她分手了。"

无巧不成书，此时林黛玉刚好来到院门外，听到宝玉的话后，她又喜又惊，又悲又叹。所喜的是，自己眼力不错，素日里认宝玉为知己，果然没错；所惊的是，宝玉竟然不懂避嫌，毫不掩饰地在众人面前赞扬自己；所叹的是，既然宝玉和自己互视为知己，又何必有"金玉良缘"之论呢？如果真有良缘，也该是宝玉与自己之间的，何必又来了个宝钗呢；所悲的是，自己父母早逝，无人为自己主张大事。况且近日常感神思恍惚，病已渐成，就算宝玉和自己互为知己，也无奈自己命薄，不能持久相处。想到这里，黛玉不禁流下了眼泪，便一面擦泪，一面转身回去了。

刚好此时宝玉来到院门，忽见黛玉在前面慢慢地走着，似有拭泪之状，忙赶了上去，笑道："妹妹往哪里去？怎么又哭了？"黛玉回头见是宝玉，便勉强笑道："好好的我何曾哭了？"宝玉指着黛玉的脸笑道："你瞧瞧，眼睛上的泪珠儿都没干，还撒谎呢。"一面说，一面不由自主地为她擦泪。黛玉连忙后退了几步，说道："你又要死了！总这么动手动脚的！"宝玉笑道："说话忘了情，不觉得就动了手，也就顾不上死活了。"黛玉道："你死了倒不值什么，只是丢下了什么'金'，又什么'麒麟'的，可如何是好呢？"一句话，又把宝玉说急了，赶上来问道："你还说这话，到底是咒我，还是气我呢？"黛玉看到宝玉生了气，后悔自己说话有些太随便了，忙笑道："你别着急，是我说错了。可这有什么要紧的，脸上的筋都暴起来了，还急得一脸汗。"一面说，一面靠前伸手替宝玉擦汗。

宝玉瞅了黛玉好一会儿，郑重地说了"你放心"三个字。黛玉听后，愣了半天，故意问道："我有什么不放心的？我不明白你的话，你倒是说说什么是放心不放心的。"宝玉叹了口气，问道："你真的不明白我的话吗？难道我平日在你身上用的心都用错了吗？"黛玉答道："我真的不明白'放心不放心'的话。"宝玉点头叹道："好妹妹，你别哄我。你如果真的不明白的话，不但我平日的心思都白用了，就连你素日待我的情义也都辜负了。你都

是因为总不放心的缘故，才弄得一身病。但凡想开一些，你的病也不会一日重似一日的。"

林黛玉听了这番话，如遭雷轰电击一般。细细思之，这话竟比自己肺腑中要说的还要恳切，顿觉有万语千言要说，却连半个字也说不出来，只是怔怔地望着宝玉。这时宝玉也好像有千言万语要对黛玉倾吐，也不知从何说起，同样含情脉脉地望着黛玉。两人对视了半天，黛玉咳了一声，两眼不觉滚下了热泪，回身便要离去。宝玉连忙上前拉住黛玉，说道："好妹妹，请听我说一句话再走。"黛玉一面擦泪，一面将宝玉的手推开，说道："什么都别说了，你的意思我都明白了！"说着，头也不回地走了，宝玉却还在原地呆呆地发愣。

袭人正好走过来给宝玉送扇子，宝玉还以为是黛玉，便一把把她拉住，说道："好妹妹，我的这个心思，从来也不敢说，今天总算大胆说出来了，就是死了也甘心了！我也为你得了一身的病，又不敢告人，只好忍着。只有等你的病好了，我的病才会好啊！我在睡梦中还总想着你呢！"袭人听了宝玉痴痴的话语，惊惑不已，连连推了推宝玉，将扇子递了过去。宝玉猛然间从缠绵中醒来，见是袭人，羞得满脸通红，夺了扇子，抽身跑了。

蕉下客

贾探春，是荣国府老爷贾政与侍妾赵姨娘所生之女，在贾氏姐妹中排行第三。探春住在大观园中的秋爽斋，那里生长着许多芭蕉树，蕉叶舒展，阔朗雅致，与探春"素喜阔朗"的个性十分吻合，所以自称雅号"蕉下客"。探春精明能干，秀外慧中，有心计，能决断，连王夫人和凤姐都要让她三分。探春既具有绝色美女的容貌，生得"长挑身材，削肩细腰，鹅蛋脸儿，俊眼修眉，顾盼神飞，文采精华，让人见之忘俗"；更为可贵的是她还具有其他姐妹所没有的大度和精明。她先后结诗社、理家财、反抄检等一系列的举动乃至日常的为人处世、言谈举止，都不得不让人刮目相看。探春是曹雪芹极力塑造并非常偏爱的闺中女儿，在贾氏姐妹中独冠群芳。

3区18外南

探春身上散发着一种怡人的清香，给人耳目一新的感觉。她曾试图实行"兴利除弊"的改革，却没能挽救落败的家道，只是反映了曹雪芹对封建没落家族进行改革的一种期望。探春作为一位女性，也摆脱不了封建伦理的桎梏，最终远嫁他乡。她的命运正如"金陵十二钗正册判词"描述的那样：

才自清明志自高，生于末世运偏消。清明涕泣江边望，千里东风一梦遥。

刘姥姥进大观园

石丈亭内东南

京城的乡下住着一位刘姥姥，二十年前其亲家曾与荣国府王夫人之父连过宗亲。眼下刘姥姥日子过得艰难，想起了这门显赫的远房亲戚，便进城到荣府来走动走动。刘姥姥在荣府见到了贾母，两位老太太聊起了家常。贾母从刘姥姥那里听到了许多乡野趣闻，高兴地邀请刘姥姥在园子里多住几天。一天，凤姐和丫鬟们在秋爽斋晓翠堂上备好了早饭，并吩咐刘姥姥在吃饭的时候多讲些有趣的话儿好让贾母再高兴高兴。凤姐特意将一双镶金象牙筷和一碗鸽子蛋放在刘姥姥面前，贾母这边说了声"请"，姥姥便拿起这沉甸甸的筷子说道："这叉耙子比俺那里的铁锨还沉，哪里犟得过它。"姥姥又站起身来高声道："老刘，老刘，食量大似牛，吃个老母猪不抬头。"说完，便鼓起了腮帮，两眼直视，一言不语。众人先是一愣，接着就大笑起来。刘姥姥又夸起那鸽子蛋道："这里的鸡儿长得俊，下的蛋也小巧，我且先夹一个尝尝。"贾母大笑得流出了眼泪，琥珀赶忙在后面捶着。凤姐对姥姥说："别看这蛋小，一两银子一个呢，您快尝尝吧，冷了就不好吃了。"姥姥伸出筷子来夹蛋，哪里还夹得起来，满碗里闹了好一阵，才勉强夹起一个，刚伸出脖子要吃，偏又滑到地上去了。姥姥边弯下身子边说："一两银子，也没听见响声就没了。"贾母笑着说道："又不是请客摆大筵席，怎么把

第八章 清朝

这筷子拿了出来,定是凤丫头指使的,还不快换了去!"丫鬟们忙换了一双乌木镶银的让姥姥用。姥姥又道:"去了金的,又是银的,到底还不如俺们那木头的好使。"贾母边吃边和刘姥姥聊着家常,这顿饭显得格外的香甜。

芦雪庵联句

7区 鱼藻轩内东北

薛宝钗有一个住在外地的堂妹薛宝琴。这天,宝琴随哥哥薛蝌等众多亲戚来京,住进了贾府。顿时,大观园比原来更热闹了许多,十几个姐妹相聚在一起总有说不完的话儿。老太太见了宝琴喜欢得不得了,逼着王夫人认她为干女儿,还让宝琴晚上与自己一处安寝。

一日,天上飘起了雪花,贾母给了宝琴姑娘一件"金翠辉煌"的斗篷。史湘云见了对宝琴说道:"这可是用野鸭子头上的毛做的。老太太这样疼爱宝玉,都没给他穿,可见老太太有多疼你了。"宝钗也道:"真如俗话说的一样,'各人有缘法'。宝琴她自己也没想到能住进这园子,还有老太太这般疼她。"此时,众姐妹们都聚到稻香村商议作诗的事情。李纨建议道:"明天趁着雪景,大家到芦雪庵凑个诗社,既可以作诗,又可以为新来的姐妹接风。"大家都点头赞成。

晚上又下了一整夜的大雪,地上的积雪足有一尺多厚,大观园内外一片银装素裹。第二天一早起来,众人吃完了早饭,就赶到芦雪庵,看见诗题、韵脚、格式都已贴在墙上了。李纨率先写起了"即景联句"的首句:"一夜北风起,出门雪尚飘。入泥怜洁白",紧接着香菱、探春等人纷纷联起了后句。联完了诗句,李纨说道:"大家的诗都联得很好,就是宝玉的差了一点,罚宝玉去栊翠庵向妙玉要一枝红梅来。"宝玉欣然从命,出门向栊翠庵走去。黛玉和李纨又建议在联句中联得少的邢岫烟、李纹、宝琴三人,每人分别以"红梅花"三字为韵,各写一首七律。此时宝玉也很快捧回了一枝二尺多高的红梅来,插在了准备好的瓶中。只见梅花的枝条疏密有秩，花香胜似兰蕙，众姐妹都连声称赞不已。不多时，邢、李、薛三人也写好了各自的诗句。宝琴的一首以"花"为韵的诗，更是得到众人的首肯，诗中写道：

疏是枝条艳是花，春装女儿竞奢华。闲庭曲槛无余雪，流水空山有落霞。
幽梦冷随红袖笛，游仙香泛绛河槎。前身定是瑶台种，无复相疑色相差。

宝琴踏雪寻梅

一日，贾母在丫鬟的陪同下，坐着竹椅轿也来到芦雪轩观赏梅花。老太太赏了园子里的梅花，尝了一口鹌鹑肉，又抿了一口酒，就起身同大家一道前往藕香榭，去瞧惜春画的画儿。贾母刚到藕香榭，正催着惜春抓紧时间画画，凤姐又来唤贾母回去吃晚饭，说道："已备好了希嫩的野鸡，再迟一会儿就变老了。"老太太笑着上了轿子，刚出东门，忽然看见在一片皑皑白雪之中，宝琴披着那件凫裘，亭亭玉立，伫立于山坡之上，后面一个丫鬟手里抱着一瓶红梅。贾母惊叹地问道："你们快瞧，这白雪覆盖的山坡，配上宝琴这个美人儿，再有那件凫裘和红梅相衬，像个什么？"众人都笑答道："就像老太太屋里挂的那幅仇十洲画的《双艳图》。"贾母摇摇头笑道："那画里哪有这样好的衣裳，这样美的人儿啊！"

从此，薛宝琴踏雪寻梅成了许多画家、诗人热衷的题材。这幅彩画是清代著名画家潘振镛作品的临摹画，画家还为该画配有题款诗：

群玉山头款款来，一枝春逐笑颜开。不知几世修来福，嫁个风流婿姓梅。

【诗注】群玉山：相传此山是仙女云英居住、修炼的仙境。婿姓梅：指薛宝琴后来嫁给了梅翰林之子。

晴雯补裘

一天晚饭后，有人报王夫人说：袭人的母亲病重，她的哥哥要接袭人回家看看。王夫人便让周瑞家的准备了车子，并给了袭人一些衣物、礼品，送她回家探视母亲。袭人走后，凤姐调派晴雯和麝月在宝玉的屋中照顾他的日常起居。夜里晴雯不小心受了风寒，次日早上就觉得鼻塞声重，浑身无力。宝玉让大家不要声张，怕太太知道了，送晴雯回家养病，在外面受苦挨冻。他让人请了大夫从后门进来为晴雯看病。

第二天，宝玉要到舅舅家去，天还没亮晴雯带病将麝月叫醒，让她预备茶水，伺候宝玉起床。宝玉起床洗漱后便匆忙去向贾母请安。贾母知道宝玉要出门，就叫鸳鸯拿出一件孔雀毛织成的氅衣给了宝玉。贾母笑道："这叫作'金雀呢'，是俄罗斯国拿孔雀毛拈了线织的，这件给你吧。"宝玉给老太太磕了一个头，将氅衣披在身上出门了。

这天晴雯吃了些药，仍不见好，急得乱骂大夫。麝月笑着劝道："你太性急了，俗语说：'病来如山倒，病去如抽丝。'又不是老君的仙丹，哪有这样的灵药！你只要静养几天，自然会好的。"到了晚上点灯的时候，宝玉唉声叹气地进了门。麝月忙问缘故，宝玉道："今儿个老太太高兴，给了我这件孔雀毛的氅衣，谁知出门不小心氅衣的后襟子竟被烧了一个洞，幸亏天黑看不清，老太太、太太都还不知道呢。"麝月忙将衣服包好，叫了一个婆婆带出门去，要请个能干的织补工匠连夜补好破洞。过了半天，婆婆仍旧拿着衣服回来，说道："不但问了能干的织补匠人，就连裁缝绣匠和专做女工活的人都问了个遍，都不认得这是什么，谁也不敢揽这个活儿。"宝玉着急地说："这该如何是好？老太太说了，明儿个还让我穿这件氅衣出门呢。"听到这话，晴雯从床上强撑着身子坐起来，说道："拿过来我瞧瞧吧。"宝玉连忙将氅衣递给晴雯。晴雯在灯下细看了一会儿，说："这是孔雀金线织的，如果再用孔雀金线按照纵横线的织法补洞，恐怕还能混得过去。"麝月笑道："孔雀金线是有的，可就是这里除了你，就没人会纵横线的织法了。"晴雯道："该着我拼一把命了！"晴雯一面绾了绾头发，披衣裳坐了起来。她只觉得头重身轻，两眼直冒金星，有些撑不住，但又怕宝玉着急，就硬撑着让麝月拈线，自己开始尝试用纵横线法补了起来。无奈她头晕眼花，气喘神虚，补不上三五针，就要靠在枕头上歇歇。一旁的宝玉看了直心疼，一会儿问："要喝水不？"一会儿又道："该歇歇了！"急得晴雯直央求："小祖宗，你只管睡去吧！别熬陷了眼圈，明儿个怎么出门？"宝玉见她急了，只得勉强躺在了床上。

直到自鸣钟敲响了四下，晴雯终于将那件孔雀毛的氅衣补好。麝月惊喜地说："这下可好了！若不留心，谁也看不出是补过的。"晴雯精疲力竭地说："补虽补了，到底不像，我是尽了全力了！"说罢，便不由自主地倒在了床上。宝玉急忙叫人唤来王太医，太医一边为晴雯把脉，一边疑惑地说道："昨天已经好了些，今日脉象如何又虚微浮缩了呢？不是吃多了，就是劳了神思。外感倒是轻了，但如果汗后失于调养，可非同小可呀！"

晴雯病补孔雀裘的故事，生动地反映了她那种争强好胜的性格。她的命运也正如"金陵十二钗又副册"判词所说的那样，受到他人的诽谤，最终病重而亡。

湘云醉卧

史湘云醉卧芍药茵的题材，如同黛玉葬花、宝钗扑蝶、宝琴寻梅一样，为无数画家、诗人所热衷。史湘云，金陵十二钗之一，是贾母的侄孙女。她虽出身豪门，但从小父母双亡，由她的两个叔叔轮流抚养，婶婶们对她却十分苛刻，每天都要做很多的针线活，湘云很小就饱尝了寄人篱下的滋味。她的身世虽与林黛玉近似，但性格上却与黛玉截然不同。

第八章 清朝

史湘云心直口快，开朗豪爽，很少把儿女柔情萦绕心头，妩媚潇洒中带有几分男子气。下面就是她酒后醉卧花丛的故事。

一日，恰逢贾宝玉、薛宝琴、邢岫烟、平儿四人同时过生日。探春便出面张罗，让大家凑份子，给四位"寿星"一起过生日。寿宴摆在芍药栏中红香圃的敞厅内，待众人到齐坐定后，宝玉便道："雅坐无趣，须行令才好。"于是众人靠抓阄选定了猜谜和划拳两种酒令。可是史湘云却只想划拳，不想猜谜，先被行令官探春罚了一杯酒。探春又命人取来令骰、令盆来，大家掷色子定下行令的次序，先由薛宝琴出谜题，再让香菱猜谜底。宝琴看了一下屋内的摆设，让香菱就屋内的东西说出一个带"老"字的成语，香菱一时说不上来，急得四处张望。湘云抬头看到门斗上贴着"红香圃"三个字，就知道宝琴的谜底一定是孔子在论语中说的"吾不如老圃"典故，她暗示香菱，结果又被黛玉罚了酒。很快又轮到湘云说酒令了，她想借机取笑一下众丫头，就拣了碗中的一个鸭头说道："这鸭头不是那丫头，头上哪讨桂花油？"引起了众人哄然大笑。这下可得罪了丫鬟们，纷纷过来罚她的酒。

由于贾母和王夫人都没在场，寿宴的气氛格外活跃。大家猜谜的猜谜，划拳的划拳，呼三喝四，任意取乐，不觉就到了散席的时间，众人却发现湘云不知何时，没了踪影，便四处寻找起来。一会儿，一个小丫头跑来笑嘻嘻地说道："姑娘们快瞧云姑娘去，她喝醉了图凉快，在假山后面的一块青板石凳上睡着了。"大家赶忙走了过去，果然看见湘云正卧于山石后面的石凳上。走近细瞧，只见她用薄纱帕包着芍药花瓣为枕，满身覆盖着飞落的花瓣，一群蜂蝶在她周围上下飞舞，手中的团扇也脱落在地，面带红晕，香梦正酣。众人看了她的憨态，不禁心生爱怜，又是想笑，又怕她在潮湿的石凳上睡出病来，忙将她唤醒，听见她口中还念念有词地说着酒令呢。湘云被推醒后，慢启秋波，看见众姐妹围着她，知道自己刚才被罚了几杯酒，想出来清醒一会儿，却不觉醉倒在石凳上了。古人有诗评道：

花影压身香梦重，红潮晕颊酒痕鲜。侍儿探视休惊醒，不见鸳鸯见可怜。

香菱斗草

话说宝玉、宝琴、岫烟、平儿四人恰巧同一天过生日。探春出面让大家凑份子，在芍药栏红香圃的三间敞厅内，给四位"寿星"摆了寿宴。宴席上众人喝酒行令，猜谜划拳，很是热闹。宴席散后，薛蟠的小妾香菱和荳官、芳官等姐妹们趁着余兴，又在园子里玩了一会。大家采集了许多花草，坐在一起玩起了"斗草"的游戏。

只见她们这一个说："我有观音柳。"那一个道："我有罗汉松。"这一个又说："我有君子竹。"那一个又道："我有美人蕉。"这个又说："我有星星翠。"那个再道："我有月月红。"这个再说:"我有《牡丹亭》上的牡丹花。"那个还道:"我有《琵琶记》里的枇杷果。"众人你来我往,为自己采来的奇花异草对着对子。荳官出其不意地说道:"我有姐妹花。"大家一时都对不上来了。香菱想了一想开口对道:"我有夫妻蕙。"荳官不服地问道:"从来就没听说过有什么夫妻蕙!"香菱忙解释道:"一茎一花为兰,一茎数花为蕙。如果蕙是上下结花的称为兄弟蕙,并头结花的就叫夫妻蕙。我采的这朵是并头结花的,所以就是夫妻蕙了。"荳官见争不过香菱,便起身笑道:"依你的说法,若是两朵花一大一小,就是父子蕙;如果两朵花相背而开,就该是仇人蕙了。我看你是因为你家的薛蟠出门大半年了,你在想他,就把花草也扯成什么夫妻了,好不害羞!"

香菱听了,满脸羞得通红,一面起身要拧荳官,一面笑骂道:"等我起来打不死你这个烂了嘴的小蹄子!"荳官一看香菱要过来打自己,也毫不示弱,连忙反身将香菱压倒,还回头央求站在一旁的蕊官等人过来帮忙。两人说笑扭打着滚下了草地,不小心把香菱的新裙子给弄脏了。众姐妹笑个不停,又怕香菱拿她们出气,就都一哄而散了。

尤三姐自刎

尤三姐是贾珍之妻尤氏继母的女儿,是一位"古今绝色"的美女。五年前她在老娘生日的堂会上,偶然认识了风流倜傥的柳湘莲,从此就将他放在了心上,发誓"非此人不嫁!"柳湘莲,原系世家子弟,父母早丧,他生性风流豪爽,酷好耍枪舞剑,吹笛弹筝,人又生得十分英俊,还是一个业余的戏剧演员,最喜串戏,擅演生旦风月的文戏。

一日,贾敬老爷在玄真观宾天了。尤氏一面急忙领着人料理丧事,一面差人速告贾珍回家祭吊。尤氏还将继母及其两个未嫁的女儿尤二姐、尤三姐接到宁国府来帮忙料理家务。

贾珍和贾琏素闻尤氏二姐妹的芳名,只恨无缘得见。如今乘着办理丧事,每日都能与二姐、三姐相见,两人择机对两姐妹眉目传情,百般挑逗,动起了非分之念。很快贾琏就背着王熙凤,偷偷地在外面买了一处房子,将尤二姐纳为小妾。唯独尤三姐虽有绝色美

341

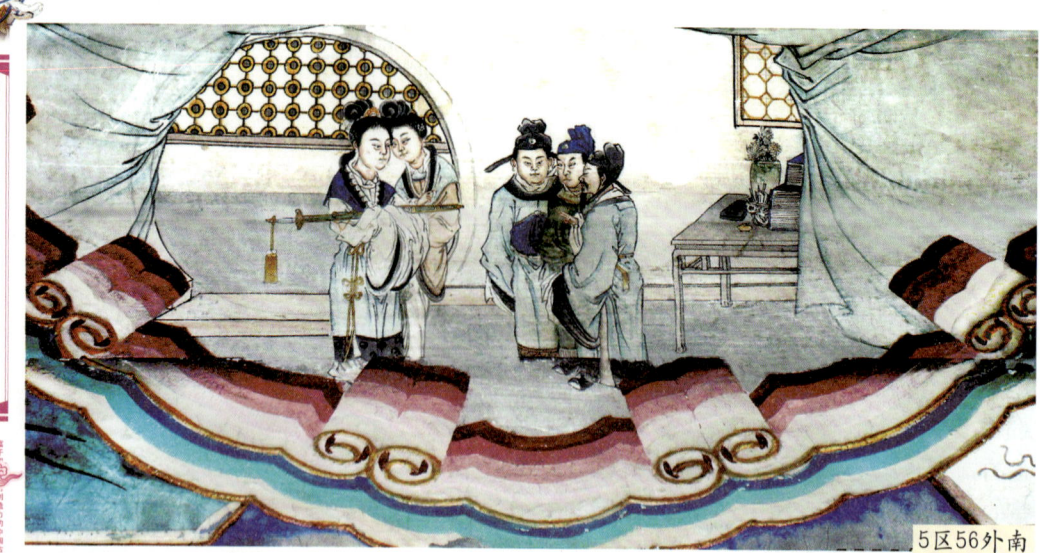

貌,性情却十分刚烈,从来不给贾珍、贾琏好脸色看。一次,她借着醉酒,把贾珍、贾琏好好地嘲弄了一番,搞得这两个风月场上的老手,欲近不成,欲远不舍,整日垂头丧气。素有"玫瑰花"诨号的尤三姐,还天天挑吃拣穿,打了银的,又要金的;有了珠子,又要宝石;吃了肥鸭,又宰胖鹅。贾珍非但没过上一天顺心的日子,反倒花了许多冤枉钱。尤二姐也常在贾琏耳边吹枕头风,说道:"你快和珍大爷商议商议,拣个相熟的人家,把三丫头聘了吧。留在家中,终究要生出事的。"尤三姐私下和姐姐吐露了心声,她说:"从今日起,我吃斋念佛,只服侍母亲,就等柳湘莲来,嫁他为妻。他若一百年不来,我就自己修行去了。"说罢,拿出一只玉簪,一折两段说道:"一句不真,就如同这簪子!"

  话说这柳湘莲,因几年前一次遭到薛蟠的欺辱,将薛蟠暴打了一顿,离京出走,浪迹天涯去了。说来也巧,前些日子薛蟠外出贩货,路经平安州界,路遇强盗,多亏碰上了柳湘莲拔刀相助,才保全了性命,柳、薛二人又重归于好。如今薛蟠拜柳湘莲为生死弟兄,正想进京,还要为柳湘莲寻一所宅子,说一门好亲事。贾琏正好去平安州办公事,路上遇见了柳、薛二人,听及此事,便忙说道:"我有一门好亲事堪配二弟。"他就将自己娶了尤二姐,现正要发嫁小姨子的事告诉了柳湘莲。柳湘莲道:"我本有愿,非绝色女子不娶。"贾琏忙道:"等柳兄见到我的小姨子,就知道尤三姐的品貌是古今无双的!"柳湘莲听后大喜,便解下随身携带的传家之宝一对"鸳鸯剑",交给贾琏作为给尤三姐的定情信物。贾琏回家,取出鸳鸯剑,交给了尤三姐。三姐听后喜出望外,忙将宝剑收下,挂在自己绣房的床上,暗喜自己的终身总算有了依靠。

  八月里,柳湘莲进京。他先拜见了薛姨妈,薛姨妈告诉湘莲,婚事的准备事宜全已办妥,只等择日完婚了。湘莲也是感激不尽。次日,湘莲又来见宝玉,将与尤三姐定亲一事说了一遍。宝玉笑道:"大喜、大喜!难得这个标致的人,果然是个古今绝色,堪配你之为人。"湘莲却有些疑惑地问道:"我素日和贾琏交情不深,尤三姐这样好的人贾琏为何想着我?你又是如何知道尤三姐是绝色女子的?"宝玉道:"你原来只要娶一个绝色的,如今既得了,何必再多疑?我在宁府混了一个月,当然知道尤氏二姐妹真真是一对尤物。"湘莲听后,顿足说道:"这事不好!断然做不得了!你们宁府里除了两个石头狮子是干净的,只怕连猫儿、狗儿都不干净呢。"柳湘莲径直找贾琏去了。

  贾琏此时正在新房中,闻得湘莲来了,喜之不禁,忙迎了出来,将他让到内室,见过了尤老娘。柳湘莲直截了当地说道:"小生一直在外忙碌,不知家里的姑母已于四月给自己订下婚约,现在不好违背姑母的意愿,只得来将祖父所传的宝剑取回。"贾琏看到柳湘莲要悔婚约,生气地说道:"婚姻之事,岂能说变就变呢!"湘莲坚持道:"小弟甘愿受罚,只是此事断然不敢从命。"这时尤三姐在屋内听得明明白白,如遭晴天霹雳一般。三姐万没想到,自己天天盼望的如意郎君,今天却登门悔婚,便猜想一定是他在贾府听到了什么闲话,把自己当成了无耻之流,不屑为妻。尤三姐立刻取下墙上的宝剑,走到柳湘莲的面前说道:"你们不必再议了!这就还你的定礼!"说罢,她眼含热泪,左手将鸳鸯剑的剑鞘递给柳湘莲,右手握着那锋雌剑的剑柄,用力向自己颈上一抹。顿时,这可怜刚烈的三姐,竟然"揉碎桃花红满地,玉山倾倒再难扶",在自己诚心相爱的湘莲面前,倒在了血泊之中。当下惊吓得众人忙急救不迭。尤老娘一面号哭,一面大骂柳湘莲。贾琏忙揪住他,命人捆了送官。二姐怕把事张扬出去,忙止泪将贾琏劝住。柳湘莲却怔怔地站在原地不动,泣声说道:"我并不知三姐是这等刚烈之妻,可敬!可敬!"他伏在三姐的尸体上大哭了一场,直到眼见尸体入殓,还俯身在棺材上悲泣不止。

  柳湘莲神昏意乱地走出门来,想到三姐是这样标致,又如此刚烈,自责不已。正在恍惚之中,他竟然看到三姐手捧着鸳鸯剑向他泣说道:"妾痴情等君五年,没想到君竟是如此冷血心肠,只能以死报此痴情,又不忍诀别,故来一会,从此再也不能相见了!"说毕,一阵香风,三姐便消失得无影无踪了。湘莲猛然警觉,恍恍惚惚地来到一座破庙前,遇见一个瘸腿的道士,他拱手跪地问道:"此系何方?仙师何号?"道士笑道:"连我也不知道此系何方,我系何人,不过是暂来此地歇足而已。"柳湘莲听后,不觉如寒冰侵骨,万念俱灰,毅然拔出那把雄剑,将万根烦恼的情丝一挥而尽,随着那位疯道士飘然而去了。

长廊花鸟画

寒塘渡鹤影

中秋节这天，贾母和家人在凸碧山庄登高赏月。贾母吩咐一家人围坐在一起，一边赏月一边玩起了击鼓传花的游戏，规定鼓停的时候，花落在谁手中，就要饮酒一杯，并罚讲一个笑话，或念一首诗，大家玩得十分尽兴。二更时分，贾母带着众姐妹又赏了一会儿桂花，再入席喝了点暖酒，忽听那桂花树下传来一阵悠扬的笛声。老太太说道："这还不太好，须得拣那曲谱慢慢的吹才好。"说着，就赏了吹笛人一些月饼和热酒。不多时，只听那桂花荫里，真的传来了一阵呜呜咽咽的笛声，果然比刚才的要舒缓了许多。夜静月明，笛声悲切，众人心中不免感到了几分寂寞凄楚的伤感，贾母禁不住流下泪来。

4区42内南

等众人散去，黛玉因想到没有家人相伴，仍一人对景感怀，俯栏垂泪。史湘云一人留下宽慰道："我也和你一样，却不像你那样心窄，要多注意自己保养才是。"她话题一转又道："原来说好中秋夜大家一起赏月，起社联句。可到了今日，宝钗她们却弃了咱们，只顾自己团圆去了。不如我们两人到山下的凹晶馆，一起近水赏月，联诗助兴，也好明天羞羞诗社其他的姑娘们。"

黛玉欣然同意，两人起身向山下走去。一提到凹晶馆，黛玉立刻也来了精神，说当初这名字是她拟的，并得到元春姐姐的赞同。黛玉还把名字的出处，一一向湘云道来。两人边说，边来到山下的池边。这里的几间建筑三面环山，地势低洼而又近水，所以取名"凹晶溪馆"。黛玉和湘云来到凹晶馆的亭中坐下，只见天上一轮皓月，水中一轮水月，上下争辉；微风吹过，池面涟漪四起，波光粼粼，坐在亭中，真如同身处水晶宫一样，令人神清气爽，诗兴大发。此时，悠扬的笛声再次响起，似乎也在为她俩助兴。

黛玉笑道："咱们还是按五言诗排律吧。"湘云又问道："限何韵呢？"黛玉指着池边的栏杆别出心裁地说："咱们按照佩文诗律的次序，数这栏杆柱子，有几根，就用第几韵如何？"

湘云笑道:"这倒是别致!"两人就从头数起,共有十三根柱子,便按"十三元"的韵脚联起诗来。黛玉率先道:"我先用一个现成的俗语吧。"于是念道:"三五中秋夕,"湘云想了想,联道:"清游拟上元。撒天箕斗灿,"两人就你一句我一句地联起诗来。一会儿,又该湘云联句了,黛玉突然指着池中说道:"你看那水中怎么像是有个人影在晃动,难道是个鬼吗?"湘云笑道:"我是不怕鬼的,待我打它一下。"她弯腰拾起了一块石片向池中打去,只听池中戛然一声,飞起一只惊鹤,舞动着翅膀向藕香榭飞去。湘云笑道:"这只鹤有趣,倒助了我了!"忙联道:"窗灯焰已昏。寒塘渡鹤影,"黛玉听后,又是叫好,又是跺脚,说道:"这鹤真是帮了你了!可这'影'字只有对'魂'字,倒叫我不知联什么才好了。"湘云笑着说:"大家细想就有了,不然就放到明天再联也可。"黛玉只是仰头望月,也不听她的。过了半天,黛玉猛然笑道:"我也有了,你听听。"她拉长了声调联道:"冷月葬花魂。"湘云也不禁拍手叫绝道:"果然好极了,非此句不能对。好个'葬花魂'!只是显得有些过于颓丧,你现在病着,不该联如此清奇诡谲的句子。"

湘云的话音未落,突然从栏外山石后转出一个人来,笑道:"好诗!好诗!只是有些太悲凉了,不必再联下去了。"两人冷不防地被吓了一跳,忙细看过去,却是栊翠庵的尼姑妙玉。妙玉笑着说道:"我听见你们大家赏月,又有笛声伴奏,又有好诗联句,不由得也出来玩赏这难得清池皓月。刚才听了你们的诗句,虽然清雅异常,但有些过于颓败凄楚,所以出来将你们止住。这会儿满园的人都已睡熟了,你们也不怕冷?快到我那里喝点热茶去,天马上也要亮了。"三人便一同向栊翠庵走去。

四美钓鱼

宝玉在怡红院,甚感无聊,随手拿了一本《古乐府》览阅,却看不下去,又拿起一本《西晋文纪》翻看,翻了几页,忽然站了起来,嘴里念叨着:"好一个'放浪形骸之外'!(王羲之《兰亭序》语)"边念,边若有所思地向门外走去。宝玉不觉来到沁芳亭,见到人去房空,一派萧疏的景象;又来到蘅芜院,虽是芳草依旧,却已门掩窗闭了。他转过藕香榭,远远地看到探春、李纹、李绮和邢岫烟四人,正靠在池边的栏杆旁钓鱼,一脸的愁容立刻散去。宝玉悄悄地走了过去。拾起一块小砖头,向水里扔去,只听咕咚一声,把姑娘们吓了一跳。他笑着从山石后面跳了出来,说道:"你们好乐啊,也不叫我一声儿?"几人一起说笑了一阵,宝玉又说道:"咱们一起来钓鱼占运吧!看看谁的运气好,谁先钓得鱼的,就是他今年有好运;钓不着的就是他今年走背字了。"几人都高兴地同意来比一比运气。不多时四位姑娘都有所收获,探春笑着将鱼竿递到宝玉的手中。宝玉拿着鱼竿说:"我是要做姜太公的。"便在池边坐下钓起鱼来。等了半天,只见那鱼漂儿纹丝不动,急得宝玉直念叨:"我是个急性子的人,这鱼偏性子慢,这可如何是好!好鱼儿,快来吧,你也该来成全成全

我了！"说得四位姑娘都笑了。一言未了，只见那鱼漂真的微微动了起来。宝玉用力向上一甩，却把鱼竿碰到了石头上，折成了两段，钩线也不知甩到何处去了，众人更加笑了起来。探春道："就没见过你这样鲁莽的人！"

双玉听琴

一日，宝玉因私塾休学一天，吃完了午饭他走出门外去散心。当走到惜春住的蓼风轩，正赶上惜春和妙玉在下围棋，宝玉一边坐在下观看，一边和二人聊天说笑。下了一会儿棋，妙玉起身要返回庵里去，她笑道："久不来这里了，路上弯弯曲曲的，恐怕找不着回去的路了。"宝玉连忙起身出门给妙玉引路。两人离开蓼风轩，路经潇湘馆时，闻听里面传来了琴声。宝玉说道："想必是林妹妹在抚琴呢，咱们去看看她吧。"妙玉也是个抚琴高手，忙劝阻道："自古只有听琴的，从来没有'看琴'的。"宝玉笑道："我本来就说自己是个俗人嘛！"说着，两人就在潇湘馆外的山石上悄悄地坐下，静听黛玉弹琴。只听见琴声婉转凄切，黛玉一边抚琴，一边低声吟唱了起来：风萧萧兮秋风深，美人千里兮独沉吟。望故乡兮何处，倚栏杆兮涕沾襟。山迢迢兮水长，照轩窗兮明月光。耿耿不寐兮银河渺茫，

罗衫怯怯兮风露凉。

歌声稍作停顿，妙玉很内行地对宝玉解释道："刚才第一叠是'侵'字韵，第二叠是'阳'字韵，咱们再听下去。"妙玉又听了一会儿，黯然失色地说道："为什么这音调突然变成'变徵调式'，其音韵可裂金石，只是有点太过。"宝玉不解地问道："太过了又能怎样？"妙玉道："恐不能持久。"两人正说着，只听"嘣"的一声，古琴的琴弦因音调太高而绷断了，琴声戛然而止。妙玉连忙站起身来就走，宝玉追问道："怎么了？"妙玉话中有话地答道："日后自知，你也不必多问了。"说罢，就径直朝栊翠庵走去了。宝玉带着满腹疑团，无精打采地回到了怡红院。

文注

"变徵（zhǐ）调式"是一种古琴曲调，一般用来表达一种激昂悲凉的情绪。《史记·刺客列传》描写荆轲出使秦国的场景时写道："为变徵之声，士皆垂泪涕泣。"黛玉抚琴时突然变成"变徵之声"，一方面是为了唱词韵脚转换的需要，更多地是以琴声抒发对故乡亲人的怀念，以及表达对自己孤独境遇的无奈感叹之情。

焚稿断痴情

黛玉意外地听到宝玉要迎娶宝钗的事后，如遭晴天霹雳，她踉踉跄跄地向潇湘馆走去，半路突然口吐鲜血，几乎晕倒，多亏有紫鹃和秋纹的搀扶才回到了屋中。贾母闻讯后忙和王夫人、凤姐一起来看望黛玉。凤姐奇怪地说道："我都吩咐到了，这是什么人走了风声呢？"贾母道："且别管那些，先瞧瞧黛玉怎样了。"她们急忙到了潇湘馆，看到黛玉脸色苍白，神情昏沉，气息微细，痰中带血。凤姐急差人把王太医请来，诊了脉，说是忧郁伤肝所致，开了一些养阴止血的药。

黛玉服了药，病却日重一日，常常咳嗽不止。紫鹃看了，心里万分焦急，每日苦苦相劝，让林姑娘安心养病，不要听旁人的瞎话，可黛玉听了只是微微一笑，并不答言。贾母等人这几日忙着宝玉和宝钗的婚事，也都不常过来了。这天，黛玉醒来后，见只有紫鹃一人在旁，感到自己将不久于人世了，就对紫鹃说："好妹妹，只有你是我最知心的，虽是老太太派你服侍我的，可这些年我却一直拿你当作自己的亲妹妹。"紫鹃听了，心里一阵心酸，哭得说不出话来了。黛玉让紫鹃扶着自己坐靠在床头，又断断续续地对刚进来的雪雁道："把我的诗本子，和宝玉送的那两条手帕拿来。"原来这诗稿是她和宝玉两人从小心心相印、情感交流的记录；而这手帕，是那次宝玉因坏了家规被贾政重杖责打，卧床养伤时托晴雯送给黛玉的，以表他对黛玉纯真的情意。黛玉当时深受感动，在手帕上题了三首诗，其中一首写着："眼空

蓄泪泪空流，暗洒闲抛更向谁？尺幅鲛绡劳惠赠，为君哪得不伤悲。"

现在黛玉接过这手帕，再也不想看到上面的诗句，挣扎着伸出两手狠命地撕扯，却只有打战的分儿，哪里还撕得动啊。紫鹃知道她是在恨宝玉，却不敢说破，只说："姑娘何苦又自己生气！"黛玉喘着气，闭上眼休息了一会儿，又道："笼上火盆！"雪雁以为她是嫌冷，就笼着火，把火盆端了上来。只见黛玉欠起身子，点着头，把那手帕扔进了火盆中。紫鹃又劝道："姑娘这是怎么说的呢？"黛玉只当作没听见，回手又把那诗稿扔进了火盆。雪雁不顾烧着手，从火里抓起诗稿扔在了地上用脚乱踩，却已烧得所剩无几了。黛玉烧完了诗稿，把两眼一闭，身子往后一仰，几乎要把紫鹃给压倒了。紫鹃急忙和雪雁一起把黛玉扶着放回到床上。

在宝玉和宝钗成亲的那天，黛玉的病情更加重了，她微微睁开眼看到只有紫鹃和奶妈在身边，便一把攥住了紫鹃的手，吃力地说道："好妹妹，我在这里没有亲人。我的身子是干净的，你好歹叫他们送我回去。"说到这里，黛玉再也无力说下去，已经喘成了一处，慢慢地闭上了眼睛。紫鹃忙将李纨、探春叫来，她们摸着黛玉的手已经渐渐变凉了，忙着给她擦洗。突然，黛玉用尽了最后的力气叫道："宝玉！宝玉！你……好……"话还没说完，便两眼一闭，在绝望中气绝身亡，永远地离开了人间。也正在此时，远处隐约地传来了宝玉和宝钗婚礼的乐声。

石丈亭及丈人石

石丈亭位于长廊西端,整体建筑呈"凹"字形,始建于乾隆十八年(1753年),光绪年间重修。乾隆对丈人石钟爱有加,该石色泽青润,形体高大。乾隆引米芾拜石的典故,命"石丈"为亭名,以"丈人"称石名,将奇石立于石丈亭院内,并为奇石修了椭圆形海水江崖纹基座。乾隆十九年(1754年),乾隆在丈人石下部西北面镌刻御诗一首,钤"乾隆宸翰"印章:

岳立真堪称丈人,
莓苔烟雨渍龙鳞。
元章磬折何妨癖,
奚事当年白简陈。

注:

1. 磬折:如石磬一样弯腰,表示恭敬。
2. 白简:古时弹劾官员的奏章。

第八章 清朝

长廊分区示意图

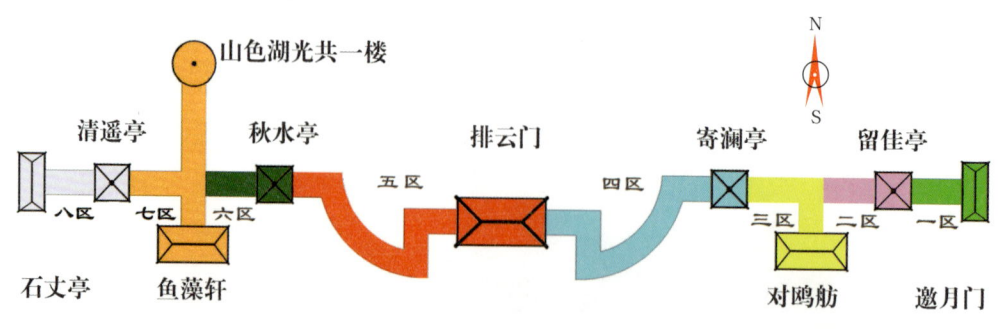

山色湖光共一楼

清遥亭　秋水亭　排云门　寄澜亭　留佳亭

八区　七区　六区　五区　四区　三区　二区　一区

石丈亭　鱼藻轩　　　　　　　　　对鸥舫　邀月门

制图：李新、易明

长廊人物彩画位置表

	一区　邀月门　杭州西湖全景图			
彩画序号	廊外南侧／页号	廊内南侧／页号	廊内北侧／页号	廊外北侧／页号
1		孟德献刀／71页	隆中决策／90页	
2	三借芭蕉扇6—1／190页	茂叔爱莲（长廊八爱）／203页	徐庶荐诸葛／87页	富贵寿考／154页
3		风尘三侠2—2（长廊八侠）／141页	三打白骨精7—4／184页	
4	洛水女神／2页	桃园三结义／70页	打渔杀家2—1／219页	童戏图 瞎子摸人／284页
5	徐庶荐诸葛／87页	花鸟画	伦序图／44页	三打白骨精7—3／184页
6	卧龙吊孝／105页	携民渡江／92页	文姬谒墓／66页	广陵花瑞／209页
7	黄忠请战／111页	文人三才／211页	吕布戏貂蝉／73页	宝黛阅《西厢》／329页
	二区　留佳亭	东 桃花源记／128页	西 齐天大圣2—1／177页	
8		比丘国2—1／194页	江东赴会／97页	三打白骨精7—2／183页
9	单骑救主3—2／93页		华封三祝／45页	
10		三打白骨精7—7／186页	三打白骨精7—6／185页	同看藕花／276页

彩画序号	廊外南侧／页号	廊内南侧／页号	廊内北侧／页号	廊外北侧／页号
11	三借芭蕉扇6—4／192页	岳母刺字／247页	蓝桥捣药2—2（长廊八桥）／168页	智取陈仓／117页
12	邑有流亡愧俸钱／160页	羲之爱鹅（长廊八爱）／123页	哪有闲看湖上花／272页	晴雯补裘／338页
13	举案齐眉／60页	茂叔爱莲（长廊八爱）／203页	水帘洞3—2／175页	水莽草／294页
14	西厢记2—2／164页	夜游承天寺／217页	宝琴踏雪寻梅／337页	弄璋叶吉／277页

东南　　王允巧设连环计／73页　　　三径就荒／131页　　　西南

三区　对鸥舫

东北　　莲花公主／313页　　函海养春　　张飞夜战马超／108页　　西北

彩画序号	廊外东侧／页号	廊内东侧／页号	廊内西侧／页号	廊外西侧／页号
15	行到水穷处／161页	翩翩／307页	灞桥思诗（长廊八桥）／148页	茂叔爱莲（长廊八爱）／203页

彩画序号	廊外南侧／页号	廊内南侧／页号	廊内北侧／页号	廊外北侧／页号
16	黄盖受刑／100页	商山四皓／49页	小二／304页	唐明皇游月宫（长廊八桥）／146页
17	羲之爱鹅（长廊八爱）／123页	伯牙遇知音／33页	弄璋叶吉／277页	赤壁夜游／216页
18	蕉下客／334页	子猷爱竹（长廊八爱）／126页	三打白骨精／183页	甘露寺2—2／104页
19	举案齐眉／60页	大战红孩儿／187页	皆大欢喜／135页	水镜荐伏龙／88页
20	三打白骨精7—1／183页	王允巧设连环计／73页	攀桂图／278页	宝钗戏蝶／330页
21	斗蟋蟀／286页	张良进履（长廊八桥）／50页	三顾茅庐2—1／89页	湘云醉卧／339页

四区　寄澜亭　　东　张飞夜战马超／108页　　西　八大锤／250页

彩画序号	廊外南侧／页号	廊内南侧／页号	廊内北侧／页号	廊外北侧／页号
22	义放曹操／103页	麻姑献寿／14页	路访水镜／86页	武松打虎6—6／238页
23	江东二乔／96页	鹊桥相会（长廊八桥）／16页	风雪山神庙／235页	桃园三结义／69页
24	莲炬归院／169页	大战红孩儿／187页	爆竹声中一岁除／205页	云萝公主／315页
25	三打白骨精7—5／185页	婴宁／292页	画龙点睛／136页	武松打虎6—2／238页

彩画序号	廊外南侧／页号	廊内南侧／页号	廊内北侧／页号	廊外北侧／页号
26	典韦救主2—2/78页			瑞云/301页
27	典韦救主2—1/78页	玉人纤指/262页	韩康卖药/62页	瑶台献寿/15页
28	穆桂英挂帅/225页			三难新郎/213页
29	黄盖受刑/100页	武松打虎6—1/238页	渊明爱菊（长廊八爱）/127页	犬灯/302页
30	麻姑献寿/14页			五老观图3—3/7页
31	三顾茅庐2—2/89页	大闹野猪林/235页	风尘三侠（长廊八桥）2—2/141页	关羽约三事/81页
32	武松打虎6—5/240页			杨七娘初战西夏王/226页
33	比丘国2—2/195页	倒拔垂杨柳/232页	皆大欢喜/135页	鱼腹藏剑/32页
34	盗仙丹/180页			赵颜求寿/109页
35	刮骨疗毒/114页	眼暗心明/275页		细侯/324页
彩画序号	廊外西侧／页号	廊内西侧／页号	廊内东侧／页号	廊外东侧／页号
36	东郭先生2—1/38页	杨文广纵马寻栈道/227页	黄忠请战/111页	渔翁得利2—2/41页
37		许褚战马超/106页	玉人纤指/262页	
38				宝琴踏雪寻梅/337页
	廊外南侧／页号	廊内南侧／页号	廊内北侧／页号	廊外北侧／页号
			元春省亲/329页	
39	高衙内戏林娘子2—1/233页	寻访采药人/229页	云萝公主/315页	八仙过海/260页
40	赤壁夜游/216页	花鸟画／对牛弹琴（聚锦画）/61页	花鸟画	单骑救主3—1/93页
41		孔明计破司马懿/117页	姜尚收徒/19页	
42	水帘洞3—1/175页	寒塘渡鹤影/344页	牧童遥指杏花村/166页	武松打虎6—4/239页
43	商山四皓/49页	武乡侯大败魏兵/118页	时迁盗甲/241页	东郭先生2—2/39页
44		鹊桥相会（长廊八桥）/16页	高衙内戏林娘子2—2/233页	讳疾忌医/43页
五区 排云门			
45		红玉/296页	三到瑶池/55页	
46	登鹳雀楼/147页	张敞画眉/57页	珊瑚/298页	武松打虎/239页

彩画序号	廊外南侧/页号	廊内南侧/页号	廊内北侧/页号	廊外北侧/页号
47	水莽草/294页	广寒秋色/167页	宝琴踏雪寻梅/337页	武松打虎6—3/239页
48	湘云醉卧/339页		一饭千金/51页	嫦娥奔月/4页

彩画序号	廊外东侧/页号	廊内东侧/页号	廊内西侧/页号	廊外西侧/页号
49	祝鸡翁（长廊八爱）/48页	风尘三侠2—1/140页	五福庆寿/31页	童戏图 老鹰捉小鸡/285页
50		五子夺魁/172页	渔樵问答/12页	

彩画序号	廊外南侧/页号	廊内南侧/页号	廊内北侧/页号	廊外北侧/页号
51	嫘祖养蚕/5页	元章拜石（长廊八爱）/210页	童戏图 斗蟋蟀/286页	文王访贤/21页
52	举杯邀明月/151页	书经换鹅/125页	烟波钓徒/158页	三请伊尹/10页
53	老子出关/28页	渔郎问津/130页	仕女画组图3—1/281页	元章拜石（长廊八爱）/210页
54	仕女画组图3—2/281页		姜维归降/116页	劈山救母/138页
55	伯牙绝弦/35页	无底洞2—1/196页	五老观图3—1/7页	徐庶荐诸葛/87页
56	尤三姐自刎/342页	孟德献刀/71页	松下问童子/162页	伯牙遇知音/33页
57	关羽约三事/81页		曹操横槊赋诗/101页	大闹蟠桃会/179页
58	无底洞2—2/197页	蓝桥捣药2—1（长廊八爱）/168页		右军题扇/124页
59	阿英/309页	三借芭蕉扇6—5/192页	草船借箭/99页	蒋干盗书/98页
60	贵妃出浴/153页		麻姑献寿/14页	满江红树/270页
61	苏武牧羊/56页	牧童遥指杏花村/166页		
62	王华买父/206页	秦香莲2—1/207页	水淹七军/113页	水莽草/294页
63	文武双全图/279页	三借芭蕉扇6—1/190页	细柳/319页	
64	勇退西夏兵/229页	盗仙草/266页	老犹栽竹与人看/275页	东山丝竹/122页
65		打渔杀家2—2/220页	驯马图/273页	渔樵问答/11页
66	蓬门今始为君开/156页	彭二挣/323页	断桥解怨（长廊八桥）/267页	

353

六区 秋水亭	东 枪挑小梁王 /245 页		西 竹林七贤 /120 页
彩画序号	廊外南侧／页号	廊内南侧／页号	廊内北侧／页号	廊外北侧／页号

彩画序号	廊外南侧／页号	廊内南侧／页号	廊内北侧／页号	廊外北侧／页号
67	双枪陆文龙 /249 页	关公斩卞喜 /83 页	倪瓒爱洁（长廊八爱）/256 页	大闹忠义堂 /242 页
68	童戏图 骑马打仗 /287 页	张飞请罪 /76 页	昭君出塞 /58 页	宝黛阅《西厢》/329 页
69	和合二仙 /144 页	刮骨疗毒 /114 页	陆绩怀橘 /65 页	三借芭蕉扇 6—3/191 页
70	三借芭蕉扇 6—6/193 页	鱼龙变化 /280 页	花鸟画	黄英 /300 页
71	暗度陈仓 /52 页	岳母刺字 /247 页	仕画组图3—3/281 页	麒麟献书 /30 页
72	渔翁得利 2—1/40 页	齐天大圣 2—2/178 页	天女散花 /64 页	晴雯撕扇 /331 页
73		三英图 /68 页	犬灯 /302 页	
74	四美钓鱼 /346 页	范蠡扁舟 /36 页	封三娘 /311 页	盗仙草 /266 页

七区 山色湖光共一楼
子牙魂游昆仑山 /22 页

彩画序号	廊外西侧／页号	廊内西侧／页号	廊内东侧／页号	廊外东侧／页号
75	老子出关 /28 页	白衣送酒 /133 页	东坡赏砚（长廊八爱）/214 页	柳溪双舟 /274 页
76	东坡赏砚（长廊八爱）/214 页	半容人坐半容花 /271 页	子猷爱竹（长廊八爱）/126 页	灞桥思诗（长廊八桥）/148 页
77	狐精附体 /18 页	窦娥冤 /257 页	八大王 /305 页	西厢记 2—1/163 页
78	浑天仪 /53 页			酒变现身 /265 页
79	童戏图 七子夺莲 /288 页	唐明皇游月宫（长廊八爱）/146 页	梦游太虚境 /326 页	子龙截阿斗 /107 页

西北 群力除殷郊 23页	煮酒论英雄 /79 页	**鼛鉴可征** 宦娘 /317 页	吕布刺董卓 /74 页	东北 夜宴桃李园 149页
	刘备称王 /112 页	**鱼藻轩**	芦雪庵联句 /336 页	
	千里走单骑 /82 页	智取瓦口关 2—1/110 页	刘阮遇仙 /59 页	
西南	舌战群儒 /95 页		八仙庆寿 /261 页	东南

彩画序号	廊外南侧/页号	廊内南侧/页号	廊内北侧/页号	廊外北侧/页号
80	取经归来/199页	竹林七贤/120页红叶题诗（聚锦画）/171页	文人三才/211页伯乐相马（聚锦画）/26页	双玉听琴/346页
81	许仙借伞/264页	古建风景	古建风景/负薪读书（聚锦画）/54页	
82		山水画/负荆请罪（聚锦画）/42页	山水画	三借芭蕉扇6—2/191页
83	娥皇女英/9页	瑶台献寿/15页	孔融让梨/63页	
84	王佐断臂2—2/251页	枪挑小梁王/245页	焚稿断痴情/348页 苏武牧羊（聚锦画）/56页	
85		山水画	关公斩卞喜/83页	王佐断臂2—1/251页
86	王质烂柯/134页	云翠仙/321页		
87	刮骨疗毒/114页		孝感动天/6页	玄武门之变/142页
88		辕门射戟/77页		
89	祢衡击鼓骂曹/80页		八卦炉/182页	宝玉痴情/333页
90		兄弟释疑/84页	犬灯/302页	
八区 清遥亭		东上 伏虎/132页 东 单骑救主3—3/93页	西上 降龙/132页 西 三英战吕布/72页	
91	孝感动天/6页	灞桥思诗（长廊八桥）/148页	穆桂英招亲/224页	骑驴过小桥（长廊八桥）/67页
92		山水画	山水画/高宠挑滑车（聚锦画）/248页	
93	宝钗戏蝶/330页	孔明初用兵/91页	路阻通天河/188页	殷勤送客出鄱湖/258页
94	孔明借东风/102页	秦香莲2—1/207页	马跃檀溪/85页	倪瓒爱洁（长廊八爱）/256页
95	单骑救主/93页	玉堂春/259页	王佐进金营/252页	梅妻鹤子/202页
96	和合二仙/144页			香菱斗草/341页
97	赵颜求寿/109页	吕布弑丁原/70页	秦香莲2—2/208页	天气困人梳洗懒/221页
98	山色远含空/165页			三让徐州/75页
99	王允巧设连环计/73页	蓝桥捣药2—1（长廊八桥）/168页	张飞遇害/115页	东山丝竹/122页
100	介推逃赏/27页			画皮/290页

东北						东南
刘备入赘 104页	三打白骨精 7—7 186页		石丈亭	大闹蟠桃会 179页	刘姥姥进大观园 335页	力士脱靴 152页 瑶台献寿 15页

烹茶鹤避烟／157页　　　　　　赵颜求寿／109页

西北	竹林七贤／120页	甘露寺／104页	烽火戏诸侯／13页	西南

【注】1. 部分长廊故事含有多幅不同情节的彩画，例如"三借芭蕉扇"的故事是由六幅不同情节彩画构成的，本表在1区序号2外南侧的位置上用"三借芭蕉扇6—1"的标注说明该画是六幅画中的第一幅。

2. 长廊人物画有几幅类似的画描绘同一故事的现象，由于本书篇幅有限，故事中只收录了其中一幅画。

3. 为节省篇幅，此表主要标出了长廊人物画的位置，廊中的山水、花鸟（花卉、翎毛、瓜果、鱼虫、走兽）、古建画大都省略。

4. 表中的"彩画序号"只表明彩画纵向的顺序，内外廊之间各彩画没有横向对应的位置关系。

长廊彩画组图欣赏目录表

长廊彩绘天花组图	前言9
长廊八桥	16
长廊古建线画组图	46
长廊八爱	48
长廊花鸟画"梅兰竹菊"四君子	222
长廊山水画"春夏秋冬"四横幅	244
长廊牡丹花组图	253
长廊山水画"春夏秋冬"四条屏	280
长廊花鸟画组图	364

长廊匾额解读

长廊中有二十五面制作精美的匾额，这些匾额以其多变的样式、俊逸的书法和丰富的人文内涵与长廊古典建筑艺术、彩绘艺术交相辉映，是构成长廊独具神韵的重要因素。为帮助广大读者更好地欣赏这些匾额的艺术魅力和深刻含义，本书以图文形式，对每一面匾额做出简要解读。

五龙"满汉合璧"斗匾

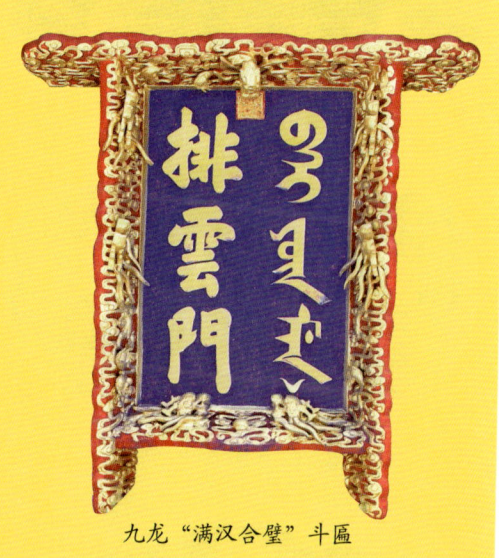

九龙"满汉合璧"斗匾

邀月门

光绪题邀月门斗匾。含义：邀请明月之门。语出唐代李白诗《月下独酌》："举杯邀明月，对影成三人。"（详见本书第1页）

排云门

慈禧题排云门斗匾。含义：排云之门。语出东晋郭璞《游仙诗》："神仙排云出，但见金银台。"寓意此门是仙境之门。（详见本书第137页）

山色湖光共一楼

乾隆题山色湖光共一楼外南匾额。含义：登楼眺望，万寿山、昆明湖景色尽收眼底。语出乾隆二十三年题词（详见本书第254页）。注释：此匾为乾隆时清漪园遗存，匾式为"黑漆金字一块玉"，乾隆时园内匾额多采用这种匾式。

黑漆金字一块玉

万字团寿边横匾

留佳亭

乾隆题留佳亭外南匾额。含义：春景佳趣常留之亭。语出乾隆三十三年御制诗《留佳亭》（详见本书第25页）。此匾为乾隆时期遗存，光绪年重建时翻新悬挂至今。

万字团寿蝠式匾

草木贲华

慈禧题留佳亭内东匾额。含义：草木华美。语出南朝·梁·刘勰《文心雕龙·原道》："云霞雕色，有逾画工之妙；草木贲华，无待锦匠之奇。"注释：贲（bì），华美，光彩貌。本匾是"蝠式匾"，下方左画有佛教万字符"卍"（音"万"），中有"蝠首"图样，右有"团寿符"，寓意"万福万寿"，长廊共有11面蝠式匾。

万字团寿蝠式匾

文思光被

慈禧题留佳亭内西匾额。含义：帝王的才德广被天下。语出《尚书·尧典》："聪明文思……光被四表……"注释：文思，尧帝的才德。光被，广施。四表，四方极远之地，泛指天下。

万字团寿边横匾

璇题玉英

慈禧题留佳亭外北匾额。含义：玉饰椽头闪烁英华之色。语出《文选·扬雄》："珍台闲馆，琁题玉英。"注释：璇题，也作"琁题"。璇，美玉。题，椽头。玉英：玉的英华之色。

寄澜亭

慈禧题寄澜亭外南匾额。含义：寄情怀于波澜之亭。语出乾隆三十二年御制诗《寄澜亭》（详见本书第119页）。

万字团寿边横匾

夕云凝紫

慈禧题寄澜亭内东匾额。状景匾额。含义：描述了昆明湖傍晚的景色，在夕阳的辉映下，西山上空呈现一片绚丽的紫色霞光。

万字团寿蝠式匾

烟霞天成

慈禧题寄澜亭内西匾额。状景匾额。含义：赞美了天然造化、变幻莫测的西山烟霞之美景。

万字团寿蝠式匾

华阁缘云

慈禧题寄澜亭外北匾额。状景匾额。含义：站在寄澜亭北向西北上方望去，可看到巍峨的佛香阁高耸入云的壮观景色（现被树枝遮挡）。从中能更好地领悟古人诗句的意境。语出曹植的《七启》诗："华阁缘云，飞陛凌虚。"

万字团寿边横匾

长廊匾额解读

359

万字团寿边横匾

秋水亭

乾隆题秋水亭外南匾额。含义：清澈秋水之亭。语出唐·王勃《滕王阁序》："落霞与孤鹜齐飞，秋水共长天一色。"注释：此匾为乾隆时期遗存，光绪年间翻新悬挂。

万字团寿蝠式匾

禀经制式

慈禧题秋水亭内东匾额。含义：按"五经"制定文章的体式。语出《文心雕龙·宗经》："若禀经以制式，酌雅以富言，是即山而铸铜，煮海而为盐也。"注释：经，指儒家五经，即《易》《书》《诗》《礼》《春秋》。式，指文章的体式。雅，指雅正的词汇。全句意思为：若依据"五经"制定文章的体式，酌取雅正的词汇丰富语言，就如同靠矿山铸铜，煮海水制盐一样。

万字团寿蝠式匾

德音汪濊

慈禧题秋水亭内西匾额。含义：帝王的仁德如湖水般深广。语出清·陈世倌诗："恩诏颁来速置邮，德音汪濊遍神州。"注释：汪濊（huì）亦作"汪秽"，深广之意。

福寿双全边横匾

三秀分荣

乾隆题秋水亭外北匾额。含义：灵芝繁茂呈祥瑞之兆。语出宋·郊庙朝会歌辞《紫芝》："晨敷表异，三秀分荣。书于瑞典，光我文明。"注释：三秀指灵芝，一年三次开花，故称三秀。

清遥亭

慈禧题清遥亭外南匾额。含义：遥望昆明湖清水之亭。语出乾隆五十六年御制诗《清遥亭》："一碧春清万里波，近遥哪与计如何？"（详见本书第269页）

福寿双全边横匾

俯镜清流

慈禧题清遥亭内东匾额。含义：俯视像镜面一样的流水，以洁身自好。语出西晋诗人间岳冲《三月三日应诏》："临川挹盥，濯故洁新。俯镜清流，仰睇天津。"注释："三月三"是中国传统"上巳节"，按习俗要临川沐浴，洗净污秽。

万字团寿蝠式匾

云郁河清

慈禧题清遥亭内西匾额。含义：祥云集聚、黄河水清之瑞兆。

语出《隋书·乐志·武德乐》："露甘泉白，云郁河清。"

万字团寿蝠式匾

斧藻群言

慈禧题清遥亭外北匾额。含义：修饰群贤的著述。语出南朝·梁·刘勰《文心雕龙·原道》："重以公旦多材，振其徽烈，制诗缉颂，斧藻群言。"注释：徽烈，伟业。斧藻，修饰。群言，各家的著述。全句意为：多才多艺的周公旦，继承周文王的伟业，写诗辑颂，修饰群贤的著述。

万字团寿边横匾

长廊匾额解读

对鸥舫

慈禧题对鸥舫外南匾额。含义：面对鸥鸟的画舫。语出唐·韦应物《答李浣》诗："林中观易罢，溪上对鸥闲。楚俗饶辞客，何人最往还。"（详见本书第47页）

万字团寿边横匾

函海养春

慈禧题对鸥舫外北匾额。含义：像大海一样包容万物，似春风一般养育万物。语出《汉书·叙传》："其君天下也，炎之如日，威之如神，函之如海，养之如春。"

万字团寿蝠式匾

鱼藻轩

慈禧题鱼藻轩外南匾额。含义：鱼藻茂盛之轩，寓意太平盛世，万物各得其所，自得其乐。语出《诗经·小雅·鱼藻》："鱼在在藻，有颁其首。"注释：颁（fén），大头貌，比喻鱼摇头摆尾的样子。

万字团寿边横匾

芳风咏时

慈禧题鱼藻轩内北匾额。含义：以典雅的诗文歌唱美好的时节。语出晋·陆云诗《从事中郎张彦明为中护军》："景曜徽芒，芳风咏时。宴尔宾傧，具乐于兹。"注释：芳风，喻指典雅的诗文。

万字团寿边横匾

鞶鉴可征

慈禧题鱼藻轩外北匾额。含义：刻有箴言的铜镜（喻湖水），可劝诫为官者的言行。语出《文心雕龙·铭箴》："指示配位，鞶鉴可征。"注释：鞶鉴（pán jiàn），古代官服上装饰束衣革带的铜镜，其上刻有箴言以劝诫百官。征，验证。

万字团寿蝠式匾

化动八风

慈禧题石丈亭东南匾额。含义：德乐可感化八方的风俗。语出《文心雕龙·乐府》："夫乐本心术……故能情感七始，化动八风。"注释："七始"指的是天、地、人、春、夏、秋、冬之始，"八风"指八方的风俗。

盘长团寿蝠式匾

乾隆宝玺：乾隆御笔

慈禧宝玺：慈禧皇太后御笔之宝

光绪宝玺：光绪御笔之宝

注释：长廊匾额上方分别钤盖有"乾隆御笔""慈禧皇太后御笔之宝"和"光绪御笔之宝"的玺章。据清代相关档案记载，康乾时期，凡钤有"御笔之宝"的匾额，多为皇帝亲笔御书，至清中后期则多为翰林学士代笔书写，在慈禧时期尤为如此。

结束语

"化动八风"是长廊尽头的一块匾额，是长廊这条"艺术长龙"的点睛之笔，也是本书的最佳结束语。它体现出前人的匠心设计与概括总结：长廊彩画和长廊匾额蕴涵丰富的中华优秀传统文化，如同一首历久弥新、美妙动听的德音雅乐，将永远在中华大地上，"情感七始，化动八风"！

长廊花鸟画组图

颐和园长廊内景

项目策划：赵　芳
责任编辑：赵　芳
责任印制：冯冬青
装帧设计：中文天地
摄　　影：易　明

图书在版编目（CIP）数据

颐和园长廊彩画故事全集 / 易明编著 . -- 3 版 . --
北京：中国旅游出版社 , 2024.7. -- ISBN 978-7-5032-
7359-9

Ⅰ.I247.8

中国国家版本馆 CIP 数据核字第 20249VR310 号

书　　名：	颐和园长廊彩画故事全集（全新第三版）
作　　者：	易　明　编著
出版发行：	中国旅游出版社
	（北京静安东里 6 号　邮编：100028）
	http://www.cttp.net.cn　E-mail: cttp@mct.gov.cn
	营销中心电话：010-57377103，010-57377106
	读者服务部电话：010-57377107
排　　版：	北京中文天地文化艺术有限公司
印　　刷：	北京工商事务印刷有限公司
版　　次：	2024 年 7 月第 3 版　2024 年 7 月第 1 次印刷
开　　本：	720 毫米 ×970 毫米　1/16
印　　张：	24.5
字　　数：	320 千
定　　价：	79.80 元
ＩＳＢＮ	978-7-5032-7359-9

版权所有　翻印必究
如发现质量问题，请直接与营销中心联系调换